ALMASY

Walter Grond

ALMASY

Roman

Haymon

Umschlag:
Benno Peter unter Verwendung eines Fotos mit
Ladislaus Almásy an einer improvisierten Landepiste in der Wüste, um 1933
(aus dem Familienarchiv auf Schloß Bernstein)

Die Deutsche Bibliothek - CIP-Einheitsaufnahme

Grond, Walter:
Almásy : Roman / Walter Grond. - Innsbruck : Haymon, 2002
ISBN 3-85218-394-4

Druck und Bindung: Wiener Verlag, Himberg bei Wien

INHALT

„So wie Almásy bin ich selbst von der Wanderlust besessen. Acht Tage, bevor wir losfuhren, glaubte ich noch nicht daran, daß wir die Expedition in die Libysche Wüste zustande bringen würden. Endlich gelang das Unerwartete doch. – Es war im März 1933; der Boden Mitteleuropas wankte. Die Welt, in der ich gelebt hatte, war im Begriff, einzustürzen. Ich ließ die Wirklichkeit hinter mir und fuhr in ein Traumland, wo jenseits des Randes der bekannten Welt vielleicht das letzte Märchen schlummert."

Richard Bermann alias Arnold Höllriegel,
in *„Zarzura. Die Oase der kleinen Vögel"*

1

Die Höhle der Schwimmer

Von Ladislaus Eduard Almásy machte sich Nicolas Lemden während der Produktkonferenz zum ersten Mal ein Bild. Der Autopionier und Wüstenforscher war groß und hager, sein Haar blond und nach hinten gekämmt. Auf vergilbten Fotos posierte er vor einer Limousine, auf einem Wüstenflugplatz, neben einem Kamel. Unbeholfen ließ er die Arme hängen und drehte die Füße nach außen. Die Art aber, wie Almásy – auf anderen Aufnahmen – die Zigarette mit gestreckten Fingern hielt, bestärkte Lemdens Vorstellung von einem Aristokraten.

Den Managern, die um den Konferenztisch saßen und dem Film über Almásy folgten, war die Neugierde ins Gesicht geschrieben. Der legendäre Abenteurer hatte in den zwanziger Jahren als Werksfahrer gearbeitet. Stimmungsvoll erzählte der Film von waghalsigen Wüstenfahrten, die Almásy anfänglich organisiert hatte, um in Ägypten einen neuen Markt für Autos zu erschließen.

Wichtige Konferenzen wie jene über das Werbekonzept für den neuen Geländewagen fanden mit Blick auf den Himmel statt. Die Vorstandsetage befand sich im zwölften Stock des Towers, der mit einer Glasfront umhüllt war. Das Video spielte auf den sechs Monitoren in der Teakholzwand, Fenster in eine Welt, die die Männer in ihren Lederstühlen zu hypnotisieren schien. Längst zog Almásys Flug über die Wüste die Konzernleiter in seinen Bann. Sie umkreisten die Pyramiden von Giza, flogen hinaus in die Dünen.

Als die alten Werksanlagen in der Provinz ins Bild rückten, ging ein Gelächter um den Tisch. Hier hatte Ladislaus Almásy seine erste Wüstenreise geplant. Daher griff die Marketingabteilung eine Idee der Werbeagentur auf und schlug vor, das Auto auf den Namen dieses schillernden Aristokraten zu taufen – als ALMASY sollte das Geländefahrzeug auf den Markt kommen.

Den Einwand, daß niemand den alten ungarischen Namen richtig aussprechen würde, nämlich das *s* als *sch* und die Betonung auf der ersten Silbe wie im Ungarischen üblich, ließ man nicht gelten. „Soll doch jeder sagen, wie er will", hatte es in einer Diskussion zu dem Punkt geheißen. Und: „Den mißverständlichen Akzent über dem zweiten *a* lassen wir einfach weg."

Für das neue Produkt bedeutete Almásy tatsächlich das ideale Image, sagte sich auch Nicolas Lemden. Ein Rennfahrer, Flieger und Techniker, Expeditionsleiter, Forscher und Entdecker, im Zweiten Weltkrieg Offizier und Spion. *Ein verwegener Mann, ein verwegenes Fahrzeug, ein verwegener Käufer.* Der junge Produktmanager notierte den möglichen Slogan und beobachtete dann wieder seine Vorgesetzten.

Die Männer richteten sich aus ihrer gebückten Haltung auf und gerieten immer mehr in den Sog der Vergangenheit. Ein Europäer hatte in den dreißiger Jahren seinen Wohlstand der Leidenschaft für die Wüste geopfert! Der Schauspieler, der im Werbefilm diesen Almásy darstellte, hantierte mit einem Kompaß, während andere einen kleinen, mit Ausrüstung überfrachteten Lastwagen über eine Düne manövrierten. Eine dunkle Stimme kommentierte, in der Zwischenkriegszeit sei ein ausgeprägter sportlicher Geist eher britischer Art im einstigen Hochadel der österreichisch-ungarischen Monarchie durchaus vorhanden gewesen, dazu noch in der Person Almásys eine pfadfinderhafte Romantik, Abenteurergeist, exzellente Fitneß, eine hohe Allgemeinbildung und Selbstsicherheit im Auftreten. Almásy sei auch ein Pionier der Lüfte gewesen, langjähriger Fluglehrer in Ägypten, der Internationale Airport von Kairo trage seinen Namen: *Al Maza*.

In zwei Monaten würde Nicolas Lemden als Leiter eines Teams den neu entwickelten Wagen bei der Automesse in Kairo präsentieren. Seinerzeit hatten Wüstenexpeditionen außergewöhnliche Gewandtheit im Kompaßlesen und Kartenzeichnen erfordert. Almásy war ein Orientierungsgenie, das neue Fahrzeug ein High-tech-Gerät der Luxusklasse, würde sogar Halbschuhtouristen Wüstensafaris ermöglichen. Mit einem Satelliten-Navigationsfunksystem ausgestattet, könne der Bordcomputer nicht nur jeden x-beliebigen Standort berechnen, sondern erlaubte es dem Lenker auch, vom letzten Wüstenwinkel aus mit seinen Freunden zu kommunizieren.

Der Kommentator sprach in geheimnisvollem Tonfall, hauchte geradezu, Almásy sei immer wieder nach Ägypten zurückgekehrt. Er habe als erster ausgedehnte Autofahrten unter den extremen Bedingungen der Sahara gewagt und später kombinierte Flug- und Autoexpeditionen geleitet, ein von Gerüchten umrankter Mann, ein Europäer, den seine Beduinenfreunde *Abu Ramla*, Vater des Sandes, genannt hätten.

Im Video war das Geräusch eines Filmprojektors zu hören. Nicolas beugte sich vor und schaute gespannt auf den Monitor. 1929 hatte ein Kameramann den Abenteurer in die Wüste begleitet, und dessen Aufnahmen waren nun auf dem Video zu sehen. Auf flimmernden Schwarzweißbildern betrat jetzt der echte Almásy eine Veranda am Rand einer Wüste, über die die Kamera schwenkte. Almásy rauchte, lächelte, durchaus charmant, ein wenig verschlagen. Sprach er mit Afrikanern, stützte er seine Arme in die Hüfte, nicht herrisch, eher gütig und herablassend.

Hotel Mena House – Wir Wüstennarren.

Männer mit Lederkappen, Almásy auf einer Couch, wie er ein Whiskeyglas zum Toast hebt. Automobilisten, die sich ins Cockpit ihrer Fahrzeuge zwängen.

Eine schwere Prüfung für Auto und Fahrer.

Männer, die einen Wagen auf Strickleitern über eine Düne ziehen. Räder, die im Sand durchdrehen, Almásy auf den Knien, mit den Händen schaufelt er ein Rad frei, Schwarze eilen herbei, mit Spaten und Strickleitern.

Der Assistent am unteren Ende des Konferenztisches war längst in Träume versunken, die Augen des Technischen Direktors glänzten, und selbst aus dem Gesicht des Generaldirektors, der den

Ruf peinlicher Korrektheit genoß, war jegliche Nüchternheit verschwunden. Vor siebzig Jahren hatte ein Mitteleuropäer sein halbes Leben in der Wüste verbracht, Land vermessen und Karten gezeichnet, neue Routen durch die Dünen versucht, Expeditionen angeheuert, um nach alten Legenden zu stöbern. Und nun gingen Männer, die einem großen Konzern vorstanden, diesem Almásy und seinem Wüstenwahn auf den Leim!

Durch die Glasfront fiel diffuses Licht, und bei dunklen Bildern spiegelte sich Nicolas' Gesicht auf einem Bildschirm. Nicolas verstand sich als Analytiker, der hart zu kalkulieren wußte. Als Stratege verbarg er das freilich, und so stellte er jetzt zufrieden fest, wie gewinnend sein Bild auf dem Monitor lächelte.

Mit der filmischen Morgenröte verschwand das Gesicht vom Bildschirm. Warum gingen Europäer in die Wüste? fragte sich Nicolas. Wollten sie den Tod überwinden? Ein Fall für die Couch eines Psychoanalytikers? Oder hieße es nicht besser: für den *Diwan* eines Psychoanalytikers, um den exotischen Reiz zu bedenken, den der Orient auf gelangweilte Europäer ausübte? Die ganze Ägyptologie eine Freudsche Fehlleistung. Nicolas würde nicht in die Falle der Sentimentalität tappen.

Sein Blick schweifte zur Glasfassade, dahinter flatterten mehrere Sonnensegel im Wind. *Denk an dich selbst*, ging es Nicolas durch den Kopf, denk an die Fähigkeiten, die du in Kürze den Männern um den Konferenztisch unter Beweis stellen wirst. Er besaß ein selektives Wahrnehmungsvermögen, schaute einen Film an, speicherte Informationen, registrierte gleichzeitig die Reaktionen seiner Vorgesetzten und konnte dabei an etwas anderes denken. Gerade malte er sich den Körper seiner neuen Praktikantin aus, ja, sie sitze unten im Park, räkle sich in der Frühlingssonne. Sie hatte Konsequenz als ihre hervorstechende Eigenschaft bezeichnet. Eine Frau, die konsequent sein wollte: die Vorstellung erregte ihn.

Er lehnte sich zurück in den Stuhl. Da spürte er eine Hand im Rücken, der Werbeagent hatte sich auf die Lehne gestützt, ein schwammiger Vierzigjähriger mit langem Pferdeschwanz. Neben dem Generaldirektor saß eine junge Frau. Ihr kurzes Haar ließ die

Ohren frei, große wohlgeformte Ohren, und sie behielt ihre Hände unter dem Tisch. Nicolas kannte sie nicht.

Englische Missen.

Frauen in Tropenanzügen, zum Ausflug in die Wüste gebeten, die Fahrt entlang der Pyramiden von Giza, bestaunt von Beduinen und Kamelen.

Der Kampf mit dem Sand beginnt.

Sandstürme, die Fahrzeuge nebeneinander auf ebenem Wüstengelände.

Und wieder blieb Nicolas' Blick an der Fremden am unteren Ende des Tisches hängen. Er taxierte sie als durchschnittlich attraktiv, im etwas billigen Outfit wirkte sie fehl am Platz.

Riskierte Überfahrt.

Ein Floß, Almásy raucht eine Zigarette, Kinder ziehen mit Seilen das Gefährt über den Fluß.

Fliegenplage im Zelt.

Männer unter Moskitonetzen. Bei der Rückkehr dunkelhäutige Piccolos mit Champagner und Whiskey, die Veranda des Hotels. Almásy erscheint und nimmt auf der Couch Platz, die im selben Augenblick gelb aufleuchtet.

Das Rattern des Projektors, Stummfilmgesten.

Dann, im ockerfarbenen Sand unter blauem Himmel, steht die Couch am Fuß einer Düne, orientalische Saitenklänge. Der Kommentator, ein weißhaariger Mann im T-Shirt, tritt ins Bild und macht es sich auf der gelben Couch bequem. Auf dem gelben *Diwan*, berichtigte sich Nicolas, beobachtet der Kommentator also, wie der Lastwagen aus der Ferne näher kommt. Das Auto hält vor dem Diwan an, der Almásy-Schauspieler steigt aus, in kurzen Hosen, kniehohen Strümpfen und mit einem Tropenhelm auf dem Kopf, eine Zigarette im Mundwinkel.

„In den dreißiger Jahren", sagt der Kommentator, „machte Almásy Furore, indem er die sagenumwobene Oase Zarzura entdeckte. Er hatte sich auf die Suche nach der verschollenen Armee des persischen Königs Kambyses begeben. Herodot berichtet, 520 vor unserer Zeitrechnung seien die 5000 Mann mit den gewaltigen

Schätzen einer Oase in einem Sandsturm untergegangen. Für viele war Zarzura, die ‚Messingstadt' aus *Tausendundeiner Nacht*, nur ein Hirngespinst, ein hoher Bau, mit festgefügten Säulen, mächtig und schauerlich, der einem sich türmenden Berg glich. Er war aus Quadern erbaut und hatte dräuende Zinnen und ein Tor aus chinesischem Eisen, das da glänzte und die Augen blendete und aller Blicke auf sich wendete, und bei dem der Verstand endete. Almásy ließ sich nicht beirren. Er suchte nach der geheimnisumvollen Oase, und schließlich, im Jahr 1933, entdeckte er das *Tal der kleinen Vögel*, gemeinsam mit einem Engländer, einem Ungarn, einem Österreicher und einem Deutschen. Das kleine Wüstental im Gilf Kebir mußte vor tausenden Jahren bewohnt gewesen sein. Zwar fand Almásy keine Stadt aus Messing, aber eine Fülle von vorgeschichtlichen Höhlenmalereien. Wer waren die urzeitlichen Künstler gewesen, fragte sich der ungarische Graf, war er auf die Wiege der Menschheit gestoßen, auf den Beweis, daß die Kultur der ägyptischen Pharaonen in den Tiefen Afrikas entstanden war? Aus dem Autopionier war ein Forscher geworden."

Höhlenmalereien, schwimmende Menschen, dunkelbraune Körper, die sich anmutig durch Wasser bewegen, Bilder von Giraffen und Löwen, von Jägern mit Pfeil und Bogen, die Antilopen erlegen, von grasenden Rindern und Langhörnern.

Der Almásy-Schauspieler klettert durch zerklüftetes Gestein. Zwischen den Felsplatten lagern Felder von Sand und Geröll, die wie Landzungen in die Wüste hineinragen. Dann gelangt der Schauspieler an den Rand einer Klippe und blickt in eine Klamm. Überhängende Felsen lassen die Schluchten wie Höhlen aussehen. Bizarre Formen, Tore, Bögen und Luken. Zurück am Lagerplatz, findet er im Schatten eines Felsvorsprungs den neuen ALMASY vor, steigt in das Auto und braust in die Sandwüste hinaus. Die Sonne geht über der Wüste unter. So endet der Film.

Erneut betrachtete Nicolas sein Gesicht auf dem Monitor. Unter dem Millimeterschnitt traten Hautwülste hervor, die seinen Nacken noch bulliger machten, das hormonelle Signum der überschüssigen Kraft. Er mochte die wuchtigen Backen, die breiten

Lippen und die kräftigen Augen. Um dieser Männlichkeit eine Kontur zu verleihen, kultivierte er zerbrechliche Bewegungen. Er war schlank und doch stämmig. Sein kragenloses Hemd aber, das Seidenjackett und der Limonenduft seines Parfums waren Momente eines Stils, der das Massige seines Körpers in etwas Künstliches umwandelte.

„In Kürze wird uns Scheich Abdul el Manzur aus Kairo zugeschaltet", riß ihn der Generaldirektor aus der eitlen Selbstbetrachtung, „die Kampagne für unseren Geländewagen wird, meine Herren, das Top-Ereignis im Jahr 1999."

Tatsächlich erschien der Scheich, ein wichtiger Lobbyist in den arabischen Staaten, auf dem Bildschirm. Er bewegte seinen schlanken Oberkörper hin und her, als könne er so aus dem Monitor heraussteigen. Die junge Frau neben dem Direktor hatte einen Kopfhörer auf und sprach in das Mikrophon.

„Die AG, eine Familie der innovativsten Köpfe", ließ der Direktor die Dolmetscherin übersetzen, „unsere Aktionäre erwarten von uns Tatkraft und Mut."

Der alte Mann im Monitor saß hinter einem pompösen Schreibtisch und inszenierte sich: wacher Gesichtsausdruck, hofierende Gesten. Der Direktor hatte ihn als einen *gut Achtzigjährigen* bezeichnet. Und nun war sein Haar kaum graumeliert, sein Wuchs zartgliedrig. Er trug einen *Gird*, das kuttenförmige Baumwollüberhemd, einen schwarzen Mantel darüber und einen Turban. Er zwirbelte seinen krausen Bart, der nicht zur gepflegten Erscheinung paßte. Seine Augen strahlten Aufmerksamkeit aus, vielleicht auch Ironie oder gar Spott, Nicolas war sich darüber nicht im klaren.

Um den Konferenztisch hatten die Männer wieder ihre geschäftigen Mienen angenommen. Nur der Araber auf dem Monitor schien Eile nicht zu kennen. Der Scheich nahm die Schale, die vor ihm auf dem Tisch stand, plazierte sie im flachen Handteller und schlürfte einen kräftigen Schluck.

„Allahu akbar", sagte er mit sanfter Stimme.

„Gott ist größer", übersetzte die Dolmetscherin. Schenkte sie nicht Nicolas ein kurzes Lächeln?

„La ilaha illa ’llah.“

„Es ist kein Gott außer Gott.“

So deutlich und betont, wie er sprach, klang sein Arabisch, als rezitiere er. Etwas Mitreißendes ging von seinem Sprechgesang aus, sodaß Nicolas zu verstehen glaubte, was der Scheich dann ausführte, wenn sein Arabisch auch sehr dürftig war.

„Ich wünschte, mein Efendi, ich könnte Sie auf ein Glas frischer Ziegenmilch einladen“, übersetzte die junge Frau, „Allah schenkt uns mit der Milch des genügsamen Tiers Gesundheit und Weisheit.“ Dabei faltete der Scheich die Hände vor der Brust und verneigte sich mehrmals.

Ohne eine Miene zu verziehen, sah die Dolmetscherin Nicolas an, während sie sprach. Zuerst vermutete er, sie schaue geistesabwesend durch ihn hindurch. Bald aber fühlte er sich beobachtet, von Augen, deren Ausdruck er nicht deuten konnte.

„Mein ehrwürdiger Herr Direktor“, sagte der Scheich nun, „wollen Sie die Güte haben, mir den jungen Efendi vorzustellen, den ich in meinem bescheidenen Haus empfangen werde?“

Während Nicolas antwortete, blieb sein Blick auf der Tastatur des Communicators haften. „Ich studierte Elektrotechnik, belegte auch Kunstgeschichte, ein *studium irregulare.* Nach dem Diplom besuchte ich eine Akademie für Produktmanagement und assistierte bei vier Kampagnen.“

„Lemden ist ein begabter junger Mann“, warf der Direktor ein.

„Mein verehrter Direktor, ich zweifle keinen Augenblick an Ihrer weisen Wahl.“ An Nicolas richtete der Scheich dann den Gruß: „Naharak said, ya Fendi.“

„Naharak said mubarak, ya Schech“, antwortete Nicolas und setzte die lange Reihe der Begrüßungsformeln fort, die er noch am Morgen geübt hatte.

Der alte Mann nickte.

Nicolas lächelte. Er wußte, daß der Scheich selbst den Mann für die ALMASY-Kampagne ausgesucht hatte, den er für orienttauglich befand: ihn, Nicolas Lemden. Sein Vater hatte in Rommels Afrikakorps gedient, aber das stand in keiner Personalakte.

„Der Scheich hat Vorbehalte gegen die ALMASY-Strategie", murmelte der Direktor, während er in seinen Unterlagen kramte, und zwinkerte Nicolas zu. „Mein lieber Scheich Abdul", sagte er dann schmeichlerisch in Richtung der Videokamera, „ich registriere mit Zufriedenheit, Sie sind von der ALMASY-Strategie genauso begeistert wie wir!"

„Wie könnte ich Ihrem Urteil widersprechen? Herr Almásy war ein außerordentlicher Mann."

„Exzellent!"

Wieder nahm der Scheich die Schale in den Handteller und trank von der Milch. „Auch der Dichter der Dschahiliya war ein Freund des Windes, der Sonne und der großen Entfernungen, die rauhe, nackte und feindliche Wüste forderte ihn zum Abenteuer heraus. Er war ein Beduine, in jedem Augenblick davon bedroht, in den Dünen des wandernden Sandes zu verschwinden."

„Der Scheich beschwört Unheil herauf", erklärte die Dolmetscherin leise, „Dschahiliya ist die gottlose Zeit vor dem Islam." Sie preßte die Lippen aufeinander.

Eilig sagte der Direktor, an den Scheich gerichtet: „Unser ALMASY wird den Ruhm des Propheten vermehren."

„Oh, gewiß", lachte der Scheich, um zu aller Überraschung hinzuzufügen, „mir kommt aber zu Ohren, ein urzeitliches Strichmännchen schmückt längst die Plakatwände Kairos und ruft in einer Sprechblase *Bitte ein Bit* aus. Ein Bierkonzern verwendet Almásys Höhlenzeichnungen! Ich fürchte, wir sind etwas spät dran mit unserer Idee."

Unschuldig schaute der Scheich um sich. Hinter ihm hing sein Porträt, fotorealistisch und zugleich ikonenhaft gemalt. Die Sekunden des Schweigens, die seinem Vorgesetzten den Nimbus der Unbesiegbarkeit nahmen, kostete Nicolas aus.

Gerade wollte er die Bedenken des Scheichs widerlegen, als der Werbeagent mit der Pferdeschwanzfrisur die Aufmerksamkeit auf sich zog. „Das haben wir gecheckt", sagte er, „unser ALMASY-Konzept stützt sich auf die Popularität, die der Wüstenforscher derzeit erlebt. Die Idee ist folgende: Wir verwenden das, total inspiriert, weil der Code auf dem Markt bereits eingeführt ist: *Bitte einen ALMASY!*“

Bis zum späten Nachmittag dauerte die Debatte, dann erst gab der Scheich seinen Vorbehalt auf, und der Vorstand segnete das Werbekonzept für den ALMASY ab.

Den Agenten, der sich mit dem Scheich eine Redeschlacht geliefert hatte, würdigte Nicolas mit einem Seufzer, weil der ihm die Dokumente überreichte, die für Kairo nützlich sein könnten. Nach und nach verließen die Manager den Konferenzraum. Hinter dem Direktor, der per Handy telefonierte, stand noch die Dolmetscherin. Sie verschränkte die Hände vor dem Bauch, vor dem geblümten Kleid, dem wadenlangen, mit dem breiten Gürtel um die schmale Hüfte.

„Ich möchte Ihnen Rita Masary vorstellen, sie wird Sie nach Kairo begleiten“, sagte der Direktor endlich zu Nicolas.

Entschlossen streckte ihm die junge Frau ihre Hand entgegen, als wolle sie ihn daran hindern, ihr zu nahe zu kommen. Während sich der Direktor dem Handy zuwandte und zur Tür schlenderte, legte Nicolas ihr seinen Auftrag dar, und Rita bejahte jeden Satz, mit dunkler Stimme, die einen metallenen Unterton hatte.

„Purple Rose of Cairo“, sagte er.

„Kairo wird Ihnen gefallen, Herr Lemden.“

Hatte sie seine Anspielung nicht verstanden? „Sie kennen doch den Film?“

Sie schwieg.

„Woody Allen. Mia Farrow schaut verzückt auf die Leinwand, in den Kinosessel gekuschelt, und himmelt ihren Star Tom Baxter in *Purple Rose of Cairo* an. Plötzlich spricht Tom sie von der Leinwand herunter an. Er ist fasziniert davon, daß sie sich schon zum fünften Mal den Film anschaut, und steigt aus dem Bild heraus, zu ihr ins Parkett. Nie davon gehört?“

Ihre Ohren waren groß und wohlgeformt, schmucklos, mit fleischigen Läppchen. Ihre Haut bronzen, die Stirn hoch, die Lippen nicht breit und nicht dünn, die Nase lang wie das ganze Gesicht, schmal, und die Augen? Er zeichnete mit den Augen geradezu ihr Gesicht nach. Die feinen Fältchen auf der Stirn, am Augenrand, um die Mundwinkel.

„Sie sind Ägypterin?"

„Meine beiden Großmütter kamen aus Österreich." Dieses ebenmäßige Gesicht, ihr Lachen breit. Dann wiederum benahm sich Rita überaus zurückhaltend. Und doch, diese Augen.

„Sie leben in Wien?"

„Seit dreizehn Jahren. Als mein Vater starb, war ich achtzehn, dann ging meine Mutter nach Wien."

Die enthaarten Arme. Rita hatte ihm die Hand gereicht, mit langen Fingern, die sich weich und trocken anfühlten. Ihre Haut auf dem fettlosen Körper, die feinen Fältchen.

Er meinte hinter ihrem Gesicht ein zweites zu entdecken. Dieses kam aus seiner Erinnerung hoch, kaum mehr als eine flüchtige Kontur, nahm es Ritas Form an, eine Chimäre, keine wirkliche Frau, vielmehr eine ideale Gestalt. Vielleicht war es eine Frau aus der Kindheit, oder eine Phantasie, die jetzt vor ihm stand. Ein Fotogesicht in seinem Gehirn, ein blindes Verliebtsein.

„Haben Sie Verwandte in Kairo?" fragte er.

„Manchmal besuche ich meinen Onkel Sherif."

Sie gingen zur Tür, und ihm fiel ihr Schritt auf, der nicht zu den langen Beinen paßte, nicht sportlich, sondern kurz. Kaum erkennbar wiegte sie ihre Hüften.

Vor dem Aufzug stierte Nicolas auf den Boden. Unter den Glasplatten zwischen den Metallträgern warteten – ein Stockwerk tiefer – einige Firmenangestellte, von den konkaven Linsen in den Glasziegeln ins Weite verzerrt. Der gläserne Schacht der elf Stockwerke darunter ließ ihn daran denken, wie tief man fallen konnte. Er hob den Kopf, schaute durch den Lichtschacht über ihm in den Himmel.

Rita streckte ihm die Hand entgegen. „Ich habe die Telefonnummer Ihrer Sekretärin."

„Bis dann", sagte er mit einem mulmigen Gefühl im Magen.

An der Wohnungstür atmete Nicolas auf. Von Kagran bis Wien Mitte hatte die U-Bahn fünfzehn Minuten gebraucht, und von der U-Bahn-Station bis in die Rasumofskygasse war er sechs Minuten marschiert, eine weitere in den dritten Stock hochgelaufen.

Er war froh, nicht von einer Frau in Schürze erwartet zu werden. Das barocke Stiegenhaus, die Stukkaturen, der Messingknauf am Ende des Handlaufs und der geschrubbte Steinboden beschworen die Schreckensvision geradezu herauf. Er stieß die Tür einen Spaltbreit auf, schielte nach Ford Prefect, seinem Hund, der ihm oft in das Stiegenhaus entwischte.

Das Bellen kam aus der Küche. Die Armbanduhr zeigte zehn nach fünf. Der Besuch bei der Mutter ließ sich unterbringen, ohne seinen Freund Rupert warten zu lassen, den er um acht in einer Innenstadtbar treffen sollte. Auf der Aluminiumkommode lag eine Nachricht. *Ich mußte Ford Prefect einsperren.* Verärgert legte Nicolas die Mappe ab und eilte in die Küche. Die Bedienerin, eine Studentin aus Prag, konnte den Hund während ihrer Tage nicht ertragen und hatte den Malteser in den Käfig gesteckt. Nicolas zog ihn unter dem Küchenklapptisch hervor, deckte das Handtuch ab, das darüber gebreitet war, und befreite den Hund. Ford Prefect wedelte mit dem Schwanz, huschte an ihm hoch und schleckte seinem Herrchen das Gesicht ab.

Im Eisschrank fand Nicolas ein Steak. An der Frischhaltefolie klebte ein Zettel: *drei Minuten im Mikrowellenherd, Stufe Grillen.* Er schnitt das Fleisch in Scheiben, warf es dem Hund hin und beschwichtigte ihn, niemand anderer als Svetlana habe diesen Leckerbissen besorgt. Beim Namen der Bedienerin aber knurrte Ford Prefect.

„Sei ruhig!“

Die Studentin der Betriebswissenschaften räumte nicht nur täglich auf, sondern versorgte auch seinen kleinen Begleiter, exemplarisch und ohne Lohnnebenkosten, da mußte auch ein Hund ein Einsehen für die Marotte haben, gegen die Svetlana während ihrer Regel augenscheinlich machtlos war. Daß der Malteser auf *Ford Prefect* hörte, hatte Svetlana erst wirklich für den Job eingenommen. Arthur Dent, der Held aus *Per Anhalter durch die Galaxis*, der mit seinem Begleiter Ford Prefect eine irrwitzige Odyssee durchs Weltall erlebt, entpuppte sich nämlich als Svetlanas Lieblingsfigur der Filmwelt.

Ford Prefect schlapperte Wasser aus dem Napf und huschte ins Wohnzimmer. Nicolas wischte den Boden auf und horchte auf das Geräusch des Müllzerkleinerers, stolz auf die Apparaturen, die seine Wohnung so praktikabel machten. Auf dem Weg zum Arbeitszimmer bemerkte er, daß sich Ford Prefect auf dem roten Wellensofa plaziert hatte. Das Wohnmöbel sah wie der Querschnitt eines Meeresreliefs aus, und der Hund lag im Wellental. Als Nicolas den Fernseher einschaltete, schloß Ford Prefect seine Augen. Mit der Nase stupste er nach der Lampe, und Nicolas knipste auch die Leuchte an. Zufrieden knurrte der Hund, einen Augenblick später schlief er.

An den Computer setzte sich Nicolas bloß, um nach E-Mails zu sehen. Er versäumte nicht, mit der Außenhand über die Bildbände im Regal zu streifen. Die Berührung der Härchen auf seinen Fingern mit den Buchrücken empfand er als Stimulation, die die Vorfreude auf das Schaumbad verstärkte. Die Mappe, die ihm der Werbeagent gegeben hatte, nahm er mit ins Badezimmer. Leise Musik kam aus den Lautsprechern. Ausgestreckt lag er im heißen Wasser und schloß die Augen.

Dann las er in den Unterlagen der Agentur. Kopien aus alten Büchern, der Druckschrift nach zu urteilen: *Ladislaus E. Almásy – Unbekannte Sahara*, erschienen 1939 in Leipzig. Dem handschriftlichen Kommentar zufolge hatte Almásy über seine Forschungsreisen auf ungarisch, englisch, französisch und deutsch berichtet und seine Manuskripte nicht übersetzen lassen. In diesem Fall hatte Almásy das 1934 in Budapest publizierte *Az ismeretlen Szahara* selbst noch einmal auf deutsch geschrieben.

Als ich meine Forschungsreisen begann, standen wir vor unzähligen Rätseln… Über die Völker der Sahara haben wir keine früheren geschichtlichen Aufzeichnungen, als die des Herodot 500 vor Christus… Manchmal, während meiner ersten Wüstenabenteuer, traf ich auf

Kamelreiter, die angesichts der Motorfahrzeuge ihr Gesicht verhüllten und ihre Reittiere zu schnellerem Trab anspornten.

„Laß sie, mein Herr", sagte mein Beduinenführer, „die Wüste hat Wege, die nicht jeder gehen kann."

Mit der Zeit verstand ich die Sprache jener Männer, aus deren Augen die Ruhe des Sandmeeres strahlte. Am Abend an den Lagerfeuern wurde ich auf die Geschichten aufmerksam, die um die Geheimnisse der Wüste gesponnen wurden, und jedes Märchen, jede Erzählung rief mich nur wieder in diese unendliche Fläche hinaus… Was ich dann sah, übertraf meine Erwartungen bei weitem. Ich stieß auf vier mit wunderschönen Bildern bemalte Höhlen… mein einheimischer Begleiter bat mich inständig, die Fundstelle sofort wieder zu verlassen, da sie zweifellos der Aufenthaltsort böser Geister sei. Der ganze Berg sei voll von Bildern, die die Geister geschrieben haben… In der größten konnte man klar erkennen, daß die Decke einst vollkommen bemalt war… Dieses Wadi dürfte einmal ein See gewesen sein. Tatsächlich fand ich in einer der Höhlen die Bildergruppe von schwimmenden Menschen … Meine Gefährten staunten nicht schlecht, als ich sie am nächsten Tag hierher führte.

Der Agent hatte auch einige Seiten aus dem 1938 erschienenen Buch *Zarzura, die Oase der kleinen Vögel – Die Geschichte einer Expedition in die Libysche Wüste* kopiert. Der Autor hieß Arnold Höllriegel, doch war das, einer weiteren handschriftlichen Notiz zufolge, ein Pseudonym jenes Richard Bermann, der als Journalist und Chronist die Almásy-Expedition begleitet hatte. Fotos eines gewissen Hans Casparius zeigten eine wunderliche Männerrunde in der Wüste, nicht gerade attraktive Europäer im Tropengewand, auf Sand, Geröll und zwischen Felsen. *Wir sprechen abends am Lagerfeuer lange von diesem Rätsel der Wüste,* las Nicolas, *wer hat in der fernen Zeit in dieser Wildnis, in der nicht ein Grashalm wächst, um Giraffen gewußt, ein Tier, das grasige Steppen und tropische Wälder zum Leben braucht? … Seit Tagen läßt Almásy der Gedanke an diese „Dschin" nicht los, die „alle Tiere der Welt" an die Felsen gemalt haben sollen … Muß er bei sechzig Grad Hitze Kletterpartien unternehmen? Was steigt Almásy fortwährend zwischen diesen glühheißen Basalt-*

kartoffeln herum? Ich hebe schläfrig den Herodot auf, der zu Boden gefallen ist, tue einen Schluck aus der Wasserflasche – pfui, heiße Brühe! ... Nach einer Weile höre ich auf dem Berg über mir die Stimme Almásys, der schreit und schreit ... Ich finde in der Höhle Almásy, der auf einem Steinblock sitzt ... Der Anblick der Höhle ist überwältigend ... Das sind, man sieht es sofort, die granitenen Blöcke ... In dieser gemalten Höhle nun sitzen, sehr nackt und sehr friedlich, Monsieur und Madame ... Diese beiden Liebenden aus einer fernen Zeit sehen eng umschlungen auf uns herab ... In dieser bemalten Höhle scheinen die Zeiten stillgestanden zu sein; die ältesten Ahnen sind hier gewesen und die Enkel von heute.

Nicolas ließ die Hand sinken, die Blätter lagen durchnäßt im Schaumbad. Ihm war klar, was Illusionen vermochten. Diese Reflexe auf urzeitliche Kritzeleien in einer Wüstenhöhle waren nicht anders als seine Reflexe auf die sanften Sinustöne aus den Lautsprechern. Der Wüstenwahn dieser Männer, und jetzt die Sound-Manie in ihm, die Höhlenbilder wie der Klangozean, der die Grenzen zwischen Musik und Umgebungsgeräuschen verwischte, und in den er gerade eintauchte.

Rupert Viehhofer sprang eben aus dem Taxi, als Nicolas auf die Drehtür des Schwarzen Cafés zusteuerte. Während er noch die Taxirechnung beglich, rief Rupert, er habe Nicolas die Rotenturmstraße heraufgehen gesehen.

Zwar trieben Massen von Flanierern in Richtung Stephansplatz, zwar hatten die Straßencafés ihre Gastgärten geöffnet, zwar schleckten Kinder ihr erstes Tüteneis. Nicolas aber würde die Lammfelljacke noch lange nicht einmotten, nicht den Schal und die Mütze. Ihn fröstelte beim Anblick des leicht bekleideten Freundes. Rupert, Sohn eines Stahlarbeiters aus Linz, der Mann aus dem Weltall, wie ihn Nicolas nannte, trug unter der luftigen Jeansjacke ein T-Shirt, eine dünne Cargohose und anstatt knöchelhoher Stiefeletten die sommerlichen Leinenschuhe. Schauderhaft.

Selbstsicher wie eben ein Journalist, aber nicht überheblich, kam Rupert her und umarmte ihn. Nicolas fand solche Herzlichkeiten zwar taktlos, bewunderte sie aber. Rupert lachte verschmitzt, und Nicolas grinste freundlich. Neuerdings hatte Rupert sein kurzes Haar weizenblond gefärbt. Man nahm ihm so etwas nicht übel, obwohl er zweiunddreißig und somit zwei Jahre älter als Nicolas war. Die sehnige Gestalt war von Bier, Pizzen und Nudeln nicht zu beeinträchtigen, welche Mengen er auch immer zu sich nahm. Seine Haut blieb pickellos, wie viele Zigaretten er tagtäglich auch rauchte. Das Ringelchen im Ohr verlieh ihm den Nimbus des Unschuldigen, wie vielen Frauen er auch immer den Kopf verdrehte. Nicolas hatte sogar den Eindruck, Ruperts Freundin, die er nur das Wochenende über in Linz besuchte, war ihm nicht einmal böse.

„Ich freu mich, daß Kairo klappt", lachte Rupert.

Das *Schwarze Café* hätte längst in *Weißes Café* umgetauft werden müssen, so weiß war inzwischen alles gestylt. Der Fußboden, die Wände, die Theke weiß, Tische und Stühle, auch die Barkeeper, Gläser und Aschenbecher. Um diese Tageszeit, kurz nach acht, waren an der Theke noch Plätze frei. Während sich Rupert auf einen Hocker schwang, bestellte er zwei Gläser Bier.

Die Sounds kamen mit so einer Lautstärke, daß Nicolas sein eigenes Wort gerade noch verstand. An der Thekenecke nahm er eine Frau wahr: Allein auf einem Barhocker nippte sie an ihrem Rotweinglas. Er lächelte ihr zu, und sie lächelte zurück, eine üppige Erscheinung, in einem engen Pullover, hüftbetonter ginge es nicht.

„Was läuft bei dir, Rupert?" sagte er, um sich abzulenken.

„Ich weiß nicht, wohin ich gehen soll."

„Du willst aussteigen?"

Rupert blickte ins Glas, das er in kreisrunden Bewegungen um den Bierdeckel drehte. Er erläuterte seine düsteren Ahnungen, ohne dabei auch nur einen Deut von seiner gelassenen Ausstrahlung zu verlieren.

„Vergiß die Politik", sagte Nicolas.

Rupert hatte seinen Arm auf die Theke gelehnt und sein Kinn in die Hand gestützt. Freundlich schaute er zu Nicolas herüber. Ach, Rupert, der linksgrüne Träumer. Klar, auch Nicolas fand diese Geschichte aus der Redaktion einer Tageszeitung abstoßend.

„Die haben uns einen fanatischen Katholiken vor die Nase gesetzt", sagte Rupert, „das verstehen die unter Modernisierung. Weg mit aller Kritik. Jetzt herrscht wieder Krieg. Und meiner Mutter erzähl ich, Rupert, der Sohn, auf den sie so stolz sind, ist Redakteur, ein Meinungsmacher. Da installieren die ein zartes Bürschchen, Flaum auf der Lippe, tiefgläubig, der eliminiert dich, ohne mit der Wimper zu zucken. Es macht keinen Spaß mehr."

Ach, Rupert, wiederholte Nicolas in Gedanken, deine pazifistischen Träumereien! „Die machen dicht", hörte er ihn. Seinen linken Kulturpessimismus mußte er doch nicht derart drastisch formulieren, nicht sein Freund Rupert.

Nicolas schneuzte sich. Manchmal verstieg sich Rupert dazu, vom Terror des ökonomischen Totalitarismus zu schwafeln. Rupert, wir mögen doch dieselben Klamotten, dieselbe Musik, dieselben Filme. Er, Nicolas, hatte nichts versäumt, was Zukunft versprach. Ihm war egal, worum es ging, der ganze ideologische Müll, Computerspiele liebte er und Videos. Fühlte sich noch heute, auch im Erfolg, als ein Datendandy. Aber, das mußte erlaubt sein zu sagen, auch gegenüber einem Träumer: ihn faszinierte die allesdurchdringende Rationalität der Ökonomie. Funky Business. Freie Märkte hatten etwas Erotisches an sich. Freilich auch etwas Kriegähnliches, klar.

Einen Augenblick später fragte er: „Wo willst du hin, Rupert?"

Als könne er Gedanken lesen, sagte der: „Die neue Mitte, diese Tatmenschen reden dauernd vom Eingemachten, Schluß mit dem Zweifeln!"

Die ungeheuerlichsten Dinge sprach Rupert gelassen und freundlich aus. Also Ruperts Modernisierungsgeißelung, während ein Sound zum Abheben spielte, man könnte über die Theke hinwegfliegen. Er sah sich schon durch das Fenster segeln, das sich wie eine plastische Haut öffnete, in eine andere Matrix hinüber, Jesusmaria, wie seine Mutter rufen würde.

„Du bist verliebt", lachte Rupert.

„Bist du verrückt?"

„Typen wie du verlieben sich immer nur, wenn sie wegfahren."

Ein älterer Herr, glatzköpfig, trat neben die Frau an der Theke. Sie küßte ihn zärtlich auf die schwammige Backe und dann auf den Mund. Jetzt nahm sie eine so sittsame Haltung ein, die Beine aneinandergepreßt und kreuzhohl, daß Nicolas nicht umhinkam sich vorzustellen, was das alte Ferkel mit ihr treiben würde. Der Alte bestellte nichts, wartete, bis sie den Rotwein geleert hatte, und bedeutete dem Barkeeper mit einer abschätzigen Handbewegung, die Rechnung begleichen zu wollen.

Wie sie zur Tür gingen, sie mit einem Hüftschwung, unglaublich, ließ sich Nicolas nicht entgehen. Aus der Drehtürtrommel, durch die sie in die Dunkelheit verschwanden, tauchte ein Kolporteur auf, ein junger Araber in grellroter Jacke mit dem Zeitungsemblem. Als er Rupert an der Theke entdeckte, steuerte er gleich auf ihn zu, grüßte herzlich, und beide umarmten sich. Er reichte Rupert eine Abendausgabe und tänzelte weiter durch das Café. Rupert blätterte in der Zeitung, und nach kaum einer Minute stellte er fest: „Alles klar."

„Du", sagte Nicolas, „die bewerben den neuen Geländewagen mit einem Dreißiger-Jahre-Aristo-Typ, Wüstenforscher und so."

„Das gibt doch eine gute Story ab."

„Meine alten Herren sind ganz verrückt danach."

Rupert faßte Nicolas an der Schulter. „Bin ich meine Mutter, die echte Panik hat, von einem Neger vergewaltigt zu werden, weil sie das im Fernseher sah?"

„Klar bist du das nicht."

„Ich meine, die Wüste kannst du wie das Land sehen, wo ich hin will. Ich weiß nicht, wo es liegt. Das ist die Wüste. Irgendwie sauber."

„Land ohne Mütter", lachte Nicolas.

Der Kolporteur kam noch einmal bei ihnen vorbei. „Mein Freund geht nach Ägypten", sagte Rupert.

„Machen Sie Urlaub?"

„Ich muß beruflich nach Kairo."

„Oh, Sie sind Ägyptologe, Sie Glücklicher!"

„Klar, unser Nicolas, ein Ägyptologe", grinste Rupert.

Der Barkeeper hatte sich vor ihnen aufgepflanzt, schüttelte einen Cocktail, die Hände im Rücken.

„Achmed, erzähl ihm deine Geschichte“, sagte Rupert.

„Sie wollen sie hören? Ich kam nach Österreich, und als alle Formalitäten erledigt waren, fragte mich der Beamte, Achmed, wie heißen dein Kamel? Aber ich hatte bis dahin in meinem Leben kein Kamel getroffen. So ging ich mit dem ersten Geld, das ich verdiente, nach Schönbrunn in den Zoo. Dort hab ich mein erstes Kamel gesehen.“

Sie lachten. Der Barkeeper hatte Mochitos gemixt, und Ruperts Einladung wollte Nicolas nicht ausschlagen.

„Bestens!“ rief Rupert, „wir müssen feiern, Kairo und alles.“

2

Kairo

Gekränkt, weil für ihn ein Platz in der Economy Class vorgesehen war, erklärte Nicolas Lemden, der Flughafen Schwechat entspreche keineswegs internationalem Standard. Dabei lächelte er sanft, und die Frau, die am Computer zu ergründen suchte, wo der Buchungsfehler liege, hörte ihm höflich zu. Am meisten empörte Nicolas, daß dieses Bodenpersonal am *Austrian-Airlines*-Schalter gar nicht verstand, wie zynisch er seine zur Schau gestellte Ruhe meinte.

Mit texanischem Grinsen, wie irgendein idiotischer Ölmilliardär, pflanzte er sich vor dem rotweißroten Kostüm auf. Die Frau entschuldigte sich, der Irrtum liege bei den Airlines, sie überprüfe noch einmal die Passagierliste für den Flug nach Kairo. Die Haut dieser Dienstleisterin glänzte sonnenstudiogebräunt. Daß gleichzeitig eine weibliche Stimme, der ihren ähnlich, aus den Lautsprechern den letzten Aufruf für einen Flug irgendwohin kundtat, machte Nicolas noch gereizter.

„Ein Platz in der Business Class ist noch frei", sagte die Frau, „Sie möchten neben Frau Masary sitzen?"

Nicht daß Nicolas wegen des Fluges unruhig war. Ihn entrüstete die Herabsetzung, die man sich, wenn auch irrtümlich, mit ihm erlaubt hatte. In der Früh das Lamento der Mutter, er lasse sie im Stich, und Afrika und Gefahren – genervt hatte er ein Taxi zum Airport genommen. Jetzt stand er in Hemd und Hose, khakifarben, englisch, dezent, zwischen seinen Aluminiumkoffern und mußte darauf warten, daß man ihm gab, was ihm zustand. Währenddessen fädelte er seinen Gürtel durch die kalbsledernen

Etuis, dann durch die Hosenschlaufen, zog ihn fest und steckte Satellitenhandy, Communicator und Überlebensmesser in die Halterungen. Die Frau tippte und tippte. Mit beiden Händen umfaßte Nicolas seinen Laptop, drückte ihn an die Brust und ließ sich Schimpftiraden durch den Kopf gehen.

Vom anderen Ende der Halle winkte Rita Masary. Auffällig überragte ihre Statur die Leute am Abfertigungsschalter. Für Ende Mai irrten nicht wenige Touristen in der Halle herum, auf ihren Gepäckswagen türmten sich Taschen, Koffer und Sportgerät. Mit ihrem grellen Sommerkleid bewegte sich die Ägypterin wie ein Wimpel auf ihn zu.

„Sie Armer", sagte Rita, als sie vor ihm stand.

Mußte sie auch noch auf Mitleid sülzen! Ein Blick genügte Nicolas, zwar trug sie nicht dasselbe Kleid wie damals im Tower, aber eine Klamotte aus derselben schlechten Garderobe. Und ihre bronzefarbene Haut provozierte ihn, fühlte er sich doch darauf hingewiesen, wie bleich er selbst aussah.

Ob Almásy blaß nach Ägypten aufgebrochen war? Auf den Schwarzweißfotos war das nicht zu erkennen. Ja, die Fotos in der Mappe des Agenten hatte Nicolas oft betrachtet. Als Produktmanager reizte es ihn, für die ALMASY-Kampagne etwas von der Erscheinung des legendären Patrons anzunehmen. Dessen hagere Gestalt konnte er freilich nicht imitieren, nicht dessen hohe Statur, sein schmales Gesicht mit der großen, geschwungenen Nase.

„Alles in Ordnung", sagte Nicolas zur Dolmetscherin, „so etwas regt mich nicht auf. Ein Platz in der Economy Class, das ist doch ganz nett."

„Ich habe mit dem Büro telefoniert", sagte Rita.

Telefoniert? Sie? Nicolas wurde übellaunig.

„Man sagte mir am Schalter, daß ein Irrtum mit Ihrem Ticket passiert ist", beeilte sich die Dolmetscherin hinzuzufügen.

Als ihm die Frau hinter dem Schalter das Business-Class-Ticket herüberreichte und Rita ihn daraufhin anlachte, befand er ihren Drang, sich nützlich zu machen, als geradezu zwanghaft.

Nicolas haßte die trockene Luft, die Atmosphäre der geschlossenen Räume aus Stahl und Glas. Dabei liebte er die künstliche Welt, eingehüllt in dickes Glas, hinter dem die Jumbos wie lautlose Animationen vom Flugfeld abhoben.

Bevor sich die Maschine in Bewegung setzte, machte sich ein rauschhaftes Gefühl in ihm breit, von einer angedachten Katastrophe ausgelöst. Er beherrschte die Psychotechnik der Kompensation perfekt. Seelenruhig ließ er das Szenario eines Absturzes vor seinen Augen ablaufen. Die Stewardessen überprüften, ob alle Passagiere angegurtet waren, die Triebwerke wurden lauter, die Maschine beschleunigte, jetzt war der Lärm der Motoren ohrenbetäubend.

Während das Flugzeug abhob, warf Nicolas einen letzten Blick nach draußen, auf den Hangar, die Wiesen neben der Rollbahn. Langsam wandte er sich Rita zu, schaute sie an, die Frau, die mit ihm sterben würde, die in den Augenblicken des Absturzes nach seiner Hand faßt, sich an seine Kraft klammert, dann zerfetzt es ihre Körper, die irgendwo im Graben liegen bleiben, die abgerissenen Arme fingerverschränkt.

Das zarte Ping-Poing aus den Lautsprechern riß Nicolas aus seinen Phantasien. „Bleiben Sie bitte angeschnallt“, die Stimme der Stewardess.

Er sah auf das grüne Land unter ihm, die Hügel, die abrupt verschwanden und einem eintönigen Horizont Platz machten. Rita las in einem Modemagazin. Seltsam, ihr kurzes Haar, hatte sie nicht langes, nach hinten gekämmtes getragen? Schwarzes, oder doch rötliches? Sie kam ihm sehr weiblich und jungenhaft zugleich vor.

Nach einer Stunde Flug, in der sie kein Wort gewechselt hatten, sagte sie unvermittelt: „Ich bin fasziniert von Herrn Almásy.“

„Weshalb interessieren Sie sich für ihn?“

„Mein Interesse ist sehr privat. Ich möchte Sie nicht langweilen.“ Sie sagte das keineswegs provozierend. Erwähnte etwas von einem Desaster mit glücklichem Ende.

War nicht im Werbefilm ein Absturz Almásys über der Wüste erwähnt worden? Vage erinnerte sich Nicolas daran. „Der gute alte Ladislaus wurde von Beduinen gerettet“, sagte er also.

„Ich habe eine ungarische Biographie gelesen, Herr Almásy mußte notlanden."

„Sie sprechen ungarisch?"

„Bescheiden nur. Almásy war sehr begabt für Sprachen, er beherrschte sechs Sprachen fließend, auch Arabisch. Was er alles unternommen hat, um Geldgeber für seine Expeditionen zu finden! Er freundete sich mit Gott und der Welt an, um dorthin fahren zu können, wo er sich zu Hause fühlte, in die Wüste. Aristokraten, Diplomaten, Firmen, Versicherungen, Zeitungen, überall hat er versucht, Geld aufzutreiben."

Nicolas sah sie gelangweilt an.

„Herr Lemden, es ist nur, weil wir gerade über die Grenze nach Syrien fliegen", meinte sie eifrig, „ich mußte daran denken, daß Almásy hier in der Gegend notlanden mußte. 1931. Eine englische Wissenschaftsexpedition war bereit gewesen, sein Flugzeug in die Wüste zu begleiten. Die Engländer flogen von London nach Kapstadt und machten den Umweg auf Almásys Kosten, die schließlich eine Budapester Zeitung übernahm. So flog er mit einem Freund, dem Grafen Nándor Zichy, von Budapest nach Kairo. Die beiden waren sehr stolz, weil sie ein Segelflugzeug im Schlepptau hatten, über dreitausend Kilometer. Hier in der Gegend fiel der Motor aus, sie mußten bruchlanden."

Rita hielt kurz inne, sprach dann aber doch weiter. „Vor dem Abflug wurde ein Foto gemacht, die beiden Grafen stehen vor dem Flugzeug, Graf Zichy breitbeinig, die Hände in den Hosentaschen, arrogant und sportlich. Almásy hält hingegen die Beine geschlossen und die Arme am Hosenbund. Unter seiner Fliegermontur sieht man Hemd und Krawatte …, so korrekt und mit Achtung vor dem Flugzeug, das ihn in die Wüste bringt."

Mit einer Geste beendete Nicolas das Gespräch. Frauen wie Rita verliebten sich in Fotos!

Draußen war es dunkel. Rita hatte sich über Almásy ereifert, als bringe sie etwas über sich selbst ans Tageslicht. Fast hätte man vermuten können, ihr eigener Vater stünde mit dem Grafen in Zusammenhang, derart steigerte sich die Dolmetscherin in ihre Nachforschungen hinein. Hysterische Überidentifikation, sagte sich Nicolas. Andererseits beunruhigte ihn, daß Rita von Zusammenhängen sprach, die ihm nicht präsent waren.

Das gleiche Gefühl hatte ihn auch bedrängt, als ihn der Kolporteur im *Schwarzen Café* einen Ägyptologen genannt hatte. Wo er doch kaum etwas über dieses Land wußte. Nicolas hatte das nicht auf sich sitzen lassen und sich noch in derselben Nacht in ein Lexikon eingeloggt.

Von all dem erzählte er jetzt der Dolmetscherin:

Es war einmal ein Modernisierer, der hieß Napoleon Bonaparte und lag mit England und sonstwem im Streit um die Weltherrschaft. Er eroberte das Mittelmeer und traf auf die Türken. Von deren Osmanischem Reich war Ägypten ein Teil, und unter ihrer Oberhoheit regierten dort die Mameluken, einst unfreie mongolische Söldner, die im 13. Jahrhundert die arabischen Herrscher über Ägypten unterworfen hatten. Napoleon marschierte 1798 mit einem Heer von Soldaten, Geschäftsleuten, Gelehrten und Forschern in Ägypten ein und mußte feststellen, daß das einstmalige Reich der Pharaonen gänzlich heruntergekommen und voll Brutalität, Willkür und Schmutz war, also reif für den Segen des Kolonialismus. Als er sich glücklos mit Mameluken, Osmanen und Engländern herumgeschlagen hatte und am Ende wieder abzog, ging eine neue Herrscherdynastie aus der verworrenen Situation hervor, das Geschlecht des albanischen Generals Mohammed Ali, der 1805 von den Osmanen zum Khedifen, ihrem Statthalter von Ägypten, ernannt wurde, ein Muslim, was die Ägypter beruhigte, und doch ein Europäer, fasziniert vom technologischen Vorsprung des Abendlandes, der französische Offiziere anheuerte, um dem orientalischen Leben einen europäischen Drill zu verordnen. Er zwang die Fellachen, auf ihren Feldern Baumwolle anzubauen, und unterwarf das Bauernvolk einer Handvoll von Großgrundbesitzern, Paschas, wie die ägyptischen Aristokraten genannt wurden.

Als sein Sohn das Werk der Modernisierung fortsetzte, brauchte er Auslandskredite, englische und französische Banken gewährten sie ihm. Er ließ den Suezkanal bauen und bestellte zu dessen

Einweihung bei Giuseppe Verdi die Oper Aida. Und als er starb, plante sein Nachfolger Ismail die Umgestaltung Kairos nach Pariser Vorbild, um seiner Hauptstadt den europäischen Chic à la Haussmann zu verpassen. Immer mehr Ausländer kamen, um Geschäfte zu machen, der Strom von reichen Reisenden aus Europa und Amerika riß nicht ab. Sie gründeten eine neue wissenschaftliche Disziplin, die Ägyptologie, die Erforschung des ägyptischen Altertums, legten antike Nekropolen und Paläste frei, verfrachteten die Reichtümer nach Europa: Obelisken, Tempel, Goldschätze und Mumien, die von nun an europäische Museen, Parks und Schlösser füllten. Und eine Hysterie um das Land am Nil war entfacht, eine Faszination des antiken Totenreichs, der Perfektion der Pyramiden, der ungetrübten Gottesnähe.

Als der Khedife Ismail Pascha 1869 den Suezkanal eröffnete, war Ägypten bankrott, und die Franzosen und Engländer wiesen ihre Banken an, zu schalten und zu walten und Schulden einzutreiben. Da konnte es schon passieren, daß England einmal die wachsende nationale Widerstandsbewegung niederschlagen, ein andermal massenhaft aufständische Arbeiter ausschalten mußte. Ägypten war Teil des Osmanischen Reichs, und die Paschas herrschten in ihren Palästen, das Kapital aber war fest in europäischer Hand, und England kontrollierte Armee und Finanzen. Als 1914 der Erste Weltkrieg ausbrach und sich das Osmanische Reich nicht auf die britische Seite schlug, setzte England den letzten Khedifen kurzerhand ab, ersetzte ihn im geschickten Ränkespiel durch seinen Onkel, gewährte diesem den Titel eines Sultans, erklärte das Land am Nil aber zum Protektorat und verhängte das Kriegsrecht. Zweimal verbannten die Briten den Führer der Widerstandsbewegung, doch mußten sie 1922 den Protesten der Bevölkerung nachgeben und die Unabhängigkeit Ägyptens anerkennen. Fuad, ein Bruder des verstorbenen Sultans, wurde zum Monarchen auserkoren.

„Was für ein märchenhafter Dreh“, sagte Rita, „König Fuad mußte eine Verfassung nach westlichem Vorbild in Kraft setzen, sodaß die nationale Widerstandsbewegung von nun an in einem

Parlament saß. Dem Britischen Empire jedoch oblag weiterhin die Besetzung von Suezkanal und Sudan, nebenbei auch die Kontrolle über Armee und Finanzen."

Wirklich subtil. Daß Rupert ihn so spöttisch einen Ägyptologen genannt hatte, das nahm Nicolas ihm noch jetzt – im Flugzeug neben der Dolmetscherin – übel.

Lange nach Mitternacht fuhren sie mit dem Taxi ins Hotel. Es war trocken und warm, am Flughafen herrsche Wüstenklima, erklärte Rita. Sie näherten sich von Norden der Stadt, entlang der Straße machte Nicolas pompöse Villen aus.

Aus dem Autoradio dröhnte arabische Popmusik, und über dem Sitz des Chauffeurs baumelte ein Bündel aus einem Rosenkranz, Vogelfedern und Knöchelchen. Der Ägypter, ein weißhäutiger Mann, schwatzte schon die ganze Zeit über, mit einer rauchigen, bisweilen sirrenden Stimme brüllte er nach hinten, die Hände mehr in der Luft als am Lenkrad. Dabei brauste er die vierspurige Straße hinunter, drohte seine Konkurrenten links und rechts zu touchieren.

Das Hupen ließ der Chauffeur auch nicht bleiben, als das Auto nur mehr langsam im zähen Verkehr rollte. Nicolas schmerzten die Beine, die Venen gewiß, jedoch hielt ihn etwas Ungewöhnliches gefangen, ein fremdes Gefühl in der Lunge, auf der Stirn, an der Kehle.

„Zamalek. Die Nilinsel der Reichen." Rita deutete aus dem Fenster, auf ein auffällig helles Stadtviertel.

„Nilinsel?"

„Wir sind am Nil. Sehen Sie, der Fluß spiegelt die vielen Lichter von Zamalek."

Auch der Chauffeur fuchtelte in Richtung des Lichterviertels. Eine gewaltige Skyline säumte den Strom, Wolkenkratzer um Wolkenkratzer. Nicolas befiel eine eigenartige Stimmung, und nichts fürchtete er mehr, als die Kontrolle über sich selbst zu verlieren. Mehr und mehr entfernten sich die gestikulierenden Hände des Ägypters und Ritas Stimme. Eine zunächst nicht identifizierte Matrix nahm Besitz von ihm, puppte ihn ein. Seine Haut, seine Ohren und Augen, seine Nase und das Nervensystem tauchten in die fremde Umgebung. Die Matrix Orient, was für eine Gefühlsattacke. Aber da war kein Freund Rupert zur Hand, mit dem er ironisch die fatale Situation analysieren hätte können. Sein Körper, schien ihm, war eben auf einem anderen Stern gelandet, auf der Venus, dem Planeten der Hitze. Ihm schwindelte es, seine Augen glichen einem Objektiv, das man scharfstellt und dazu mehrmals ins Unscharfe zieht.

Da war die dumpfe Sommerfeuchtigkeit, die er jetzt mit großer Intensität wahrnahm, eine Feuchtigkeit ähnlich der in den Donau-Auen, aber aufgeheizt, stickig heiß. Die Luft roch nach Verwesung, bitter zugleich und süß, durchsetzt von Gerüchen, die ihn an Gewürze erinnerten, undefinierbar. Langsam erst sortierte Nicolas das Gemisch der Geräusche: den Autolärm von den Menschenstimmen, das Lautsprechergebet eines Muezzins von dem Hupen.

Er beugte sich aus dem Fenster, das Taxi war eingekeilt, und er schaute zum Himmel hinauf. Eine Dunstwolke stand über ihm, erahnbar im Licht von Zamaleks Scheinwerfern. Raubte ihm die Hitze den Verstand oder widerfuhr ihm, worüber alle Orientreisenden berichtet hatten? Im Dunst nämlich spiegelte sich das Bild der Stadt, in voller Größe, zitternd, als sei es auf eine Leinwand gemalt, die im lauen Wind bebt. Er erkannte Kairo, als habe er eine Erinnerung an die Stadt, über die er Bildbände durchgeblättert hatte: den Manial-Palast, die Sultan-Hassan-Moschee und so weiter. Das Bild Kairos hing am Himmel, wie eine galaktische Vision, eine phantastische Vergrößerung der physikalischen Formen, die nur Platz greifen würde, um für sein aufgewühltes Bewußtsein einen Ausdruck zu finden. Kairo erschien als Projektion in den Lüften. Oder hatte er das bei Lawrence Durrell gelesen?

„Wie ist Ihr erster Eindruck von Kairo, Herr Lemden?"

„Ganz nett."

Er wandte seinen Blick den Häusern zu. Im matten Licht der Straßenlaternen standen sie dicht aneinander, Läden verschlossen die Balkone: zerfallende Kolonialbauten, daneben Betongerippe.

Und mittendrin, immer wieder, diese Helligkeit. Scheinwerfer ließen auf einer Moschee, einem Palast, einem Hotel eine pittoreske Pracht erstrahlen. Im Licht der Laternen bemerkte Nicolas auch die Kinder, Frauen und Männer in ihren bodenlangen Hemden. Sie drängten sich auf den Verkehrsinseln, trieben zwischen den Autos mitten auf der Fahrbahn Handel. An der Nilpromenade wimmelte es von Menschen, die meisten mochten im Freien lagern. Einmal kam das Taxi am rechten Straßenrand zum Stehen. Die Leute, sah Nicolas, kochten in Konservendosen Tee.

In Garden City, einem kolonialen Viertel, wie Rita erklärte, hielt das Taxi. Der Wolkenkratzer war erst kürzlich fertigggestellt worden. Dunkelhäutige Piccolos schleppten das Gepäck, und als Nicolas den Windfang des Hotels betrat, schien es ihm, als sei er nach einer Weltreise zurück in Europa. Rita fragte an der Rezeption nach den Zimmern. Er, nun wieder souverän, blätterte die Faxe durch, die für ihn hinterlegt worden waren.

„Ich habe da ein paar Einladungen zum Essen."

„Das geht im Orient schnell", lächelte Rita, „es ist nicht immer ernst gemeint. Lehnen Sie zweimal ab. Wird die Einladung ein drittes Mal ausgesprochen, sagen Sie zu."

Kaum betrat Nicolas das Zimmer im achten Stock, läutete das Telefon auf dem Nachtkästchen. Er mußte nicht hingehen, abheben und fragen, um zu erfahren, wer um diese Zeit anrief. Er wußte und haßte es und ging doch hin, hob den Hörer ab und fragte seine Mutter, warum sie um zwei Uhr nachts nicht im Bett liege und schlafe.

„Seit zwei Stunden versuche ich dich zu erreichen, Niki, du hast ja dein Handy abgestellt."

„Ich bin gut gelandet, das Zimmer ist in Ordnung, ich möchte jetzt schlafen."

„Ich mache mir Sorgen um dich. Die Araber sind das Volk mit der höchsten Mordrate."

Während die Mutter auf ihn einredete, mußte er an den täglichen Besuch bei ihr denken. Wie sie in der Dämmerung am Fenster steht, die harten Konturen ihres Gesichts. Das Licht dreht die Mutter nicht an, nicht ehe es draußen dunkel ist, als wohne sie in einem Kellerloch und nicht in dieser geräumigen Beamtenwohnung mit den Parkettböden, den vier Meter hohen Zimmern und den doppelten Kastenfenstern. Wenn es dämmert, sind die Menschen Schattenwesen in ihrer eigenen Wohnung. Zu diesem Zeitpunkt brennen meist schon die Straßenlaternen, Leuchtreklamen und Schaufensterlichter in der Ungargasse.

Er erzählt ihr vom draußen, von den Menschen, denen er begegnet ist, vom Erfolg, den er vor Augen hat. Sie bleibt stumm, sagt kein Wort. Wenn er Sorgen anspricht, wendet sie sich abrupt ab.

Es kränkt ihn oft, wie unbarmherzig sie immer noch sein kann, und doch ist sie nur mehr ein Schatten der Frau, die er einmal Frau Hartherzigkeit nannte. Seine Mutter, die fanatische Lehrerin, die selbst zu Hause korrekte Kleidung verlangte, während des Essens Anstandsregeln predigte und Kinder für so unappetitlich hielt, daß eine Nachbarin zum Reinigen kam. Sie besitzt die Energie nicht mehr, ihn zu kontrollieren, und doch weiß sie alles über ihn, er erzählt es ihr, sei es aus Gewohnheit, sei es, weil er sich einbildet, ihr den Mann, seinen Vater, ersetzen zu müssen.

Er schaut auf ihre verbitterten Augen hinunter, die zerbrechlichen Glieder, und Mitleid und Haß überkommt ihn. Er sieht sie dem Elend ausgeliefert, in dem sie dem Ende ihres Lebens entgegentaumelt. Oft zanken sie sich, schreien sich ungeniert an. Es ist Haß, der sie aneinander bindet, sie sind vom Hassen abhängig geworden.

Ein Blick auf ihr alltägliches Gefängnis, die Wohnung, die er so satt hat, und Nicolas wandelt sich wieder in einen kühlen Beobachter. Der kalte Zigarettenrauch liegt als grauer Schleier in der Küche. Die Mutter lüftet kaum. Alles, was von draußen kommt, scheint verdächtig, und zudem ist der Dunstabzug defekt. Er kennt ihre Litanei, eine Reparatur sei viel zu teuer, bei ihrer Pension, der doppelten, die knapp niedriger ist als sein Gehalt, aber ihre Angst vor dem Verhungern läßt sich nicht besänftigen. Dem

Verhungern, Delogiertwerden, Beraubtwerden, Vergewaltigtwerden, allem, was sie beim Fernsehen auffängt.

„Wie geht es Susanne?“ sagt Nicolas.

Sofort funkeln ihre Augen. „Die Frau Tochter ruft ja nicht an! Die Ärzte raten dem Fräulein, sich von mir fernzuhalten, ich soll an ihrer Bulimie schuld sein!"

„Sie ist eine verheiratete Frau, und sie ist krank.“

„Trink eine Schale Kaffee mit mir, Niki.“

Nicolas setzt sich auf die Eckbank über der Schmutzwäsche, die sie in den Schrank darunter steckt. Der Kübel mit den Küchenabfällen. Das Gemüse, die Fleischreste, der Kaffeesud dünsten eine Woche lang vor sich hin, dort drüben unter der Spüle, ehe der Hausmeister den Kübel abholt. Für ihn, den Spätankömmling, wie sie ihn nannten, stellen die Kriegseltern so etwas wie einen Irrtum dar, und seine Schwester, zehn Jahre älter als er, ist inzwischen verrückt.

Nicolas betrachtet die Mutter, die im Blechgeschirr den Kaffee siedet. Nichts hat sich seit seiner Kindheit verändert hier. Die für die sechziger Jahre typischen Möbel aus Eichenholz-Imitat, die Souvenire von den Betriebsausflügen, die rustikal heimelige Beamtenstube.

„Es geht dir gut“, stellt sie fest, kaum hat sie die hohen Frühstückstassen auf den Tisch gestellt.

Um sie nicht zu kränken, schlürft er den schlechten Kaffee. Sie empfängt einzig ihn, der Hausmeister bringt ihr morgens vom Supermarkt das Nötigste. Aus dem Wohnzimmer kommen Geräusche, den Fernseher läßt sie den ganzen Tag laufen.

„Dein Vater selig hat bald Geburtstag.“

„Du warst Lehrerin, warum hilfst du nicht wieder in der Bibliothek? Das hast du doch gern getan.“

„Er hat sich so auf die Pension gefreut.“

Die Erinnerungen an den Vater, die auf dem Regal unter dem Kruzifix lagern, üben auf Nicolas eine gespenstische Wirkung aus. Das Eiserne Kreuz der deutschen Wehrmacht für Tapferkeit an der afrikanischen Front, das Bundesverdienstkreuz dritter Klasse für ein Beamtenleben im Außenministerium, die Fotos, die den Vater in jedem Lebensalter zeigen.

„Ich habe gute Nachrichten, Mutter."

Sie schaut auf die Bilder des Vaters und spielt mit ihren Ringen an den Fingern.

„Ich hab einen tollen Auftrag."

„Du hast doch nichts angestellt!"

„Ich bin verantwortlich für eine Kampagne in Kairo."

Sie schaut ihn bestürzt an. Nun macht sie ernst, denkt er, stirbt, aus Rache. Nicolas stützt sie unter der Achsel und streckt ihren Rücken durch. Langsam bekommt die Mutter wieder mehr Luft.

Er wird nach Ägypten gehen, und sie wird sich nicht geschlagen geben. Über ihren Stock gebeugt, atmet sie schwer: „In Afrika gehen die Terroristen um. Dein Magen kann das dortige Essen gar nicht vertragen."

Nachdem ihm die Mutter am anderen Ende der Leitung endlich eine gute Nacht gewünscht hatte, schleppte sich Nicolas ins Badezimmer und hievte seinen Körper in die Wanne. In diesem europäisch wirkenden Hotelzimmer erwartete ihn eine Duschwanne mit einer Mosaikwand. Heißes Wasser rann über seine Schultern. Unser Held, sagte sich Nicolas, streckt die Arme von sich, erblickt die Schmerzensmutter dort unter sich am Rand des Abflusses, wo sich Duschgelschaum sammelt, in Tränen ausgebrochen, Jesusmaria, ein übereifriger Weltenretter, der es sich in den Kopf gesetzt hat, nicht nur unter der eigenen Mutter zu leiden, sondern für alle Söhne zu leiden, die unter ihren Müttern leiden. Vielleicht waren Männer wie Almásy in die Wüste geflüchtet, um ihrern Müttern zu entkommen.

Er ging zurück ins Zimmer. Das Sofa, auf das er sich fallen ließ, hätte einer Großfamilie Platz geboten. Die dunklen Möbel erinnerten an englischen Kolonialstil, die Quasten und Pölsterchen, fabriksneu, mit einer Patina überzogen. Er packte seinen Laptop aus, schloß das Modem an und loggte sich in eine digitale Welt ein.

Drei Tage hielt sich Nicolas Lemden bereits in Kairo auf, ohne Scheich Abdul el Manzur auch nur ein einziges Mal zu Gesicht bekommen zu haben. Auch von der Stadt hatte er nicht viel gesehen. Umm el-Dunya, Mutter der Welt, hatte sie laut Rita einst ein Gelehrter genannt. Noch heute sei für die meisten Ägypter Land und Hauptstadt ein und dasselbe: Misr, die ägyptische Metropole.

Seine Antipathie gegen die arabische Freundlichkeit wollte Nicolas nicht leugnen. Er hielt das übertrieben höfliche Getue für verschlagen und setzte selbst lieber auf das, was er Smily-Benimm nannte. Dem Aufeinandertreffen von extremen Gegensätzen, das Kairo schon nach wenigen Eindrücken kennzeichnete, gewann er durchaus einen exotischen Reiz ab. Zusehends stimmte es nicht mehr, wenn er gegenüber der Mutter am Telefon behauptete, über der Arbeit in der Messehalle alles um sich herum zu ignorieren. Manche Wörter gingen ihm sogar jetzt nicht aus dem Kopf, auf dem Gehsteig vor dem Hotel. Sinnlichkeit, dachte er leicht verschämt, einen Augenblick später Elend.

Pünktlich um halb neun wartete – wie auch die Tage zuvor – der Chauffeur mit dem Firmen-BMW. Nicolas spürte, wie sich sein Puls beschleunigte: das Hinaustreten in die Schwüle, das Verlangsamen des Schritts, als drücke die Luft den Körper zu Boden. Der Chauffeur, der wegen des Mißgeschicks bei seiner und Ritas Ankunft immer noch um seinen Job fürchtete, riß die Autotür auf. Weil er auf seiner Fahrt zum Flughafen im Stau steckengeblieben war, hatte Rita das Taxi genommen.

„War nicht schlimm“, sagte Nicolas zum wiederholten Mal, aber das verstörte den dunkelhäutigen Mann erst recht. Ängstlich schielte er aus seinen rotunterlaufenen Augen, verneigte sich hastig. Die blaue Livree schlotterte an dem hageren Körper. Er zog die Pullmankappe tief in die Stirn, vielleicht um sich gegen den bösen Blick des Efendi zu schützen.

Sie warteten einige Minuten im Wagen, ohne ein Wort zu wechseln. Rita kam aus dem Hotel, öffnete schwungvoll die Autotür, wünschte einen guten Morgen und nahm neben Nicolas Platz. Ihr wadenlanges Kleid erschien ihm hier in Kairo weniger billig. Der Chauffeur schaute verlegen zum Fenster hinaus.

„Waren Sie mit dem Frühstück zufrieden?" sagte Rita.

„Mit dem Frühstück?" sagte Nicolas wie gedankenverloren, um daraufhin ausgesucht dekadent seine eigene Frage selbst mit einem Kopfnicken zu bejahen. Rita begann in den Papieren zu kramen, die auf ihrem Schoß lagen. Als Dolmetscherin arbeitete sie recht gut, durchaus verläßlich, um nicht zu sagen fehlerlos. So schenkte er ihr ein Lächeln, aus dem Mundwinkel nur, ein beiläufiges Lob.

Dann kehrte Nicolas wieder ganz in sich ein. An dieser Bruchlinie zwischen mehreren Welten, mußte er sich sagen, im Orient und doch in der Moderne – ein wenig Pathos war da durchaus angebracht, bei dieser Spiritualität. Drei Tage im klimatisierten Hotel, im klimatisierten Auto, in der klimatisierten Messehalle. In einer Luftblase, dachte er, unter der Dunstglocke Kairos. Und eben doch in einer fernen Welt.

Rita ordnete immer noch die Unterlagen. Unter einer Dunstglocke, wiederholte Nicolas bei sich, darin trieb eine Luftblase, ein schwarzer BMW, durch den Schmutz überall.

Sie fuhren die Pyramidenstraße hinauf bis nach Giza, durch dichtverbautes Gebiet bis zur Alexandriastraße. Dort erschien ihm das Messegelände als Zauber aus der Wüste, als Märchenstadt der neuen Ökonomie. Ein asphaltiertes Areal, mit Stacheldraht umzäunt, abgeschirmt, von Soldaten bewacht. Langsam rollte der Wagen zur Sicherheitskontrolle.

Nicolas fühlte sich daran erinnert, wie er vor zwei Jahren zum ersten Mal in das Hauptquartier des Konzerns bestellt worden war, in diesen blitzblanken Turm, und der Portier nach einem einzigen Blick auf den Bildschirm vor ihm *Herr Lemden?* gesagt und eine Security Card im Knopfloch der Jacke befestigt hatte. Nicolas fand sich bald darauf, ohne sich eine Vorstellung darüber machen zu können, was man von ihm wollte, im Konferenzraum der Chefetage wieder. Auf dem Tisch Snacks, nur vom Edelsten, schließlich der Direktor, der mit ihm über alles mögliche sprach, über Autos, Kunst, Architektur, um am Ende die entscheidende Frage zu stellen: „Herr Lemden, wir vergeben an begabte Menschen Citizenships. Wollen Sie ein Citizen unseres Konzerns werden?"

„Ich bin doch schon Angestellter."

„Sie sind ein begabter junger Mann. Wir möchten Sie gern beschützen, wir zweifeln nicht an Ihrer Loyalität. Sie kennen doch Platons Staat. Wir alle dienen unseren Aktionären, damit wir uns nicht falsch verstehen."

Er mißverstand den Direktor nicht. Die Elite des Konzerns, ein innerer Kreis, der über gewisse Informationsvorteile verfügte, ein Staat im Staat. Aber wenn er auch zusagte, dem Direktor wenigstens nicht widersprach, geschah doch jahrelang nichts, was ihn als Bürger des Konzerns ausgewiesen oder gar begünstigt hätte – bis zu jenem Tag, als in derselben Chefetage die Produktkonferenz für die ALMASY-Kampagne stattfand.

Der Wagen hielt vor der Sicherheitskontrolle. Hinter dem Gelände ragten die Pyramiden empor. Überwältigender konnte auch für Arthur Dent und Ford Prefect die Galaxis nicht sein. Von hier schaute man in die Ewigkeit. Schon im ersten Augenblick hatte sich Nicolas nicht gegen dieses steinerne Märchen wehren können. Die Pyramiden waren das Übermenschliche schlechthin, eine Macht, die eine vollkommene Leere darstellte. Die gigantischen Grabmäler erzählten ihm von der Überwindung des Todes. Nahm es wunder, daß sich das Märchen der neuen Ökonomie, das ihm der Direktor bei jenem Gespräch über die Konzern-Citizenship erzählt hatte, mit mythischen Codes wie dem der Pharaonen nähren ließ? Im Grunde war ein Konzern ein Herzogtum. Ein Königreich im besten Fall. Vergab Citizenships. Adelsprädikate. Nationalstaaten hingegen, dumpfe Politiker richteten sich an das gemeine Volk. Die Pyramiden. Beim Anblick dieser kolossalen Monumente verspürte Nicolas eine Art Rausch.

An der Sicherheitskontrolle zeigte Rita dem Wachebeamten die elektronischen Erkennungskarten. Nicolas dachte an Ford Prefect, der jetzt bellen würde, von der Uniform des Mannes gereizt.

„Möchten Sie auf einen Turm steigen?" fragte Rita.

Er schüttelte den Kopf.

„Bis zum ersten Pressetermin ist noch Zeit, Herr Lemden." Seine unwirsche Handbewegung ließ sie verstummen.

Die Ausstellungshallen waren Zelten nachempfunden, aus sonnenundurchlässigem Milchglas. Man mochte meinen, futuristische Beduinen hätten am Fuß der pharaonischen Tempel ihr Lager aufgeschlagen. Nicolas schluckte ein Aspirin gegen die Kopfschmerzen, und nach wenigen Schritten in der heißen Wüstenluft tauchte er in die Atmosphäre der kühlen Halle ein.

Den Chloroformgeruch und das dumpfe Rauschen der Ventilatoren konnte er kaum für etwas Träumerisches halten, und auch die arabische Musik wirkte deplaziert. Alles glänzte hightech, die Kojen und Bühnen, Illusionen aus Chrom, Stahl und Chic. Nicolas, die Dolmetscherin im Schlepptau, ließ sich durch die Autolandschaften treiben, registrierte die Tricks der Konkurrenz und kam zufrieden am Matchpoint an.

Das Angebot, den ALMASY-Geländewagen interaktiv kennenzulernen, fußte auf seinem Konzept. In einer fünf mal fünf Meter großen Wanne, gefüllt mit Wüstensand, steckte ein weißer ALMASY mit den Rädern fest. Gerät zum Ausschaufeln stand bereit. Der Kunde stapfte aber nicht nur durch echten Sand, sondern erlebte eine Expeditions-Simulation. Sobald er in den Wagen kletterte, befand er sich in einem holografischen Käfig. Ein Programm simulierte eine Wüstenfahrt in Echtzeit, die der Kunde über Brille und Fingersensoren sinnlich erlebte. Via Satellitennavigation manövrierte er sich aus den schwierigsten Situationen, und am Horizont spielte ihm eine Fata Morgana den Film über Ladislaus E. Almásy vor. Der Wüstenpionier und Abenteurer brannte sich als technischer Engel ins Gedächtnis des ALMASY-Kunden. Stand man außerhalb der Wanne, sah man den Film auf einer Leinwand hinter der Bühne.

Mit schmerzenden Gliedmaßen, Symptomen einer Grippe ähnlich, ließ sich Nicolas am Rand der Bühne nieder, schob ein Stück Karton als Sitzfläche unter, um den hellen Seidenanzug zu schonen. Als Rita an ihm vorbeiging, zog er das Sakko aus, streckte es ihr entgegen und deutete zum eigentlichen Matchpoint, einem Salon. Hinter der Bühne wurde seinem Werk der letzte Schliff verpaßt, da und dort mußten noch Lampen gewechselt und Kabel gezogen werden. Zu Mittag, wenn die Automesse für Besucher öffnete, würde alles perfekt sein.

Eine ältere Frau trat an ihn heran, er konnte nicht sagen, aus welcher Richtung, so lautlos hatte sie sich genähert. Sein erster Eindruck war der von zeitloser Schönheit, die die Spuren des Alterns überdauert hatte. Ihr weißer Schopf mochte halblanges Haar gewesen sein, gerade geschnitten, stirnfrei. Ihm fiel auf, daß er trotz ihres Alters auf die hohe glatte Stirn achtete, als stünde ein Mädchen vor ihm, vielleicht ihres burschikosen Auftretens wegen.

„Ich heiße Hana Assem. Herr Lemden, bin ich richtig?“ Ihr Tonfall wirkte nicht unhöflich.

„Lemden, ja“, sagte Nicolas nur.

Er hatte keine Geschäftspartnerin vor sich, das stand fest. Ihre Leinenhose ließ an eine Touristin denken, dazu diese weiße Bluse und das erdfarbene Gilet. Ihr Gehstock mochte eine Marotte sein, denn ihre Füße steckten in Tennisschuhen. Da sie leicht gebückt vor ihm stand, konnte Nicolas schwer abschätzen, wie groß sie war, von schmaler Statur jedenfalls.

„Sie sind für den ALMASY verantwortlich?“ sagte sie in forschem Englisch.

Nicolas entdeckte nirgendwo an ihrer Kleidung eine Identitäts-Karte. „Ja, wir versuchen, das Auto auf dem ägyptischen Markt zu positionieren.“

„Ich sah den Film über Almásy. Ich habe sehr intime Kenntnis von ihm.“ Die Art, wie sie ihn ansah, wirkte durchaus hintergründig. Und ebenso mußte er sich sagen, die Art, wie sie den Gehstock zur Seite legte, zeugte von Kultiviertheit. Sie war nicht affektiert, nur der Tonfall ihrer Stimme war hart.

„Ich bin Kanadierin“, redete sie weiter, „ich war im Krieg Krankenschwester in Italien. Mein Vater kämpfte in Frankreich, so kam ich nach Europa. Daß ich nach dem Krieg nach Ägypten ging, hat mit Teddy zu tun.“

„Mit Teddy?"

„Ladislaus, eigentlich *László* Almásy. Die Engländer gaben ihm den Spitznamen *Teddy*, sein zweiter Vorname war Eduard, ungarisch Ede."

„Unser ALMASY hat Sie nostalgisch nach Kairo gelockt?"

„Oh, ich lebe seit über fünfzig Jahren hier. Nach Almásys Tod heiratete ich einen Ägypter, Goma Assem, er war früher Teddys Diener."

Daß Nicolas die Stirn runzelte, verstand sie wohl falsch. „Später wurde Goma Rechtsanwalt", beeilte sie sich hinzuzufügen, „er und sein Freund Abdul machten nach dem Krieg erstaunliche Karrieren. Haben Sie Scheich Abdul el Manzur bereits persönlich kennengelernt? Er ist ja Aufsichtsratmitsglied Ihres Konzerns, ein bedeutender Mann in Kairo."

„Das ist alles sehr aufregend, Frau Assem", sagte Nicolas schließlich, „wir werden gewiß einmal Zeit finden, uns auszutauschen."

Daraufhin erhob er sich von seiner Kartonsitzfläche, schlenderte an ihr vorbei und war schon fast in der Lounge angelangt, als er sie fragen hörte: „Sind Sie nicht an gewissen Fakten über Almásy interessiert?"

„An gewissen Fakten?" sagte er, während er sich umwandte, so galant und ungerührt, wie er nur konnte, „an gewissen Fakten? Am großen Geheimnis?"

„An Fakten über Ihren Imageträger Almásy, Herr Lemden."

„Daß er vielleicht ein Nazi war? Das ist keinen Skandal wert. Glauben Sie mir, das ist vorbei."

Nicolas schloß sich in den Regieraum ein.

Wenig später hörte er durch die Stellwände ein Gespräch, das die alte Frau offenbar mit Rita führte. Er warf einen Blick in die Lounge. Auf dem gelben Diwan, der der Couch aus dem Almásy-Film glich, saßen tatsächlich die beiden Frauen.

„Scheich Abdul und Goma, meinen Mann, verbindet eine lange Geschichte. Sie waren Freunde, beide Diener Almásys. Heute sind sie verbitterte weltanschauliche und politische Gegner. Der Scheich bedroht meinen Mann."

Darauf Rita: „Der Scheich war gar nicht erfreut über den Almásy-Film."

„Er hat auch allen Grund zu hoffen, daß nicht zuviel Aufmerksamkeit auf Teddy gelenkt wird. Der gute Abdul würde selbst vor einer Fatwa nicht zurückscheuen und den liberalen Goma für vogelfrei erklären lassen, wäre da nicht das Geheimnis, das Almásy vor fünfzig Jahren mit ins Grab genommen hat. Abdul vermutet, daß Goma davon weiß, und ist versessen darauf, es zu erfahren. Almásys Geheimnis schützt Goma, ich fürchte aber, Goma hat zu viele Geister geweckt. Er ist in Gefahr."

Nicolas trat aus dem Regieraum. Er wandte sich seinem Techniker zu und gab ihm die Anweisung, einen Probelauf mit dem ALMASY zu starten. Dann setzte sich Nicolas selbst in das Auto und simulierte eine Fahrt in die Wüste. Die beiden Frauen, sah er im Augenwinkel, schienen sich noch viel zu erzählen.

3

Paläste und Müll

„Mit dem Studio, das ist perfekt", sagte Nicolas und entdeckte ein Lächeln in Ritas Mundwinkel. So stocksteif allerdings, wie sie neben ihm am Rand der Polsterung hockte und beharrlich nach vorne zur Windschutzscheibe starrte, mochte sie ebensogut überhört haben, was er gesagt hatte. „Danke, daß das mit dem Radiospot funktioniert."

Rita antwortete nicht. Sie hatte die Beine aneinandergepreßt, auf dem Oberschenkel ihr Täschchen, das sie mit beiden Händen festhielt.

Obwohl Nicolas den Daumennagel bis zur Schmerzgrenze in den Handteller grub, verschwand dieses Gefühl der Schwäche nicht. Er haßte fatale Situationen. Und nun saß er neben der Dolmetscherin, die das Problem der ausbleibenden Messebesucher lösen wollte, in einem Auto, das ein Dienstwagen war. Er hatte sich doch eben zu einem Danke durchgerungen und nichts als ihr distinguiertes Vorsichhinschauen geerntet.

Soeben fuhren sie am *Mena House* vorbei, dem prächtigen Kolonialhotel bei den Pyramiden. Das mußt du dir vorstellen, hatte Nicolas der Mutter am Telefon erzählt, in den dreißiger Jahren reichte der Nil bis hier heraus. Das *Mena House* war damals ein Grundstück in der Wüste, aber nahe am Nilufer, wo Segelboote anlegten und vornehme Gäste zwischen Fluß und Wüste auf und ab promenierten, hier, wo sich jetzt die Elendsquartiere häufen. Es liegt ein solcher Gestank in der Luft, daß nicht einmal die BMW-Klimaanlage den Moder herauszufiltern vermag.

Und jetzt, in der Pyramidenstraße, immer noch weit draußen in

Giza, auf Höhe des Papyrus-Museums, kam der Verkehr zum Stillstand. Ein Eselskarren zwängte sich an ihnen vorbei, grüne Gemüsestauden streiften die Seitenfenster entlang. Schäbige Wohnsilos, dazwischen ein bunt marmorierter Neubau, graubraune Lehmziegelhäuser, wüst aneinandergeschachtelt, wie Holzklötze im Sandkasten. Vor einem Palast, Wand an Wand mit Häuserruinen, fielen Nicolas die weiß uniformierten Soldaten auf, ihre Wachhütten im Schatten von Palmen mit sandigen und grauen Blättern.

Als der Chauffeur eine Lücke im Verkehr entdeckte und das Auto beschleunigte, federte Rita nach hinten. „Das staatliche Radio ist kompliziert", sagte sie, „die Genehmigung für einen Studiotermin geht über hundert Schreibtische."

Der Chauffeur rief nach hinten: „In Kairo ist immer Stoßzeit, sorry, immer Stoßzeit, Sir." Das kleine Stück vom Messegelände bis nach Giza kostete Nicolas Lemden bereits eine Stunde.

In wenigen Tagen würde Scheich Abdul el Manzur von seiner Geschäftsreise aus den Emiraten zurückkehren und einen positiven Bericht von Nicolas erwarten. Wie sollte er ihm erklären, daß der Andrang zu ihrem Matchpoint alles andere als überwältigend war. Ritas in Wien geäußerten Rat, die Präsentation des neuen Wüstenfahrzeugs über Fernsehen und Radio anzukündigen, hatte Nicolas mit dem Hinweis abgetan, man wolle potente Kunden und nicht arme Kirchenmäuse animieren. Deswegen die Zeitungskampagne, Fräulein Masary, wer sich einen ALMASY leisten kann, liest auch Zeitung.

„Sie hätten sich direkter ausdrücken können", brummte er.

„Ich wollte nicht widersprechen, Herr Lemden."

„Analphabetische Neureiche! Nicht zu fassen."

Sie hatte ihm halb den Rücken zugekehrt, eher indifferent. Er hatte sich aus Ärger in der Wortwahl vergriffen. Bei Ärger spürte er Schmerzen in der Schulter, und bei Schmerz dachte er an die Mutter. Er hatte schließlich nicht ahnen können, daß in diesem Land steinreiche Leute herumlaufen, die nicht in der Lage sind, eine Zeitung zu lesen.

„Mit dem Radiospot werden Sie bestimmt Erfolg haben, Herr

Lemden. Die Leute im Tonstudio freuen sich über den Auftrag. Der Andrang bei der Messe wird riesig sein."

Zum wiederholten Mal Stau. Unzweideutig erklärten die Handbewegungen des Chauffeurs, daß Nicolas ein Fußmarsch bevorstand.

„Warum lachen Sie, Nicolas?"

„Ich mußte daran denken, wie Arthur Dent aus dem Raumschiff steigt und Ford Prefect sich sträubt. Ein Hund will da nicht hinaus."

Ohnehin blähte die Temperatur einfache Wörter zu Monstern auf. Hier war es nicht *heiß*, sondern *höllenheiß*. Die Nachmittagssonne brannte *lodernd* auf sein Haupt, und vom Asphalt stieg eine *Gluthitze* seine Waden hinauf. Nach wenigen Metern verging ihm allerdings jede Lust auf Ironie.

Nicolas lief mit zusammengekniffenen Lippen neben Rita Masary her. Schon der kleine Bildausschnitt, den er vor sich her trug, war ein Indiz für Chaos, Verwahrlosung und Elend: aufgebrochener Asphalt, Schotter, herausgerissene Randsteine, Müll, gärende biologische Masse. Wenn er zur Straße hin schielte, sah er Autos, und wenn er zum Gehsteig blickte, eine Frau, die im Sand hockte, ein Kind auf dem Arm.

Rita drängte an ihm vorbei zur Fahrbahn, stemmte sich dem Verkehrswurm entgegen. In diesem Augenblick schleuderte ihnen ein Fahrzeug entgegen, drohte eine Person aus der offenen Tür des VW-Busses zu rutschen. Während Nicolas auf den Gehsteig sprang und Rita mit sich zog, riß der Chauffeur das Lenkrad auf die andere Seite. Die verschleierte Frau kippte in das Fahrzeug zurück, und der Kleinbus schnarrte entlang des Randsteins an ihnen vorbei.

Ritas Hand lag ruhig in der seinen, er spürte ihre trockene Haut. In seinem Nacken stand Schweiß. Sie zog ihre Hand zurück.

Entlang der Geschäftszeile, an der sie vorbeikamen, spritzte eine Frau mit einem Schlauch Wasser auf den gepflasterten Gehsteig. Ihre Galabiya hatte sie bis zu den Waden hochgebunden, um die Knöchel zu kühlen. Vor einem Parfumladen saß ein Mann auf einem klapprigen Stuhl, streckte die Beine weit von sich. Die Luft roch nach heißen, mit Wasser gelöschten Ziegelsteinen. Dann wieder Lehmboden, zwischen den Müllsäcken Ratten.

Längst schwollen seine Beine an, und seine Kehle schmerzte vor Trockenheit. Gerade als Nicolas protestieren wollte, faßte ihn Rita am Arm, blieb stehen und deutete auf einen Bretterverschlag zwischen den lehmverschmierten Ziegelbauten. Ihr Gesichtsausdruck hatte sich verändert.

„Sind Sie womöglich hier aufgewachsen, Rita?"

Sie schaute ihn verwundert an.

Eigentlich fand er nichts langweiliger als Familiengeschichten. Das war nichts für jemanden wie ihn, jung, unternehmerisch, technoid. Und trotzdem ertappte sich Nicolas bei der Frage, ob Rita vor der Schule ihrer Kindheit haltgemacht hatte.

Kopfschüttelnd wies die Ägypterin erneut auf den Bretterverschlag. Durch einen Spalt nahm Nicolas die Ruine eines palastähnlichen Gebäudes aus. Rita nickte und deutete auch auf die andere Straßenseite: „Die Ruinen einstiger Villen! Ägyptische Prunkbauten der Paschas."

Ihm waren die kaputten Gebäude gar nicht aufgefallen. Entlang der Pyramidenstraße herrschte ein Durcheinander von Bautrümmern, architektonischer Wildwuchs. Überhaupt kam ihm Kairo wie ein ziviler Kriegsschauplatz vor, ein Ameisenhaufen, mit einem Spaten durcheinandergewirbelt. Wenn er genauer auf das Wirrwarr von Mauern hinsah, entdeckte Nicolas tatsächlich so etwas wie Villen zwischen den Wohnsilos. Oft war das Obergeschoß weggerissen, waren kuppelförmige Erker eingestürzt. Auch gab es noch Reste von Gärten. Palmen und Feigenbäume, verwitterte Stege, ein schmiedeeisernes Gitter am Treppenaufgang, Fensterläden, neumaurisch. Einmal wollte er eine Villa im Schweizer Alpenhotelstil erkannt haben.

„Früher gab es hier Felder und Obsthaine", sagte Rita, „es ist nur wenige Jahrzehnte her. Giza war ein Fellachendorf, Kairo lag dort drüben. Heute ist alles ein Slum. Die Straße, auf der wir gehen, war ein Kanal, links und rechts Akazienalleen, dahinter die

Villen inmitten von Mango- und Dattelhainen. Am Kanal fischten die Männer, mit Blick auf die Pyramiden."

Während Rita Masary sprach, hatte Nicolas das Gefühl, die Fahrbahn ziehe sich langsam zurück, die Autos verflüchtigten und die kleinen, elenden Kioske dematerialisierten sich, ebenso die Plakatwände, Eselskarren, all die Leute in ihren Baumwollkutten, die zwischen den Autos herumirrten. Aus der veränderten Matrix tauchten Paschas im Schatten von Palmen auf, ihren vornehmen Fes auf dem Kopf, den Tabusch, in englischen Fracks, der Gehstock, mit versilbertem Knauf. Schon dinierten sie auf den Terrassen ihrer weißgekalkten Paläste, und die Sonne leuchtete auf eine ländliche Idylle, die nichts als Ruhe ausstrahlte.

Ritas melancholischer Gesichtsausdruck hatte ihn über die Zeitlinie springen lassen.

„Das Ensemble hier steht doch schon lange", sagte er.

„Vor zwanzig Jahren hatte Kairo vier, heute zwanzig Millionen Einwohner."

Den restlichen Weg bis zum Studio, das in einem Hinterhofhaus an der unteren Pyramidenstraße lag, schwiegen sie. Er sah die Lehmziegelhäuser rechts und links der Straße wachsen, höher und höher in den Himmel, ohne daß Schatten entstand. Der Slum generierte sich in ein Börsenviertel, dabei war er, Nicolas, sauber, keine Pilze, kein Ecstasy.

Eine Rampe führte zum Hinterhofhaus. Sie begegneten zwei Männern, die einen Büroschrank zur Straße hinaus schleppten. Im Schatten des Vordachs campierten Leute, flochten Körbe aus Weidenzweigen. Als Rita und Nicolas über sie hinwegstolperten, senkten sie ihre vernarbten Gesichter.

„Wir sind gleich da", sagte Rita hastig, „gleich sind wir da."

Ihm war mulmig zumute. Er kam sich hier so deplaziert vor. „Wie sind Sie nach Österreich gekommen?" fragte er .

Sie lachte. „Es waren die Österreicher, die zuerst nach Ägypten kamen."

Durch die offene Glastür drang muffige Luft ins Freie. Mit dem Schritt ins Vorhaus entrannen sie zwar der Sonnenglut, tauchten dafür aber in eine drückende Schwüle ein und fanden sich nach wenigen Metern zwischen Mobiliar und Gerümpel wieder. Es verstellte den Durchgang zur Tür am Ende des Korridors und auch zur Treppe gleich links, die in die oberen Stockwerke führte. Eine halbe Wohnungseinrichtung stand im Weg. Zwei Männer schulterten gerade einen Schreibtisch. Als Rita sie ansprach, ließen sie das Möbel zu Boden gleiten und verfielen in ein freundliches Plaudern, ohne jede Eile und ohne die Absicht erkennen zu lassen, den Korridor jemals freizugeben. „Der Besitzer will das Studio vergrößern, daher wird eine Wohnung geräumt. Wir müssen warten. Akim wird uns abholen."

„Akim?"

„Ein Freund. Akim war es, den ich um Hilfe gebeten habe. Akim arbeitet im Studio, er ist Schauspieler, Mädchen für alles."

Unter dem Treppenaufgang war eine mannshohe Nische, in die sich die beiden zurückzogen. Rita verschränkte die Hände auf dem Rücken und lehnte sich so an die Mauer, stützte den linken Fuß an der Wand ab.

„Also, die Österreicher kamen zuerst nach Ägypten", sagte Nicolas.

Eine Weile lang musterte sie ihn. Im Halbdunkel wirkte Rita sehniger, knabenhaft. „In der Paschazeit gab es in Ägypten viele Familien aus der k.u.k. Monarchie", sagte sie, „weil sie deutsch sprachen, nannte man sie Deutsche, aber sie waren Österreicher, Ungarn, Bosnier. Während des Suezkanalbaus waren viele Österreicher über Triest nach Alexandria gegangen, um Arbeit zu finden. Ein österreichischer Ingenieur hatte die ersten Pläne für den Suezkanal gezeichnet, und bei der Eröffnung des Kanals nahm der österreichische Kaiser als einziger europäischer Herrscher an der Parade teil, die Franzosen und Engländer erpreßten gerade den Khedifen Ismail Pascha um seine Aktien. Erst durch den Suezkanal entwickelte sich Triest zum wichtigen Handelshafen. Immer mehr Österreicher wanderten nach Ägypten aus. Andererseits schickten viele Paschas ihre Söhne zum Studium nach Wien, man mochte die Österreicher, weil sie keine Franzosen und Engländer waren."

„Sie sind eine Aristokratin", grinste Nicolas.

„Meine Großmutter war Ungarin."

„Aber Ihr Großvater war ein Pascha und holte sie als seine Frau."

„Nein, nein. Nach dem Ersten Weltkrieg war es auch für kleine Beamte möglich, eine Österreicherin zu heiraten. Ägypten war immer noch das Ziel vieler Österreicher, verarmt, wie sie waren, und heimatlos, nach dem Zerfall der Monarchie. Sie kamen als Metzger, auch als Bäcker hierher, in Kairo gibt es noch heute *Kaiserbrötchen* und *Salzstangen*. Auch Hotels und Restaurants von Österreichern gab es häufig, ein berühmtes hieß *Kursaal*, die Ägypter sagten *kuzal*, sie dachten, es sei ein türkisches Wort. Sogar in der Filmindustrie fand man viele österreichische Namen. Den ägyptischen Fes, den Tabusch, Teil unserer Nationalkleidung, stellte man in Österreich her." Rita sprach sehr gewählt, als übersetze sie gerade. Penibel achtete sie darauf, die Fassung, ja eine Art Etikette zu wahren. „Europäische Frauen galten in Ägypten als Inbegriff der Schönheit, weiße Haut, helle Haarfarbe."

In diesem Moment kam ein lautstarker Wortwechsel von der Tür. Die beiden Träger hatten versucht, den Schreibtisch mit Gewalt durch die Tür zu zwängen, und nun steckte das Möbel zwischen den Türstöcken. Nicolas brauchte nur ein paar Schritte, um bei den beiden Männern zu sein, sein Versuch, ihnen zu helfen, war jedoch nutzlos. Deren gegenseitige Vorhaltungen gingen nämlich in herzhaftes Lachen über, bis sie den Schreibtisch am Ende unter hysterischem Gelächter fallen ließen. Das Möbel rutschte hinunter und blieb in der Türöffnung verklemmt hängen.

„Haben Sie Freunde, Nicolas?" fragte Rita.

„Mir fehlt die Zeit, die meisten verstehen das. Ich rufe sie sporadisch an. Mit Rupert ist das anders."

Jetzt stemmten sich die beiden Träger gegen den Schreibtisch und drückten ihn aus der Tür. Mit scharrendem Geräusch geriet er ins Rutschen und schlug auf dem Betonboden auf. „Sorry, Sir, sorry", riefen die Männer durcheinander. Dann zündeten sie sich eine Zigarette an und machten es sich auf dem ziemlich mitgenommenen Schreibtisch bequem.

Rita lehnte an der Wand und lächelte. Ihr klassisches Profil fiel ihm erst jetzt auf, die leichte Wölbung ihrer Nase, schmal und lang, die Nasenflügel, die sie beim Atmen bewegte, wie Fischkiemen. Er spürte ein Prickeln auf seinen Fingerkuppen. Verwundbar, schien ihm, lehnte sie an der Wand. Er wollte einen Schritt auf sie zugehen, aber Rita zuckte zusammen, wandte sich ab.

„Mein Großvater, Mahoud Masary, war Sekretär eines Pascha. Der schickte ihn zum Studium nach Wien, in den zwanziger Jahren war das möglich, die Ägypter profitierten von der Inflation in Europa. Mein Großvater kam mit wenig Geld, aber das wenige ägyptische Geld besaß hohen Wert in Wien. Mit drei ägyptischen Pfund war man dort schon ein orientalischer Prinz, alle Mädchen interessierten sich für ihn. Natürlich lernte mein Großvater nichts, er spielte im Casino und nahm sich eine fleißige Frau mit nach Hause, meine Großmutter Anna, die Tochter eines ungarischen Fabrikanten, dessen Familie schon lange in Wien lebte. Sie hatten einander bei einem Konzert im Prater kennengelernt. Weil Mahoud Masary aus keiner reichen Familie kam, mußte seine Anna in Kairo zunächst mitverdienen. Mit der Pferdekutsche fuhr sie zur Kanzlei eines Rechtsanwalts, als dessen Sekretärin sie arbeitete. Damals gab es in Kairo Tribunaux Mixtes, eigene Gerichtshöfe für Ausländer. Denn Ausländer durften nicht von Ägyptern vor Gericht gestellt werden, die englischen Geschäftsleute hatten das durchgesetzt. Die Hauptsprache in den Tribunaux Mixtes war Französisch, aber auch Englisch, wenn die Verhandlungen Engländer betraf, Armenisch, wenn es um Armenier ging, auch Griechisch, und eben Deutsch für die Österreicher. Meine Großmutter hat oft davon erzählt... Als ihr Mann zum Berater von König Fuad aufstieg und zum Pascha ernannt wurde, hat sie natürlich nicht mehr gearbeitet."

„Rita! Eine Freude ist das!" ertönte eine männliche Stimme in der Stille, die entstanden war, eine tiefe Stimme mit sympathischem Akzent. Jetzt löste sich die Ägypterin von der Wand, beugte sich zum Korridor hin. In der offenen Tür mit der Aufschrift Studio winkte ein dunkelhäutiger Mann.

„Akim, wie schön", rief Rita.

„Ich komme, ich möchte euch willkommen heißen", antwortete der Mann und kam ihnen bis zu den aufgetürmten Möbeln entgegen.

Gleich darauf hallte ein arabischer Chor durch das Treppenhaus, und Rita, Akim und die beiden Träger sprachen durcheinander. Soviel verstand Nicolas, daß sie alle Akims unsportlichen Klettersuch kommentierten. Mit seinem mächtigen Bauch zwischen Regalen eingeklemmt, hatte er gerade die beiden Arme noch frei. Während er sich mit einer resignierenden Handgeste durch das schwarzgekräuselte Haar fuhr, lachte er über das eigene Mißgeschick. „Inshallah", rief er, den ersten Vokal bis zum Sprechgesang dehnend.

Vorwärts kam Akim nicht mehr, und als er nach hinten wollte, blieb sein buntes Hawaiihemd an einem Nagel hängen und zerriß an der Schulter. „Ich bitte um Verzeihung, ich komme zurück, es gibt einen zweiten Ausgang."

Rita lehnte immer noch an der Wand. Für eine Ägypterin, das wußte Nicolas wohl, war die Familie ein und alles. „Ihr Vater…, Ihre Mutter, ich meine…", sagte er schließlich.

„Mein Vater hat es wie mein Großvater gemacht."

„Er ging nach Wien studieren?"

„Nein, aber er heiratete eine Österreicherin. Rachman Masary war ja ein halber Ungar und sprach deutsch. Diese Kreise blieben gern unter sich, und so heiratete er die Tochter einer österreichischen Erzieherin im Haus des Prinzen Kemal el Dine. Meine Mutter war deren uneheliches Kind, mein Vater heiratete sie trotzdem. Als General Nasser 1952 König Faruk stürzte, machte er als junger Offizier Karriere."

„Klar, Tausendundeine Nacht und so."

Auf seine unpassende Bemerkung ging Rita gar nicht ein. „Die Sache mit den Erzieherinnen reicht weit zurück. Viele hohe Beamte und Geschäftsleute sympathisierten aus Angst vor einer Revolution mit den Engländern und schickten ihre Söhne zum Studium nach London oder Paris. Unter den Paschas jedoch gab es die Tradition, Gouvernanten aus Österreich als Erzieherinnen zu nehmen. Sie waren vornehm, kamen aus aristokratischen Kreisen. Sie waren für die Erziehung der Kinder zuständig, gebildete Frauen, die das Haus regierten und für Ordnung sorgten. Durch diese Damen lernten viele Paschas die Donaumonarchie als ein fortschrittliches Staatsmodell verstehen."

„Und so haben Sie zwei österreichisch-ungarische Großmütter?"

„Hören Sie weiter, jetzt wird es nämlich für Sie noch interessanter: Dieser Prinz Kemal el Dine, in dessen Palast meine Großmutter Erzieherin war und meine Mutter aufwuchs, war Almásys Mentor. Der Cousin des Prinzen hatte in Wien studiert und dort Almásy kennengelernt. So kam es zu dessen schicksalhafter Begegnung mit Kemal el Dine. Der Prinz war nämlich ein bedeutender Wüstenforscher, den Almásy sehr bewunderte."

„Sie deuten an, daß Ihre Familie in gewisser Beziehung zu Almásy steht?"

„Ich habe meine Großmutter mütterlicherseits, sie hieß Erika Gründer, nie kennengelernt. Kemal el Dine starb in den dreißiger Jahren, seine Witwe flüchtete während der Revolution von 1952 nach Europa und nahm Erika mit in die Schweiz. Ihre Tochter ließen sie in Kairo, sie war dreizehn und heiratete meinen Vater, den jungen Offizier Rachman Masary, der oft zu Besuch gekommen war und deutsch sprach."

„Und der mit Almásy verkehrte, wie Sie mir bestimmt sagen wollen!"

„Meine Mutter erinnert sich noch an Herrn Almásy, der tauchte oft im Palast an der Nilbrücke auf. Sie erwähnte auch seinen Bruder János, dabei wurde sie wortkarg, mein Vater muß ihn nicht recht gemocht haben ... Herr Lemden, ich bewarb mich um den Job, weil mich der Name ALMASY aufgeregt hat. Mit dieser Werbekampagne in Kairo ..."

Also doch nicht nur die Fotos, dachte Nicolas. „Wir kümmern uns hier allerdings um Produktplazierung, nicht um Familienforschung."

Rita seufzte. „Hana Assem, die alte Dame aus Kanada, hat mir viel erzählt… Hana war mit ihrem späteren Mann Goma und Graf Almásy im Palast der Witwe des Prinzen, sie sagt, meine Großmutter war die graue Eminenz im Haus, sie muß eine furchtbar strenge Frau gewesen sein…“

Geneigten Haupts trat Akim Sabry jetzt in die offene Tür. Hinter ihm sah Nicolas die Träger mit dem Schreibtisch im Hausdurchgang verschwinden. Akim hatte ein neues, nicht weniger buntes Hemd an. Er wirkte geduckt, humpelte leicht. Seine Augen strahlten Wärme aus, und in dem dickbäckigen Gesicht waren noch die feinen Züge eines wohlproportionierten Mannes zu erkennen. „Ich störe das Gespräch hoffentlich nicht“, sagte er, auf Höflichkeit bedacht, und streckte Nicolas die Hand entgegen, den Arm seltsam nach unten gedreht.

„Wir haben nur auf dich gewartet“, sagte Rita.

Rita, die nun jeden Augenkontakt mit Nicolas vermied, sprach daraufhin eine ganze Weile mit Akim, auf arabisch, sehr geschäftig und ernst.

„Herr Nicolas“, sagte Akim dann, „wir heißen Sie herzlich willkommen. Unser Studio erfüllt alle Wünsche für Sie. Rita erzählte, daß Ihr Auto den Namen des großen Almásy trägt. Ich darf sagen, unser Militärflughafen heißt Al Maza. Rita sagt, Al Maza kommt von Almásy. Er muß ein wichtiger Mann gewesen sein. Ich werde telefonieren, Herr Nicolas.“

Nachdem sie über eine Feuertreppe in das erste Stockwerk und von dort zurück in das Treppenhaus gelangt waren, stellte der Ägypter Nicolas sämtlichen Mitarbeitern des Studios vor und erzählte jedesmal die Geschichte vom ALMASY-Radiospot aufs neue. Von einem *You are welcome* zum nächsten gereicht, genoß Nicolas die klimatisierte Kühle. Die dunklen Räume, spärlich eingerichtet, erinnerten Nicolas an Fotos von europäischen Studios aus den siebziger Jahren. Akim geleitete sie in den Aufnahmeraum, wo ein kleiner Tisch mit Stühlen für sie bereitstand. In der Regiekabine, durch die Glasfront zwischen den beiden Zimmern einsehbar, wischte ein dunkelhäutiger Mann die Regler des Mischpults mit einem Tuch ab, hantierte behutsam an der 8-Spur-Maschine.

Von digitaler Technik war nichts zu sehen. Eine Frau, deren Haar mit einem hellen Schleier verdeckt war, brachte Tee. Nicolas fielen ihre lackierten Nägel in den Pantoffeln auf und die goldenen Ringe, die an ihren Fingern steckten. Freundliche und zurückhaltende Leute, würde er der Mutter berichten. Mit welcher Sorgfalt und Improvisationsgabe sie ihre Geräte beherrschten, kunstfertig, respektvoll wie DJs, die wissen, was sie ihrem technischen System schulden.

Durch die offene Tür vernahm Nicolas den Ruf eines Muezzins. Gegen Mittag das zweite Gebet, sagte er sich, und als er von seiner Armbanduhr aufblickte, waren die Männer aus dem Studio verschwunden. Rita versank in sich, unansprechbar. Nach zehn Minuten tauchten die Männer wieder auf. Ein älterer Herr betrat mit einer viel jüngeren Begleiterin den Regieraum, nickte durch das Fenster zum Gruß.

Nicolas schaute verstohlen zu Rita hinüber. Sie führte gerade das Glas zum Mund, ließ die Zunge über die Lippen gleiten. Die Dolmetscherin hatte sich als eine eigenwillige Person erwiesen. Und er, Nicolas, war ja selbst schon ein halber Orientale geworden, so gelassen nahm er hin, was geschah. Beinahe geduldig trank er den Tee, ein heißes Getränk, süß wie ein Bonbon. Der alte Mann im Regieraum, blaß und weißhäutig, wirkte nicht unfreundlich, aber fanatisch. Sein Gesichtsausdruck verriet eine gewisse Brutalität, wie sie von Pädagogen ausgeht, die in allen Menschen Kinder zu erblicken glauben, die mit Strenge und wenn nötig mit dem Knüppel zur Fasson zu bringen wären. Sein blauer Leinenanzug war von feinem Stoff, wie eine Uniform oder Montur geschnitten, und er kratzte ständig in seinem schütteren Haar. Die Frau neben ihm mochte man für eine Filmdiva halten, zu ihrem Kostüm aus den fünfziger Jahren trug sie das schwarze Haar zu einem Knoten hochgebunden. Sie hing dem Alten am Ohr, der wiederum schien darauf zu horchen, was sie ihm zuflüsterte.

Am Ende des Gänsemarsches, der ein hübsches Mädchen, einen

Burschen und einen stattlichen Herrn im Aufnahmeraum erscheinen ließ, kam Akim durch die weit offenstehende gepolsterte Tür. Er winkte mit den Rollenblättern, um sie kurz darauf unter den Schauspielern zu verteilen. Die gruppierten sich um die Mikrophone in der Mitte des Raums und ließen sich von Akim erklären, was sie zu tun hätten.

Über Lautsprecher unterbrach der alte Herr im Regieraum, den Rita mit Doktor titulierte, das Gespräch, korrigierte die Schauspieler, wenn sie ihre Dialoge zuwenig theatralisch schnurrten und gurrten, säuselten und singsangten. Auch war der Doktor, wie Rita erklärte, mit der Imitation des Fellachendialekts nicht zufrieden, mit dem sie ihre Rollen sprachen.

„Der Doktor war Arzt und ist heute ein hoher Beamter im Gesundheitsministerium", sagte Rita, „die Regierung gibt den Radiospot in Auftrag. Wir haben keine Bildung, sondern Volkserziehung. Fünfzig Prozent der Ägypter sind Analphabeten, so kann man die Leute nur über Radio und Fernsehen erreichen."

Mit heftigen Handbewegungen dirigierte der Doktor das Aufklärungsgespräch, in dem der Bursch einen unwissenden Fellachen mimte, der ein junges Mädchen begehrt und nun vom Scheich und seinem Regierungsbeamten aufgeklärt wird. Akim, der jenen darstellte, erklärt dem Fellachen, warum eine frühe Heirat ungesund sei, welche Krankheiten auf sie lauerten, wenn zwölfjährige Kindfrauen Kinder bekämen, und wie schädlich die Beschneidung für Mädchen sei.

„Herr Nicolas, sind die Akteure gut?" fragte Akim am Ende. Dieselben Schauspieler sollten auch den Werbespot für den ALMASY aufnehmen.

Mehr hilflos als überzeugt nickte Nicolas.

So eindringlich wie am Morgen, an dem Scheich Abdul el Manzur den Matchpoint besuchte, hatte Nicolas Lemden die Cheops-Pyramide noch nicht betrachtet. Da er nun minutenlang konzentriert zur Pyramide hinüberschaute, nahm er das innere Leuchten wahr, das von ihr ausging und sich auf ihn übertrug. Er fühlte sich überaus nüchtern. Alles um ihn herum wurde regungslos. Dabei hatte sich Nicolas nur die Füße vertreten wollen, ging vor der Messehalle auf und ab.

Er holte tief Luft, zufrieden, den Scheich für sich gewonnen zu haben. Der hatte Nicolas nicht nur gelobt, sondern plötzlich deutsch gesprochen, offenbar als Beweis seiner Sympathie. Wie peinlich für den Generaldirektor, dessen abschätzige Bemerkungen während der Produktkonferenz der Scheich offenbar verstehen hatte können. Wenn sich Nicolas jetzt den Tagesablauf durch den Kopf gehen ließ, hetzten ihn die Ereignisse, Begegnungen und Krisen nicht: Der Scheich hatte sich vom Matchpoint angetan gezeigt, und heute Nachmittag käme eine Delegation aus Libyen, die sich für den ALMASY interessierte.

Nicolas musterte seinen khakifarbenen Anzug, die Hände und Fingernägel waren fein manikürt. Aber sein Communicator fehlte, den hatte er am Matchpoint liegenlassen. Das passierte ihm hier nicht zum ersten Mal.

Ein Piepston stellte die gewohnte Ordnung wieder her. Wenigstens das Handy steckte im Gürtelhalfter. Rita teilte ihm mit, der Scheich wolle ihm seinen Sohn vorstellen, Nicolas möge zum Matchpoint kommen.

Auf dem Rückweg zur Halle fuhr ein städtischer Bus vor, ein schrottreifer Oldtimer, stoppte vor seinem Beduinenzelt, der Halle mit dem Matchpoint. Eine Schar lärmender Schulmädchen machte sich daran, dort einzufallen. In ihrer Schultracht, dem blauen Kostüm und dem weißen Kopfschleier, wirkten sie alterslos, aber sie kicherten und drängten ungestüm zum Eingang, wie es nur Teenies tun.

Gelangweilt wandte sich Nicolas ab, schaute erneut zu den Pyramiden. Er mußte an die New Yorker Börse denken, die Straßenschluchten zwischen der gläsernen Skyline, es war ihm, als stehe er am Fuß eines Wolkenkratzers und überfliege einen Augenblick später das Ensemble der bizarren Architektur. Von den Pyramiden ging eine Pracht des Nichts aus: Monumente der Auflehnung gegen das Sterbliche. Weiße Granitplatten hatten einst die Schrägen eingekleidet, polierte Platten, deren Fugen so dicht waren, daß man sie kaum sehen konnte. Wie ein Spiegel, in dem sich der Himmel abbildete, mußten die Totenpaläste geleuchtet haben, weit über den Horizont hinaus.

Die Mädchen waren inzwischen in der Halle verschwunden. Vor dem Eingang fiel Nicolas ein, wie Akim im Studio eine Dollarnote aus seinem Täschchen gezogen und die Pyramide auf dem Geldschein kommentiert hatte. Die Spitze der Pyramide, vom Sockel abgetrennt, schien wie ein Raumschiff abzuheben, aus dem Zwischenraum leuchtete ein göttliches Auge, und darunter stand zu lesen: *In God we trust.*

Im regen Betrieb der Halle, im Mix der Sounds und Audioslogans, die dem Eintretenden wie städtischer Lärm entgegenhallten, war von der Schulklasse nichts zu hören. Den Geruch von Formalin mochte Nicolas. Auch die stark unterkühlte Luft, die ihm entgegenschlug, schaffte Erleichterung, wenigstens solange der Körper von den 40 Grad Außentemperatur überhitzt war.

Am Matchpoint, neben der Wüstenwanne, wartete Scheich Abdul, würdevoll, einer Statue gleich, neben ihm ein Mann, der hochgewachsen wie er selbst, sonst aber das krasse Gegenbild war. Der Scheich ließ den Rosenkranz durch die Finger laufen, wie einer der Mullas in ihrem Gird, dem schwarzen Mantel, mit dem Turban und dem ungepflegten Bart, die Nicolas morgens vor dem Frühstück und nachts vor dem Fernseher bespöttelte. Von hinten winkte Rita, die mit zwei Kunden auf dem Sofa des Matchpoints saß, und der Mann neben dem Scheich schien überaus neugierig zu registrieren, daß Nicolas freundlich nickte. Nun hatte Nicolas den Fremden noch gar nicht ausführlich taxiert, da beschäftigten ihn schon dessen detektivische Augen.

„Mein junger Efendi“, sagte der Scheich, „mein Sohn Nagib wünscht die Bekanntschaft des Mannes zu machen, der uns Gottesfürchtigen die Segnungen der Technik bringt, so Allah will.“

„Es ist mir eine große Freude, Sie kennenzulernen“, sagte der großgewachsene Mann und streckte Nicolas eine kräftige Hand entgegen, deren weiche Haut einen irritierenden Kontrast bildete.

Nagib Manzur war von dunklerer Hautfarbe als sein Vater. Die feinen Züge seines Gesichts und die breiten Schultern ließen eine Ähnlichkeit mit dem Scheich erkennen. Er kleidete sich aber nicht nur wie ein Europäer, mit rotem Poloshirt, Cordhose und Golfschuhen, sondern bewegte sich auch nicht wie ein orientalischer Fürstensohn. Auf englisches Understatement bedacht, blieb er steif, wenn auch überaus höflich, von einem komischen Ernst. Vielleicht vierzig Jahre alt, mochte er der Prototyp der Spezies dazwischen sein, von allen belächelt und gefürchtet zugleich, ein Unikum, das nirgends dazupaßte und sich daher überall herumtrieb. Als Nagib Nicolas vom Matchpoint fortdrängte, nickte der Scheich zustimmend, Nicolas zuckte ratlos mit den Schultern und versuchte erst gar nicht, Energien gegen den offensichtlichen Versuch zu mobilisieren, von des Scheichs Söhnchen gekidnappt zu werden.

„Ich kam erst zur Oberschule nach Ägypten", sagte der auch sofort, „meine Mutter, die vierte Frau des Scheichs, ist eine Nubierin. Mein Vater ließ mich daher in Amsterdam aufwachsen, damit mein Geist stark wird. Ägypten ist ein so wunderschönes Land, ich bin fasziniert von der ursprünglichen Pracht. Aber ich verkehre nur in der europäischen Welt Kairos."

Die manische Art, wie Nagib immer wieder die Brille zurechtrückte, hatte Nicolas zwar die Nervosität des Ägypters verraten. Daß er aber schon nach wenigen Schritten zur Sache kam, war für einen Orientalen äußerst ungewöhnlich. „Herr Lemden, ich sehe eine große Kritikkapazität, was das ALMASY-PR-Konzept betrifft. Sie wollen ein Auto verkaufen, und ich kann analysieren, welchen Wert Ihre Werbestrategie für einen Ägypter besitzt. Was verstehen wir von der Geschichte, die Sie uns Ägyptern über ein Auto erzählen? Umgekehrt, verstehen Sie die ägyptische Kultur? Wir müssen die verschiedenen Codes knacken, damit eine Werbung zum großen Erfolg wird."

Sie schlenderten die Gänge auf und ab. Wie ein Museumsführer wies der Ägypter auf Auffälligkeiten hin, pries einen gelungenen Slogan, und wenn er auflachte, kam ein künstliches Gewieher aus seinem Mund, wie ein Gebrechen seines Körpers, das dem Denker, der alles im Griff haben wollte, in die Quere kam.

Nagib Manzur sprach ein fast fehlerloses Deutsch, hart und deutlich, aber ohne militärischen Unterton. „Die Ägypter lieben die Wüste nicht, dort leben nur die Beduinen. Aber Herr Almásy kann trotzdem ein gutes Image darstellen. Man muß die Zeit verstehen, die er verkörpert, das muß man betonen, dann kann man Hoffnungen wecken."

Während sie sich so eng nebeneinander durch die Halle bewegten, fiel Nicolas auf, daß sie im Gleichschritt marschierten. „Betrachten Sie dieses Plakat, Herr Lemden, Sie sehen einen Stier, der auf ein Auto zustürmt, am Steuer sitzt eine verschleierte Frau! Verrückt, wie man unsere Gefühle verletzt und sich dabei einbildet, auf unsere Sitten Rücksicht zu nehmen."

Wer hier nichts verstehe, fragte sich Nicolas, warb doch die Automarke mit ihrem Sicherheitssystem, den Front-, Kopf- und Schulterairbags, durch deren Schutz auch dem aggressivsten Angreifer mit Souveränität zu begegnen wäre.

Nagib Manzur war mit seinen Gedanken schon bei der Präsentation eines Autos in der angrenzenden Koje. Schnellen Schrittes exerzierte er die Gänge hinauf und hinunter. „Was ist Ihre Lebensmaxime, Herr Lemden?" fragte er schließlich, „ich spüre unseren Gleichklang, so Gott will."

Nicolas hatte noch gar nicht dargelegt, daß ihn Tempo und Leistungsbereitschaft faszinierten, noch nichts über Flexibilität und die Erotik der Arbeit geäußert, über all das, was er den Kick des ernsten Lebens nannte, da kam ihm Nagib schon zuvor und rief begeistert aus: „Unsere Welt braucht Gehirn, und Männer wie wir können ihr Inhalt geben."

Dann hielt er inne, und seine Gesichtszüge nahmen einen melancholischen Ausdruck an: „Ich liebe französische Möbel, diese feinen Arbeiten aus der Rokokozeit, man kann sie heute kaum noch bekommen, aber in den dreißiger Jahren waren sie modern. Ich treffe gerne alte Herren im Gesira Club, sie erzählen mir von den *good old days*. Damals gab es ein Sprichwort: *Niemand stirbt aus Hunger*. Orient muß irgendwie Genuß bedeutet haben. Diese Herren erzählen von einer Hausbar in jeder Wohnung, von Clubs, wo sich die Elite traf. Männer durften Frauen für Sex kennenlernen, es lebten viele Griechen, Juden, Europäer, Armenier in Ägypten, da gab es sehr schöne Frauen. Kunst und Musik wurden gepflegt, und abends gab es die Treffen der Herren, täglich oder jeden Donnerstag, und einmal monatlich ein Konzert. Die Frauen fanden sich im eigenen Salon ein, streng getrennt von den Herren, auch beim Essen. Von Europa kopierte man die literarischen Salons, es gab Empfänge und Präsentationen, es herrschte das *Prinzip Gelassenheit*. Das Leben genießen. Wenn ich bis zum Abend genug habe, ist alles gut. Das war die Maxime."

„Ihr Vater ist ein gläubiger Muslim", sagte Nicolas, und es mochte wie eine Frage geklungen haben.

„Auch ich bin ein gottesfürchtiger Mann", sagte Nagib, „aber wir Ägypter sind nicht wie die Araber. Diese bestehen sehr scharf auf einer Rechtsauslegung des Korans, eine gewisse Brutalität bestimmt ihr Leben. Die Ägypter sind tief religiös und zufrieden mit ihrer geschlossenen Welt. Für sie ist das Spirituelle wichtig, eine ruhige Religion, die Ägypter sind wie Aristokraten, ihre Beziehung zu Allah ist wie die von Kindern. Sie leben ausschweifend, und dann kehren sie zum anständigen Leben zurück. Auch Kinder stellen etwas an, aber am Abend, bevor sie schlafen gehen, weinen sie."

„Wir sind zurück am Matchpoint."

„Sie müssen arbeiten, selbstverständlich. Sehen Sie meinen Vater, dort drüben, mit seinem fundamentalistischen Bart, und trotzdem ist er in seinem Herzen ein Ägypter."

Scheich Abdul saß neben Rita auf dem Sofa. Ihr Körper war dem Scheich zugewandt, und sie schaute ihn mit erhobenem Haupt an, herausfordernd. Nicolas spürte Eifersucht in sich hochkommen.

„Gehen wir zu Ihrer Assistentin", sagte Nagib, „damit mein Vater diesem zerbrechlichen Wesen nicht seine wirren Gedanken über den islamischen Gottesstaat aufdrängt."

Sie näherten sich den beiden. In diesem Moment ließ Rita den

Namen Goma fallen, und das Gesicht des Scheichs verfinsterte sich bedrohlich. Er faßte sich rasch, schenkte Nicolas ein Lächeln. Nagib lachte erneut dieses wiehernde Gelächter. „Herr Lemden, Ihr Almasy kann eine Goldgrube sein."

Vier Tage später hatte Nicolas bereits eine Stunde lang am Laptop gearbeitet, ehe er um sieben Uhr den Vorhang des Hotelfensters zur Seite schob. Die Trägheit eines orientalischen Morgens schien die Menschen im Hinterhof gefangenzuhalten, den jungen Burschen, der auf einem Moped saß und zu Boden stierte, den Mann in der Galabiya, der zusammengeduckt im Staub saß, ohne etwas Ersichtliches zu tun, die zwei verschleierten Frauen, die mit Körben auf dem Kopf an der Plakatwand vorbeigingen. Hatte ihn diese Zeitlosigkeit von seinen ständigen Wehwehchen befreit? Er schluckte kaum noch Medikamente, und sogar wenn er mit Rita Falaffel aß, diese fetten Gemüselaibchen, kollabierte sein Magen nicht, trotz des Fritierfetts, der Sesampaste und der starken Gewürze.

Die Ägypterin würde gerade in ihrem Zimmer vor dem Spiegel stehen und Wimperntusche auftragen. Ihr Verhalten ihm gegenüber war so korrekt, daß der Produktmanager zufrieden sein konnte. Vielleicht bestand in der Korrektheit das Besondere ihrer Beziehung. Womöglich dachte und handelte Rita wie ein Mann, und das, was er, Nicolas, sich an Intimität mit der Ägypterin wünschte, wäre eher von geistiger Art?

Als er ihr dann im Frühstücksraum gegenübersaß und Cornflakes löffelte, rätselte er erneut über ihr Gesicht, von dem er nicht einmal sagen konnte, ob es lächelte, ihn locken wollte oder Kühle ausstrahlte. „Ich möchte meinen Onkel Sherif besuchen", sagte sie, „begleiten Sie mich?"

Nicolas selbst hatte gestern Rita einen freien Tag vorgeschlagen, von wegen Freitag, dem Sonntag der Muslime, der Matchpoint funktioniere auch einmal ohne sie beide. Und hatte nicht Rita kürzlich einen Mitarbeiter als einsamen Mann bezeichnet, und auf seine Frage, ob der Mann denn keine Freunde habe, geantwortet, Freunde schon, aber keine Familie!

Vor dem Hotel wartete der Chauffeur, der wie immer gewinnend lächelte. Auf der Pyramidenstraße waren weder Autos noch Menschen, umso deutlicher stachen die zerfallenen Häuser ins Auge, die dicht aneinander standen, vornüberhingen, die mit Läden verschlossenen Balkone, die bröckelnden Mauern.

Draußen in den Slums, durch die der BMW fuhr, lebten die Armen wie an jedem anderen Wochentag. Den finsteren Blicken, die dem Luxusgefährt hier auf den Lehmböden galten, wich Nicolas bald aus. Dann öffnete Rita auch noch das Fenster, als ob sie ihm die Hölle ins Gesicht schleudern wollte, ein menschliches Elend von so großem Ausmaß, daß es Ekel und nicht Mitleid erregte.

Durch faulige Pfützen rollte der Wagen, die Luft stank zum Erbrechen. Warzen wucherten an den Mündern der alten Frauen vor den Hütten. Kinder wischten sich Fliegen aus den Augen, und neben einem Eselskarren türmten sich die gleichen Käfige, die Nicolas auf dem Markt gesehen hatte. Das kranke Federvieh zwängte die Köpfe zwischen die Holzstäbe, nach Wasser, Körnern oder auch nur nach Luft lechzend, zu schwach, um einen Ton des Schmerzes oder der Auflehnung von sich zu geben.

Am Ende der schmalen Gasse war ein Fleischerladen zu erkennen, von dort kamen die erstickten Schreie. Dann rückte das Zicklein auf der Schlachtbank ins Bild, ein Mann in einer grünen Gummischürze riß dem Tier die Gedärme bei lebendigem Leib heraus, und Nicolas glaubte die Stimme Akims zu vernehmen, *das Leben ist schwer, und jeder läuft und läuft, und wenn er vergebens läuft, inshalla, dann eben morgen, oder übermorgen, oder im nächsten Leben.* Akim hatte nach dem Studiobesuch im Teehaus eine Wasserpfeife geraucht, ein Schriftgelehrter der Straße, der daraufhin beteuerte: *Unser lieber Allah verfügt über die Zeit.*

Endlich fuhr der Wagen dem Kanal entlang, der in Richtung Süden bis nach Sakkara verlief. Rita sagte: „Warum geht ein Pascha in die Wüste?"

Der Karren, den Nicolas durch das Fenster sah, war voll gerösteter Erdnüsse, ein junger Bursche trieb seinen Esel in die Stadt.

„Warum sucht ein Mann, der alles hat, diese Strapazen?“ fragte Rita erneut.

„Der Mann liebte die Wüste.“

„Die Wüste ist das Reich der Toten, Nicolas.“

Zu seiner Erleichterung kehrte die Ironie in seine Nervenzellen zurück. „Ich schätze“, sagte er, „diese Leute waren Freudianer auf Selbsterfahrungstrip.“

„Almásy soll bei Alfred Adler gewesen sein.“

„Nicht beim Chef höchstpersönlich?“

Rita sah ihn entgeistert an.

„Ich dachte an Sigmund Freud“, sagte Nicolas.

Mit Daumen und Zeigefinger zupfte sie jetzt an ihrem Ohrläppchen.

Über eine Holzbrücke querten sie den Kanal und kamen zu einer Mauer, die von Schlingpflanzen überwuchert war. Im stillen Wasser trieben Plastikflaschen und Dosen. Die Dünste der keimenden und der verwesenden Natur vermischten sich. Diese Hitze, wie sie die Nase wahrnahm, blieb auch bestehen, als sie ein Tor passierten und durch den Garten hinter der Mauer fuhren. Entlang des Schotterwegs wuchsen Gummibäume und Oleandersträucher.

Die Erde hatte hier einen rötlichen Schimmer. Nadelbäume beschatteten mit ausladenden Ästen einen kleinen Palast, dahinter waren Felder und Obsthaine, über denen sich im künstlichen Gesprüh ein Regenbogen bildete. Wasserbüffel grasten zwischen den Äckern, Gänse watschelten unter Mangobäumen, und weiter hinten nahm Nicolas die Pyramiden von Giza aus.

Der Chauffeur blieb im Auto sitzen. Zwischen den gepflasterten Wegen blüten Sträucher, Kinder jäteten das Unkraut, verlegten die Schläuche zum Bewässern, still und ernst. Im lauen Wind kräuselte sich das Wasser des Swimmingpools, Katzen streunten im Schatten der Bäume umher. Vor dem Gartenpavillon standen einige Tische und Korbstühle.

Gerade noch war Nicolas die Villa knusperhäuschenhaft vorgekommen, nun aber erschien sie ihm bunkerartig, die spitzen Fensterformen verspielt, die hohen Mauern wiederum streng und abweisend. Rita klatschte in die Hände, bis sich ein Fensterladen öffnete, eine Frau mit Lockenwicklern im Haar herausschaute, kurz aufkreischte und die Läden gleich wieder schloß.

„Meine Tante Mona", sagte Rita, „Onkel Sherif hat sie geheiratet, nachdem er aus der Emigration zurückgekehrt war." Sie nahmen an einem Gartentisch Platz. „Im Gegensatz zu meinem Vater, der zu den Anhängern Nassers gehörte, war sein Bruder Sherif königstreu und flüchtete während der Revolution von 1952 in die Schweiz. Er kehrte erst nach dem Tod Nassers nach Kairo zurück, ich glaube 1969, seine erste Frau war schon gestorben, seine zwei Söhne blieben in Europa. Er heiratete also Mona, sie haben eine gemeinsame Tochter."

Nicolas fiel auf, daß Rita die Beine übereinanderschlug und die Sonnenbrille ins Haar steckte. Das knöchellange Kleid verlieh ihr Chic, und die Arroganz, die sie nun ausstrahlte, beflügelte ihn.

Sie wartete wohl auf eine Antwort, er aber sagte nichts, ließ seine Augen über ihre Arme und Hände gleiten. Bewegten sich Ritas Mundwinkel, befeuchtete sie ihre Lippen? Korrektheit, schoß ihm in den Kopf. Intimität von geistiger Art. Von wegen geistiger Art. In Gedanken knöpfte er ihr Kleid auf und streifte es über ihre Schultern. Rita saß regungslos neben ihm, und er stellte sich vor, ihre Beine würden sich um ihn schlingen, und einen Augenblick später lag sie gar unter ihm, schlängelte sich unter seinem Atem, ja er liebte sich an ihr satt.

„Ich möchte Ihnen etwas gestehen, Nicolas", hörte er Rita sagen, „mein Onkel Sherif haßte meinen Vater, und er haßt meine Mutter noch heute. Er verzeiht beiden die Karriere unter Nasser nicht."

Nicolas war noch ganz betört, und sie sprach von der schweren Bürde einer ägyptischen Familie: Daß der Großvater aus Wien eine Ungarin mitgebracht und zu allem Überdruß auch noch Sherifs Bruder Rachman, also Ritas Vater, das uneheliche Kind der österreichischen Erzieherin im Palast des Kemal el Dine zur Frau genommen hatte.

„Ihre Tante kommt", unterbrach er sie und rief sich selbst in die Realität zurück.

Mit deutlich schwingenden Hüften ging eine Fünfzigjährige auf den Gartentisch zu.

„Tante Mona ist Koptin, eine unmögliche Idee für meinen Vater, der im Alter ein Fundamentalist geworden war. Meine Mutter war dagegen machtlos."

Die schlanken Beine paßten nicht zu Mona Masarys Bauch, der sich unter dem T-Shirt wie der einer Schwangeren wölbte. Sie umarmte Rita, überhäufte Nicolas mit *You are welcome, you are welcome*, schüttelte ihm lange die Hand. Dann klatschte sie rhythmisch, wie Rita vorhin, und rief etwas zur Villa hin.

Am Tisch verfiel Mona Masary sofort ins Plaudern, zündete sich eine Zigarette an und fuchtelte damit in der Luft herum. Sie sprach arabisch, bisweilen auch englisch. Nicolas verstand, daß sie sich über ihren Mann ausließ, Sherif Pascha, der nach Kairo gefahren sei, irgendwelcher Geschäfte wegen, die sich für den Tag Allahs eigneten, und noch immer nicht zurück sei, der Sturkopf, der in der Paschazeit lebe, Pascha Pascha, und sich weigere, die Dinge der Gegenwart zu akzeptieren.

Daß Rita unangekündigt zu Besuch gekommen war, seit Jahren zum ersten Mal, schien für die Tante nicht ungewöhnlich zu sein. Ebenso selbstverständlich ließ sie alles liegen und stehen, um sich ihren Gästen zu widmen. Am erstaunlichsten fand Nicolas aber, daß Mona Masary freimütig ihren Familienklatsch erzählte. Sie gab ihre Weisheiten über die Hühner zum besten und beschwerte sich über die Faulheit ihrer Tochter, die wie sie selbst auf den Namen Mona getauft war. Die meiste Zeit machte sie sich freilich über die Schrullen ihres Mannes lustig, der sich ständig mit den Behörden überwerfe, und wenn seine Tochter ihn einmal um ein zusätzliches Taschengeld bitte, stülpe Sherif seine leeren Hosensäcke um und entgegne, er habe kein Geld, er sei verarmt, sein Fräulein Tochter solle bei diesen neuen Herren im Ministerium, gewissen proletarischen Offizieren, um Almosen betteln.

Das Mädchen, von dem die Rede war, kam in den Garten geschlendert, brachte Tee und Kekse. Verschlafen küßte sie Rita die Wangen, und vor ihm, Nicolas, machte sie einen Knicks und streifte ihn mit einem gelangweilten Blick. Das Tennisröckchen betonte ihren sportlichen Wuchs wie ihren Babyspeck, den sie noch dazu in einem hautengen Shirt zur Schau trug. Ihr Haar, erklärte die Mutter, habe Mona erst neulich kurz schneiden lassen, wie entsetzlich, so dekadent, knabenhaft, schwul, bei ihrem Vater kein Wunder, für den die Europäer alles und die Ägypter nichts gelten würden.

Mona ließ sich von den Tiraden ihrer Mutter nicht beirren. Ein wenig näselnd sagte sie zu Nicolas: „Es ist zu heiß für mich heute."

Ihre großen Augen, die so schnell gelangweilt wirkten und von einem Moment zum anderen wieder aufleuchten konnten, beeindruckten Nicolas. Rita schien sie zu den Koketterien sogar zu ermuntern, während Mutter Mona hastig rauchte und bald bei einem anderen Familienthema war.

Weil der Onkel nach einer Stunde immer noch nicht zurückgekehrt war, gingen sie ins Haus. Die Tante wollte das Mittagessen bereiten. In der Eingangshalle plätscherte ein Springbrunnen. Die Teppiche auf den Marmorböden, die Diwane entlang der gekachelten Wände, die Sitzpölster, all das orientalische Interieur, durch das sie Nicolas geleiteten, erfuhr einen abrupten Bruch: Als Tabernakel der Paschavilla stand im innersten Raum eine Bar, wie in einer Hotellounge, und glitzerte von Spiegeln und Glaslustern.

Tante Mona verschwand mit Rita in die Küche, während die junge Mona ihren europäischen Gast in eine Wohnnische führte, eine kleine Bibliothek. Zwischen den Büchern lief ein Fernseher, offenbar schon die ganze Zeit über. Das Mädchen machte es sich auf einem Diwan bequem und rief zur offenen Küchentür hin, welche Personen im Musalsalat, der ägyptischen Soapopera, gerade litten und darbten. Dabei räkelte sie sich, streckte ihre Wangen in den Luftzug, der vom Ventilator neben der Couch kam.

An der Wand hingen vergilbte Schwarzweißfotos, von Frauen und Männern in weißen Hosen und Hemden, mit Tennisschlägern in der Hand. Mona legte dann ein Band in den Videorecorder, das sie selbst am Strand zeigte, von jungen Männern umringt. Unter heftigem Beifall führte sie einen Bauchtanz vor, und als Nicolas verlegen *very nice* sagte, kicherte sie aufreizend.

Ihre Bewegungen auf dem Bildschirm zeigten eine junge Frau, die in sich Unterwerfung und Beherrschung vereinte. Mit ihren Hüften zog sie langsame Kreise, stieß ihren Unterleib vor und zurück, brachte ihre reifen Brüste zum Wackeln und hielt dabei die Beine und die Schultern vollkommen ruhig.

Seine Kehle war so trocken, daß ihm das Schlucken beschwerlich war. Mona auf dem Diwan machte ihm schöne Augen, und nun spürte er auch die Blicke der beiden Frauen aus der offenen Küchentür. Lachend beobachteten die Tante und Rita das Schauspiel und flüsterten miteinander.

„Meine Cousine mag Sie, Nicolas", sagte Rita.

Verwirrt von dieser Dreieinigkeit, grinste Nicolas. Machte sich Rita über ihn lustig, blamierte sie ihn oder schlitterte er gerade in eine orientalische Phantasterei, in ein Haremsdrama?

Ein Auto bremste im Schotter vor dem Haus. Die Frauen gingen geschäftig an die Küchenarbeit. Keusch und zurückhaltend empfingen sie schließlich den Herrn des Hauses.

So sehr Sherif Masarys Absenz Geschichten um ihn gerankt hatte, so unkompliziert verlief sein Auftritt. Er mußte über siebzig sein, war großgewachsen, hatte sein Haar mit Gel nach hinten gekämmt, und wenn auch die tiefen Narben an das Gesicht eines Freischärlers denken ließen, und er in kurzer Hose und mit Sandalen in die Bibliothek trat, strahlte er Feinsinnigkeit aus. „Seien Sie willkommen, mein europäischer Freund", sagte er in fließendem Englisch und fügte hinzu, er spreche neben Französisch auch Russisch und verstehe Deutsch.

Sein Schuhwerk streifte er nicht ab, wie es Orientalen und auch seine Familienmitglieder taten. Aber er räumte den Couchtisch weg und reichte Nicolas ein Kissen, auf dem Boden esse es sich bequemer. Rita half der Tante, die Tabletts mit Fleisch, den Pasteten und Salaten aufzutragen, nur die junge Mona blieb auf dem Diwan ausgestreckt liegen.

„Mein Freund", sagte Sherif Masary, der bald auf die Paschazeit zu sprechen kam, „*Sie* sind ein Europäer, *ich* liebe Europa. Die Europäer waren jedoch schuld, daß Nassers Gesindel an die Macht kam, sie ließen es zu. Bis dahin war alles gut, weil die Etikette das Land vom Vater an den Sohn vererbt hatte. Auf König Fuad war Faruk gefolgt. Im Koran steht zu lesen, Allah schuf die Paschas für die Verwaltung, und die anderen, damit sie als Bauern arbeiten. Das darf man nicht ändern."

Sherif Masary drehte den Fernseher leiser und legte eine Schallplatte auf das Grammophon. „Sie kennen doch *Aida* von Verdi? Das ist Ägypen!" Während er an einem Fleischstück kaute, schwang er seine Arme im Arientakt. „Früher waren es acht Familien in Kairo, die alles besaßen, und wenn man einen Fellachen traf, konnte der sagen, ich gehöre dem oder dem Herrn."

Wegen der spitzen Bemerkungen, mit denen seine Frau den ewigen Pascha immer wieder unterbrach, zog es Sherif Masary vor, den Kaffee mit Nicolas allein im Garten zu trinken. Nicolas wollte auf der Treppe seine Flechtschuhe überstreifen, als ihm Sherif vom Swimmingpool her zurief, er solle doch barfuß gehen, und laut lachend hinzufügte: „Die Etikette hätte Ihnen allerdings die Schläge meiner Gouvernante eingehandelt! Ein Skandal wäre das gewesen, barfuß im Park herumzulaufen."

Rita servierte den Kaffee. Jetzt klebten ihre Arme wieder am Körper, und sie zog sich unauffällig ins Haus zurück. Mit einem Fächer wührte Sherif Masary Luft auf, der schwere Opiumduft seines Parfums drang an Nicolas' Nase.

„Mein Bruder Rachman, Ritas Vater, war ein schrecklicher Opportunist. Die Leute um den König lebten dekadent, keine Frage, die Geschichte ging an ihnen vorbei, Faruk war nur eine Marionette. Und doch kann kein Masary für die Revolution sein! In den dreißiger Jahren war Kairo die schönste Stadt der Welt, man sagte *die schwarze Stadt*, weil die Erde vom Nilhumus schwarz war. Dort drüben floß der Nil, Sie hätten von hier aus Segelboote sehen können. Heute leben alle im Elend."

„Ihre Familie flüchtete nach Europa?"

„Vater hatte das Geld nach Griechenland geschafft. Mein Bruder verschrieb sich diesen Gangstern, die Herren Offiziere und Beamten leben heute wie Paschas. Am Ende seines Lebens ließ sich

Rachman auch noch den Bart wachsen, wie ein arabischer Beduine. Hätte ich Rita nach seinem Tod nicht mit ihrer Mutter nach Österreich gebracht, das Mädchen wäre heute beschnitten und verschleiert."

Aus dem Bibliotheksfenster rief Mona Masary etwas zu ihnen herüber. Ihr Mann hob seine Arme gegen den Himmel, seine Gesten riefen einen Geist an, der ihn vor dem Weib retten möge. „Meine Frau schreit, Sherif, komm herein, wir haben etwas zu besprechen! So reden heute die Frauen. Aber die Paschas werden alle zurückkehren, und es wird wieder sein wie in den guten alten Zeiten."

Sie gingen in das Haus zurück. Die junge Mona schlief vor dem laufenden Fernseher, und Rita saß bei ihrer Tante auf dem Teppich.

„Sherif, hör endlich zu", sagte Mona Masary, „unsere Rita erzählt von einem ungarischen Grafen, der dieses verschollene Perserheer suchte. Der Müllbaron hat doch neulich vom großen Goldschatz gesprochen, Sherif, er schwatzte von einem Diwan, in dem der Plan eingenäht sei. Nach dem Weltkrieg sollen die Geheimdienste in die Wohnung des Ungarn eingebrochen sein und sie leer vorgefunden haben. Der gelbe Diwan sei zuvor in eine andere Wohnung geschafft worden. Aber man weiß nicht, wo er ist."

„Der Müllbaron ist ein Schwätzer!" verwahrte sich Sherif Masary.

„Onkel", sagte Rita, „dieser ungarische Graf, Ladislaus Almásy, hat im Palast des Prinzen mit meinem Vater gesprochen. Meine Mutter kann sich noch vage an ihn erinnern."

Mit einer verächtlichen Geste bedeutete Sherif, daß er an seine Schwägerin nicht erinnert werden wollte.

„Almásy lebte in den dreißiger Jahren in Kairo und spionierte im Krieg für Rommel", sagte Rita nun bestimmter.

„In den dreißiger Jahren in Kairo, sagst du?"

„Meine Mutter hoffte auf die Deutschen, mein Gott, sie war selbst halbe Österreicherin. Mein Vater liebte meine Mutter. Hat er sich nicht deswegen Nasser angeschlossen, der mit den Deutschen paktierte?"

Onkel Sherifs Stimme nahm einen gütlicheren Tonfall an. „In Ägypten gab es damals viele Gruppen: Armenier, Griechen, Zyprioten, Belgier, Franzosen, Engländer, Österreicher. Es waren geschlossene Gesellschaften, und…"

In dem Durcheinander von Sherif Masarys Erinnerungen drohte Nicolas die Orientierung zu verlieren. Die Tante schien das bemerkt zu haben und sagte: „Sherif, warum quälst du unseren Gast so?"

Als verscheuche er ein Ungeziefer, schlug Sherif Masary ihren Kommentar in den Wind. „Die Kairoer Nachtlokale waren voll von Frauen aus Wien", sagte er verächtlich, „früher einmal waren sie vornehm…, mein Vater hat oft von diesen *Ungarinnen* gesprochen."

„Die Paschazeit ist vorbei. Du verzeihst deinem Bruder nicht, weil du das nicht akzeptieren willst!"

„Der Graf ging in die Wüste", versuchte Rita zum Thema zurückzukommen, „er folgte Hassanein Pascha und Kemal el Dine, auch sie waren aus dem höfischen Leben ausgebrochen und zu Wüstenforschern geworden."

„Wüstenforscher!" rief Sherif Masary. „Schwule Prinzen! Hat dir deine Mutter vergessen zu erklären, daß sie im Haus eines Schwulen groß geworden ist? Und am Ende hat sie meinem Bruder einen Dschinn in den Kopf gesetzt. Mein eigener Bruder ein Revolutionär, ein Kommunist!"

„Sherif, ich werde unsere Rita zum Müllbaron bringen!"

Rita nickte und wandte sich Nicolas zu: „Werden Sie uns zum Müllbaron begleiten?"

„Müllbaron?" sagte Nicolas, „nicht gerade mein Metier."

Die Ägypter brachen in einhelliges Gelächter aus.

„Sie schlagen mir doch diesen Wunsch nicht ab? Der Müllbaron lebt in einem Palast."

So ungestüm der Streit begonnen hatte, so abrupt amüsierten sich nun alle. „Im Fernsehen lief ein guter Film", lachte Sherif Masary, „er hieß *Achtung, liebe Leute*. Ein Mädchen verliebt sich in einen Professor, der Mann ist arm, dann fährt ein Boß der Müllmafia in seinem Mercedes vor, und ihre Eltern verlangen, heirate den mächtigen Mann, und sie nimmt ihn. Die Kopten sind unsere neuen Juden. Sie machen aus Müll Geld."

Während Mona Masary etwas in Richtung ihres Mannes zischte, der hierauf vor sich hin brummte, ging Rita zur schlafenden Cousine und weckte sie, um sich zu verabschieden.

„Werden Sie mich zum Müllbaron begleiten?" fragte sie Nicolas.

„Ich laß Sie doch nicht im Stich."

Auf dem Rückweg zum Hotel erklärte Rita, man könne nachts und am frühen Morgen überall die Eselskarren der Zabalin, der Kairoer Müllsammler, sehen. Ein Mann lenke das Gespann, hinter ihm lagerten hohe Bastkörbe voll Müll. Schon während der Fahrt stocherten Kinder und Frauen in den Abfällen, die sie gegen Entgelt vor jedem Haus abholten, und untersuchten sie nach Brauchbarem. Die Zabalin, Kopten aus oberägyptischen Dörfern, seien am Ende des 19. Jahrhunderts nach Kairo eingewandert. Ihr System der privaten Müllabfuhr funktioniere bis heute. Sie hätten eine strenge Müllhierarchie aufgebaut, an deren Spitze Barone die Rechte für bestimmte Bezirke untereinander aufteilten, und so einen blühenden Handel mit den Abholrechten entwickelt. Jeder Hauseigentümer zahle ihnen eine Taxe, nur in den Slums bleibe der Müll in den Straßen liegen. Als erfolgreiche Geschäftsmänner etablierten sich die Müllbarone, seien Bankiers und Apotheker geworden, zählten zu den Reichsten der Reichen in Kairo, von den Muslimen wegen ihrer Schmutzarbeit verachtet. Die Entgelte kassierten ausschließlich die Barone, während die Müllsammler selbst nichts für ihre Arbeit bekämen, ihnen bleibe nur die Wiederverwertung. Zu Tausenden bewohnten sie die Elendsquartiere unterhalb der Mokattam-Berge, dort lebten sie inmitten des Mülls, sortierten die Abfälle und verkauften Eisen, Glas, Papier oder Kunststoff an die Fabriken. So würden in Ägypten neunzig Prozent der Produkte recycelt. Mit den biologischen Abfällen fütterten die Zabalin ihre Schweine, deren Fleisch sie an die reichen Kopten, an die Hotels und Geschäfte für Ausländer verkauften.

Wenige Tage nach dem Besuch bei Ritas Onkel flanierte Nicolas mit Nagib Manzur auf den Wiesen des Gesira Sporting Club. In der tiefstehenden Sonne leuchteten die Häuser von Zamalek. Man mochte meinen, man sei in Paris oder London, jedenfalls nicht auf der größten Nilinsel von Kairo.

Nicolas wußte, daß die Stadtautobahn nur wenige Meter von hier entfernt in das Chaos der Stoßzeit stürzte, und doch schien das Dröhnen und Dösen weit weg zu sein. Selbst die Luft, vom Flugsand und Smog trüb, machte einen sauberen Eindruck auf ihn.

Inmitten der überquellenden Stadt spazierte Nicolas mit dem Sohn des Scheichs über einen englischen Golfplatz und blinzelte zur Rennbahn hinüber, auf der Jockeys ihre Pferde zum Abendritt ausführten. Alles war sattgrün wie auf einem Hügel der Grafschaft von Wessex, das kurz geschnittene Gras, die Bäume und Sträucher, berieselt mit dem Wasser des Nil. Dazwischen ragten Palmen in die Höhe, blühten Agaven.

„Ich flüchte jeden Tag hierher“, erklärte Nagib, „die Engländer haben den Club angelegt, um ihren Lebensstil nicht aufgeben zu müssen. Es ist alles wie früher, außer daß sich heute Ägypter im Club treffen. Man hat daher zwei kleine Moscheen errichtet.“

Zwei Frauen mit Kopfschleiern kreuzten ihren Weg, schlenderten bloßfüßig über den Rasen.

„Man achtet darauf, daß nur Leute aus guten Familien Mitglieder werden. Mit Geld allein kommen Sie nicht in den Sporting Club.“

Unter einer Pinienallee machten sie halt. Für Nagib gab es kein Entspannen, auch wenn er wie so oft von Stille sprach, blieb seine Körperhaltung steif. Mit penetranter Ausdauer drängte er in Nicolas' Job hinein, offenbar um so zu werden wie der Europäer, den er seinen Freund nannte. Kreuzhohl stand er da, als hebe er seine Arme zum Salutieren. Seine Hände aber baumelten ungelenk am Körper, wie störende Anhängsel. Nagib Manzur war ein Gehirntier, das auf Aktion aus war, und beides ließ sich nicht vereinbaren. Er hechelte nach dem Pioniergeist der Amerikaner, während er wehleidig am Starrsinn der Ägypter litt.

Auf einer Parkbank schäkerte ein Mädchen mit einem Burschen, so verhalten wie die Jogger, die ruhig ihre Runden zogen. Und selbst die Kinder auf dem Spielplatz waren nicht undiszipliniert.

Hier, in diesem perfekten Imitat britischen Lebensstils, konnte Nicolas nach Wochen endlich wieder das Prickeln auf dem Körper auskosten, das die Yamamoto-Interpretation seiner Golfkleidung auslöste. Hier ergab der Bruch, zu dem der japanische Designer den Mut gehabt hatte, einen Sinn: die fließenden Stoffe auf einem Männerkörper, Signifying der Meereswelle wie auch des Bettlakens, und eben doch eine Upperclass Sportswear. Erst gestern hatte er – wie er es neuerdings tat, um dem Trend zu folgen – seinen Körper depiliert, er konnte die glatte Haut auf seinen Muskeln spüren. Die Abendluft wehte über den Arm, ohne durch ein Härchen zu streichen, schweißloser Lemonenduft stieg aus seinen Achseln hoch.

„Ich habe mit meinem Vater über Ihr Auto geredet", sagte Nagib Manzur, „mit dem Namen ALMASY treffen Sie bei ihm auf einen wunden Punkt."

„Ein falsches Image?" horchte Nicolas auf.

„Der Zufall muß meinen Vater mit seiner Vergangenheit konfrontiert haben. Wer kam auf die Idee mit diesem ungarischen Grafen?"

„Eine Werbeagentur in Wien."

„Ladislaus Almásy dürfte bei weitem kein wichtiger Mann in Ägypten gewesen sein. Mein Vater hat ihn gekannt und scheint ihn nicht in angenehmer Erinnerung zu haben."

„Eine Kanadierin tauchte vor zwei Wochen am Matchpoint auf und behauptete abstruses Zeug."

„Tatsächlich?"

„Inzwischen geht sie mir aus dem Weg."

„Sie müssen wissen, mein Vater studierte in Wien Bodenkultur. Später arbeitete er für das Desert Institute, Bewässerungspläne für die Sahara und so."

„Deswegen spricht er deutsch!"

Einen Moment lang sah der Ägypter Nicolas mißtrauisch an,

fuhr dann aber fort: „Mein Vater haßt die Briten bis heute, weil sie den Judenstaat ermöglichten. Als er kurz vor dem Krieg nach Kairo zurückging, schloß er sich der nationalen Widerstandsbewegung an, er war Kontaktbursche Anwar es Sadats."

„Meine Dolmetscherin behauptet, diese Leute um Nasser und Sadat hätten mit den Deutschen paktiert."

„König Faruk, der nach Fuads Tod 1937 den Thron bestieg, war anfangs sehr populär. Er mutierte jedoch später zu einem westlichen Playboy, dem die Spieltische in den internationalen Casinos besser vertraut waren als die Zustände in seinem Land, die von drei Faktoren bestimmt wurden: Die nationale *Wafd-Partei* beherrschte das Parlament und wurde zusehends korrupter. 1936 hatte sie, als Mussolini Libyen besetzte, mit den Briten einen Pakt gegen die italienische Bedrohung geschlossen. Als Opposition radikalisierte sich die *Muslimbrüderschaft* mehr und mehr, die seit ihrer Gründung im Jahr 1928 zu einem Staat im Staat heranwuchs. Die Muslimbrüder gründeten Krankenhäuser, Schulen und Werkstätten und versprachen spirituelles Heil durch eine Rückbesinnung auf islamische Werte. Schließlich wuchs auch bei den Offizieren die Unzufriedenheit. Unter der Führung von General Gamal Abd el Nasser schlossen sich erhebliche Teile des Korps zur *Gruppe Freier Offiziere* zusammen. Sie sympathisierten mit den Deutschen, aber aus einem einzigen Grund: Sie wollten die Engländer loswerden, den König stürzen und auch die Wafd entmachten."

„Ich schätze, Nagib, damals hatte sich auch in Ägypten herumgesprochen, daß unser Konzern prima Gewehre und prima Panzer baut", sagte Nicolas betont lässig.

„Waffen?" sagte Nagib und zog die Augenbrauen hoch.

„Das machen sie auch noch heute. Nehmen wir an, Almásy und Ihr Vater hatten damit zu tun. Wenn schon! Dieser Zauber ist doch längst vorbei. Ich meine, ich habe einen Job, und der lautet: Mach ein gutes Geschäft mit einem Geländefahrzeug. Und wenn da eine Dame aus der Vergangenheit auftaucht, ist das nichts als lästig."

„Was will diese Frau?"

„Alte Geschichten ausgraben."

„Vielleicht das Verhältnis meines Vaters zu Anwar es Sadat, dem späteren Präsidenten, dessen Informant, wie ich schon gesagt habe, mein Vater während des Krieges war."

„Und?"

„Nach der Revolution von 1952 trat mein Vater der Muslimbruderschaft bei."

„Ich verstehe noch immer nicht."

„Sadat fiel 1981 einem Attentat zum Opfer, er wurde während einer Parade aus den Reihen seiner Soldaten erschossen. Man machte muslimische Extremisten dafür verantwortlich, und böse Zungen behaupten ..." Nagib brachte den Satz nicht zu Ende. Fürchtete er, sich zu weit vorgewagt zu haben?

„Die Kanadierin sprach von einem *Almásy-Geheimnis.*"

„Damals im Krieg", setzte Nagib neu an, „muß eine verworrene Situation geherrscht haben. Sadat hoffte auf den Sieg der Deutschen und kontaktierte Rommel, der mit seinem Afrikakorps durch die Cyrenaika marschierte. Mein Vater hatte einen Schulfreund, Goma Assem, der ein Laufbursche im Palast des verstorbenen Prinzen Kemal el Dine gewesen war und den ungarischen Grafen bei seinen Expeditionen in die Wüste begleitet hatte."

„Mit diesem Goma Assem ist die Kanadierin verheiratet", warf Nicolas ein.

„Was Sie nicht sagen! Goma Assem, der Sohn eines Fellachen, muß sehr begabt gewesen sein, er studierte später Jura. Der englische und der italienische Geheimdienst verdächtigten sich gegenseitig, diesen seltsamen Ungarn, eben Almásy, unter Vertrag zu halten. Almásy war im übrigen nie ein Graf, sagt mein Vater, sondern ein Hochstapler. Er soll aber ein ausgezeichneter Kenner der Libyschen Wüste gewesen sein und militärisch interessante Karten gezeichnet haben. Mein Vater gestand mir, seinen Freund Goma Assem ausgehorcht zu haben, der ahnungslos erzählte, was er so von Almásy auffing."

„Dieser Goma Assem und Ihr Vater sind spinnefeind, behauptet die Kanadierin. Ihr Vater soll seinen ehemaligen Freund regelrecht verfolgen."

„Goma Assem ist kein Rechtgläubiger mehr. Unerklärlich ist mir, warum mein Vater ihn eine Tunte nennt."

Auf den Ruf des Muezzins hin entschuldigte sich Nagib Manzur, er müsse Allah geben, was ihm zustehe. Er eilte zur Moschee, die neben dem englischen Clubgebäude unter hohen Pinien errichtet worden war. In der Dämmerung leuchtete das offene Tor, davor knieten Männer, lauschten den Gebetsgesängen, ihre Schuhe neben sich, und berührten mit ihrer Stirn den Boden.

Auf der Laufbahn joggten einige Burschen, andere turnten, in Shirts und mit Baseballkappen auf dem Kopf. Während die Anrufungen Allahs aus dem Lautsprecher dröhnten, ebbte das Lachen rundum merklich ab. Die Kinder freilich hörten nicht zu spielen auf, die Frauen auf der Teeterrasse setzten ihre Gespräche fort und auch das Mädchen unweit von Nicolas telefonierte weiter mit dem Handy.

Nicolas vermeinte, in den Augen der Frauen ironischen Spott lesen zu können, gütig und nachsichtig, wie Mütter ihren Kindern gegenüber: Männer ziehen in den Krieg, neigen ihr Haupt vor der Moschee und haben sonst noch allen möglichen Unsinn im Kopf.

„Heute gibt es frischen Zitronensaft, köstlich", sagte Nagib, als er vom Gebet zurückkehrte.

Sie gingen zu einem Pavillon, einer Saftbar, um die herum junge Leute standen und Cola tranken. Auf zwei Bildschirmen, die von der Decke hingen, liefen MTV-Videos, zaghaft wippten die Mädchen mit ihren Hüften und summten Britney Spears' *I was born to make you happy*.

Alkohol wurde auch hier nicht ausgeschenkt. Der Barkeeper füllte Papierbecher mit Zitronensaft, Zucker und zerstoßenem Eis, seine Finger steckten in dünnen Plastikhandschuhen.

„Almásy verkehrte im Automobil Club, das ist sicher", sagte Nagib, „er hat für den Club Automessen und Rennen veranstaltet. Die Kairoer Gesellschaft traf sich in den noblen Räumen zum Lunch, dabei lernte man wichtige Leute kennen."

„Eine Lobby."

„Man hat auch Geschäfte angebahnt."

„Mein Vater“, sagte Nicolas, „er arbeitete im Außenministerium und machte gern Witze über ungarische Adelige, die in aller Welt mit Feuerwerkskörpern handelten. Ob da nicht auch Waffen darunter waren?“

„Ich bitte Sie!“

„Wir werden das nicht an die große Glocke hängen, Nagib.“

„Der Automobil Club existiert noch heute. Er ist absolut seriös.“

Gegen elf wollte Nicolas aufbrechen. Nagib schaute verstört, als Nicolas es ablehnte, von ihm zurück zum Hotel chauffiert zu werden. „Ich habe Sie nicht verstanden“, sagte er und schüttelte den Kopf.

„Es war phantastisch mit Ihnen, ich hoffe, Sie nehmen mich wieder in den Sporting Club mit.“

„Ich langweile Sie.“

„Nicht doch, Nagib. Ich vergaß, Ihnen zu sagen, daß mich noch ein Termin erwartet.“

Die Notlüge wirkte, das kindliche Leuchten kehrte in Nagibs Augen zurück. „Herr Lemden, ich bewundere Ihre Selbstbeherrschung“, sagte er, „Sie können sich quälen, mein Vater akzeptiert Sie, weil Sie so hart mit sich selbst sind.“

Nicolas fuhr es kalt über den Rücken. Er, der Europäer, war für den Scheich der bessere Sohn, und deshalb eiferte Nagib dem kleinen Produktmanager nach?

Am Ostausgang grüßte der Torwächter den Scheichsohn.

„Im Mariott treffen Sie einen Kunden, darf ich vermuten“, fragte Nagib, „einen arabischen Prinzen?“

„Ja, doch. Schlafen Sie gut.“

„Afwan, mein Freund, so Gott will.“

Nagibs Mercedes verschwand in der Dunkelheit. Zum Mariott waren es nur wenige Schritte, dort wollte sich Nicolas ein Glas Whiskey gönnen, ohne das Herz eines Muslims zu kränken. Er hielt ja selbst viel auf Nüchternheit und rümpfte die Nase, wenn sich Rupert im Suff ertränkte.

Den Weg zur Excelsiorbar in der fünften Etage kannte Nicolas:

durch das Labyrinth von Gängen und Terrassen und Stockwerken, das eher wie eine Konsumstadt als wie ein Hotel wirkte. Halb bewundernd ob des Luxus, halb verachtungsvoll ob der jüdischen Herkunft der Brüder Mariott, hatte der Scheich am Matchpoint von den beiden amerikanischen Bankiers erzählt, die zu Almásys Zeiten jenen Prototyp eines Hotels an der Ostbrücke von Zamalek aus dem Boden gestampft und damit eine weltweite Kette begründet hatten.

Der Innenhof barg sämtliche Paradiesphantasien, die man mit Gartenlandschaften verbinden konnte. Und die ungezählten Boutiquen, Restaurants, Pubs, Bars, Konferenzräume und Salons waren von so konfektioniertem Prunk, daß Nicolas von einem Planet Hollywood der Paschazeit sprach. Das Mariott von Kairo bildete eines jener Museen der Lebensstile, denen ein Kolonialist im Lauf seines Wanderlebens rund um die Welt begegnete.

Hier herrschte nicht der Koran, sondern das Glück des Geldes, die unverblümteste Form von Macht, die sich Nicolas denken konnte. Dem Europäer öffneten die Wächter anstandslos die Türen. Hier gab man kein Bakschisch. An diesem Vergnügungsort reicher Leute mußte man sich weniger kontrolliert fühlen als sonstwo in Kairo. Hier spielte die Nationalität keine Rolle. Nicht das Glaubensbekenntnis, sondern die Etikette des Geldes entschied über den Einlaß. Die Wächter mochten sie dem Ankömmling ansehen, oder vielleicht rochen sie, ob jemand nicht nur über Geld, sondern auch über den Standescode verfügte.

An der Dreißiger-Jahre-Rezeption vorbei, der Sandelholztäfelung, den Messingläufen und den Uhren, die die Zeit in Paris, New York und Tokio anzeigten, gelangte Nicolas in eine Innenarchitektur, die ihn um die halbe Welt reisen ließ. Auf ein ägyptisches Teehaus folgte eine japanische Sushistube, an arabeske Ornamente schlossen griechische Säulen an, an Goldstukkaturen aus einem Loireschlößchen die Kaminsteine eines Bridgeclubs.

In der fünften Etage betrat Nicolas die Excelsiorbar, nahm an der Theke Platz und bestellte ein Glas Whiskey. Die Glasperlenluster spendeten mattes Licht, die Mahagonitäfelung verstärkte die gedämpfte Stimmung. Bis auf eine dunkelhäutige Frau, die mit überkreuzten Beinen auf einem Barhocker saß und mit großen Augen zu Nicolas herüberschaute, waren keine Gäste da, aber umso mehr Kellner in weißen Sakkos, die an den Tischdecken zupften und mit den Füßen den Takt des Pianisten klopften.

Die Stofftapeten wie die Drehkerzen auf den Tischen verstärkten die Intimität, den coolen Chic, den Nicolas genoß, die dekadente Erotik der roten Lederbespannung. In dieser Bar konnte ein Manager sein Gefühl ausleben, von der Salonmusik an die Abende auf der Veranda zu Hause erinnert, an die Ehefrau und die niedlichen Kinder, bereits vom schweren Duft betört, der aus dem Dekolleté seiner orientalischen Begleiterin strömte, melancholisch und zugleich kalt wie ein Jäger beim Töten einer Löwin. Auch wenn das Interieur, ein Hemingway-Bogard-Schwarzer-Existentialismus-Remake, auf verbrauchte Männer abzielte, entspannte die Excelsiorbar auch ihn, Nicolas.

Er hatte im Aufzug die Krawatte geknüpft, die er im Etui des Communicators bei sich trug. Die dunkle Frau neigte sich zu ihm, wie eine Schlange, die sich aus ihrem Glamour häutete.

„Excuse me“, sagte sie, allein ihr Augenaufschlag gab Nicolas einen Stich. Er konnte der Dunklen kein Feuer geben, da rutschte ihr Kleid im Schritt auseinander, und das nackte Bein verwirrte ihn vollends.

„Excuse me“, hörte er noch einmal, diesmal von einer fisteligen Männerstimme. Dann flackerte ein Feuerzeug auf, Nicolas wandte sich um und prallte beinahe mit einem kleinen Mann zusammen, der gerade eine Handbewegung in Richtung der Frau machte, einen saloppen Wink, auf den hin die Frau ihr Abendetui nahm, vom Barhocker glitt und auf ihren Stöckelschuhen mit den Riemen um die Knöchel zur Tür schritt.

„Mein Name ist Henry O'Toole“, sagte der Fremde – er sprach ein Englisch mit amerikanischem Akzent – und kletterte auf den Barhocker neben Nicolas. So lauthals, wie er den Cocktail bestellte, mußte er aus einem Provinznest des Mittelwestens stammen.

„Mister Lemden, ist es nicht ein Zufall, daß wir uns hier treffen?"

„Lemden?" sagte Nicolas verdutzt.

Da drückte ihm der Amerikaner eine Visitenkarte in die Hand, auf der *Henry O'Toole, Images Export Import* zu lesen stand. Ein Datenhändler, schloß Nicolas. Von wegen Zufall. Der Mann, der sich O'Toole nannte, war ihm gefolgt. Geistesgegenwärtig sagte Nicolas: „Mister O'Toole, Sie haben unseren Matchpoint besucht."

O'Toole schnaufte, wie dies nur Dicke können. An jedem anderen Ort hätten seine schwabbeligen Backen, das rotunterlaufene Kinn und die Strähne, die ihm in die Augen hing, Nicolas in die Flucht geschlagen. Hier hatte aber ein Mann neben ihm Platz genommen, der über einen bemerkenswerten Einfluß verfügte, auf die Frau vorhin ebenso wie auf den Barkeeper und den Pianisten, die seine Wünsche von den Lippen abzulesen schienen. Und nicht zuletzt zollte Henry O'Toole dem Dreißiger-Jahre-Ambiente der Excelsiorbar einen bemerkenswerten Tribut: sein Smoking, die Fliege um den weißen Stehkragen, die Glanzlackschuhe, das silberne Zigarettenetui.

„Ich will Sie schon lange kontaktieren", sagte O'Toole, „ich sage immer wieder zu dem Scheich: Mein lieber Scheich, der Mann aus Wien vertritt eine gute Kampagne. Mister Lemden, trinken wir auf ALMASY!"

Der Amerikaner arbeitete für Scheich Abdul? Bespitzelte er seinen Sohn, oder ihn, Nicolas? War O'Toole also nichts als ein kleiner Schnüffler? Er hatte er im Gesira Sporting Club ihnen beiden hinterherspioniert und nahm nun einen Nachttrunk im Mariott, so viele Orte, wo Alkohol ausgeschenkt wird, gab es in Kairo nicht. Vielleicht war es doch ein Zufall, daß er auf ihn getroffen war. Er mußte den Mann austesten. „Ich war den Abend über mit dem Sohn des Scheichs zusammen", sagte Nicolas, „er macht sich Sorgen wegen des Almásy-Images."

Mißbilligend schnalzte O'Toole mit der Zunge und schüttelte den Kopf. „Weil der ein Nazi war? Gerade die *englischen* Freundschaften hatten Almásy die Hitler-Beziehung eingetragen. Aber das will ohnehin keiner hören."

Englische Freundschaften? Hitler-Beziehung? Nicolas schwirrten die Wörter im Kopf herum. Gegen das verrückte Personal seiner ägyptischen Wochen war er selbst völlig normal, sagte er sich, er drohte deutlich die Orientierung zu verlieren und sehnte sich nach einem schlichten Ortswechsel.

O'Toole zündete sich eine neue Zigarette an und beobachtete Nicolas aus den Augenwinkeln. Dem fiel das Wochenendseminar für mittlere Führungskräfte ein: Du mußt deinem Gegner immer einen Schritt voraus sein. Der psychodynamische Trainer hatte von der todbringenden Langeweile gesprochen, an die sich der Adept im Krisendrama erinnern solle, damit es nicht zum Somme-Offensive-Syndrom komme, wie er das verschwommene, für die Firma unproduktive Heldentum bezeichnet hatte. Zu Beginn des Ersten Weltkriegs hätten die Studenten von Eton und Harrow, die kommende britische Elite, blind und begeistert ihre Colleges verlassen, um lachend in den Krieg gegen Deutschland zu ziehen. Der englische Kolonialismus sei ins Wanken geraten, viele Aristokraten hätten sich verspekuliert und wären verarmt gewesen. So seien diese jungen Leute grinsend in die Schützengräben der Somme-Offensive gezogen, voll Sehnsucht nach Aufregung, Abenteuer und tödlichem Spiel. Das Massaker an diesen Heldentodsüchtigen hatte der Trainer als warnendes Beispiel zitiert: Bleib überlegt! Wehre dich gegen Dekadenz! Drängt dich ein Angreifer in die Enge, verhalte dich ruhig, bleib in Deckung und beschäftige ihn! Stelle ihm sinnlose Aufgaben, um ihn zu zerreiben.

„Noch einen Whiskey, Mister Lemden", sagte O'Toole, just in dem Moment, als Nicolas in die Offensive gehen wollte.

Er konnte diesem ausgekochten Mann nicht gut eingestehen, daß dieses eine Glas Whiskey genug für seine Magenschleimhaut war, und er nichts als ein Glas Samarin wollte. „Mister O'Toole, Sie haben ein wichtiges Detail übersehen, Almásy war Ungar."

„Was hat das mit dem Englandspiel Hitlers zu tun?" sagte O'Toole. „Sie wissen doch, daß große Teile der englischen Aristokratie für Appeasement mit Hitler plädierten. Churchill war bis 1939 bei den Konservativen kaltgestellt, weil die Aristokraten Hitlers Angebot schätzten, die Welt zwischen England und Deutschland aufzuteilen. Hitler sagte, wir sind die beiden großen nordischen Rassen. Sein Sprachrohr war Unity Mitford."

„Sie haben auch übersehen, daß der ungarische Adel verarmt war", sagte Nicolas, in der Hoffnung, O'Toole mit paradoxen Interventionen aus der Ruhe zu bringen.

„Klar, die Ungarn waren verarmt wie viele englische Adelige. Aber in Europa war der englische Adel immer noch top. Man verehrte diese Leute geradezu. Sie wissen vielleicht, daß Almásy in Harrow studiert und Tom Mitford kennengelernt hatte, den Bruder Unitys, ich glaube, er war ein Schwuler wie Teddy, den Spitznamen hat Ladislaus Eduard übrigens damals bekommen."

„Der Automobil Club und die Geschäfte …"

„Sie kombinieren falsch", unterbrach ihn O'Toole. „Sie sollten über Almásy Bescheid wissen, sich sonst aber um Ihren Job kümmern. Klar? Lassen Sie sich nicht in die persönlichen Fehden alter Sturköpfe hineinziehen."

Aufgewühlt betrat Nicolas sein Hotelzimmer. Wenn es inzwischen auch ein Uhr nachts geworden war, rief er doch seine Mutter an und weckte sie aus dem Schlaf. Sie war ansprechbar, hatte wohl kein Barbiturat geschluckt, klagte aber über die tropische Hitze in Wien, die zu heftigen Kopfschmerzen führe. Die vertraute Stimme tat ihm jetzt gut, ihre Litanei der Krankheiten und Geldsorgen, ihre Erpressungsversuche, ihn in die Beamtenwohnung in der Ungargasse heimzuholen, auf die Eckbank in der Küche, die Eichenholz-Imitat-Möbel.

„Sagt dir der König Faruk etwas?" fragte er.

„Mein Gott, Faruk, eine tragische Geschichte. Du warst ja noch ein Kind. Die Neue Post ist voll gewesen von seinen Geschichten. Ein so schöner und begabter König."

„Faruk war ein Illustriertenthema?"

„Seine Frauengeschichten, man munkelte sogar von Buben. Faruk hat sein Geld in den Casinos verspielt, Saint-Tropez, Sankt Moritz, Nizza, die Drogen. Eine Katastrophe, wenn ein Monarch zerbricht."

Vielleicht war dieser ägyptische König eines der glamourösen Männchen der alten Frauenzeitschriften gewesen, die im Keller lagerten und aus denen Nicolas Fotos ausschneiden durfte, um sie auf Pappkarton zu kleben und damit *Prinz und Prinzessin* zu spielen. Später hatte er sich für den altertümlichen Zeitvertreib geschämt, dem ihm Eltern aus einer anderen Zeit angetan hatten, während die richtigen Siebziger-Jahre-Kids Sammelalben aus der Trafik füllten und TV schauten, *Barbapapas,* Comics kurz vor sechs, *Wickie und die starken Männer*, nicht zu vergessen *Bonanza.* Er holte den Kult kräftig nach, als sein Vater endlich einen Fernseher kaufte, bekicherte, inzwischen zehn geworden, tagein, tagaus die *Faserschmeichler*-Werbung und verfolgte das ultimative *Raumschiff Enterprise*, auch diesen göttlich doofen Geschichtslehrer in *Es war einmal der Mensch*. Menschheitsgeschichte von den Affen bis heute.

Nicolas lag auf dem Bett und schmunzelte. Das Handy lag neben ihm auf dem Leinen, die Mutter mochte wieder in den Schlaf zurückgesunken sein.

Almásys Suche nach dem verschwundenen Perserheer fiel ihm ein. Männer wie der Scheich, die im Reichtum schwammen, kultivierten heute noch den kindischen Glauben an das Geheimnis um ein Heer, das ausgezogen war, um die Welt zu erobern, und am Ende von den Dünen der Wüste verschluckt worden war. Ein wanderndes Heer, von einer wandernden Düne zum Verschwinden gebracht. Das war das Gegenteil von Sterben.

Im Koffer lag das Buch von Ladislaus Almásy verstaut. Statt der im Schaumbad versunkenen Kopien des alten Originals hatte er sich die Neuauflage besorgt, die unter dem Titel *Schwimmer in der Wüste* ein großer Erfolg geworden war. Er holte den Band hervor und suchte nach den Passagen über das Heer des Kambyses.

Bei der Entdeckung der verschollenen Oasen Uwenat und Arkenu durch den ägyptischen Forscher Ahmed Hassanein Pascha im Jahr 1923 sei ein Kabir, ein Beduine aus Charga, dabeigewesen, der ihm, Almásy, Jahre später von den Schätzen erzählt habe, die das Sandmeer in der Libyschen Wüste berge.

Aus unserer Oase, aus Charga, las Nicolas den Bericht des Beduinen, *ist vor vielen tausend Jahren ein Heer fremder Eroberer ausgezogen, um die Bewohner der Oase Siwa zu unterwerfen. Ihre Rüstungen waren aus Silber und ihre Helme aus Gold. Sie zwangen die Kabire von Charga, sie zu führen, doch jene Männer kannten ihre Pflicht. Sie führten die Fremden hinaus in die Sanddünen, und nicht einer von dem ganzen Heer kehrte jemals zurück.*

Almásy erinnerte die Erzählung des Alten an den Bericht des Herodot, daß auf Befehl des Perserkönigs Kambyses, der 525 bis 522 vor Christus über Ägypten geherrscht hatte, 50.000 Krieger von Charga aufgebrochen seien, um die Oase des Jupiter Amon, das heutige Siwa, zu erobern. Ein Sandsturm habe diese Streitmacht kurz vor ihrem Ziel verschüttet. Irgendwo inmitten der Dünenfelder im Süden von Siwa müsse also die Perserarmee mit ihren Rüstungen und Waffen unter dem Sand verborgen liegen.

Daß er so lange nicht zum Scheich vorgelassen wurde, machte Nicolas neugierig. Als ihn die täglichen Vorwände des Sekretärs zu ärgern begannen und er nach einer Woche Rita einschaltete, bat ihn der Scheich in sein *bescheidenes Haus.*

Kaum hatte Nicolas am Morgen dem Chauffeur den Straßennamen in Heliopolis genannt, verfiel der Sudanese in lautes Klagen. „Sir, bad place, please don't go!"

Rita besänftigte ihn, er müsse dort nur kurz halten und sie dann zum Messegelände bringen.

Auf der Fahrt ins Nobelviertel Heliopolis kamen sie an der Totenstadt vorbei. Von den Kinderhänden an deren Mauern hatte Nicolas gehört: Mit dem Abdruck des blutigen Handtellers schützten sich die Bewohner der Grabhäuser, die Ärmsten der Armen, vor den *Untoten.* Und nun rieb sein Chauffeur, ein Konzernangestellter, an den Federn und Knöchelchen des Rosenkranzes, der am Rückspiegel baumelte, zitterte vor einem Dschinn.

„Warum ist der Chauffeur vorhin so erschrocken? Der Scheich wohnt doch nicht in der Totenstadt. Oder lebt er im Haus eines Wiedergängers?" fragte Nicolas.

„Das ist eine andere Geschichte", antwortete Rita.

Der Fluch des Pharao, *Die Rache der Mumie*, so hießen die Filme, von denen Nicolas als Kind Szenen gesehen hatte, wenn er nachts zur Wohnzimmertür geschlichen war.

„Was für eine andere Geschichte?"

Rita betrachtete ihr Täschchen.

„Was für eine andere Geschichte?!"

„Dieser Palast stand einst an der El-Tahrir-Brücke, am Qasr an-Nil. Auf dem Gelände des heutigen Außenministeriums. Der Khedife Ismail hatte dort im 19. Jahrhundert für seine Frauen und Konkubinen Schlösser errichtet. Der Scheich ließ ihn Stein für Stein abtragen und in Heliopolis wieder aufbauen."

„Und gleich erzählen Sie mir, er hätte früher diesem Prinzen gehört, wie hieß er noch?"

„Ja, Kemal el Dine. Almásys Mentor. Sie wissen doch, meine Mutter wuchs in Kemal el Dines Residenz auf. Aber erst Hana Assem erzählte mir vom Besitzerwechsel und von der Verlegung des Palasts in den sechziger Jahren. Nicolas, ich wollte Sie nicht beunruhigen."

„Mich beunruhigen? Weil ein Scheich Lego spielt?" Er nahm ein Bonbon in den Mund und ließ das Menthol zerfließen.

„Ich wollte Sie nicht beunruhigen."

Ritas Eltern. Almásy. Kemal el Dine. Der Scheich, der sich dessen Palast angeeignet und verpflanzt hatte. Entpuppte sich etwa auch Rita als abergläubisch? Er spürte, wie sie seinen Unterarm umfaßte. Als er den Kopf wandte, löste sie den Griff augenblicklich und versteckte ihre Hände.

Nicolas lächelte. „Rita, halten Sie Seancen mit Teddy Almásy?"

Sie schwieg. „Den Chauffeur beunruhigt eher das Gelände neben dem Palast", sagte sie dann.

Edouard Empain, ein belgischer Baron, habe 1905 Heliopolis geplant, um zu zeigen, daß man in der Wüste Gärten anlegen könne. Die in neumaurischem Stil errichtete nördliche Satellitenstadt sei in den zwanziger Jahren ein beliebter Wohnort für reiche Europäer geworden, ihres trockenen Klimas und der außerordentlichen Infrastruktur wegen: eine Kathedrale im Zentrum, Moscheen,

Klubs, ein Luna-Park, feudale Hotels. Besonders extravagant sei Empains eigener Wohnpalast gewesen: einem hinduistischen Tempel nachempfunden, von grünen Gärten umgeben und in der Mitte ein Drehturm, der automatisch dem Sonnenstand folgte. Nach der Revolution habe ihn die Familie Empain verkauft; heute sei er völlig heruntergekommen, und es gehe das Gerücht um, daß hier die Geister der Kolonialisten wohnen würden. Der Baron, heiße es, komme nicht zur Ruhe; der nächtliche Lärm sei in den Teehäusern der islamischen Viertel Tagesgespräch.

„Diese Paläste da draußen, diese Geschichte…"

Rita schmunzelte. „Sie erwähnen öfters Ford Prefect, Ihren Hund, und Ihre Schwäche für Science Fiction."

„Denken Sie, die Erde wird von den Vogons zerstört, um einer interstellaren Umfahrungsroute Platz zu machen."

„Vogons?"

„Eine Rasse unsympathischer Primitivlinge. Dieser Empain könnte ein Vogon sein, ein Kolonialist eben. Weil aber die Zeit ausdehnbar ist wie der Raum, ist das noch lange nicht das Ende der Welt. Ford Prefect ist in Wirklichkeit ein außerirdischer Mitarbeiter des Handbuchs *Per Anhalter durch die Galaxis*. Das ist Ironie, morbider schwarzer Humor."

„Ich selbst habe Stimmen im Palast gehört."

„Sie glauben doch nicht an den Hokuspokus?"

„Ach, Hokuspokus. Die Kinder der Offiziere und Minister treffen sich auf dem Grundstück zum Haschischrauchen. Ich war einmal zu einer Party in der Villa Empain eingeladen."

Nicolas verabschiedete sich und stieg aus dem Auto. Die Straße hätte ebenso ein nobler Boulevard in L. A. sein können, so sauber war der Asphalt, von Villen und Palmen gesäumt. Warum hatte Rita von der Ich-bin-ein-Krösus-und-verlege-Häuser-wie-es-mir-gefällt-Geschichte nichts erwähnen wollen?

Der Torwächter geleitete Nicolas in den Garten, dort erwartete ihn ein Diener, weiß gewandet, mit rotem Gürtel um den Bauch. Prächtiger als der Palast des Scheichs konnte ein Gebäude kaum sein. Eine streng geometrische Architektur aus Sandstein und Holz erhob sich vor Nicolas, die Säulen, Erker und holzvergitterten Fenster schirmten das Hausinnere von jeder Einsicht ab. Von den weißen Mauern hoben sich die Blumen und Sträucher in satten Farben ab.

Im Palast erstaunten ihn Marmorreliefs und bemalte Fliesen, mit denen die Wände lückenlos verkleidet waren. Die kunstvoll geschnitzten Holzdecken waren voll Malereien und Goldarabesken, und unter der Kuppel plätscherte Wasser aus einem Springbrunnen. Die Eingangshalle glich einem Garten aus Stein und Edelmetall, der die Natur zu übertrumpfen schien.

Keine Klimaanlage kühlte diesen Prunkbau, es waren die Baustoffe und die Anordnung der Mauern, Türme und Erker, die die Temperatur regelten. Auf das tropische Entree folgte das mediterrane Zentrum, bis Nicolas schließlich in den kühleren Nordteil gelangte. Alles, was er sah, sah er vielfach, und er mochte meinen, die einzelnen Gegenstände würden, da sie in Serie existierten, zum Leben erwachen, so wie die Bilder im Kinematographen zum Laufen kommen.

Die holzgeschnitzten Fenster hatten Augen. Oder erweckten die mit Stuckornamenten, Mosaiken und Malereien überfrachteten Wände diesen Eindruck? In den Nischen standen Figuren, auch Schränke mit Porzellangeschirr, kupferbeschlagene Truhen, entlang der Wände Bänke mit Kissen. Selbst die Böden mit ihren Holzeinlegearbeiten glichen Gemälden.

In der Stille knarrte das Parkett. Nicolas vernahm seine eigenen Schritte, zudem glaubte er, ein Flüstern von der Galerie zu hören. Bis auf die nubischen Diener, die vor den Portalen postiert waren, sich verneigten und die Tür öffneten, begegnete er niemandem.

Beim Betreten der Bibliothek war ihm, als falle er ins Schwerelose. Dabei ging Nicolas auf festem Boden, hier knarrte kein Parkett; die tauben Schritte hatten seinen Gleichgewichtssinn verstört.

Nur der Hausherr lebte in Räumen ohne ächzenden Boden, auf daß er die Schritte der anderen kontrollieren könne.

Als sei im Palast des Prinzen Kemal el Dine die Zeit eingefroren, verneigte sich der Begleiter und zog sich rückwärts aus dem Zimmer zurück. Nicolas staunte über den europäischen Stil der Möbel, die Nuance zwischen Altdeutsch und viktorianischem Klassizismus. Verglaste Bücherregale gab es da, dunkelhölzige Sekretäre, einen Globus und einen Sextanten in der Fensternische, einen breiten Schreibtisch. Ein gelber Diwan war mit Zeitungsstapeln beladen. Er glich jenem aus dem ALMASY-Film, in der Wüste vor einer Düne postiert, darauf der Kommentator, der mit dunkler Stimme erzählt. War da nicht auch ein Diwan auf den Schwarzweißaufnahmen gewesen, gelb koloriert? Sollte dieser hier aus den zwanziger Jahren sein, eben der Diwan, auf dem Ladislaus Almásy saß? Nein, es war sicher kein altes Stück.

Der Scheich ließ auf sich warten. Nicolas würde den alten Herrn hören, wenn der sich der Bibliothek näherte. Es war keine Frage der Moral, sondern des Stils, nicht in den Sachen anderer Leute zu kramen. Diesen Henry O'Toole hielt Nicolas für eine niedere Kreatur. Aber war es nicht legitim, ein paar Schritte bis zum Regal zu versuchen und sich für die Lektüre des Scheichs zu interessieren?

Eine kultur- und naturwissenschaftliche Sammlung, Bücher in den großen europäischen Sprachen, vor allem viktorianische Literatur. In einer Abteilung *Desert Research* standen Bände von I. G. Wilkinson, Gerhard Rohlfs, Hassanein Bey, Kemal el Dine, Ralph Bagnold, Hans Rhotert, Bermann, Almásy, der offenbar unverzichtbare Herodot und eine arabische Reihe unter dem Schlagwort *Handbücher für Schatzgräber*.

Jeder Aufklärungssatellit hätte längst 5000 Rüstungen unter dem Wüstensand geortet! Und doch kamen an den entlegensten Orten der Libyschen Wüste Gräberfelder mit goldgesichtigen Mumien zum Vorschein, erst kürzlich und nicht etwa, weil ein Satellit sie aufgespürt hatte, sondern aus Zufall, ein Esel war in ein Sandloch getreten. Bei Mythen mochten alte Männer den Verstand verlieren. Wollte sich der Scheich unsterblich machen und nach dem Palast des Prinzen Kemal el Dine auch das Heer des Kambyses einheimsen? Dann würde das Getue um Almásy einen Sinn ergeben.

Zwei kleine Schritte nur, und er konnte die Zeitungen auf dem Diwan erkennen, Blätter aus den dreißiger Jahren, ägyptische, englische, deutsche. Ein vergilbtes Exemplar lag auf dem Schreibtisch. Er würde in keinen Schrank einbrechen, keine Schubladen öffnen, keine Akten oder Briefe lesen. So gelangweilt, wie er auf den Scheich wartete, machte er sich bloß ein Bild vom Arbeitsplatz eines orientalischen Fürsten: das altmodische Accessoire, das Tintenfaß, die Federn, eine kupferne Klingel, die Briefbeschwerer, der Videoschirm der Gegensprechanlage.

Sollte der Scheich von infantilen Schatzmythen besessen sein, sollte hier etwas liegen, was ihn, Nicolas, interessieren könne? Er rückte näher an den Schreibtisch, nahm die Zeitung. Es war eine Ausgabe des *Stürmer* aus dem Jahr 1937.

Es wäre doch jetzt nichts dabei, diese Zeitung durchzublättern. Auf Seite 3 berichtete ein Halbseiter vom Nürnberger Parteitag, von der triumphalen Parade und dem Besuch der englischen Aristokratin Unity Mitford. Die Baronesse von Redesdale hatte auch O'Toole erwähnt, die Artikel über sie in der Weltpresse, den Skandal, weil sie die Cousine Churchills gewesen sei.

Nicolas betrachtete das Foto unter dem Artikel. Die blonde Hünin im Trachtenanzug, der Prototyp einer Arierin, ein Mädchen in den Zwanzigern, eine Mischung aus Seifenreklame und Erzengel. Unity Mitford lächelte selbstbewußt und hatte ihre Hände in den Rocktaschen stecken, während die drei Männer neben ihr in militärischer Haltung posierten: Julius Streicher, Gauleiter von Franken, ein Glatzkopf, flankiert von zwei jungen Männern, deren Namen nicht genannt waren. Jemand hatte das Gesicht des Dunkelhaarigen rot eingekreist und mit einem Fragezeichen versehen.

Neben der Zeitung lag ein Notizblock mit einer Grafik, die offenbar die Beziehungen einiger Personen festhielt.

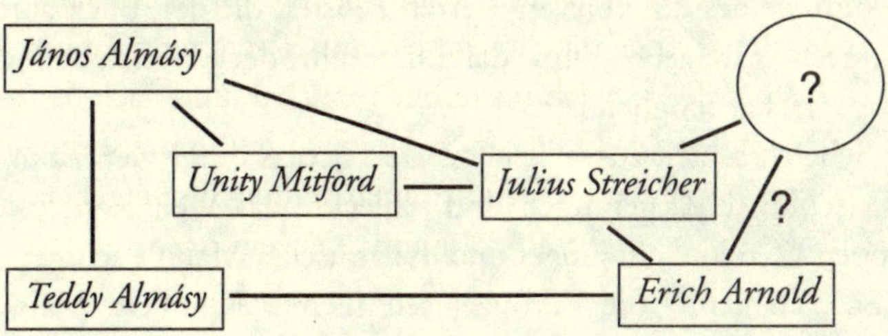

János war der Bruder des Wüstenforschers, befreundet mit Unity Mitford. Sein Name wäre prominent genug gewesen, um in der Bildunterschrift genannt zu werden. Dort sind aber nur die Engländerin und Streicher erwähnt. Hieß also der zweite Mann auf dem Foto Erich Arnold, und galt das Fragezeichen dem Dritten mit dem eingekreisten Gesicht? Wenn jemand glaubte, Almásy habe das Kambyses-Heer gefunden und das Geheimnis einem Unbekannten verraten, dann würde der Jemand den Unbekannten mit einem Fragezeichen versehen. Wenn aber der Jemand Scheich Abdul hieß und einen Mann namens O'Toole damit beauftragt hatte, einen Mann im Umfeld der Naziprominenz ausfindig zu machen, warum ließ dann der Auftraggeber Nicolas allein in der Bibliothek warten? Oder hielt man ihn, Nicolas, für so naiv?

Unüberhörbar näherten sich Schritte. Als die Tür aufging und der Scheich eintrat, strahlte Nicolas die Güte eines frommen Mannes entgegen. Der Scheich verneigte sich leicht, setzte sich hinter den Schreibtisch und bat Nicolas, ihm gegenüber Platz zu nehmen.

„Sie mögen doch Ziegenmilch, mein junger Efendi?"

„Danke, mein Scheich." Er hatte sich bedanken müssen, und nun war er gezwungen, diese ekelige Milch zu trinken.

„Ich bin ein alter Witwer", sagte der Scheich, „manchmal bitte ich Freunde hierher, und zum Ramadan gebe ich täglich ein Fest, aber meistens wünsche ich nichts als Ruhe. Nur Nagib lebt noch bei mir, er ist unverheiratet."

Nagib, der lautlose Sohn. Wohnte er hinter den Jalousien der Galerie, als geschlechtsloses Wesen im aufgelassenen Harem, den kein Fremder betreten darf? Hatte der Scheichsohn Nicolas beim Durchschreiten der Manadara, der großen Empfangshalle, beobachtet, durch eines der holzvergitterten Fenster, die den Blick auf die Männerwelt freigeben, ohne daß umgekehrt der Einblick in die Haremsgemächer möglich ist?

Der Scheich schien zu verstehen, was Nicolas durch den Kopf ging. Er schlürfte Ziegenmilch und schleckte das Weiß von seinen Lippen. „Sie sind ein junger und dynamischer Mann", schmeichelte er, „ich kenne die Europäer seit meiner Kindheit. Mein

Großvater war ein Scheich, und mein Vater war ein Scheich, aber er schickte mich in die Häuser der Europäer, damit ich ihre Gedanken und ihre Sprache kennenlerne. Später studierte ich in Wien. Zuvor aber arbeitete ich als Diener im Shepheards Hotel, es war der beliebteste Treffpunkt der englischen Gesellschaft. Dort kamen die Offiziere, Bankiers und der Jet-Set zusammen, die jährliche *Party Rallye* wurde im Shepheards eröffnet."

Seine Augen ließen nicht von Nicolas los.

„Mein junger Efendi, ich bin kurz nach dem Ersten Weltkrieg geboren. Die Jahre der europäischen *belle époque* waren vorbei. Auch in England herrschte Unbehagen, die Menschen fühlten sich richtungslos. Überall loderten Arbeiterunruhen auf, so ging unter den Aristokraten die Angst vor dem Bolschewismus um. Gewalt lag in der englischen Luft, und glauben Sie mir, die vielen Kolonialkriege der Engländer waren ein Gottesgeschenk für das Establishment. Wir Ägypter fürchteten die Gemetzel ihres Generals, aber die Engländer verehrten Lord Kitchener wie einen König. Viele Aristokraten kamen nach Ägypten, und viele von ihnen waren verarmt, aber hier konnten sie ihr schrankenloses Leben fortsetzen. In Ägypten waren Diener noch Diener, und sie selbst waren noch Götter. Vor allem ihre italienischen und österreichischen Freunde waren fanatische Techniker. Sie ritten nicht mehr auf dem Pferd, sondern kamen mit Autos und Flugzeugen. Die Luftfahrt hielten sie für den Aufbruch in ein neues Zeitalter. Mein Efendi, ich habe die Europäer studiert. Viele prominente Piloten waren auch Faschisten, sie gaben in ihrer Sucht nach Abenteuern dem Sinnlosen einen Sinn. Allah sei ihnen nachsichtig. Zwar verklärten sie die Vergangenheit, aber sie lebten in einem Vergnügungstaumel, und der einzige Gott, den sie gelten ließen, waren sie selbst. Was meine Kinderaugen sehen mußten! Wie oft ist es geschehen, daß ich sie im Shepheards, wenn sie die Nacht zum Tag machten, Schlachtgesänge rufen hörte: *Iß, trink und sei glücklich, denn morgen wirst du sterben*. Gott sei mir gnädig." Der Scheich versank im Gebet.

Nach einem Schluck Ziegenmilch sagte er unvermittelt: „Sie haben mir etwas zu berichten, Efendi?"

„Ein gewisser Henry O'Toole warnte mich, rund um den Namensgeber unseres ALMASY gebe es ein Geheimnis, ja, er drohte mir sogar und behauptete, für Sie zu arbeiten."

„Ich war ein Junge, mein Efendi", ging der Scheich nicht auf Nicolas ein, „und Tom Mitford ein strammer Mann, als ich ihn zum ersten Mal sah, während eines Empfangs in der englischen Botschaft. Ich begleitete meinen Vater, es war 1934, wenn mich Allah mit keinem schlechten Gedächtnis bestraft. Dieser Tom Mitford war also mit der *Party Rallye* aus der Schweiz nach Kairo gekommen. Er kannte viele ägyptische Paschas, weil sein Großonkel als Botschafter in Istanbul und Kairo aus Langeweile Arabisch gelernt hatte und am Ende zum Islam übergetreten war. Das Gedächtnis trügt mich nicht, wenn ich Ihnen erkläre, daß mich Tom Mitford während dieses Empfangs in der englischen Botschaft ansprach. Er suchte einen Jungen für gewisse Stunden. Dann entdeckte er einen Freund aus gemeinsamen Studentenzeiten, einen Ungarn, den Tom einfach Teddy nannte, und so habe ich damals auch László Almásy kennengelernt."

Das Licht, von den Lamellen der Jalousie gebrochen, ließ vergessen, daß die Sonne bald im Zenit stehen und die Mittagshitze alles niederdrücken würde.

„Ich vermute", sagte der Scheich, „László Almásy hat seinem Bruder János die Bekanntschaft mit Tom und Unity Mitford vermittelt. Die Almásys brauchten jeden Pfennig, und Unity zahlte ihnen Pensionsgeld, wenn sie nach Bernstein kam, auf das Schloß der Familie Almásy in Österreich. Ich glaube, dieser Amerikaner, den Sie erwähnten – O'Toole, richtig? –, wollte Ihnen nur diese Geschichte erzählen. Almásy hat, um in die Wüste zu kommen, alles getan, wirklich alles. Mein Efendi, kümmern Sie sich nicht mehr um orientalische Märchen."

Der Aufgeregtheit, die am nächsten Tag in der Messehalle herrschte, maß Nicolas wenig Bedeutung zu. Zwar kursierten die Gerüchte heftiger als gewöhnlich. Dem Durcheinander von Stimmen rund um den Matchpoint entnahm er immer wieder das Wort *Präsiden-*

tenpalast. Eine Nervosität wie auf dem Jahrmarkt machte sich breit. Zwar klang abenteuerlich, was von Mund zu Mund ging, etwas von einem *Komplott,* entpuppte sich aber offenbar als harmlos, da niemand die Geschäfte liegenließ.

Der Weltuntergang oder sonst eine Nichtigkeit, lag es Nicolas auf der Zunge. Ein aus dem Amt verjagter Minister vielleicht, ein Wasserrohrbruch oder die Unpäßlichkeit einer wichtigen Person. Ein Feilschen um Worte, mit dem sich die Orientalen ihre Zeit vertrieben.

Rita erklärte dann, in den frühen Morgenstunden sei ein Anschlag vereitelt worden, unklar, wem er gegolten habe, und undurchsichtig, wer dafür verantwortlich sei. Einige Soldaten der Präsidentengarde wären festgenommen worden. Der Verdacht, das Attentat habe dem Staatsoberhaupt gegolten, werde von den Fernsehkommentatoren entschieden verworfen. In Ägypten sei der Präsident unantastbar, ein Wort gegen ihn bereits wie ein Staatsstreich.

Die Gemüter beruhigten sich bald, und den ganzen Tag über geschah nichts Außergewöhnliches. Vom Komplott hörte Nicolas am Abend im Hotelzimmer wieder, als er den englischsprachigen Sender Nil-TV anschaltete. Mit Nachdruck versicherte die Nachrichtensprecherin, für Ausländer bestehe keine Gefahr, der Präsident sei ganz Herr der Lage.

Bedroht hatte sich Nicolas ohnehin keinen Augenblick lang gefühlt. Als die Dunkelhaarige im nächsten Magazinbeitrag einen neuen Golfplatz am Nil vorstellte, fiel Nicolas ihr glattes schwarzes Haar und ihr helles klassisches Gesicht auf. Obwohl schlank und sportlich, wirkte die Ägypterin unzeitgemäß. Wie eine höfische Dame, eine vornehme Europäerin. An die Frauen des Schah von Persien erinnerte sie ihn, die Nicolas als Kind in den Magazinen seiner Mutter betrachtet hatte.

„Rupert, ich muß mit dir sprechen." Nicolas wartete auf ein Wort seines Freundes, aber aus dem Hörer kam nur Gähnen.

Rupert war in der Früh ohnehin noch im Nachttaumel, und nun hatte er wohl mit seiner Redaktionsarbeit den einzigen Grund aufgegeben, am Tag wach zu sein. „Wie spät ist es?" ließ er sich endlich hören.

„Acht Uhr, Rupert."

„Ich lieg in meinem Bett, in Wien, oder etwa nicht? Mein Wecker sagt sieben. Bist du verrückt?"

Eine Stunde Zeitverschiebung war ihm doch zuzumuten. „Gestern habe ich den halben Tag versucht, dich zu erreichen. Du bist der einzige Mensch, der seine Mailbox abschaltet, wie es ihm paßt. Rupert, ich war beim Scheich, du erinnerst dich, der alte Ägypter im Aufsichtsrat."

Rupert gähnte nur.

„Ich weiß nicht, Rupert, ich hab kein Problem, aber irgend etwas stimmt hier nicht."

Das Geräusch eines tiefen Atemzugs durch die Nase war zu hören. „Warte einen Augenblick", sagte Rupert mit schwerer Zunge, „ich muß etwas zu trinken holen."

Nicolas saß auf dem Bett, klemmte den Hörer zwischen Kopf und Schulter. Nagib, den Scheichsohn, werde er gar nicht erwähnen, der würde ihm Ruperts beißenden Kommentar einbringen.

Nagib bildete sich ein, mit einem Mann seiner Generation über die Väter sprechen zu können. Das hatte Nicolas doch tatsächlich hinter sich. Kurz angebunden hatte er dem Ägypter im Gesira Sporting Club erklärt, sein Vater sei ein Wüstenfuchs Rommels gewesen, eine kleine Nummer, er habe wenige Brocken Arabisch gestammelt und ansonsten ein stilles Beamtenleben geführt. Langeweile sei die Todesursache Nummer eins für Beamte. Nagib hatte sich damit nicht zufriedengegeben. Freundlich hatte er nach dem Familienleben gefragt: Ob der Vater zu Hause von seiner Arbeit erzählt, seinem Sohn auch einmal Akten gezeigt, ja klargemacht habe, was der Ernst des Lebens bedeute. Nicolas auf dem Schoß, ein Kind, von der Akribie seines Vaters, eines guten Staatsdieners, inspiriert, so mochte sich Nagib das traute Heim eines Europäers vorstellen.

Inzwischen war Rupert aus seiner IKEA-Küche zurückgekehrt. Nicolas hatte die unaufgeräumte Studentenwohnung des Freundes vor Augen. Er erzählte, was vor sich ging. „Die versuchen alle, dunkle Flecken in der Biographie Almásys ins Spiel zu bringen", sagte er am Ende, „und bedeuten mir gleichzeitig, laß deine Finger von der Vergangenheit, sonst wird sie zur Last für die ALMASY-Kampagne. Jetzt möchte ich doch ein bißchen mehr wissen, und vor allem nicht nur aus dem Mund des Scheichs und seiner Detektivfiguren."

„Du bist ein historischer Typ", lachte Rupert. „Ich werde mich umhören, du kannst dich verlassen. Der Konzern besitzt bestimmt ein Archiv."

Dabei hatte Rupert selbst genug Sorgen. „Funky business", sagte er, „hab Spaß an der Arbeit, dafür darf es ruhig ein bißchen schneller gehen, und morgen muß etwas Neues passieren, *funky times* schließlich, in denen du lebst, in einem *funky village*, einem turbulenten globalen Dorf, in dem nomadisierende Stämme ständig neue Beziehungen knüpfen. Du bist nicht mehr Herr oder Knecht, sondern definierst dich über den Stil, deinen Lebensstil, Arbeitsstil, Konsumstil, Kommunikationsstil."

„Verbeiß dich nicht."

„Verbeiß du dich nicht. Und erzähl mir, wie es mit deiner Ägypterin läuft."

Nicolas seufzte.

Zwar erstaunt, daß Nicolas sie an ihrem freien Tag anrief, sagte Rita sofort zu, ja, sie treffe sich gern auf einen Kaffee mit ihm.

Als er aus dem Aufzug trat, saß Rita in der Sitzecke des Foyers. Sie sprang auf, kam auf ihn zu. Er stand vor ihr, und alle Energie verschwand. „Ich habe Sie gar nicht erkannt, äh, gesehen...", sagte er tolpatschig. Ein Dämon hatte sich auf seine Zunge gesetzt.

Ihr Lächeln fror ein. „Mir passiert das auch leicht."

Auf der Couch, jeder in eine Ecke gelehnt, wuchs die Entfernung zwischen ihnen. Sie versanken beide in dem amerikanischen Möbel, das gut zwei Meter lang war. Nur das Muster der Stoffbezüge und die arabische Deckenverkleidungen ließen an Kairo denken. Ihn fröstelte vom Luftzug der Klimaanlage.

Sie saßen stumm da, nippten am Kaffee. Dann waren die Schalen geleert.

„Kairo am Freitag ist sehr interessant", sagte er.

Rita zog die Schultern ein, beugte sich über das Knie, wie eine Muschel, die sich nach und nach schließt. Er sprach über den Geländewagen, die Automesse.

An der Rezeption debattierten Spanier mit einem jungen Ägypter. Der kaute am Bügel seiner Sonnenbrille, nickte auf jede Frage und rief auf arabisch etwas seinem Kollegen zu, der wiederum von Mexikanern umringt war.

„Meine Kontaktlinsen machen Probleme", sagte Rita.

Der Gedanke an eine Kurzsichtigkeit Ritas wäre ihm nie gekommen. Der kleine Makel reizte ihn. „Meine Augen sind gut", sagte er, dabei hatte er etwas ganz anderes sagen wollen.

Als Rita irritiert den Arm hob, entdeckte er den Schweißfleck in ihrer Achsel. Eine kleine Nässe.

„Darf ich Sie zum Lunch einladen?" fragte er.

Im Gänsemarsch trippelte eine Gruppe koreanischer Mädchen vorbei. Er glotzte auf seine Hände, und sie verzerrten sich. Endlich durchbrach Rita die Stille.

„Tut mir leid", sagte sie, „ich bin schon verabredet."

Lächle, Nicolas, laß dir nichts anmerken. Während sich Nicolas von der Couch erhob, hörte er die Stimme seiner Mutter im Kopf, aus seinem Mund fielen aber Sätze über eine Einladung, der ja auch er nachkommen solle. Er ging mit Rita zum Aufzug und trug die täglichen Wetterberichte seiner Mutter vor, die Hinweise auf die Hitze in Kairo, die sprichwörtlich orientalische, die Menschen hemmungslos mache. Rita wandte sich ab, und als sie sich im Korridor ihrer Etage voneinander verabschiedeten, sah sie ihn finster an.

Er fühlte sich berechtigt zu erkunden, mit wem sie sich traf. Kaum war sie um die Ecke verschwunden, fuhr Nicolas deshalb zurück ins Foyer. Im Souvenirladen postierte er sich hinter dem Regal mit den Amuletten und Steinpharaonen.

Als Rita endlich kam, trug sie ein altmodisches Sommerkleid.

Mit dem Kopftuch, das nach hinten gebunden war, sah sie aus wie eine Diva der fünfziger Jahre. Sie gab ihren Zimmerschlüssel an der Rezeption ab, ging am Metalldetektor vorbei zum Ausgang und sprach mit dem Türsteher.

Nicolas folgte ihr. Nur wenige Schritte vor ihm stand sie auf der Treppe. Von hier sah man auf die Skyline entlang des Nils, bis hinauf nach Zamalek. Zu Mittag verschwanden die Schatten, das Wasser schien stillzustehen. Trotz der Glasobjekte blieb der Eindruck einer Stadt-Silhouette aus den sechziger Jahren, der Betonästhetik der Nasser-Ära, der verfallenden Palais des kolonialen Kairo.

Er mußte wissen, was sie vorhatte. Und doch wünschte sich Nicolas nichts mehr, als daß Rita sich umdrehe, ein überraschtes *Oh* von sich gebe und ihm die Hand entgegenstrecke. Und wenn er sich doch sagen hätte können, das alles erlebe er gar nicht selbst, er gucke ja nur einen Ägypten-Schmugglerbanden-Film an, *Das blutige Gold der Pharaonen*, ein Archäologe und das internationale Verbrechersyndikat, die Erotik der Maria Perschy, der blonden Burgenländerin Hollywoods, ihre geschmeidige Schulter, ihr nackter Rücken, für das Kind Nicolas verboten und deshalb nur heimlich am nächtlichen Bildschirm erspäht, die Gangsterbraut und ihre grenzenlose Hingabe an einen Mann.

Dort unten auf der Straße, nur wenige Schritte vom Hotel entfernt, tummelten sich dunkle Figuren, Eselskarren und bettelnde Kinder. Das Auto und *der feindliche Mann*. Jeden Augenblick würde der vorfahren, aussteigen und Rita auf den Mund küssen. Eine apokalyptische Vision, der totale Krieg gegen ihn, Nicolas. Und auch die Aussicht, allein und ohne jede Hilfe der Ägypterin zu folgen, jagte Nicolas einen Schauder ein.

Es fuhr kein Auto vor, es stieg kein Mann aus, es gab keinen Kuß. Auch nahm Rita kein Straßentaxi. Erst als ein Kleinbus kam, der nur mit Frauen, die meisten verschleiert, besetzt war, winkte der Türsteher. Während Rita die Treppe hinunterstieg, näherte sich Nicolas diesem und drückte ihm einen Zehnpfundschein in die Hand. „The mosque of Mohammad Ali“, gab er bereitwillig Auskunft, wohin Rita fahren wollte.

Zu einer Moschee? Bis die Frauen im Bus Platz für Rita gemacht hatten, war Nicolas zur Straße hinuntergeeilt. Er hielt ein Taxi an, schlüpfte auf den Hintersitz und hieß den Chauffeur, dem Minibus zu folgen.

Daß Nicolas den Fahrpreis widerstandslos hingenommen hatte und jetzt auch die Zigarette ablehnte, schien dem hageren Taxilenker verdächtig. In Brocken aus Englisch, Arabisch und Italienisch erläuterte er, er sei auf den Müllhalden Altkairos großgeworden, vor einem Jahr habe ihm die Regierung eine Wohnung in einer Satellitenstadt vermittelt, zwanzig Kilometer wüsteneinwärts, nur Hitze und Dünen und Sand, die Slums im koptischen Viertel würden dem Erdboden gleichgemacht. Er sei glücklich über die schöne Wohnung, seine Frau und die vier Kinder hätten zwei Zimmer. Aber er müsse Tag und Nacht arbeiten, und auch seine Söhne, sein Jüngster als Schuhputzer, der sei noch ein Kind. Wie ein Anwalt vor Gericht sprach der Taxilenker, als habe Nicolas ihn des Wuchers angeklagt.

Die Stadtautobahn verlief auf einer Trasse in Höhe der oberen Stockwerke. Sie fuhren an den Türmen, Erkern und Balkonen der kolonialen Palais vorbei. Aus der Tiefe der Gassen tauchten die Wohnhäuser der Nachkriegszeit auf. Nicolas' Augen blieben immer öfter an den Hütten haften, mit denen die Dächer überbaut waren. Auf den Betonquadern, zwischen den Müllbergen, die auf den Flachdächern lagerten, regte sich Leben. Man mochte die Wellblechhütten für Hundebehausungen halten. Sie zählten aber zum komfortableren Unterschlupf, den die Armen Kairos finden konnten, das wußte Nicolas von Rita, die weiter vorne im Minibus saß und die wie er auf die Hütten und das gassenähnliche Gefüge auf den Dächern schauen würde. Wie er würde sie die spielenden Kinder sehen und die Frauen, die an Ölfässern lehnten und Gemüse putzten, das Lagerfeuer, die Ziegen, die zwischen dem Gerümpel herumliefen.

Der Taxifahrer sprach von den Preisen für Wasser, Gas und Strom. Kolonialpalais waren keine mehr zu sehen, auch die Betonbauten wurden weniger, und die Stadtautobahn schlug eine gewaltige Schneise durch die alten Lehmziegelhäuser der islamischen Viertel. Oft waren die oberen Stockwerke zusammengebrochen, die Terrassen und Balustraden nur noch Ruinen, ein Geröll aus Gebäudestümpfen. Ein Termitenbau, der nicht nur zerfiel, sondern einem überfüllten Lazarett glich. Und doch, mitten in dieser Wüste aus Lehm, durch einen unmerklichen Korridor getrennt, lag das alte Palastviertel.

Der Minibus hielt auf dem Platz der großen Moschee, vor diesem steingewordenen Koran, diesem Abbild islamischer Frömmigkeit.

Ein Lächeln legte sich auf sein Gesicht. Nicolas brauchte keinen Spiegel, er vermeinte den jugendlichen Charme in seine Augen zurückkehren zu spüren. Da saß er, im zerschlissenen Ford, in dem er Ritas Verfolgung aufgenommen hatte. Auch er ein Schnüffler. Rita ging über den gepflasterten Platz zur Alabastermoschee.

Am Fuß der Zitadelle hatten muslimische Architekten über ein Jahrtausend hinweg das Ensemble einer Stadt gebildet, das in sich geduckt war und doch in Gestalt der unzähligen Türme spirituell über sich hinaus wies. Der *liebe Allah* mochte von Anfang an Computergrafiker zu seinen Priestern auserkoren haben. Jede Zeichnung war infolge des islamischen Bilderverbots auf das Ornamentale reduziert. Hier gab es kein Gesicht, das von den Wänden, keine Statue, die vom Sockel glotzte. Im Strichcode lag das Geheimnis dieser meditativen Architektur.

Verlorener als Rita in ihrem geblümten Kleid, mit dem Kopftuch und der Sonnenbrille, hätte ein Mensch zwischen den Bögen, Türmen und Kuppeln nicht wirken können. Sie schien auf jemanden zu warten.

Zur Stadtseite hin schaute Nicolas auf Minarette. Der Kunsthistoriker in ihm rief das Nebeneinander der unterschiedlichen Stile ab, die türkischen Türmchen, die persischen Bögen, die römischen, byzantinischen, ägyptischen und koptischen Säulen, die mamelukischen Kuppeln, die Gitter aus der ältesten fatimidischen Zeit. Dahinter begrenzten Hochhäuser den Horizont, und über ihnen standen im Dunst die Pyramiden.

Ließ sich Rita an ihrem freien Tag zwischen den Welten treiben? Ein Chill-out für die Dolmetscherin, wie das entspannte Ausklingen nach durchtanzter Nacht, sanfte elektronische Töne, Schweben auf Klangwolken? Oder ging Rita verloren?

Nicht weit vom Taxi entfernt hatte ein Auto angehalten. Der alte Mann am Lenkrad bewegte sich affektiert. Sein Hüftschwung war tuntenhaft, ebenso die Art, wie er seiner Beifahrerin beim Aussteigen half. Mit angewinkeltem Ellbogen und ausgestreckten Fingern reichte er ihr die Hand.

Zwar war die alte Frau gut bei Fuß, ging aber am Stock, den sie wie ein Florett schwang. Die helle Hose und die Turnschuhe machten sie unverkennbar: Hana Assem, die Kanadierin. Bald war sie mit ihrem Begleiter bei Rita angekommen. Sie lachten, der Mann verabschiedete sich und ging zum Auto zurück.

Mit so eitlen Bewegungen stieg er in den Wagen, daß Nicolas ihm belustigt zuschaute. Da fiel ihm der kleine Mann auf, der ebenfalls den Alten beobachtete. Er hielt sich hinter einem Taxi verschanzt, das offenbar startbereit auf ihn wartete. Der Alte fuhr los, und das Taxi folgte ihm. Das Gesicht des Fremden hatte Nicolas nicht erkennen können.

In der Touristenmenge fiel es ihm nicht schwer, den beiden Frauen unbemerkt an der Stadtmauer entlang bis zum Torbogen zu folgen. Dort machten sie halt. Es mochte sich um ein Stadttor handeln, das in das rote Viertel, den Darb Al Ahmar, führte. Am Kiosk kaufte Rita Wasser, der Bursche schaffte zwei Stühle heran. Im Schatten der Pinie, hinter der Nicolas sich versteckte, nahmen die beiden Frauen Platz. Trotz der Hitze zog Hana Assem einen Pullunder über das Shirt.

Nicolas konnte die Frauen gut verstehen.

„Goma spricht ein gutes Englisch, wenn er auch das Gegenteil behauptet“, sagte Rita.

Die alte Frau lachte. „Sein Englisch ist besser als mein Deutsch. Auf jeden Fall dürfen wir nicht arabisch sprechen, wenn wir als Touristen durchgehen wollen. Die Arme des Scheichs sind lang, und Spitzel gibt es genug.“

Nicolas duckte sich gerade noch rechtzeitig, als Rita sich auf das Stichwort hin umwandte.

„Meine Mutter hört nicht auf mit ihren schrecklichen Dingen“, sagte sie dann, „ich begreife den Haß der Araber, aber ich kann ihn nicht mehr ertragen. Ich komme mir vor wie von einer Krankheit befallen. Die Krankheit heißt Haß. Die Araber hassen die Juden, um sich von ihrem Selbsthaß abzulenken. Meine Eltern haben immer gehaßt. Seitdem ich einmal in der Wüste war, liebe ich die Stille. Die Ägypter hassen die Wüste. Die Stille ist das Gegenteil von Haß.“

„Und deswegen sind Sie in Teddy Almásy vernarrt.“

„Sie machen sich lustig über mich. Meine Eltern haben mit ihm gesprochen, seine Geschichten von der Wüste gehört. War er nicht weltoffen, tolerant? Ich habe so gehofft, etwas Friedvolles im Leben meiner Eltern zu finden.“

Hana Assem faßte nach Ritas Hand und streichelte sie. Während Ritas Augen größer und größer wurden, schien die alte Frau in Erinnerungen zu verschwinden. Erst der grelle Lärm des Mopeds, das sich zwischen den Passanten hindurchschlängelte, ließ sie wieder zu sich kommen. Verwundert schaute sie dem Burschen im leuchtendroten Hemd hinterher. Dann wandte sie sich Rita zu. Ihr Gesichtsausdruck verriet, daß es ihr schwerfiel, über die Vergangenheit zu sprechen. Gerade dies hatte Nicolas nicht erwartet.

„Als ich Teddy zum ersten Mal begegnete“, sagte sie, „kurz nach dem Krieg, kannte ich die Noblesse oblige nur vom Hörensagen. Man sucht etwas, mein Kind, aber man findet etwas anderes. Diese Freibeuter, meistens verarmte Adelige, flüchteten vor den Scherben Europas. Nichts, was geschehen war, hatte ihr Selbstbewußtsein gebrochen. Mit ihrer sprichwörtlichen Unverschämtheit gingen sie gegen alle vor, die ihre Überlegenheit nicht anerkennen wollten. Sie nahmen sich, was sie wollten. Was sie am meisten reizte, das war, über andere zu herrschen. Im Land der Paschas verfügte man noch über Menschen wie über das Vieh. Das gefiel den Snobs und Playboys. Für alles hatten sie einen Spottnamen. Es bedeutete ihnen einen kindlichen Spaß, den guten Geschmack anderer Leute zu provozieren. Im Grund unterschieden sich ihre politischen Äußerungen nicht von den Possen, die sie ständig trieben."

„Almásy war auch so?"

„Ich habe ihn auf meine Weise geliebt."

„Ich bin so ungeduldig", sagte Rita.

„Man mußte ihn lieben. Ach nein, viele konnten ihn nicht ausstehen. Er war ein Don Quixote. Sie waren alle wie Kinder, die einen Käfer zertreten und sich am nächsten Morgen nicht mehr daran erinnern. So waren die Europäer, Rita, die Ihre Eltern kennenlernten. Ob sie Deutsche, Engländer oder Italiener waren, machte keinen großen Unterschied."

War es nicht doch ein Tick, ein kaltes Lachen, das Hana Assem von sich gab?

„Das Gedächtnis betrügt uns", sagte sie, „ich glaubte, ich hätte Almásy am Totenbett gepflegt, in dieser toskanischen Villa, nun wollte ich weg von Europa. Der Mann mit dem verbrannten Gesicht, der von der Wüste gesprochen hatte, war aber nicht Almásy. Als ich Teddy leibhaftig gegenüberstand, war ich verrückt nach ihm. Meine zweite Chance, verstehen Sie. Und doch frage ich mich, ob nicht Goma viel verrückter nach Teddy gewesen ist. Fünfzig Jahre lang hat er mir Geschichten erzählt, und irgendwann bildete ich mir ein, ich sei selbst dabeigewesen, im Tal der Bilder, in Zarzura, bei den legendären Expeditionen zum Gilf-Kebir-Massiv. Die Liebe macht keinen klaren Verstand. Und dann kam diese Engländerin, diese *Missis Schnüffeling*, wie sie sich selbst nennt. Sie tauchte in den Siebzigern bei uns auf und wollte alles über Teddy erfahren. Mein Gott, was die zusammengetragen hat, sie wußte ja mehr als wir selbst. Aber kommen Sie, mein Kind, gehen wir weiter, ich möchte ins *Fischawy*, dort trinken wir Tee."

Wo das *Fischawy* lag, wußte Nicolas. Rita hatte ihm das Teehaus gezeigt, damals, als sie nach dem Besuch bei den Masarys durch den legendären Bazar Khan al Khalili spaziert waren.

Beim Aufstehen ließ sich Hana Assem helfen, dann ging sie rüstigen Schrittes. Der Torbogen führte in einen Schlund. Eine Galerie aus Holz überdachte die Passage. Links und rechts waren

Arkaden, dahinter Nischen mit Handwerkerläden. Die Menschen, die zur Gasse auf der anderen Seite trieben, verursachten Nicolas Schwindelgefühle. Als Fratzen nahm er die Händler und Handwerker wahr, und während er mit einer alten Frau zusammenstieß, flimmerten Streifen vor seinen Augen.

Als er wieder ins Licht trat, ebbte die Panik ab. Ein Stück vor ihm gingen die beiden Frauen. Zwar waren die Läden nicht geschlossen, und der Brotverkäufer und der Mann mit der Limonade riefen nach Kunden, aber das Treiben war eher gemächlich. Die Händler saßen vor ihren Läden, da und dort balancierte eine Frau ihren Korb auf dem Kopf, und alle bewegten sich mit größter Demut gegenüber der Hitze, dem Elend und dem *lieben Allah*.

Da waren die Buntheit der Stoffe, das Glitzern der Messingteller und Kupferkessel, der süß gärende Duft des Obstes, der martialische Anblick der gehäuteten Lämmerschädel und zerhackten Rinderleiber. Die Dramatik wirkte umso pittoresker, als sich das Schauspiel mitten im langsamen Sterben der Häuser ereignete. Nicolas fühlte sich an Durrells arabische Viertel erinnert, *Wände, die im Wetteifer mit der Haut von Leprosen sind.* Die Materie im Abgrund des Menschen. Lawrence Durrell, der europäische Dichter, im Spielzeugkasten des Orients, umhüllt von der Haut der Stadt, *die in der Sonne dörrt und abblättert.* Die Haut des ägyptischen Alltags: die Straßensprenger, Schuhputzer, Barbiere, Teppichweber, Melonenverkäufer, Geflügelhändler, Tuchnäher, Kupferschmiede, Klageweiber, Scheichs.

Da waren die Furchen im Gesicht des Limonadenverkäufers, den der Bauchladen niederdrückte; der müde Mund der Frau, die mit einem Teller voll Pfirsichen auf dem Lehmboden hockte; die hellen Augen des Bärtigen, der einen Lederpolster mit Mustern bestickte und über seine Brille blickte.

Vor einer Karawanserei lag ein Sandsteinblock, er war aus der Fassade der mittelalterlichen Herberge gebrochen und auf die Gasse gestürzt. Die Fenstergitter der Holzveranden sahen immer noch prächtig aus, während der Stuck an den Wänden längst abbröckelte. Ein Einbeiniger näherte sich Rita und Hana, pries ein

Päckchen Papiertaschentücher an, das er unter seiner Galabiya hervorgezogen hatte. Die beiden Frauen gaben ihm Bakschisch.

Je näher sie dem Khan al Khalili kamen, desto bunter und prächtiger wurden die Gassen. Auf dem Platz vor der Al-Azhar-Moschee, einer orientalischen Piazza San Marco, waren die Straßencafés voll Touristen. Der Menschenstrom tauchte in den Bazar der Goldschmiede ein, schwamm an den Parfum- und Souvenirläden vorbei, wälzte sich weiter zum Gewürzmarkt, zum Markt der Waffenschmiede, zu den Ledernähern.

Im Gedränge der Gassen blieb Nicolas dicht hinter Rita und Hana. Ein Bayer in kurzer Lederhose verstellte mit seinem Stativ und der Videokamera den Durchgang, während seine Frau in verschiedenen Posen vor den Schmuck- und Antiquitätenvitrinen auf und ab stolzierte. Unter den leicht bekleideten Touristen wirkten die Orientalen deplaziert. Zwar lockten sie ihre Kunden in die glitzernden Läden, und die kleinen Jungen boten Taschentücher und Schlüsselanhänger feil, ihr Gerede erntete aber wenig Beachtung, und der Ruf des Muezzins hob sich kaum hörbar vom Hintergrundgeräusch ab.

Markisen überspannten das Gäßchen, in dem das *Fischawy* lag. Am äußersten Rand saß ein Ägypter, der eine Wasserpfeife rauchte, alle anderen Tische waren von einer Gruppe Italiener besetzt. Auf den Messingtischen lagen Einkaufstüten. Der Kellner versuchte geduldig, einen Platz für die Getränke freizumachen.

Zwischen der Gasse und dem Haus gab es keine strenge Abgrenzung. Man konnte die Gasse für eine Lounge halten, die offenen Türflügel für einen Paravant. Betrat man das Innere des *Fischawy*, wechselte man durch offene Torbögen gleichsam von einem Zimmer in ein weiteres. In der Gasse war es heller, und Nicolas dachte sich die Schaufenster mit ihren bunten Steinskarabäen und Glaskännchen als Mutters Vitrinen. So wie in deren Wohnung Grünpflanzen nicht fehlen durften, standen auch hier die Kübel mit Palmen.

Die beiden Frauen nahmen im mittleren Raum Platz. Nicolas folgte.

„Almásy war ein ungarischer Offizier", verstand er, „die Deutschen hatten ihn als Wüstenkenner angeheuert. Das wußte man. Seine alten Freunde waren nun seine Kriegsgegner. Ralph Bagnold leitete die Long Range Desert Group der Engländer."

Nicolas setzte sich dicht an die Zwischenwand, zur dunklen Holztäfelung hin. Mit einer vorsichtigen Handbewegung winkte er den Kellner herbei und flüsterte ihm die Bestellung ins Ohr, Tee, nicht zu sehr gesüßt, und *psst.* Der wandte sich erschrocken ab und griff nach dem Amulett um den Hals. Plötzlich glotzten die Luster und Spiegel Nicolas an, die Paschas auf den vergilbten Fotos, die schwarzen Sofas, die Messingtische, die Stühle mit den Holzeinlegearbeiten, das Sammelsurium von Statuetten, Vasen und Porzellandosen. Nicolas und der Kellner waren gefangen im magischen Kreis, und doch brauchte es nur eine Handbewegung, und vor dem Kellner saß ein wenn auch suspekter, so doch nur kauziger Europäer.

„Wer ist Mrs. Schnüffeling", hörte er Ritas Stimme.

„Es gibt sie tatsächlich, wenn ich mir auch oft einbilde, sie sei eine Spukgestalt und habe sich in mir eingenistet. Sie arbeitete im britischen Abwehrdienst, als Übersetzerin beim Hauptquartier im Bletchly Park, ein junges Londoner Mädchen, das sich meist über den Funksprüchen, die sie zu entziffern hatte, langweilte: Koordinaten, Zeitpläne, Nachschub, von irgendwoher, tausende Kilometer entfernt. 1942 schleusten die Deutschen zwei Spione nach Kairo ein, unter dem Code SALAM, eine abenteuerliche Fahrt durch zweitausend Kilometer Wüste. Die Engländer hatten die deutschen Gegenfunker in Libyen ausgehoben und leiteten die Funksprüche der deutschen Agenten nach London um. *Missis Schnüffeling* hatte den Verdacht, daß der Anführer der SALAM-Leute die Briten narrte. Auf ihre Anfrage, ob sie die Chiffren weiter verfolgen solle, meinte *Missis Schnüffelings* Vorgesetzter, das solle sie in der Mittagspause tun. Sie lag richtig, aber ihre Jagdlust hatte einen weiteren Grund. Sie hatte sich nämlich in die Stimme eines Mannes verliebt, der seine Funksprüche gegen jede militärische Gewohnheit mit komischen Bemerkungen garnierte. Auch eine scheinbar aussichtslose

Situation war ihm ein Späßchen wert. Er leitete die Aktion, war ein Ungar und hatte wie Ralph Bagnold und Patrick Clayton in den dreißiger Jahren im Gilf Kebir geforscht."

„Almásy!"

„*Missis Schnüffeling* kannte Bagnolds Buch und verstand daher, daß der seltsame Charmeur in der Libyschen Wüste gerade dabei war, als Spion eine Route abzufahren, die ihm als Forscher seinen größten Triumph wie seine bitterste Niederlage bedeutet hatte – das Tal der Bilder im Gilf Kebir, von ihm entdeckt, und von Frobenius, dem berühmten deutschen Wissenschafter, den er dorthin geführt hatte, für sich beansprucht. So kamen die beiden Spione, die er durch die Wüste lotste, zwar nach Kairo, wurden dort aber von den Briten verhaftet. Nach diesem fast schon legendären Wüstenritt für Rommel galt Teddy als verschwunden. Im selben Jahr wurde sein englischer Expeditionsgefährte und Konkurrent Patrick Clayton von den Deutschen erwischt und als Kriegsgefangener nach Italien verschifft."

Hana Assem versank in Gedanken, Rita ließ ihr Zeit. Nach einer Weile fuhr die alte Frau fort:

„Diesem Ungarn, der wieder in der Wüste verschwand, war *Missis Schnüffeling* fortan verfallen. Sie kannte seinen Namen, sie kannte seine Akte, die der Intelligence Service seit den dreißiger Jahren über ihn angelegt hatte. Nach dem Krieg heiratete sie, aber der deutsche Spion ging ihr nicht aus dem Kopf. Nicht einmal ihr Ehemann wußte, wie sehnsüchtig sie auf das Jahr 1976 wartete, in dem die Geheimhaltungsfrist der Akte SALAM ablief. Dann machte sie sich auf die Spur des geheimisvollen Charmeurs. Es war Teddy, in dessen Späßchen sie sich vernarrt hatte. Der aber war längst tot."

„Sie hat ihn nie zu Gesicht bekommen?"

„Sie kannte sein Gesicht nur von Fotos."

Nicolas fiel das Klappern der Tassen und Gläser auf, das Klirren der Löffel, das Geplauder und Lachen. Ägyptischer Tee. Instantpulver. Zucker. Pfefferminzblätter. Der Kellner, der ihm das Tablett serviert hatte, beobachtete ihn. Nicolas schüttelte den Kopf – nicht er, sondern die beiden harmlos wirkenden Frauen nebenan erweckten Geister zum Leben.

„*Missis Schnüffeling* wurde Mitglied der Royal Geographical Society in London. Ich vermute, die Engländer haben ihre Forschungsreisen aus kolonialen Interessen finanziert, und die meisten Forscher waren im Grunde Spione. Jedenfalls kannte sie in der Geographical Society einen Lord, der sich mit der Entdeckung der Nilquellen beschäftigte. Sein Neffe, ein Kanadier, hat sich für die Zarzura-Expedition interessiert und über Teddy geschrieben. Die Geographical Society schickte den Kanadier zu *Missis Schnüffeling*, um für das Buch zu recherchieren. Es war ein reines Märchen. Nur die Namen von Almásy und Herodot waren korrekt. Ich glaube, sie hat ihn mächtig an der Nase herumgeführt. Teddy hat von ihr Besitz ergriffen, und sie treibt seine Verwirrspiele weiter."

Ein kleiner Junge, keine zehn Jahre, war an Nicolas' Tisch herangetreten und führte ihm ein Stoffbärchen vor, das wie ein Jojo auf und ab schwang. Da Nicolas ihn verscheuchen wollte, begann er zu klagen, *Sir, nice,* hörte er nicht auf. Als der Junge nach seinem Arm griff, sah Nicolas den weißen Haarschopf Hana Assems, der sich um die Ecke neigte. Abrupt kehrte er ihr den Rücken zu, riß sich vom Jungen los, griff gleichzeitig in seine Gürteltasche und zog einen Geldschein heraus.

Der Junge schlenderte zu Hana Assem, schon hörte Nicolas das *Madam, nice.*

„Was hat dieser Mann nur gedacht?" fragte Rita.

„Teddy war sehr gesprächig, manchmal geschwätzig, er prahlte mit allem, was er getan hatte. Ich bin mir nicht sicher, was wahr und was erfunden war. Und die Situation war kompliziert. Teddy lebte als Fluglehrer in Kairo, nicht mehr ganz jung und oft krank. Der Krieg stand bevor. Er wollte nicht nach Ungarn zurückkehren, seine Heimat war Ägypten. In Ägypten herrschten die Briten, in Libyen die Italiener, und die Deutschen ... Mein Kind, Goma wartet vor der Hussein-Moschee. Wir müssen unsere Plauderei ein andermal fortsetzen. Goma wird Sie in Ihr Hotel zurückbringen."

Die beiden Frauen waren fortgegangen, und Hanas Stimme hallte in Nicolas' Ohr, eigentlich eine sympathische Stimme. Etwas Förmliches lag in ihr, das er mochte. In ihr Englisch hatten sich die harten arabischen Konsonanten gemischt. *Goma wartet auf Sie.* Der Alte vor der Moschee war jener Goma Assem gewesen, den Scheich Abdul offenbar so fürchtete, daß er ihn von seinem amerikanischen Schnüffler beschatten ließ. Der Mann im Taxi vorhin war niemand anderer als Henry O'Toole gewesen, daran gab es für Nicolas keinen Zweifel.

Er spürte eine Müdigkeit, über sich selbst nachzudenken. Als hätte jemand die Scheinwerfer abgeschaltet, war die Welt in ein Dämmerlicht getaucht, untauglich für ein gestochenes Bild; die roten Lämpchen auf den Kameras leuchteten nicht auf, kein visuelles Setting, nicht das So sehe ich mich selbst. Er saß da, beschämt. Er hatte Rita nachspioniert. Das schmerzte ihn nicht. Im Grunde genoß er es sogar, sich ein wenig zu schämen, müde zu sein und ratlos. Er schaltete sein Handy wieder ein, trank einen zweiten Tee. Er wollte gerade aufstehen, da schnarrte es.

„Lemden."

„Ich bin es, Rita. Ich hoffte, Sie anzutreffen. Erinnern Sie sich an Hana Assem?"

Der Scheich fiel ihm ein, O'Toole, das Heer des Kambyses.

„Sind Sie noch da, Nicolas?"

„Ich war nicht fair zu ihr, damals am Matchpoint."

Ritas Stimme klang arglos. „Ich möchte, daß Sie ihr zuhören. Und werden Sie Goma von der Vergangenheit sprechen lassen? Vom Krieg, von Almásy, von jener alten Welt…, von seinem ehemaligen Freund Abdul, wie die Rivalität der beiden begann?"

Er würde es tun, schon aus Trotz gegenüber dem Scheich, und doch eigentlich aus Neugierde, die ihn längst erfaßt hatte. „Wenn es Ihnen wichtig ist, Rita", sagte er.

4

Das Heer des Kambyses
(1945 – 1947)

Sie würden bald zum siebenten Mal bei Hana und Goma Assem sitzen, die von jenen Jahren nach dem Krieg berichten, pünktlich zum Fünf-Uhr-Tee im Mena House Hotel. Goma hatte sich als witziger Beobachter und Erzähler erwiesen, während Hana zurückhaltend blieb. Ihre Kühle war nicht leidenschaftslos und Gomas Ironie von einer verletzten Gereiztheit, in die sich der Spott des Anwalts mischte. Er verstand es, seine Rolle als engster Vertrauter Almásys wirkungsvoll ins Spiel zu bringen. Auch sprach er vom schicksalhaften Band zwischen ihm und Scheich Abdul el Manzur. Als existiere ein Zusammenhang, übte er sich gleich darauf in Andeutungen über den jüngsten Komplottversuch in Kairo. Mit Nachdruck spottete er über geschäftliche Verbindungen des Scheichs zu Kreisen in Palästina und dem Iran. Sein Verdacht schien ominös, und seine Erklärungen blieben dunkel.

Nicolas fiel der Gleichschritt auf, in dem er mit Rita durch das holzüberdachte Portal ging. Ihre Arme pendelten im Takt, und wenn er sich Rita zuwandte, bewegte sich ihr Kopf in seine Richtung. Sie schauten sich in die Augen, ihre Gesichtszüge hatten sich entspannt.

In Goma mochte die Getriebenheit Almásys weiterleben. Vielleicht interessierte Nicolas dieser Aspekt sogar. Obwohl er sein Augenmerk eher darauf richtete, wie die Alten ihren Auftritt gestalteten, ihre Wahl des Mena House als Bühne, das Wechselspiel ihrer Rollen, und ihre unglaubliche Fähigkeit, sich die Apokalypse kulinarisch auf der Zunge zergehen zu lassen.

Gomas Vater, ein Fellache aus Giza, hatte auf eine Niederlage der Engländer gehofft, gestützt vom Dorfgerücht, Hitler wäre zum Islam übergetreten und würde als Muhammed Hitler die Ägypter aus den Händen der Kolonialisten befreien. Und auch Gomas Freund Abdul, der spätere Scheich Abdul el Manzur, arbeitete für die ägyptischen Nationalisten, die mit den Deutschen paktierten. Goma aber hoffte auf einen Sieg der Alliierten, wie Hassanein Pascha, der berühmte Wüstenforscher und Berater König Faruks, der Goma immer wieder zu sich rief, um etwas über Almásys Pläne zu erfahren. War am Ende des Kriegs jeder ein Verlierer? In den fünfziger Jahren wurde Goma Kommunist, so inbrünstig, wie Almásy einmal Antikommunist gewesen war. Und später sollte sich Goma wieder dem Islam zuwenden und doch ein Freund der westlichen Freiheiten bleiben. Das wiederum hatte den fanatischen Fundamentalisten, der Abdul in den fünfziger Jahren geworden war, auf den Plan gerufen. Und doch erklärte sich damit die Rivalität der beiden nicht erschöpfend.

Hana und Goma winkten hinter der Kirschlorbeerhecke drüben am Pool. Nicolas und Rita fielen sich ins Wort, *sehen Sie, die Assems*, dann lachten sie. Trotz seiner korrekten Garderobe wollte Nicolas der Ägypterin bedeuten, daß er zum Äußersten fähig war: Communicator und Handy hatte er im Hotel gelassen.

„Ein schönes und friedliches Paar", sagte Rita.

Hinter dem Hotel ragten die Pyramiden wie riesig hinprojizierte Schatten in den Himmel. Hier unten im *Mena House* war alles grün, alles blühte, alles Wasser schimmerte bläulich. Man vergaß die Wüste ringsum.

Diesen Schritt von der Straße aus Giza durch das Portal des *Mena House* mochte Almásy nicht anders getan haben. Bis zum Bau des Suezkanals hatte das Hotel an den Pyramiden einzig einem königlichen Hobby, der Jagdleidenschaft, gedient. Man hatte es nach dem ersten Pharao Menes benannt und anläßlich der Eröffnungsfeier des Kanals zum Schloß im maurischen Stil erweitert, um den europäischen Hochadel standesgemäß beherbergen zu können. Im Gegensatz zum Mariott, diesem Disneyland der Reichen, faszinierte Nicolas die Vermummung eines Lebensstils, eine frühe Form von Rekombination, hier seit hundert Jahren vom Jet-set praktiziert: Lifestyle als Frankenstein-Verfahren. Wahrscheinlich stand das *Mena House* gar auf einem antiken Gräberfeld. Hier konnte man die dreißiger Jahre weiterleben, und zugleich war klar, wie künstlich das Leben gewesen war: all die Pracht eine Animation, nicht zufällig am Rand der Wüste, im Reich des Todes.

Sie gingen auf Wegen, die von Buchsbaumhecken gesäumt waren, an Rasenflächen vorbei, auf denen weiße Liegestühle standen, unter Palmenalleen bis zur Veranda, in der einmal Almásy auf dem gelben Diwan gesessen sein mochte. Der Blick, den man von dort auf die Pyramiden hatte, stimmte mit den Bildern des Films überein, Rita in der Rolle der amerikanischen Missen der Zwanziger-Jahre-Filme, in ihrer Pluderhose und mit dem Krempelhut, der einer Lady gut gestanden hätte. Freilich wäre sie andererseits auch als ein Bürschchen durchgegangen, ein besonders weiches.

Hana und Goma erhoben sich aus den weißen Korbstühlen. Gomas Hose und Shirt paßten farblich zu den Möbeln. Mit dem linken Arm stützte der Kavalier seine Frau, während er Nicolas die schlaffe Hand reichte. Goma lachte aus einem breiten und auffällig hellhäutigen Gesicht. Seine stämmige Figur ließ Nicolas an einen gealterten Stallburschen denken – andererseits waren da seine gezierten Bewegungen, sein nervöses Tänzeln –, während Hanas Charme an das Gehabe einer Landadeligen erinnerte. In ihrem Gesicht hatte das Alter ein spitzes Kinn geformt.

Goma sprach ein Geschäfts-Englisch. „Ich erinnerte mich gerade mit Hana an Dr. Bermann, den Juden aus Wien, den der Conte nach Kairo brachte." Er nannte Almásy den *Conte*. Daß die arabischen Diener ihn als Grafen anredeten, darauf hatte Almásy großen Wert gelegt, selbst in der Wüste, *per Du* war er nur mit Standesgenossen. „Im Palast des Prinzen Kemal el Dine, meines Meisters, war man deutschfreundlich, und da kam eines Tages der Conte mit diesem Dr. Bermann, ein kleiner und häßlicher, eitler Mann, und sehr klug."

Hanas Gesichtsausdruck war überaus wach, und so gelassen, wie sie Goma den ersten Auftritt überließ, erahnte Nicolas ihre Bestimmtheit. Die dicken Hornbrillen vergrößerten Gomas Augen. Seine dunklen Strähnen waren pomadig nach hinten gekämmt, seine Haut war glänzend und weich. In diesem alten Gesicht steckte etwas Knabenhaftes. Vielleicht färbte er sein Haar und verwendete Feuchtigkeitscreme, eigentlich doch ein urbaner Snob.

„Setzen Sie sich, mein Kind", sagte Hana zu Rita.

In Gegenwart dieses Paares wirkte Rita blaß, nicht anders als er selbst, mußte sich Nicolas sagen. Sie saß einfach da, so wie er dasaß, und vielleicht kam sie sich klein vor, so wie er sich seltsamerweise klein vorkam. Die selbstbewußten Ticks der beiden Alten waren raumgreifend, die makabre Selbstironie, mit der sie ihre gebrechlichen Körper bedachten. Seine Vernunft wog dagegen wenig.

Einzig Goma blieb stehen. Ohnehin schaute er seinem Gegenüber nie in die Augen. Er nahm das Zigarettenetui vom Tisch, drehte seinen elfenbeinernen Zigarettenspitz zwischen den Fingern, und sein Blick folgte den Rauchschwaden, die sich zwischen den kunstvoll verzierten Dachbalken des Pavillons verflüchtigten. „Man schreibt das Jahr 1903", sagte er über ihre Köpfe hinweg, mit nasalem Wwienerischen Akzent, „denken Sie, der schwächliche Bermann leidet an allerlei Nervenzuständen und konsultiert daher den besten Nervenarzt, Professor Sigmund Freud. Der interessiert sich für ihn, Freud lädt Bermann ein, wiederzukommen, nicht in das Ordinationszimmer, sondern in seine Privaträume. Dort gibt es tausend schöne Dinge zu sehen. Freud, der Mann, der später das Buch über den Mann Moses schreiben sollte, interessiert sich schon damals für Ägyptologie fast so sehr wie für die Neurosenlehre. So erzählte es Bermann, Wort für Wort, und Almásy hörte ihm aufmerksam zu."

„Nicht zu glauben", lachte Nicolas.

„Prinz Kemal el Dine amüsierte sich über die Europäer, die das Mumien-Pulver exportierten."

„Mumien-Pulver?" fragte Rita.

„Schon Napoleons Gelehrte legten nicht nur Pharaonengräber frei, sondern zerstampften einen Teil der geborgenen Mumien zu Mehl. In den Apotheken Europas war das Mumienpulver sehr gefragt. Die Aristokraten trugen es in kleinen Dosen mit sich, vielleicht erhofften sie sich davon das ewige Leben."

Hana klopfte mit dem Stock auf den Boden. Gomas Stirn kräuselte sich, er legte seinen rechten Zeigefinger auf den Mund und lächelte.

Die aufkommende Brise bewegte die Palmenfächer. Als Tee brachte der Kellner heißes Wasser und Beutel in Kännchen. Hana hatte Rotwein bestellt. Goma setzte sich, und Hana erzählte von Almásy, stets darauf bedacht, nach jeder Diagnose ein Wundpflaster auf das Geschilderte zu legen.

Goma genoß es, daß von ihm die Rede war. Er hatte als Pferdebursch im Palast des Kemal el Dine gedient und war – kaum vierzehn Jahre alt – von Almásy zum Chauffeur und Mechaniker ausgebildet worden. Im März 1933 brach Almásy ein letztes Mal auf, um das Rätsel der Oase Zarzura zu lösen. Die Expedition war nur kärglich ausgerüstet, weil Kemal el Dine und Sir Robert Clayton East, Almásys zweiter Gönner, kurz zuvor gestorben waren. Weder ein Flugzeug noch ein Radio standen zur Verfügung. Da König Fuad es ihm gestattete, konnte Almásy Zelte und Gerät aus Kemal el Dines Magazin benützen und neben Goma zwei weitere Diener des verstorbenen Prinzen in seine Crew übernehmen.

Goma hatte also ein Auto zum Tal der Bilder chauffiert. Jetzt erst gingen Nicolas die Augen auf. „Die Höhlenmalereien", sagte er, „ich habe doch die Stelle in Almásys Buch gelesen, als sein Diener panisch vor diesen Werken eines Dschinns wegläuft."

Goma schlug die Hände vors Gesicht.

„Sind Sie schon einmal in eine Höhle gestiegen?" fragte Hana.

Ihre Augen fixierten ihn, Nicolas schwieg.

„Waren Sie schon einmal in einer Höhle?"

Er konnte doch nicht von seiner Klaustrophobie reden.

Goma deutete auf die große Pyramide: „Es gibt Menschen, die in diesen Riesenstein hineinklettern, entsetzlich!"

Da war keine Wolke, die sich vor die Abendsonne schob, und doch schien es Nicolas, ein Schatten lege sich jetzt auf die dreieckige Steinfläche.

Hana lächelte. „Rita wird Sie begleiten, mein Freund."

„Nein, nein", rief Goma. Vor fünfundsechzig Jahren hatte ihn Almásy in die Schluchten des Uwenat-Massivs gezwungen, aber die Dschinns waren nicht mit ihm gealtert und noch immer bedrohlich wie damals.

Zwei Tage später plagte sich Nicolas aus dem Taxi, das wenige Meter vom *Mena House* entfernt vor dem Pferdestall am Rand der Wüste hielt. Schonungslos hatte seine Mutter vom Fluch der Pharaonen geschwatzt und Nicolas beschworen, nicht in die Pyramide zu steigen. Damit hatte die Mutter seinen Stolz herausgefordert.

Er hätte sich die kurze Strecke zur Cheopspyramide mit dem Firmenwagen chauffieren lassen können. Das Messegelände lag unterhalb der Sphinx, von dort führte eine Straße bis zum Dünenboden hinter den Kolossen, wo eine Arena für Squash-Meisterschaften lag. Nicolas wollte aber die ALMASY-Kampagne von dieser persönlichen Angelegenheit fernhalten und seinen Pyramidengang wie ein gewöhnlicher Tourist hinter sich bringen. Immer noch wütend auf seine Mutter, stieg er auf den heißen Asphalt, der in der Mittagssonne flimmerte, und hielt die Tür für Rita offen, die das Taxigeld zahlte.

Ohne Ritas Begleitung, das war ihm klar, hätte er diese Strapazen nicht auf sich genommen; die Ägypterin durfte sich dessen nicht bewußt werden. Hana hatte ihm zugeredet, und seine Mutter hatte ihr Gezeter aufgegeben, begleitete ihn doch wenigstens eine vernünftige Frau. Weibliche Darstellungslist – aber wie sollten denn seine Venen diesen Wüstenirrsinn überstehen?

Ruhig ging Rita auf einen der Pferdeställe zu. Von der anderen Straßenseite kamen fünf Männer gerannt, und die zwei ersten, die bei Rita anlangten, verscheuchten die anderen. Asphaltserpentinen führten in die Wüste hinein, vorbei an den Ställen, die sich wie Bunker zwischen den Dünen duckten, hallenartige Betonunterstände, darüber eine Wellblechbaracke, aus der Antennen und Satellitenschüsseln ragten.

Die Pyramiden schienen von hier aus zum Greifen nahe, aber

die Entfernung täuschte und die Hitze würde schon einen Fußmarsch bis zum ersten Koloß zum Martyrium machen. Fliegenschwärme sammelten sich um die Droschken neben der Mistgrube. Die Hitze drückte so schwer auf den Kopf, daß Nicolas nicht einmal der Gestank und die Insekten störten. Mit einer Aufdringlichkeit, die er nur von seiner Mutter kannte, redeten die zwei Beduinen auf Rita ein, griffen ihr an den Arm.

Der Alte in seiner Galabiya sah wie ein ärmlicher Bauer aus, der junge Bursch mit der Baseballkappe wie das Mitglied einer Straßenbande. Hatte Nicolas nicht Akims Stimme im Ohr, der von diesen Leuten bewundernd zugleich und verächtlich gemeint hatte, sie zählten zu den Reichsten in Kairo? Sie führten Touristen um die Pyramiden, in Droschken oder auf dem Rücken von Pferden und Kamelen, und wurden als Grabräuber reich. Meistens Analphabeten, konnten sie sich in vier oder fünf Sprachen verständlich machen. Der *liebe Allah* weiß, was er tut.

Während Rita mit dem Alten feilschte, spannte der Bursche ein weißes Pferd vor die Droschke und lockte Nicolas zu einem Geschäft, indem er immer wieder in die Hosentasche griff und etwas auf dem Handteller anbot, das er zugleich verbarg. Vielleicht wollte er Amulette verkaufen. Nicolas saß steif auf der gepolsterten Kutschenbank; der junge Beduine versuchte es mit englischen, französischen, italienischen und schließlich deutschen Floskeln, *du deutscher Freund*.

„Ein Foto mit dem Kamel?"

Nicolas wollte nur weg, er erntete einen verächtlichen Blick. Rita nahm neben ihm Platz, der Alte schwang sich auf den Kutschbock und trieb das Pferd die Asphaltstraße hinauf bis zu einer Baracke, die den staatlichen Einlaß ins Pyramidenfeld darstellte.

Der Sand und die Steine und die Hitze, die Mauerreste von Gräbern und Tempeln. Mit der Peitsche schlug der Alte auf das Pferd ein, das immer wieder zur Seite ausbrechen wollte, trotz der Scheuklappen. Mühsam zog es die Droschke die Steigung hoch, auf der Kuppe schnaubte es lange und laut. Weit unten zwischen den Pyramiden entdeckte Nicolas die gläsernen Zelte des Messegeländes. Draußen in der Wüste waren die Satellitenstädte zu erahnen, gewaltige Strommasten führten zu den rostbraunen Flecken. Auf den umliegenden Dünenkuppen hielten die Soldaten Wache, ihre Jeeps parkten unter Wellblechdächern. Der alte Mann auf dem Kutschbock schnalzte mit der Zunge und trieb das Tier erneut an. Sie begegneten Droschken und Reitern, Kamele mit Touristen auf dem Höcker querten die Abhänge zu den Pyramiden hin.

Auf dem höchsten Plateau machten sie ein zweites Mal halt. Im Panorama von Pyramiden und Stadt funkelte Licht; es mochte von den Glasdächern der Messehallen reflektiert werden. Der Beduine legte dem Pferd einen Leinensack um den Hals, aus dem das Tier das Heu zupfte. Zwischen den Zelten mit den Touristenläden lagerten Kamele, ein wenig abseits knieten Muslime auf Teppichen und beteten.

„Eine Pyramide wurde für einen einzigen Menschen gebaut", sagte Rita, „zusammen mit einer Sphinx und einer Barke eine Abbildung der gesamten Welt. Für einen einzigen Toten arbeitete eine ganze Generation und ging daran zugrunde."

Sie hatte das Kinn angehoben, höher als gewöhnlich, wie Nicolas bemerkte, und der Wind schmiegte das knielange Kleid an ihren Körper. Sie reichte ihm die Hand, und doch schien sie ihm eine unendliche Wegstrecke entfernt. Er umfaßte ihre Hand ohne jeden Druck und bemerkte, wie alles in ihm losließ und er sich ohnmächtig fühlte.

In der Dünensohle ragten die Stelen eines moslemischen Friedhofs aus dem Sand, daneben hatten sich unter hölzernen Sonnenschirmen weiß uniformierte Soldaten plaziert. Der Alte trieb das Pferd bergab. Das Tier kam auf dem Asphalt ins Rutschen, Nicolas konnte sich vor Angst nicht rühren. Der wundgescheuerte Gaul drohte unter dem Gewicht der Droschke zusammenzubrechen, da schliff der Beduine die Räder am Randstein ein und riß mit dem engen Ledergeschirr den Kopf des Pferdes nach hinten.

„Schaut zur Pyramide", rief der Alte.

Nicolas aber fixierte das Pferd, das Leiden dieser Kreatur bewegte ihn. Er zitterte; Rupert hätte ihm nie geglaubt, daß er Mitleid mit einem Gaul empfand und ihm die Sphinx nichts bedeutete.

Vor der großen Pyramide, im Gedränge der Touristen, fühlte sich Nicolas schwächer und schwächer. Ein riesiger Steinhaufen, dieses Bauwerk, dessen Alabasterverkleidung über die Jahrtausende abgetragen worden war. Die Steinquadern bildeten Stufen bis zur Spitze, die die Kugeln der Mameluken lange vor Napoleons Ankunft gesprengt hatten.

„Warum wollte Hana, daß ich hierhergehe?"

„Sie war mit Almásy in die Pyramide gestiegen...", sagte Rita und brach ihren Satz ab.

Keinen Augenblick, kam es Nicolas vor, werde er von diesen Ägyptern in Ruhe gelassen. Sie verkauften Cola und Wasser, und gegen Bakschisch wußten sie Rat, wie man sich an der wartenden Menschenmenge zur Pyramide vorbeischwindeln konnte.

Langsam rückten sie zum Einstieg vor, der etwa fünfzig Meter über dem Erdboden lag. Nicolas schwante nichts Gutes, da die Leute, die aus dem Inneren der Pyramide kamen, auf den Stufen niedersackten. Rita ging voraus. Durch einen kindshohen Schlund mußte er zwanzig Meter nach unten kriechen. Es folgte ein Aufstieg, eine stufenlose Rampe, die steil nach oben ging und in gebückter Haltung zu erklimmen war. Ein Menschenknäuel quälte sich die Metalleitern hoch, daneben rutschten Erschöpfte nach unten. Es war heiß, die Luft so feucht, daß jeder Atemzug schwerfiel, es roch nach Schimmel und Moder. Zwischen dem Gemäuer hallte das Jammern der Touristen wider, die schweißüberströmt nach draußen drängten.

In der Königskammer würgte es Nicolas. Er setzte sich auf den Sarkophag, entsetzt über das Nichts, das dieses schmucklose Loch im Stein bedeutete. So stellte er sich das Leben im Mutterleib vor. Zuerst zogen sich die Wände um ihn zusammen, rückten näher und näher, dann kam es ihm vor, sein Auge löse sich aus seinem Gesicht und dringe Meter um Meter in den Stein vor, der kein Ende nahm. Die dichte Materie ließ die Aussichtslosigkeit des Daseins noch stärker erscheinen, dann wiederum war alles um ihn leer. Kein Schrei, und wäre er noch so laut, würde über den kurzen Abstand vom Mund zum Ohr dringen, das war die Ewigkeit, das war die Hölle.

Rita lehnte an der Wand, und Nicolas wischte sich den Schweiß von der Stirn. Ihr Gesicht verschwamm, fahl erschien sie ihm. Ihre Lippen, die Wörter formten, wucherten ihm entgegen, während die Übelkeit in seinen Brustkorb ausstrahlte. Als er plötzlich Hanas Stimme vernahm, auch jene von Goma, wurde ihm schwarz vor den Augen, schmerzlos. Ihre unartikulierten Rufe blendeten langsam in das Geräusch einer Landschaft über, das jetzt deutlich zu hören war, sie mochte feucht und üppig und fruchtbar sein.

Blätter rascheln, der Wind weht durch Bäume, läßt sich vermuten, Gebüsch, vielleicht hohes Gras. Eine Grille zirpt, in der Ferne trällert ein Vogel, Motorenlärm nähert sich, Schotter knirscht, eine Wagentür knarrt und eine fistelige männliche Stimme ruft auf italienisch, kommen Sie, Fräulein, wir haben es eilig, die Straße nach Florenz ist heute frei …

Die Luft riecht modrig, es regnet viel in diesem Herbst nach dem Krieg. Durch das Loch in der Mauer fallen Sonnenstrahlen in die Bibliothek, verschwinden und kommen wieder, leuchten wie ein Signallicht zwischen die gestürzten Balken. Eine junge Frau, es ist Hana, öffnet einen Fensterladen. Über dem toskanischen Bergstädtchen bricht die Wolkendecke auf, das Blau erinnert an den barocken Freskenhimmel in der zerstörten Kapelle. Unten vor der Einfahrt hupt der Lastwagen, der Hana fortbringen wird, ein zusammengeflicktes Truppenfahrzeug, sie möchte heim nach Kanada.

„Bleiben Sie in der Allee“, ruft sie.

„Der Park ist nicht entmint?“ fragt der Mann mit der Fistelstimme, ein Schafhirte vielleicht oder ein Bauer, der den Wagen chauffiert.

„Warten Sie. Ich komme sofort.“

Er lehnt sich an die Boilerhaube und raucht. Auf der Ladefläche kauern Kinder und Frauen. Die Deutschen kapitulierten schon vor

Wochen, für Hana endet der Krieg erst jetzt. Gestern gab sie dem Mann aus der Wüste das restliche Morphium. Er streckte seine Hand aus, berührte den Band, sein Herodot-Tagebuch, ließ sie auf die vernarbte Brust zurücksinken. Hanas verzweifelnder Heiliger. Ein englischer Flieger, wie er sagt, über der nordafrikanischen Wüste abgestürzt, von Beduinen aus den Flammen gerettet, in ein italienisches Lazarett überstellt, seine Haut bis zur Unkenntlichkeit versengt, ein Mumiengesicht. Der englische Patient.

Jetzt verläßt Hana den Ort ihrer Trauer, ihren Taubenschlag, wie sie die Villa San Girolamo nennt. In einem Taubenschlag starb ihr Vater, vor wenigen Monaten, an der französischen Front. Die Europäer und ihre Tauben, die sie in kirchenähnlichen Gebäuden züchten, größer als die meisten Häuser, im oberen Drittel mit einem Mauervorsprung gesäumt, um die Ratten daran zu hindern, den Backstein hinaufzulaufen. Sicher wie in einem Taubenschlag. Geschützt wie an einem heiligen Ort, einem tröstlichen.

Gestern ging der Alliiertenspion und Freund ihres Vaters fort, er hatte von Hanas Bombenneurose gehört und sie in der Villa San Girolamo ausfindig gemacht. Nun ist auch ihr Krieg vorbei, und jeder verschwindet in eine andere Richtung. Hana war mit den Lazaretten hinter den Truppen die Adria hochgekommen, bis an diesen verlassenen Ort in der Toskana. Das Städtchen, von den Deutschen besetzt, von Brandbomben auseinandergerissen. Die Villa, ein Nonnenkloster, in den oberen Etagen zerstört und vermint, nach der Einnahme ein Notlazarett, halb verbrannt und ohne Elektrizität, Hanas Wachtposten. Als der Troß der Krankenschwestern und Patienten zu einem sicheren Ort weiterzog, blieben nur Hana und der Engländer zurück, sie bestanden darauf.

Ausharren. Hanas Weg, aus dem Krieg herauszukommen. Dann tauchte der Freund ihres Vaters bei ihr auf, der gute Onkel aus Kindheitstagen, Wollstrümpfe schützen die Stümpfe an seinen Händen, die Deutschen hatten ihn während eines Botengangs in Libyen gefaßt und ihm die Finger abgehackt. Ihr Patient ist kein Engländer, fand der Unglückliche im Lauf der Wochen heraus, sondern kein anderer als der, von dem er in einem fort erzählte: Ladislaus

Almásy, Ungar, Saharaforscher, ein Verrückter nach der Wüste, kein Alliierter, ein deutscher Spion. Rommel selbst hatte Almásy gebeten, seine Männer durch die Wüste nach Kairo zu lotsen, danach war der Ungar verschwunden. Ihr verzweifelnder Heiliger – ein deutscher Spion. Sie muß an den Freund ihres Vaters denken, seine Hand, von Gestapo-Leuten verstümmelt. Hana kann Europa nicht mehr ertragen.

„Beeilen Sie sich, Fräulein!"

„Das Wasser im Brunnen ist sauber", ruft Hana, „geben Sie den Kindern Wasser. Ich komme gleich."

Ob sie das passende Kleid für die Schiffspassage trägt? Ein so törichter Gedanke geht ihr in diesem Augenblick durch den Kopf, sie besitzt doch kein anderes als das blaue Kattunkleid, das sie seit Wochen wäscht, jeden Tag, morgens im Brunnen, um nicht die Sanitäteruniform anziehen zu müssen.

Ehe Hana zuletzt das Bild ihres Vaters in den kleinen Koffer legt, wirft sie einen Blick auf seine zaghaften Augen, die auf dem Schwarzweißfoto dunkler sind. Der Vater war ihr nie greifbar gewesen, ein hungriger Träumer, in anderen Welten. Seine Traurigkeit ließ Hana nicht los. Er konnte nicht anders, als mit den Alliierten in den Krieg zu ziehen, und sie konnte nicht anders, als ihm zu folgen. Als Krankenschwester, während der Invasion in Sizilien.

Ganz oben im Koffer liegt der Brief.

Sie tat Dienst im Lazarett, als dieser Brief von der französischen Front kam, die Nachricht vom Tod ihres Vaters. Der Truppenverband hatte ihn in einem Taubenschlag zurückgelassen, sein Hemd und seine Haut waren derart verbrannt, daß er nur auf den Tod warten konnte. Sie war Krankenschwester und hätte ihn pflegen können, bei ihm ausharren. Behutsam wischt sie den Staub weg, steckt das Foto in den Rahmen, den sie vom Klavier nimmt, und polstert es mit ihrer Bluse, als lehne der Vater, der sich in der Welt nie wohl fühlte, seinen Kopf an ihre Schulter.

Vom Brunnen hört Hana verhaltene Kinderstimmen. Sie hat den Sack mit Gemüse gefüllt, das sie im zerbombten Garten unterhalb der Villa anpflanzte. Noch einmal sieht sie sich um. Die hohen

Regale, das Klavier, die Bücher. Auch der Mann aus der Wüste hatte einen Band durch das Feuer gerettet, ein Exemplar der *Historien* von Herodot, an den Seitenrändern vollgeschrieben, ergänzt, winzig klein, voll Notizen und eingeklebter Zettel, die er aus Büchern herausgeschnitten hatte, sein Herodot-Tagebuch.

Hana winkt hinunter, durch das Loch in der Wand sieht sie die hohen Zypressen im Wind wanken. Der Mann aus der Wüste, in gewisser Weise ihr Vater zugleich und ihr Kind, das tote. Das Baby, das sie in ihrem Bauch getragen hatte, der Sproß einer flüchtigen Umarmung. Sie sprach mit dem Kind, während sie die Patienten wusch und versorgte, und als der Soldat, der Vater des Kindes, fiel, sprach sie weiter. Als aber ihr eigener Vater starb, verlor sie das Kind, sie mußte es verlieren, es war Krieg. Bald darauf entdeckte Hana im Lazarett den Flieger, der über der Wüste abgestürzt war, er konnte sich nicht an seinen Namen erinnern, war so entstellt, daß er jeder sein mochte, ein Niemand. Der Freund ihres Vaters sagt, er heiße Almásy.

Almásy, ein Ungar, ein selbstvergessener Mann, László, wie die Dünen, über die er fantasierte, flüchtig. Sie klammerte sich an den sterbenden Mann, ihr Vaterkomplex. Hana war erst zwanzig, Gefahren schenkte sie keine Aufmerksamkeit mehr. Sie wollte den Tod des Vaters nicht wahrhaben. Sie schnitt ihr Haar kurz, eine Büßerin, die nicht mehr in den Spiegel schaut.

Jetzt ist auch Almásy tot. Er lag im oberen Stockwerk, im Zimmer mit den Bäumen und Lauben, die auf die Wände und die Decke gemalt sind. Dämmerte er nicht vor sich hin, sprach er in einem fort. Von seiner Leidenschaft für die Wüste und seiner Liebe zu Katharine Clifton, für deren Tod er sich schuldig fühlte. Hana konnte sich in ihm verbergen und vom Erwachsensein abwenden.

Sie schließt den kleinen Koffer aus Pappkarton.

Ein letztes Mal steigt Hana über die Bücher nach unten, über die kleinen Stapel, die sie an die Stelle der verkohlten Stufen genagelt hatte. In der Küche schlüpft sie in die Turnschuhe, wirft sich die Uniformjacke über die Schulter, mit dem Ernst einer Frau, die den Willen hat, eine ganz bestimmte Person zu sein.

Bis nach Florenz treibt der Lastwagen, durch das Gedränge von Frauen, Alten und Kindern mit ihren Habseligkeiten, die sie auf Karren hinter sich her ziehen. Panzerwracks versperren den Weg. Soldaten weisen die Herumirrenden einmal in diese, einmal in jene Richtung. Die Äcker sind niedergetreten, Zypressen geknickt, dumpfe Gesichter ziehen an Hana vorbei.

Während das Land und seine Menschen verwundet sind, sind die Städte Italiens heil geblieben. Der kunstsinnige Krieg tastete die Klöster, Kirchen und Paläste nicht an. Lebendig gewordene Fresken, durch die Hana treibt, eine geschützte Zone für Marmor, Putz und Rötel, wo Städte wie im Dreißigjährigen Krieg eingenommen, anstatt mit Flugzeugen bombardiert wurden. Das Land ein Schindacker, die Kirchen und Paläste sichere Unterkunft für die Heere.

Lang nach Mittag rollt der Lastwagen in Florenz ein. Selbst der Bahnhof ist unversehrt, das gläserne Dach, das hohe und undurchsichtige, die gewaltigen Säulen, die hellen Steinplatten des pathetischen Zweckbaus. Nur ein einziges Gleis führt für Hana nach draußen, die anderen sind mit Kriegsgerät belegt. In ihrer Uniformjacke wird sie rasch bis zur Kontrollstelle vorgelassen. Hinter dem Metallzaun mischen sich Zivilisten unter die Soldaten, tauschen ein Stück Brot gegen Zigaretten. Ein Soldat stellt die Durchfahrtsvisa und Tickets aus. Hana wartet in der Menschenschlange vor dem Bretterkiosk, in Gedanken ist sie noch im Kreis ihrer Toten. Die Armschleifen der Militärpolizei, weiß wie Bettleinen, erinnern sie an das Lazarett. An etwas, das schmerzt, weil es so unangebracht wirkt.

„Es ist nicht mehr weit“, hört sie mittendrin eine Stimme, die britische Aussprache fällt ihr auf. Das kommt von nicht weit hinter ihr. Wie ein Refrain klingt, was der Mann sagt, etwas steif und gehorsam. Hana wendet sich um, ein langes Gesicht lächelt sie an und sagt noch einmal: „Es ist nicht mehr weit.“

Er schmunzelt, ein älterer Mann, kein Hüne, dazu ist er zu schmal, mit hoher Stirn, markanten Ohren. Sein ergrautes Haar trägt er sauber nach hinten gekämmt. So ungezwungen, wie er in seiner weiten Hose und der Fliegerjacke dasteht, geht etwas Abenteuerliches von ihm aus, und doch wirken seine Bewegungen allzu kontrolliert. Die eine Hand steckt in der Hosentasche, in der anderen verbirgt er eine brennende Zigarette. Seine Augen sind müde. Um seine Mundwinkel liegt Güte, eine bürokratisch geordnete. Pflichtbewußt zugleich und gelassen.

„Ich kehre nach Kanada zurück", sagt sie.

Mit einem Nicken entschuldigt sich der Fremde, ein Engländer durch und durch. Sein Name ist Patrick Clayton, ein Offizier der Long Range Dessert Group, den die Deutschen in der Libyschen Wüste faßten und an die Italiener auslieferten, er kommt aus einem Kriegsgefangenenlager in den Abruzzen.

Sie stehen nebeneinander, warten auf ihre Tickets, er will heim auf die Britischen Inseln, und doch spricht Patrick Clayton nur von Kairo, von seiner Arbeit in der Sahara. Ein Kartograph ist er, wie ihr Mann aus der Wüste. Und schon verliert sich Hana in dessen Aufzählung der verschiedenen Winde, ereifert sich über die Funde einer frühzeitlichen Zivilisation und kommt auch auf Katharine Clifton zu sprechen.

Patrick Clayton runzelt die Stirn.

„Er heißt Almásy", sagt sie, „gestern ist er gestorben."

„Doch nicht Teddy!"

Mehr als die Erwähnung des ihr fremden Namens erschrecken Hana die Augen Patrick Claytons, die ihr bedeuten, sie rede von irgend jemandem, nicht aber von dem, den sie meint. Sie hat ihn doch eben begraben, und nun kommt er nicht zur Ruhe?

Den freien Weg zum Bahnsteig fordernd, tragen zwei Sanitäter eine Bahre vorbei. Wie um Schutz zu suchen vor der Bedrohung, die Hana durch Claytons entgeisterten Gesichtsausdruck verspürt, holt sie eine Pflaume aus der Jackentasche und drückt sie dem Soldaten auf der Tragbahre in die Hand. Sie will ihre Geschichte bewahren. Als der Soldat sich ihr zuwendet, ein Gesicht voller Brandwunden, wie sein Gesicht mit den grauen Augen, fühlt sie sich sicher: Für *ihn* schälte sie die Pflaume mit den Zähnen, entfernte den Kern und schob ihm das Fruchtfleisch in den Mund.

„Teddy und tot? Er besitzt so viele Leben wie der Teufel selbst." Daß Patrick Clayton ungläubig, fast höhnisch auflacht, will nicht in Hanas Bild dieses Mannes passen.

Sie macht einen Schritt zurück, blickt auf den Boden und sieht in einer Spiegelscherbe ihr eigenes Gesicht. Es ist härter und magerer geworden. Almásy sprach vom Gesicht einer Königin, wenn er von Katharine erzählte, von ihrem statuengleichen Blick, während sie ihn gefragt hatte, *wenn ich Ihnen mein Leben gäbe, würden Sie es fallen lassen. Nicht wahr?*

Ein Mann wie ihr Patient aus der Wüste heißt nicht Teddy. Und schon gar nicht läßt sie sein Andenken entweihen. „Wenn er nicht schlief", ereifert sich Hana, „sprach er in einem fort von seinen Wüstenfahrten, vom Kartographieren, von Kemal el Dine, seinem Mentor, der Suche nach der Oase Zarzura, von Dr. Bermann. *Wir waren Deutsche, Engländer, Ungarn, Afrikaner, langsam wurden wir nationenlos, sagte er, ich fing an, die Nationen zu hassen. Die Wüste konnte nicht als Eigentum eingefordert oder als Besitz angesehen werden. Die Wüste war ein Stück Tuch, von Winden getragen, nie von Steinen niedergehalten, und hatte hundert wechselnde Namen bekommen.*"

Patrick Clayton unterbricht Hana nicht, aus seinen Augen spricht aber pure Skepsis, sein Körper nimmt mehr und mehr eine soldatische Haltung an.

„Ganz besessen sprach er von der Höhle der Schwimmer", fährt Hana fort, „ich las sein Herodot-Tagebuch, las von seiner Begegnung mit Geoffrey Clifton, dem jungen Aristokraten, der in Oxford geheiratet hatte und zwei Wochen später mit seiner Frau Katharine nach Kairo gekommen war. *Das Paar trat in unsere Welt ein. Das war 1932, es waren junge Leute, die uns wie unsere Kinder vorkamen. Einige von uns hatten Bücher über Dünenformationen geschrieben, das Verschwinden und Wiederauftauchen von Oasen, über verlorene Wüstenkulturen. Wir sprachen über Breitengrade oder über ein Ereignis, das siebenhundert Jahre zurücklag. Für die Cliftons, die uns in die Wüste begleiteten, waren es die letzten Tage ihrer Flitterwochen. Das Lagerfeuer in der Wüste war zwischen uns. Katharine be-*

gann etwas aufzusagen. Ihr Gesicht hatte etwas Klassisches. Ich bin einer, der sich nichts aus Dichtung machte, bis ich hörte, wie diese Frau uns Verse aufsagte. In dieser Nacht verliebte ich mich in eine Stimme. Sie war eine Weide."

Hana schreckt hoch. Aus Patrick Clayton, dem freundlichen Briten, ist ein Adler geworden, der sie beobachtet und auf den richtigen Augenblick wartet, um auf sein Opfer niederzustoßen. Sein Blick kommt aus einem reglosen Antlitz, gefährlich, von weit oben herab.

„Sie kannten ihn?" fragt Hana.

„Heute wird kein Zug mehr abfahren, fürchte ich, lassen Sie uns ein Quartier suchen."

Was hat er nur vor?

Er weiß etwas, was Hana nicht hören will, und doch kann sie es nicht ertragen, im ungewissen zu bleiben. Ist sie nicht gerade dabei, aus dem Kreis ihrer Toten zu treten? Sie folgt dem Briten hinaus auf die Piazza, wo die Cafés ihre Läden wieder geöffnet halten und wenn nicht Mokka, dann wenigstens Malzkaffee ausschenken. Auf Klappstühlen sitzen die beiden im Freien, gegenüber der Kirche Santa Maria Novella, es beginnt zu dämmern. Claytons Seesack und Hanas Koffer stehen zwischen ihnen und den alten Männern, die an der Hauswand lehnen. Hana denkt sich die Gepäcksstücke als die Pfeiler eines Kreises, den sie in Gedanken um sich und Patrick Clayton zieht. Die Italiener debattieren über die Preise auf dem Schwarzmarkt.

„Sie kannten Almásy?" sagt Hana, „Sie nennen ihn Teddy. Sie kannten ihn gut."

Im Flüsterton erklärt der Engländer: „Die Pfadfinder tauften ihn Teddy, er besuchte in den frühen Zwanzigern eine englische Schule. Ich begegnete ihm zum ersten Mal in der Kairoer Oper, 1929, schätze ich. Damals arbeitete ich für das Desert Survey in Giza, meine Frau sorgte sich um unser kosmopolitisches Leben. Teddy hatte gerade seine erste spektakuläre Wüstenfahrt mit dem Auto hinter sich, die Straße der vierzig Tage, eine alte Sklavenhändlerroute aus dem Sudan. Er war britisch erzogen, meine Frau mochte ihn trotzdem nicht wirklich. Jahrelang gingen wir gemeinsam in die Wüste, und im Krieg waren wir Feinde."

Hana versagt die Stimme. Sie will die Welt, mit der sie gerade Frieden geschlossen hat, nicht noch einmal umstürzen sehen. „Ich habe ihn mit meinen eigenen Händen gepflegt", sagt sie endlich.

Drüben vor der Klosterkirche Santa Maria Novella verteilen Nonnen Obst und Brot. Hana fallen die spitzbögigen Arkaden im Erdgeschoß auf. In den kleinen Grabnischen, die sie bilden, stehen Sarkophage, die den Betten in der Villa Girolamo ähneln.

„Wir waren Kontrahenten im Krieg, im Gilf Kebir und im Uwenat, wo wir zehn Jahren vorher die Oase Zarzura gesucht hatten. Ich war seinem deutschen Kommando hinterher, Teddy entschlüpfte uns. Schließlich schnappten die Deutschen mich, bei Kufra, sie stoppten meinen Wagen mit einem Flugzeug und lieferten mich den Italienern aus. Teddy wäre nicht Teddy, hätte er nicht über seinen Triumph mit mir plaudern wollen. Für ihn war auch der Krieg eine Jagdpartie. So besuchte er mich, vor einem Jahr etwa, im Kriegsgefangenenlager Sulmona, keine hundert Kilometer entfernt von hier, man hatte ihn inzwischen zum Major befördert. Für Teddy wäre der ganze Husarenritt im Krieg nur halb soviel wert gewesen, hätte er nicht vor mir, seinem Duellanten, damit prahlen können, wie er mich hinters Licht geführt hatte. Wir tranken Rotwein, und er konnte gar nicht genug davon bekommen, mich auszulachen."

„Mr. Clayton, ich weiß über das Sonderkommando SALAM Bescheid, über die Agenten, die Almásy durch die britischen Linien quer durch die Wüste lotste. Ich weiß, daß die beiden Agenten in Kairo geschnappt wurden, weil Rommel eigenmächtig unbedarfte Funker eingestellt hatte."

„Almásy soll Ihnen das erzählt haben?" Claytons Brauen heben sich, seine Augen sind wieder von jener beängstigenden Wachheit.

„Ein Freund meines Vaters erzählte mir davon."

„Ein Freund Ihres Vaters."

„Er arbeitete für den *Secret Service*. Er war es, der die Sache mit Ladislaus Almásy herausfand."

„Was sagte eigentlich Ihr Patient, wer er sei?"

„Ein Engländer."

„Ich bin Engländer, und ich kenne Teddy. Immerhin verdanke ich ihm, daß die Italiener mich nicht in das gefürchtete Campo Quinque überstellten. Er hatte seine Verbindungen, in diesen Dingen war er ein Gentleman."

Hana erzählt, was sie vom Freund ihres Vaters weiß, Almásys Bericht an seinen deutschen Vorgesetzten, ein wahrlich diskreter Bericht, den dieser gläserne Agent geradezu jedem auf die Nase bindet. Wie er die beiden Spione durch das Tal der Bilder führte, den Paß im Gilf Kebir umging, den die Long Range Desert Group seinetwegen vermint hatte. Wie er auf dem Rückweg die Tanks eines britischen Benzinlagers anbohrte, mit Hilfe eines Suchgeräts die für ihn bestimmten Minen ausbaute und in eine andere, von den Engländern benutzte Piste hinüber verlegte.

Da entdeckt Hana in den Augen Patrick Claytons ein Zucken.

„Mr. Clayton, Sie wußten, daß Almásy nach Süden geht, und Sie selbst räumten die Minen weg, die ihn aufhalten sollten. Ist es so? Sie wollten nicht…"

Lächelnd runzelt Patrick Clayton seine Stirn. „Kurz nach Teddys Besuch im Lager Sulmona schrieb ich nach Kairo", sagt er, „und bald hörte ich, Teddy hätte seinem Vorgesetzten berichtet, ich hätte vor Wut mit den Zähnen geknirscht, als er mir davon erzählte, wie er die Minen ausbaute und verlegte."

„Sie haben ihm seinen Glauben gelassen."

„Ich machte ein saures Gesicht, tatsächlich, aber aus einem anderen Grund. Teddy konnte nämlich nicht einmal in diesem gottverlassenen Abruzzendorf von seiner Unart lassen, mit jemandem ein Café aufzusuchen und ihn am Ende allein mit der Rechnung sitzen zu lassen."

In Richtung Norden werden heute keine Züge mehr abfahren, weiß der Wirt zu berichten, eine Entgleisung draußen in Prato, die Strecke ist gesperrt.

„Sie haben das gewußt, Mr. Clayton?"

„Was der Wirt sagt, höre ich zum ersten Mal."

„Sie horchen mich aus."

Clayton spannt seine Nasenflügel an.

„Ich erzählte dem Lastwagenchauffeur von Almásy", sagt Hana empört. „Der hat Sie auf meine Spur gebracht!"

Patrick Clayton trinkt vom bitteren Kräuterlikör. Hana mustert den älteren Mann, der trotz ihres Konfliktes das Gefühl in ihr weckt, ihr Beschützer sein zu wollen. Ein Engel, der sie in die Wirklichkeit führt.

„Was war das für eine Geschichte mit einer Frau?" fragt er.

„Ehebruch findet sich nicht in den Protokollen der Geographischen Gesellschaft", antwortet sie spöttisch.

Wieder spannt er die Nasenflügel an.

„Vielleicht kennt auch der *Secret Service* nicht die ganze Geschichte, Mr. Clayton."

Nun hebt er die Schultern, ganz höflich.

Wenn du mit mir schläfst, werde ich darum nicht zum Lügner. Kann nicht Hana auch jetzt die klare Stimme der Katharine Clifton förmlich hören? So einprägsam war, was der Mann ihr aus der Wüste erzählte. Was hatte Katharine am meisten gehaßt? Eine Lüge. Und er? Dieser arrogante Aristokrat hatte keine andere Antwort gewußt als: *Eigentumsrecht. Wenn du mich verläßt, vergiß mich.* Ganz dicht hatte Hana ihr Ohr an den Mund des Patienten halten müssen. Seine Stimme war wie Rauch, der verweht. Und wie sich Hana an alles erinnert! An Katharines Schlag mit der Faust in sein Gesicht, auf sein blasiertes *Vergiß mich* hin, sie traf ihn am Jochbein. *Nichts konnte mich von ihr fernhalten. Wir lagen da, einander umarmend, der vibrierende Schatten des Ventilators auf uns.* Der Teller, der auf seinem Kopf zerbrach, die Gabel, die in seine Schulter eindrang, in den Nächten der Haßliebe, bis die beiden durch die Minarette Kairos geweckt wurden, von denen vor Anbruch des Tages der Ruf zum Gebet ertönte. *Ich traf sie öffentlich in Gesellschaft, mit einem Verband um den Kopf. Vielleicht wird er alt, braucht eine Brille, sagte Katharines Mann.*

Wie soll sie Patrick Clayton *ihren* Almásy, den verzweifelnden

Heiligen, verständlich machen? Kann Clayton begreifen, wie sehr Almásys Absturz über der Wüste einer Buße gleichkam? Er gab dort sein Leben, wo fünf Jahre zuvor Katharine gestorben war. Ihr Mann hatte sein Flugzeug abstürzen lassen. Sie war verletzt. Es war von ihm als Selbstmord und Mord geplant. *Ich hätte mich glücklicher gefühlt, in einer Höhle zu sterben.* Ihr Tod in der Wüste, deren Trockenheit die Gesichtszüge der Toten konserviert, drei Jahre lang, als vergehe ihr Atem täglich aufs neue, die Wüste, der Ort des Verharrens, der Ewigkeit im Sterben wie im Lieben.

„Die Wüste war längst ein Schlachtfeld und Almásy ein deutscher Spion, als er zur Höhle der Schwimmer zurückkehrte, um Katharine zu holen und daheim zu begraben." Hana merkt, wie flehentlich ihre Stimme klingt.

Kann Hana dem Mann, der ihr Schutzengel sein will, das Herz erweichen? Die Geschichte ist zu tragisch und zu schön, als daß jemand sie nicht gern hören wollte. Clayton jedenfalls, will er ihr Schutzengel sein, darf dieser Jemand nicht sein. Und doch ist das, was der britische Kartograph ihr schließlich antwortet, von einer Nüchternheit, für die Hana ihm – beinahe wie Katharine dem Mann aus der Wüste – die Faust ins Gesicht schlagen möchte. Was für ein Spiegel, in den sie blickte. Es war ihr plötzlich, als hätte sie nicht nur einen anderen gepflegt als Almásy, sondern die Wochen in der toskanischen Villa gar nicht selbst erlebt. Sie ist Kanadierin, Krankenschwester, gewiß, eine in den Krieg Getriebene, ihre Bombenneurose. Wo soll sie jetzt hin? Wie viele Verlorene in den Lazaretten hörte sie verstörte Geschichten, vielleicht auch die vom verbrannten Patienten?

„Meine Liebe", sagt Patrick Clayton in ihr Sinnieren hinein, „ich weiß nicht, wer sich mit Teddys Kenntnissen schmückt. Freilich waren viele Adjutanten ganz verrückt nach ihm. Aber es gab nie eine Dame namens Katharine Clifton, für die Teddy etwas empfand. Es gab auch keinen Lord Clifton. Sie sprechen offenbar von seinem englischen Mentor, dem jungen Sir Robert Clayton East, der Anfang der dreißiger Jahre nach Schloß Bernstein kam, um seine Deutschkenntnisse aufzubessern. Er hatte gerade geheiratet, aber ich versichere Ihnen, seine Frau, Lady Dorothy Clayton East, behandelte Almásy nicht nur herablassend, sondern empfand so viel Abscheu für ihn, daß sie ihm nicht einmal die Hand reichte. In diesem Punkt war sie sich mit meiner Frau einig, die Teddy wegen seiner Vorliebe für junge Männer verachtete. Dorothys Mann Robert förderte Almásy, starb jedoch kurz vor der entscheidenden Zarzura-Expedition an einer Tropenkrankheit. Danach mied Lady Clayton East erst recht jede Begegnung mit Almásy; sie organisierte selbst eine Expedition in das Kebir-Massiv. Sie hatte Hassanein Pascha, den berühmten Wüstenforscher, während eines Empfangs kennengelernt und ihn zu überreden versucht, mit ihr nach der Oase Zarzura zu suchen. Hassanein zählte zu den Prinzen am Hof, die in Eaton studiert hatten. Sehr engländerfreundlich und später ein Berater von König Faruk. Die Regierungsgeschäfte erlaubten es ihm nicht, zu einer Expedition in die Wüste aufzubrechen, so empfahl er Lady Clayton East, sich an mich zu wenden. Ich führte sie ins Gilf Kebir. Zur selben Zeit brach Teddy mit Penderel und Bermann auf, und Lady Clayton East hatte nur einen Ehrgeiz, nämlich Almásy auf der Suche nach der Oase Zarzura zuvorzukommen. Es gelang ihr nicht, und sie verfluchte Teddy dafür. Übrigens starb sie 1936, unter ungeklärten Umständen, auf den Britischen Inseln, sie soll aus dem Cockpit ihres Sportflugzeugs gefallen sein, man munkelte von Selbstmord."

Noch will Hana den kühlen Briten einen zerstörerischen Geist nennen.

„László lebt", sagt Patrick Clayton, „und ich glaube nicht, daß Phantastereien eine heilende Wirkung besitzen."

Obwohl sich ihr Eigensinn gegen seine Sachlichkeit sträubt, registriert Hana nicht ohne Sympathie, wie Patrick Clayton sich bedachtsam zurückzieht. Er wendet seinen Blick von ihr ab, um nicht bedrohlich zu wirken. Vielleicht ist sie gerade im Begriff, den Wunsch besser verstehen zu lernen, waghalsig einem wilden Verlangen nachzugehen.

In Patrick Claytons Augen liest Hana den Abschied von ihrem mythischen Helden. „Hören Sie auf, einen Toten zu lieben", sagt er, „Sie haben schöne Hände. Die Männer, die aus dem Krieg kommen, sind verrückt nach schönen Händen."

Sie wird ihm begegnen, dem Mann, der Ladislaus Eduard Almásy heißt. Und so wie jener alles Recht auf der Welt besitzt, nicht in einem Heiligenschrein eingeschlossen zu werden, wird sie selbst akzeptieren, daß Leid keine Genugtuung schafft. Sie muß ihr eigenes Leben finden, eines, das in ihren Körper paßt.

Als ein Militärjeep die beiden zur britischen Kaserne bringt, lächelt Hana, weil ihr das Wort Vaterkomplex auf den Lippen liegt. In der klaren Luft verursacht der ölige Rauch der Fackeln heftigen Juckreiz in der Nase. Die britische Kommandatur befindet sich im Refektorium des Hospitals der Unschuldigen Kinder. Sie gehen die Säulenhalle der Loggia entlang. Eine Stiftung für Findelkinder, um die Mitte des fünfzehnten Jahrhunderts erbaut. Halbnackte Terrakotta-Säuglinge auf dem Sims heben die Arme.

Monate später hält sich Hana immer noch in Florenz auf, arbeitet im Lazarett, hilft im Kinderspital aus. Nach Kanada will sie nicht zurück. Wessen Leben wäre es, das sie dort leben würde? Die Hana, die dem Vater in den Krieg folgte, die – wie es scheint – einen verbrannten Patienten gepflegt hat, gibt es nicht mehr.

Im Herbst trifft sie Patrick Clayton wieder, er kommt gerade aus Triest. Im Offizierskasino essen sie zu Abend, trinken Wein.

Patrick Clayton erzählt von Almásy, der kürzlich von einem ungarischen Volksgericht auf freien Fuß gesetzt wurde. Er hatte sich vor einem sowjetischen Kriegsgericht verantworten müssen, war wegen angeblicher Kriegsverbrechen und faschistischer Gesinnung in Untersuchungshaft gelandet. Ein ungarischer Orientalist, den Almásy während einer Expedition aus einer lebensgefährlichen Situation gerettet hatte, verständigte seine ägyptischen Freunde, ein Cousin König Faruks zahlte den Ungarn eine enorme Summe für seine Freilassung. Interventionen, im Grunde nichts anderes als Menschenhandel, in der sowjetischen Zone üblich, und auch der ägyptische Prinz kein Helfer aus purer Freundlichkeit. Almásy zählt zu den besten Kennern der Sahara; ihn in seinen Diensten zu haben, ist manchem etwas wert. Weil eine neuerliche Inhaftierung neuerliches Lösegeld verspricht, sind ihm die Sowjets wieder auf den Fersen, auch interessieren sie sich für sein Wissen über antibritische Kreise am Hofe Faruks. Almásy passierte illegal die ungarische Grenze, tauchte mitten in der Nacht bei seinen Verwandten in Bernstein auf, besorgte sich in Wien einen österreichischen Paß und gelangte nach Triest. Der britische Regierungsbevollmächtigte war es, der Almásy hier einen britischen Paß ausstellte, ihm das Bahnticket nach Rom aushändigte, die Flugkarte nach Kairo, ein wenig Taschengeld mitgab. Die Beziehungen des ägyptischen Prinzen zu hohen englischen Kreisen!

Hana lauscht. Im Flackerlicht der Kerzen wirken die Gesichter der Florentiner Bürger auf den Wandmalereien lebensecht. *Nur in der Kunst gibt es Trost.* Behauptete das der Mann aus der Wüste? Hören die Jahrhunderte mit? All die Kreaturen, die längst Staub und Asche sind, in Farbe verewigt? Will alles, was Hana über Almásy bisher gehört hat, in das Leben eines einzelnen Mannes passen? Oder gleicht er eben doch diesen noch im Gebrechen edlen Gestalten auf den Wandmalereien? Ungeduldig drängt sie Patrick Clayton, in Rom ein Treffen mit Almásy zu arrangieren. Noch sei er nicht abgeflogen, Clayton selbst habe erwähnt, Almásy sitze in der Ewigen Stadt fest.

„Teddy ist ein Mann, von dem sich viele etwas versprechen", sagt der.

„Ich will nicht, daß er eine Spukgestalt bleibt."

„Im Zug von Triest nach Rom drohte ihm wenig Gefahr, die britischen Patrouillen. Hingegen ist er in Rom vor Übergriffen schwer zu schützen."

„Ich will nach Rom."

In einer Wohnung voller Bilder, Blumenvasen und Kristalluster wartet Hana auf Almásy. Sie sieht der Begegnung entgegen, als sei der Mann aus der Wüste auferstanden und kehre bei ihr ein, um sie von seiner Rückkehr aus dem Totenreich zu überzeugen.

Ronnie Fürst Valderano, ein britischer Oberst, schlug Patrick

Claytons Bitte nicht ab, Hana in der Via Donizetti mit dem ungarischen Flüchtling bekannt zu machen. In der angespannten Stille des Salons hört Hana die Pendelschläge der Standuhr, Almásy verspätet sich bereits eine halbe Stunde.

Der Fürst flüstert mit seinem Sekretär, einem Ungarn wie Almásy, die Fürstin vertritt sich die Füße vor dem Kamin. Eine Stunde vergeht. Die italienische Köchin fragt nach, ob sie den Kalbsbraten den Bettlern auf der Straße reichen soll. Fürst Valderano beruhigt. Almásy ist laut Sekretär bekannt für seine Extravaganzen, ähnelt seinem Freund Miklos Horthy, dem Sohn des Reichsverwesers, der von den Deutschen, in einen Teppich gerollt, aus Ungarn entführt wurde.

Endlich die Türglocke, die Fürstin eilt ins Foyer. Sie geht als Italienerin durch, eine Primadonna mit schlankem Gesicht, runder Hüfte, größer als Fürst Valderano, der mit seinem Schnauzbart etwas Kuscheliges an sich hat. Als sie öffnet, lehnt eine klägliche Gestalt am Türstock. Das Licht aus dem Stiegenhaus verleiht seinen gebeugten Schultern klare Konturen. Im Foyer ist es dunkel, Hana kann seine Gesichtszüge nicht erkennen.

„Ein lebendes Skelett", flüstert der Fürst.

Almásy folgt der Fürstin bis zum Salon, hält im offenen Türflügel inne. Seine Augen sind müde, und doch spricht aus ihnen ein ungebrochener Stolz, vielleicht Hochmut, mehr noch der Ausdruck von Fortsein. Dieser Mann steht nicht über den Dingen, er steht neben der Welt.

Er kann sich kaum auf den Beinen halten. Und doch schreitet er galant hinter der Fürstin durch den Salon, im exakten Abstand, ein Aristokrat, der die Etikette beherrscht. Schweiß steht auf seiner Stirn. Erst als Almásy vor ihr steht, wird Hana bewußt, wie großgewachsen er ist. Ein abgetragener Anzug schlottert an seinem krummen Rücken, seine Krawatte könnte ein Latz sein, sie baumelt lose an seiner Brust. Während er sich zu Hana herabbeugt, ohne ihr die Hand zu geben, neigt er den Kopf ein wenig, lächelt. Offenen Mundes bietet er einen schauerlichen Anblick. Es fehlen ihm viele Zähne. Das Gesicht mit der geschwungenen Nase mag nicht unhübsch gewesen sein, seine Wangen aber sind eingefallen, die Haut sieht fahl und krank aus.

Er spricht ein ausgezeichnetes Englisch, jedoch langsam, gedehnt, manchmal stockt er mitten im Wort. „Ich danke Ihnen für die extravagante Mühe, mein Fräulein."

Erschrocken weicht Hana zurück.

„Hatten Sie nicht das Vergnügen, mich auf dem Totenbett zu pflegen?"

„Ein Irrtum", antwortet sie.

Almásy ist amüsiert. „Über bestimmte Geister sollten wir uns nicht echauffieren. Ein alter Beduine sagte mir, in der Wüste kann man nur einmal einen Fehler machen. Hat Ihr Patient vergessen, Ihnen das mitzuteilen?"

Er zieht ein Etui aus der Jackettasche, öffnet es mit dem Daumen, entnimmt elegant eine Zigarette, trotz der unruhigen Finger. Ehe er sie anzündet, klopft er sie mehrmals auf den Handrücken, befeuchtet sie mit der Zunge. Als er die Zigarette endlich zu den Lippen führt, zittern seine Finger so heftig, daß Asche auf den Boden fällt.

Während des Mittagessens spricht Almásy hell und klar, dann wieder unvermittelt schleppend, als verließen ihn alle Lebensgeister. Von den Kommunisten berichtet er, die ihn folterten, schlugen und demütigten. Er sinkt in sich zusammen, zieht seine Schultern an, schaut immer wieder nach hinten, während er die brutalen Mißhandlungen bis ins Detail schildert.

Es verschafft ihm Genugtuung, die kommunistischen Grausamkeiten zu betonen. Eben noch beklagt er, über keine Anstellung, kein Geld und kein Zuhause zu verfügen, dann fügt er mit ironischem Unterton hinzu: „In den Weiten Kanadas gibt es gewiß herrliche Jagdgründe."

Da Hana nicht antwortet, schlägt Almásys Ironie in Kälte um. „Sie würden einen süßen Jagdbuben abgeben."

Als Kind übte sich Hana im Bockschauen. Ob er das Spiel kennt? Sie hält seinem Blick stand. Es ist ihr, als sei sie allein mit Almásy in dieser römischen Wohnung, in der kein Fleckchen

Wand leer ist, kostbare Bilder, der Boden unter Teppichen versteckt. Die Fenster mit schweren Gardinen verhangen, jeder Blick ins Freie verwehrt.

„Brachte Ihnen Ihr Patient nicht bei, mit den Winden zu wandern?“ sagt er herablassend.

Hana ist empört, wie arrogant er sein kann. „Ein Freund meinte, manche Engländer lieben Afrika, weil ein Teil ihres Gehirns die Wüste präzise widerspiegelt. Darum würden Sie sich dort nicht fremd fühlen.“

Er betrachtet ihre Hände. Eifert mit dem verbrannten Patienten. Die Hände der Krankenschwester, der Nonne, der Büßerin.

„Das trifft in gewisser Weise auf alle Menschen zu, die sich zwischen der Alten und der Neuen Welt hin und her bewegen“, sagt er.

Eine Woche lang lädt die Fürstin täglich zum Tee. Almásy kann nicht genug von Hanas Erzählungen über seine angebliche Liebe zu einer Katharine Clifton bekommen. Wenn er sein Gesicht verzieht, hält Hana inne, Almásy indes feuert sie an: „Ihre Geschichte ist mir ein Pläsier!“

„Katharine lag tot in der Höhle der Schwimmer. Er konnte nicht zurück zu ihr…“

„Ich bitte Sie, sprechen Sie nicht von mir in der dritten Person.“

„Sie konnten nicht zurück zu ihr, nicht bis Sie sich Rommel erboten, die Spione durch die Wüste zu bringen. Deswegen sind Sie zu den Deutschen übergelaufen.“

Sein Lächeln ist von beißender Ironie.

„Graf Almásy, ich dachte, ein deutscher Offizier suchte Sie 1940 in Budapest auf“, mischt sich Fürst Valderano ein.

„Es widerstrebte mir, gegen die Briten zu kämpfen“, erwidert Almásy.

„Die ungarische Armee hat Sie doch als Luftwaffenoffizier freigestellt, um für Rommel zu arbeiten?“

„Als ich von Horthy, meinem Regenten und obersten Befehlshaber, den Auftrag bekam, mich dem deutschen Afrikakorps anzuschließen, entzog ich mich nicht der vaterländischen Pflicht.“

„Geoffrey Clifton war kein harmloser Engländer“, sagt Hana trotzig, „sondern ein Agent, die Engländer glaubten, Sie hätten ihn getötet. Deswegen die Jagd auf Sie. Was Sie nicht wissen konnten, war, daß der Secret Service Sie auf Ihrer Fahrt durch die Wüste beobachtete, auf der ganzen Strecke. Der Geheimdienst sollte Sie schnappen und töten, aber er verlor Ihre Spur.“

„Sir Robert Clayton East, oder Geoffrey Clifton, wie Sie ihn nennen, ein Agent? Unser Graf ein hinterhältiger Mörder? Und diesen Mann schleusen wir jetzt nach Afrika ein“, amüsiert sich der Fürst.

„Tatsächlich trifft eines zu“, sagt Almásy nun nicht ohne bitteren Beigeschmack, „ich wollte immer in die Wüste zurück. Vor dem Krieg hatte ich den Engländern meine Dienste angeboten, ihnen zuallererst.“

„Oh! Gewiß hat die Ablehnung Sie gekränkt“, sagt Valderano. „Die Lage in der Wüste war wirklich verworren. Wir verdächtigten Sie, ein italienischer Spion zu sein… Wir sollten mit einem Schluck guten Weins…“

Almásy winkt ab. „Zwei Männer schleichen um mein Hotel herum“, sagt er, „sie betreten es aber nicht.“

Diese seltsame Sprunghaftigkeit. Die Männer erwähnt er beiläufig, am Nachmittag vor seinem Abflug nach Kairo, mitten in einer heiklen Konversation, eher aus Trotz gegen die britische Zurückweisung vor mehr als sechs Jahren denn als Warnung vor der Gefahr.

Es sind gewiß keine Einheimischen, die sich um das Hotel in der Via Nazionale herumtreiben. Mit ihren langen Mänteln und dunklen Hüten fallen sie auf. Keine Obdachlosen, die in Hauseinfahrten und über Kanalschächten lungern. Bereits seit Triest spürt Almásy, daß ihm der russische Geheimdienst auf den Fersen ist.

Der Fürst läßt ihn nicht mehr ins Hotel zurück. „Es wird zu riskant. Sie bleiben die Nacht über bei uns. Und, mein Fräulein, für Sie gilt das auch.“

So wie Valderano nicht irgendein Offizier ist, ist seine Frau nicht irgendeine Fürstengattin. Bei allem Ernst der Lage wird Hana den Eindruck nicht los, sie alle hätte das Jagdfieber gepackt. Die Fürstin erklärt ihren Plan. Almásys Gepäck befindet sich im Hotel, Rasierzeug, Zahnpasta und Pyjama ersetzbar, nicht aber Reisepaß und Flugticket. In kluger Voraussicht ließ Almásy die Tasche nicht im Zimmer, sondern hinterlegte sie unten bei der Rezeption. Nur eine Frau, die man für eine Italienerin hält, kann das Hotel unauffällig betreten. Die Fürstin, die auch für den Secret Service arbeitet, wird die Tasche herausholen.

Hana bleibt mit Almásy bis zum Morgen in der Via Donizetti. Sie wird die britischen Geheimdienstoffiziere im Auto begleiten, den entkräfteten Mann stützen, den es gilt zum Flughafen Ciampino zu bringen. Alles ist ernst, und alles ist lächerlich. Diese Leute sind nicht tapfer, sondern dem Tod gegenüber hochmütig.

Schweigend lehnen Hana und Almásy in den hohen Ohrensesseln am Kamin, bis vier Uhr morgens.

Hinter dieser Arroganz, begreift Hana, verbirgt sich Einsamkeit. Langsam tritt sie in den Kreis dieses Mannes, der nichts von ihrem Vater an sich hat.

Noch vor der Morgendämmerung brechen sie auf. Almásy kauert auf dem Rücksitz, Hana hütet die Waffen. Ab und zu begegnet ihnen ein Militärfahrzeug, in der Via Nazionale schaltet Valderano die Scheinwerfer aus. Er parkt bei laufendem Motor, nicht weit vom Hoteleingang. Die Fürstin geht mit einem Maschinengewehr unter dem Mantel zum Hotel, aus der Rezeption kommt spärliches Licht.

Nach wenigen Minuten tritt sie wieder auf die Straße. Ein Feuerzeug blitzt auf, Valderano schaltet die Scheinwerfer ein. Mit einer Tasche in der Hand rennt seine Frau auf das Auto zu, hinter ihr zwei Männer mit langen Mänteln und Hüten.

Sie zieht das Maschinengewehr hervor, wendet sich um, die Männer drehen ab und laufen, während die Fürstin den Allard erreicht, zu einem Auto, das in einer Hauseinfahrt gegenüber dem Hotel steht.

Valderano fährt los. Das andere Auto folgt ihnen, kommt aber nicht näher, wird im Rückspiegel kleiner und kleiner.

Sie werden am Flughafen erwartet, fahren durch ein Seitentor auf das Flugfeld. Schon blitzt in Almásys Augen ein Schalk auf, der dieses Abenteuer mit jeder Schilderung gefährlicher machen wird.

Es ist hell geworden. Auf der Startbahn laufen die Propeller des Flugzeugs, für den verspäteten Passagier wird eine Strickleiter heruntergelassen. Almásy kann sich kaum an den Stäben festhalten, er ist zu schwach, um daran hochzuklettern. Von oben ziehen Männer die Leiter hoch, von unten schieben Valderano und Hana.

Das Flugzeug rollt hinaus, Hana sieht Almásys Gesicht in der Luke.

„Sie haben sich noch vieles zu erzählen“, sagt Valderano.

„Er fliegt nach Ägypten. Und ich… Wovon könnte ich dort leben?“

„Ich kenne einen britischen Haushalt in Giza. Sie beginnen nicht gerade als Gouvernante, aber als junge Lehrerin gehen Sie durch.“

Im Dezember zeichnen Lämpchen-Ketten die Umrisse des Schiffs in den Abendhimmel, funkelnde Linien. Die Comtessa, drei Decks hoch, kam aus Triest. Sie wird in wenigen Stunden in Brindisi ablegen und nach Kairo weiterkreuzen. Hana erhielt ihr Ticket von Fürst Valderano. Sie taucht in das Gewühl am Pier ein, mit ihrem Koffer voller Wäsche und Bücher, Geschenke der Fürstin. Menschen verschiedener Nationalitäten tummeln sich um die Straßenhändler, und die Träger bahnen laut schimpfend ihren Gepäckskarren den Weg.

Mit jedem Ankömmling geraten die Passagierlisten durcheinander. An das Warten hat sich Hana seit dem Krieg gewöhnt, stockend gelangt die Menge über das Fallreep an Bord. Ihr Kleid ist zu luftig, sie friert, nur der Schriftzug des Tickets, *Zweite Klasse, geheizte Kabine,* verspricht ihr Wärme.

Auf den Rat Valderanos hin nimmt Hana die Dezember-Passage, mit der winterlichen *Party Rallye* ist auch Almásys Bruder János nach Ägypten unterwegs. Während sie an Bord geht, spielt die Schiffskapelle einen Marsch. Nicht anders wurden die Soldaten verabschiedet, die nach Europa in den Krieg zogen.

Auf dem Zwischendeck klirren Gläser. Hana hört die Toasts auf die schwarze Stadt, die Palmen, das Paschaleben. Ein Mädchen folgt ihr bis zum Kabinentrakt. Eine vornehme Miss, ein wenig mollig, aber nicht unhübsch, mit einem blassen Gesicht, nicht älter als zehn. Hana fragt nach ihrem Namen. Nancy heißt sie, eine *Mitford* wie ihre *Tante Unity*, in einem Redeschwall folgen die hohen Verwandtschaften, Cousins und Cousinen im englischen Adel, Bertrand Russell, und Winston Churchill, der mächtige Mann.

Hana bleibt ungerührt. Die Kleine verfällt in einen weinerlichen Ton. Lord Mitford, ein überaus strenger Vater, wird sie schlagen, wenn er von ihrem Mißgeschick erfährt. Wird toben und mit den Zähnen knirschen, bis seine Gebißprothese zerbricht. Oft reicht ein Brotkrümel oder ein Marmeladefleck auf dem Tischtuch, um ihn in Rage zu bringen, sogar ein Kamm, der aus der Brusttasche des Sakkos eines jungen Mannes herausragt. Sie wagt es gar nicht sich auszumalen, wie er auf sie einschlägt, ihr Schal ist nämlich über die Reling gerutscht.

Die Kleine drängt darauf, ihre Retterin möge auf den Kanister vor dem Geländer steigen. Hana findet das erst verdächtig, als ihr Fuß schon auf dem Deckel steht. Jetzt kann sie ihr Gewicht nicht mehr verlagern, und die Attrappe aus Pappe bricht ein, der Fuß versinkt in der Schmierseife, die über den Rand quillt.

„Heil Hitler!" salutiert der Bub, der hinter einer Wassertonne hervorspringt. Hand in Hand macht er sich mit dem kleinen Biest aus dem Staub. Inzwischen ist eine ältere Frau aus dem Kabinengang getreten. „Ihr Bengel, Gott wird euch strafen!"

Noch ehe Hana den ersten Schreck ablegt, zieht die großgewachsene Frau Hanas Fuß aus dem Matsch. Erika Grüner, ein nicht mehr ganz junges österreichisches Fräulein, Gouvernante in Kairo, im Palast von Prinz Kemal el Dine.

Kemal el Dine, Almásys Mentor, von dem in Valderanos Wohnung die Rede war?

Ja, doch. Aber die Etikette sieht nicht vor, daß Hana die Fragen stellt. Vielmehr will die Frau mit dem alterslosen Gesicht alles über ihre neue Bekanntschaft erfahren, mit einer Bestimmtheit, die Hana nach ihrem *Sesam öffne dich* greifen läßt, dem Empfehlungsschreiben des Fürsten Valderano.

Fräulein Grüners Haar ist zu einem Knoten hochgebunden, ihr Gesicht ungeschminkt. Sie verbirgt ihre Reize, keineswegs burschikos. Die Augen erinnern Hana an jene ihrer Stiefmutter, von denen sie nie wußte, ob sie Güte oder Härte ausstrahlten.

Kaum hat Fräulein Grüner den Brief überflogen, wird sie übertrieben freundlich, schwärmt von Kemal el Dine, der sie in den zwanziger Jahren von einem bankrotten österreichischen Adeligen freikaufte, sie ein junges Ding, Hausmädchen und Lehrerin. Als der Prinz, der sie in seinen Haushalt nahm, vor zwölf Jahren verschied, blieb sie in Kairo. Er starb in Frankreich, Toulouse, ein Opfer seiner Wüstenleidenschaft, das Hirngespinst Zarzura, diese Unvorsichtigkeit, ein Unfall, das Bein amputiert, ein Wundbrand, das schreckliche Ende. So aus dem Leben gerissen. Keine leichte Aufgabe für das Fräulein, das traurige kinderlose Nest zu beaufsichtigen. Prinzessin Nimet-Allah, die Witwe, ein Schatten ihrer selbst. In Wien war Fräulein Grüner jetzt auf kurzem Heimatbesuch, die Kaiserresidenz in Schutt und Asche, erschütternd. Englische Neckereien findet sie unzivilisiert.

Während sie Hana zur Kabine begleitet, plaudert die Gouvernante über Prinzessinnen, Prinzen, europäische Zaungäste, kompliziert miteinander verwandt, eine geschlossene Gesellschaft, in der die Liebhaber, Komplizen und Ehen häufig wechseln, ein Hin und Her von kleinen Aufregungen und Intrigen.

Hana ist von der Ähnlichkeit Erika Grüners mit ihrer Stiefmutter irritiert. Diese Korrektheit in allem, wie sie das Kleid zurechtstreift, wie sie zur Seite hüstelt. Ihre Förmlichkeit, die Hana haßte, findet sie nun an dem Fräulein beruhigend.

„Der Khedife, unser so verehrter Khedife, ist auf dem Schiff."

Hana blickt verdutzt hoch. Wenn sie den Mund spitzt, sieht Fräulein Grüner streng aus. Der letzte Khedife, Vizekönig des osmanischen Sultans, den die Engländer 1914 aus Ägypten vertrieben! Der nach Istanbul ins Exil ging, später nach Genf. Und nun nach dreißig Jahren in der Fremde, längst über siebzig, sein Heimatland wenigstens vom Schiff aus noch einmal sehen will. Ein Verbannter auch hier auf dem Schiff, in seiner Kajüte, die er nicht verläßt, weiß Hana nichts davon?

Fräulein Grüner wird nicht müde, Hana die feudale Welt zu erklären. In ihren Augen taucht ein fanatischer Zug auf. Ja, weiß denn Hana nicht, daß Prinz Kemal el Dine, des Khedifen Neffe und Almásys Mentor, der legitime Erbe des Throns war? Aber nicht er, sondern sein Onkel Fuad wurde 1922 zum König Ägyptens von der Briten Gnade gekrönt.

Hana begreift Fräulein Grüners Aufregung nicht.

Sie alle, die edlen Prinzen, stammen aus dem Haus des Albaners Muhammed Ali, der nach dem Rückzug Napoleons das moderne Ägypten begründet hatte. Die Engländer erst brachten die Erbfolge durcheinander, stifteten Zank zwischen den Prinzen, um ihren Einfluß zu sichern. Wer, wenn nicht Prinz Kemal el Dine hätte König Ägyptens werden müssen? Er verzichtete indes auf den Thron, weil er die göttliche Ordnung achtete und den Sturz seines Onkels, des großen Khedifen, nicht verwinden konnte.

„Nach so vielen Jahren Exil“, erheftigt sich Fräulein Grüner, „ist der Khedife noch immer ein rastloser Mann. Immerhin versprach ihm vor einem Jahr der deutsche Botschafter in Paris, ihn im Fall des deutschen Siegs zum Herrscher über Ägypten zu machen. An diesem Traum wird er nicht satt, auch wenn die Deutschen den Krieg verloren haben. Mit seinem albanischen Paß fährt er deswegen bis Alexandria. Ägyptischen Boden darf er bis heute nicht betreten.“

Hana erwähnt den Namen Almásy. Das Fräulein reagiert ungehalten. Ja, der Graf verkehrte im Palast an der Nilbrücke, ein gebildeter Mann, etwas flatterhaft. Ein heruntergekommener Herr, ein legendärer Jäger. Sein Bruder János, ein Filou, ein Mann mit Geschick. In der Budapester Wohnung hängen die ausgestopften Schädel von vierzig Wasserbüffeln. Früher soll János Jagden in Westungarn organisiert haben. *Acheter une chasse.* Gegen Geld durften die ägyptischen Prinzen auf alles schießen. Ladislaus war dafür berühmt, zwei Flinten gleichzeitig repetieren zu können. Die Tage aber, da sich die Ladeflächen der Karren unter dem Gewicht des toten Viehs bogen, wurden in Europa rar. Ladislaus, der Abenteurer, begann die Jagd nach Afrika zu verlegen. Eine Idee, die auch seinen späteren Mentor Kemal el Dine in die Wüste gelockt hatte. Der Wunsch, neue Jagdgründe zu finden.

Daß Hana mit drei englischen Kindermädchen in einer Kabine nächtigt, entsetzt Fräulein Grüner, die ihre Welt in Ernsthafte und Spaßmacher einteilt. Schamlos inspiziert die Gouvernante die Wäsche der Engländerinnen, dabei meint Hana einen frivolen Ton in ihrer Stimme zu bemerken.

Nie wieder wollte sich Hana herumkommandieren lassen. Keine Aufgabe zu einem höheren Wohl mehr erledigen. Im Bergstädtchen hatte sie wie eine Landstreicherin gelebt, während der Patient königlich auf seinem Bett ruhte. Auf der *Comtessa* führen Europäer und Ägypter ein königliches Landstreicherleben, mit prächtigen Kleidern, Kristallgeschirr, Champagner, Haute Cousine. Die Vergnügungssucht nach dem Krieg.

Der verbrannte Patient, der sich als Abenteurer erfand, um unsterblich zu werden. Almásy, mehr ein Phantom als ein Mann, all die Geschichtenerzähler, die versuchen, aus dem Krieg herauszukommen.

Dem Glamourösesten dieser Verzweifelten begegnet Hana im Damensalon. János Almásy, Schloßherr, Kosmologe, Tarotleger, Blumenliebhaber. Umschwirrt von Frauen, doziert er über den Kult der Persephone. Spricht von der Göttin, die in den Hades entführt wurde und das halbe Jahr im Reich des Todes verweilt, ihren Körper zwischen Licht und Schatten teilt. János nippt wie die Damen an einer Schale Tee. Er sieht Ladislaus ähnlich, hat das Haar aus der hohen Stirn nach hinten gekämmt, seine Nase ist noch mächtiger als die seines Bruders, seine Statur gedrungener.

Man stimmt die Abendroben auf die dunkle Holztäfelung ab.

Bis auf die Stehlampe hinter János, der die Gedichte einer Frau von Spann rezitiert, brennt kein Licht. Er sitzt vor einem ovalen Tischchen, ihm gegenüber die Dichterin, eine ältere Dame im grauen Wollkleid, hochgeschlossen und gerade geschnitten, mit blondem oder doch ergrautem Haar. Wenn sich der Kavalier vor ihr verneigt, blitzen ihre Augen auf. Jünger als sie, überhäuft er Frau von Spann mit Blicken, nimmt ihre Hand, um sie mit seinen Lippen zu berühren, weniger wie ein Liebhaber, eher wie ein Säugling, der seinen Kopf nach der Mutterbrust reckt.

Laut Fräulein Grüner, dem allgegenwärtigen Schatten, soll János ein generöser Gastgeber auf Bernstein sein, der weit über seine Verhältnisse lebt, ein maßloser Schürzenjäger. Verheiratet ist er mit Maria Esterházy, die sitzt im Rollstuhl und hat Muttergottes-Erscheinungen. Von der Geschichte mit Unity Mitford gar nicht zu sprechen. Dem Frauenschwarm gegenüber leidet sein Bruder Ladislaus an einem Komplex. Abu Ramla, so haben ihn die Araber getauft, glänzt nur unter *Buben*, wie Fräulein Grüner die Halbwüchsigen nennt. Dabei führt er das abenteuerlichere Leben, in Kairo weitaus mehr beachtet als János.

Der spricht inzwischen chinesische Gedichte, Frau von Spann hat sie ins Deutsche übertragen. Die Dichterin ist ohne ihren Gatten verreist, den Politologen Othmar Spann, den geistigen Ahnherrn des österreichischen Ständestaats. In den zwanziger Jahren ein Held der konservativen Revolution. Die Nazis mißverstanden ihn reichlich, verweigerten seiner Frau gar den Beitritt zur NSDAP, inzwischen ja ein günstiges Schicksal.

János Almásy erhebt sich, knöpft die Anzugjacke zu. „Unsere verehrte liebe Nachbarin dichtet verschiedentlich unter Pseudonymen, diesmal als Gertrud Berg."

Wenn Ladislaus bei Kräften ist, mag er im Auftreten seinem Bruder ähneln, vielleicht introvertierter sein. Oder gleicht János seinem Bruder? Ähnelt er ihm nicht allzusehr? So übertrieben wirkt seine Selbstsicherheit.

Das Talent zum Schauspieler beweist János auch, als er Hanas Empfehlungsschreiben des Fürsten Valderano liest. Er nickt, lächelt, postiert sich zwischen Hana und Frau von Spann. „In den *good old days*“, sagt er, „wohnte ich bei meinen Aufenthalten in Kairo wie Abu Ramla im Palast von Mohammed Taher Pascha, er ist ein Onkel König Faruks. Miss Hana, Sie werden Taher Pascha heute abend sehen.“

Wie eine Fee ist Fräulein Grüner zur Stelle. Nur Tahers Mutter, erklärt sie, war ein Mitglied der königlichen Familie, daher wurde ihm der Titel eines Prinzen verwehrt. Nachdem er kurze Zeit mit einer königlichen Cousine verheiratet war, ist Taher Pascha ein Junggeselle geblieben, wie Almásy.

„Ich und und mein Bruder Abu Ramla sind einzigartig“, sagt János, „denn nie ist es Europäern gelungen, in den innersten Kreis der königlichen Familie aufgenommen zu werden. In ein Milieu kommt man da, teils modern französisch-englisch-amerikanisch, teils unverfälschter Orient aus den Märchen von Tausendundeiner Nacht.“

Er legt seine Hand in die Hanas. Ein Vergnügen wird es ihm sein, Hana in die Kairoer Kreise einzuführen. Mit einem Fuß in der englisch steifen Residency, mit dem anderen in den Palästen von Giza und Mataria, dazu Polo im Gezira Sporting Club, am Abend Feste bei Hof, dazwischen Rundgänge im Museum und halbe Tage in der Pyramide, unter seiner Führung. Ein Leben so voller Kontraste, daß man es sich besser nicht wünschen kann.

Hana löst sich von ihm, er wendet sich an Frau von Spann. „Mir hat Allah schon vor Monaten das feinste Weihnachtsgeschenk beschert, als eines Morgens im Bett vor meinem Schreibtisch Abu Ramla lag. Der Arme hat wirklich Schreckliches durchgemacht. Wir haben alles getan, um ihn wieder zusammenzuflicken. Sie können sich denken, wie selig ich bin.“

„Mit Ihrem Herrn Bruder verbindet mich eine Seelenverwandtschaft“, begeistert sich Frau von Spann, „das können Sie aus der Wahl des chinesischen Gedichtes ersehen, das ich ihm gesandt habe.“

Zucken nicht János' Mundwinkel, brennen nicht seine Augen? Haßt am Ende der Büchermensch seinen Bruder, den Mann der

Tat, mit dem er sich rühmt? Er spricht von Herodot, von der Leere der Wüste, in die der Gelehrte das Wissen aus Jahrtausenden hineinliest. Von den sagenumwobenen Orten, die der Abenteurer dem Wind und dem Wetter, dem Stein und dem Sand abjagt.

Hana staunt, wie gleichgültig Frau von Spann zuhört. Dieselbe Abwesenheit entdeckt sie auch in den Augen Fräulein Grüners, die sich unauffällig herangepirscht hat.

Wenig später tänzeln Frau von Spann und János Almásy leichtfüßig in den Saal auf Mitteldeck. Er macht das rechte Bein, das er nachzieht, sie ihre Korpulenz ganz vergessen, an seinem Arm geht sie zwischen den Tischen hindurch. Männer in Frack verneigen sich, manche haben einen Tabusch auf. Die Frauen lassen ihre Fächer sinken, stecken die Köpfe zusammen. Feierlich streifen die beiden die Papierschlangen, lassen sich vom Konfetti berieseln, einen Augenblick später sind sie schon wieder vergessen. Im Wettbewerb der Indiskretionen und Anzüglichkeiten folgen extravagantere Gäste.

Auf der Tanzfläche wiegt man die Hüften, und die Stewards schlängeln sich durch die Menge, jonglieren auf ihren Fingern das Tablett mit den Gläsern. Im Schiffsbauch mögen sich Menschen auf dem Boden zusammenkauern, hier wird gefeiert. Mutmaßungen gehen um, wer wohl den Skandal des Abends liefern wird. Eine Dame der Gesellschaft, die mit einem verheirateten Mann eine Affäre beginnt, ein Liebespaar mit unpassenden Heiratsabsichten oder zwei Streithähne mit einer politischen Debatte?

Frau von Spann gesellt sich zu einer Runde österreichischer Comtessen. Hana wird derweilen von János zum Tisch von Lord Mitford geführt, einem Onkel der legendären Unity, so János, alte Verbindungen. Auch Mohammed Taher Pascha, der Junggeselle, sitzt dort. Der hasse zwar Englischsprechende, flüstert János, sei während des Kriegs von den Briten unter Hausarrest gesetzt worden, ein besinnungsloser Freund der Deutschen. Unter den Mitfords freilich fühle er sich nicht unwohl.

Die Engländer begrüßen Hana höflich, salopp und zugleich auf

Etikette bedacht. In gewähltem britischen Englisch führt János aus, die Kanadierin habe kürzlich László getroffen.

„Fräulein Hana, Sie kommen aus dem Krieg?“ fragt Lord Mitford, ein rundlicher Mann mit Backenbart.

„Ja. In Rom lernte ich Ladislaus Almásy kennen.“

„In der Tat? Nutznießen Sie in Ägypten von Teddys Flugkünsten?“

Galant weist er ihr einen Stuhl zu, zwischen sich und einem Schotten, der ist freundlich und fad. Taher Pascha, der Ägypter am anderen Tischende, ignoriert Hana. Auf den ersten Blick geht er als Europäer durch, seine hohe Stirn, das rechteckige Gesicht, die schmale Nase. Er lächelt sparsam, professoral, nicht nur der Brille wegen. Der schmächtige Mann läßt Hana an einen Archivar denken, korrekt und geheimnistuerisch, wie er sich benimmt.

„Wenn wir auf Bernstein zu Besuch waren“, ergreift Lady Mitford das Wort, „lag Teddy entweder im Krankenhaus, weil er wieder einmal eine Tropenkrankheit ausheilen mußte, oder unter einem Auto in der Garage, ölverschmiert. In seinem Burgturm gingen nur Maschinen und junge Burschen ein und aus.“

János grinst, seine Brauen aber ziehen sich zusammen. „Schrecklich, die Sache mit eurem Cousin Tom“, sagt er, „wir waren zutiefst schockiert, als wir hörten, daß er im Fernen Osten gefallen ist.“

„Das Unglück geschah knapp vor Kriegsende“, nickt Lord Mitford, „die Kugel eines Japaners.“

„Daß sich Tom freiwillig an die Asienfront meldete?“ sagt János heuchlerisch. „Er konnte es bestimmt nicht ertragen, am Angriff auf Deutschland teilzunehmen. War er nicht ein wahrhaft aufrechter Peer? Wir waren uns doch alle einig, daß die Freundschaft zwischen den Deutschen und den Engländern eine superbe Sache ist.“

Hana entdeckt die beiden Kinder, die ihr den Streich mit der Schmierseife spielten. Die Bengel sitzen stumm am Tisch, mit einem Ausdruck schmerzhafter Konzentration. Das halbwüchsige Mädchen neben ihnen scheint zu bemerken, daß Hana irritiert war, huscht zu ihr herüber, setzt sich unflätig auf den Schoß des Schotten und erklärt ihr kichernd: „Unsere Hühnchen legen ein Ei, dauert oft stundenlang.“

Die Kleine schiebt jetzt ihren Kaschmirschal in den Nacken, flüstert hinter vorgehaltener Hand. Nancy, das kleine Biest, muß Hana wissen, hat noch ein anderes Lieblingsspiel. Jeden Morgen studiert sie den Anzeigenteil der Times und trägt in ihr Notizheft sämtliche Totgeburten ein, professionell unartig. In der Geschichte der Prügelstrafe wurde nur Tante Unity mehr geschlagen als Nancy. Sie ist eine Legende, schüttete Rizinusöl in den Salat, verstreute Reisnägel auf Polstersessel und wurde aus der St. Margaret's Schule hinausgeworfen, weil sie im Kunstunterricht ein praktizierendes Liebespaar gezeichnet hatte. Die Erwachsenen nannten das Mädchen Unity *die Scheußliche*.

Am Tisch wird man unverblümt rüde, selbst die Ladies lästern gnadenlos über die Schwächen der anderen. Lord Mitford unterhält mit Legenden über einen Großonkel Henry. Der war als junger Mann ein radikaler Liberaler, mit zwölf schon vertraut mit der arabischen Sprache. Das gigantische System des Nichtstuns im Ausland, genannt diplomatischer Dienst, hat ihn nach Kairo geführt, dort gab er die englische Herrenmode auf, kleidete sich wie ein Beduine und zog die folgenden Jahrzehnte zu Fuß und zu Pferd durch die Wüste. Mehrmals täglich betete er vorschriftsmäßig zu Allah. Mit einem spanischen Zigeunermädchen schloß er viermal die Ehe, mohammedanisch in Kairo, standesamtlich in Genf, katholisch in Rom und anglikanisch in London. Nach seinem Tod entdeckte man seine Schriften über die Sahara. Sie zählen laut Teddy zu den schönsten Wüstenbeschreibungen.

Daraufhin zitiert man kluge Sätze aus Büchern, unerschütterlich selbstsicher. Ist einen Augenblick später selbstironisch, auf Understatement bedacht. Spricht dann wiederum von Tradition und Kontinuität, sehr exzentrisch. Festliche Nächte in Kairo stehen bevor, die Korken werden in einem fort knallen. Die Party darf nicht abbrechen, die Antwort auf Leiden, Entbehrungen, geboren aus dem Schmerz des Nachkriegs.

Taher Pascha raucht mit einem elfenbeinernen Zigarettenspitz, nippt am Glas und verteidigt die ägyptische Seele, die braven Fellachen, fleißigen Beamten und gütigen Paschas. Er erinnert an die Pharaonenzeit, gibt sich als gläubiger Muslim. Spricht wie ein Fürst, leise, verhalten, erwähnt die Finanzkrisen des britischen Adels, dessen verstärkte Bemühungen, im Handel mit dem Orient Fuß zu fassen.

„Wir sind nicht voreingenommen gegen bestimmte Rassen", sagt Lady Mitford, „nicht gegen Hunnen, Frogs oder Neger."

Ihr Vater, kommt Debbie zu Hilfe, bezeichnet die Deutschen als Hunnen, die Franzosen als Frösche und den Rest der Erdbevölkerung als Neger.

„Debbie, sei artig!"

Aus der Loge, in der sich Frau von Spann unterhält, dringt das Kichern der Comtesssen in der alpenländischen Tracht bis hier herüber. Ihr Adonis, ein hübscher Begleiter, stachelt sie an, läßt seine Hand unter dem Tisch verschwinden, unmißverständlich. Auch Fräulein Grüner hat Wein getrunken, um ihren Mund liegt nicht nur ein spöttischer, sondern auch ein sinnlicher Zug.

Führen sie alle ein Doppelleben? János flirtet längst mit seinen jungen Nachbarinnen auf den österreichischen Schlössern, an deren Tisch er sich gesellt hat, nennt sie *Mausi* und *Putzi*. Dann besteht er darauf, daß Hana einen Blick auf *den Porsche* wirft.

Ein Steward begleitet sie in den Schiffsbauch hinunter, die jungen Leute aus der Loge folgen ihr. Den Comtessen ist Hana, dünn und kurzhaarig wie ein Hermaphrodit, zu gewöhnlich. Sie stecken ihre Köpfe zusammen, achten auf Abstand. Graf Karli indes, der Adonis, findet Hana attraktiv, ihre schlanken Finger, die schmale Hüfte. Er läßt keine Gelegenheit aus, den Arm um ihre Schulter zu legen und ihr sein parfümiertes Kinn entgegenzurecken, der Schönling mit Mütze und heller Pluderhose.

Im Laderaum steht das Porsche-Cabriolet, das János Almásy anstelle seines Bruders nach Kairo transportiert. Ein einträgliches Nebengeschäft, wie er sagt, die Firmen schätzen die adeligen Verbindungen, zahlen fette Provisionen, *das Leben, mein Fräulein, wird teurer und teurer.* In den *good old days* sei László Repräsentant von Steyr gewesen, heutzutage ließen sich nur mehr Geschäfte mit

Luxuskarossen anbahnen, ein orientalischer Fürst kenne keine Armut. László habe den Verkauf des Porsche aus der nach Kärnten kriegsverlagerten und noch dort befindlichen Fabrik an Taher Pascha eingefädelt. Meisterhaft verhökere er den Wüstenpaschas Autos, Segelflugzeuge, Feuerwerkskörper, auch *Delikateres*. Dort drüben sind Kisten aufgestapelt, an den Ägyptischen Automobil Club adressiert, versiegelt und von zwei Kerlen bewacht.

Die Comtessen schwingen sich in die ledergepolsterten Sitze des Autos, das geduckt zwischen den Kisten steht. Vom auberginenfarbenen Lack heben sich das weiße Lenkrad, die Stoßstangen aus Chrom und die großen Frontscheinwerfer ab. Die mit dem Lodenmantel dreht am Lenkrad, sie legen sich in die Kurve, brummen das Motorengeräusch, es hupt.

Inzwischen ist János aufgetaucht. „Wir sind von König Faruk eingeladen, in Alexandria zu nächtigen", verkündet er feierlich. Im El-Salamlek-Palast, der königlichen Sommerresidenz, französischer Stil, in der schönsten Bucht und inmitten der prächtigsten Gartenlandschaft. Ein Jagdschloß eigentlich, 1897 vom Khedifen errichtet, um es seiner angebeteten May zu Füßen zu legen, der ungarischen Comtesse May Torok von Szendro, die sich später Gawidan Hanem nannte, ein Plätzchen zum Jagen und für süße Stündchen mit der Mätresse.

Eine Woche später läuft die *Comtessa* in Alexandria ein. Der Gebetsruf eines Muezzins vermischt sich mit dem Geräusch der Wellen, die an die Docks schlagen. Das Panorama der Stadt im frischen Morgentau sieht wie hingemalt aus, die Kuppeln der Paläste, die Minarette der Moscheen, die Kirchtürme hinter dem niedrigen Hafenviertel. Ein altes Meisterwerk, auf dem sich nur die Blätter der Palmen am Pier im Seewind bewegen.

Die dunkelhäutigen Menschen in ihren langen Gewändern, die Buden, die Barbierläden mit ihren Perlenvorhängen, die Pflastersteine, die schlüpfrig sind vom Abfallflaum der Baumwollmärkte. Die Abdrücke blauer Hände auf den Lehmwänden, das Trappeln der Pferdedroschken, in denen Herren zu den Cafés am Meer fahren. Das Kreischen der ersten Straßenbahn, die verschlafenen Menschen, die ihre Fensterläden aufstoßen. Am stärksten weckt der Geruch von Ziegelstaub und Blut in Hana das Gefühl, in einer fremden Welt erwacht zu sein.

Ladislaus läßt auf sich warten, und János findet das keiner Aufregung wert. Den kleinen Jungen, der ihm Postkarten verkaufen will und *Baron, gute Schweinerei* hinter ihm her ruft, schüttelt er ab. Er steuert auf ein Warenhaus zu, das gleich hinter dem Hafen liegt und einem Wiener Bekannten gehört. Der Verkäufer rät ihm Straußenfedern. Dieses Andenken kommt zwar aus Wien, wo es gekräuselt wird, ist aber das einzige echt afrikanische. Alle anderen ägyptischen Spezialitäten werden in Böhmen hergestellt, dem Land der Andenkenindustrie. János ersteht eine Feder für Hana, für sich nimmt er ägyptische Zigaretten, mit Haschisch versetzt.

Bis Mittag warten sie auf Ladislaus. Die Mitfords sind längst zum Suezkanal unterwegs, Fräulein Grüner nimmt den Zug nach Kairo, und der abgedankte Khedife steht reglos an der Reling, die Passage kehrt noch am selben Abend nach Kreta zurück.

Als Ladislaus Almásy endlich auftaucht, stürzen ihm die Comtessen entgegen. Mit festem Schritt kommt er auf den Pier zu, ein wenig steif. Im Gesicht ist er kaum voller geworden, sein Pullunder und die Kniehose schlottern am hageren Körper. Da ist noch das Bubenhafte in seinem Gesicht, und doch hat sich das Alter in den Stirnfalten, den Furchen an der Wange und um die Mundwinkel eingenistet. Seine Augen sind müde, verkniffen.

Er streckt Hana die Hand entgegen, zieht sie gleich wieder zurück. Wie oft hielt Hana die Hand des verbrannten Patienten an ihr Gesicht, um daran zu schnuppern, den Geruch der Krankheit, den aus der Kindheit vertrauten.

Almásys Hände verschwinden in den Hosentaschen. Als sein Bruder einen Straßenfotografen herbeiruft, wünscht er ein Foto mit dem Sportwagen. Hockt sich auf die Fronthaube, fordert den Adonis auf, über dem anderen Scheinwerfer zu posieren. Männer wie Trophäen. Warum die Comtessen in hysterisches Lachen geraten, János anzüglich grinst, kann Hana nicht verstehen. Vom

Schriftzug *PORSCHE* ist, da die beiden Männer das P und das E verdecken, nur ein Rest zu lesen: *ORSCH*.

Almásy, ein Spaßmacher?

Als junger Prinz besuchte der Großvater des bedauernswerten Khedifen dort drüben auf dem Dach des Schiffs den Khan-al-Khalili-Bazar in Kairo, da bot ihm eine alte Frau Geisterorangen zum Kauf an. Er kaufte eine Orange, wollte sie schälen, aber die Frucht löste sich in Luft auf. Anstatt zu beten, schlug er mit der Reitpeitsche auf die Frau ein, da löste sich diese ebenfalls in Luft auf. Ein Afrit, ein böser Geist, fuhr in den Hochmütigen ein und verließ ihn bis zu seinem Lebensende nicht mehr. Anfangs meldete sich der Afrit selten, dann immer häufiger, bis er ihm auftrug, mitten in der Wüste ein Marmorschloß zu errichten. Um das Schloß herum mußte er einen Rosengarten anlegen, prächtiger als alles im Orient. Auch sein Lieblingsgestüt wollte der Afrit in die Wüste verlegt wissen. Der Großvater unseres Khedifen indes schrumpfte und schrumpfte, sein Gesicht verzerrte sich zur Fratze, und so ging er im Anblick des Paradieses elend zugrunde.

„Glauben Sie ihm kein Wort", sagt Ladislaus.

„Als vor achtzig Jahren der Großvater des Khedifen starb", fährt János unbeirrt fort, „verließ seine Familie das Schloß in der Wüste. In jeder frommen Stadt im Orient stehen verlassene Häuser, in denen ein Afrit wohnt… Fräulein Hana, ich habe vor zehn Jahren an einem stillen Nachmittag das verwunschene Schloß mit Abu Ramla besucht, wir schleppten ein abgestürztes Segelflugzeug nach Kairo zurück. In unserer Begleitung waren ein koptischer Flugschüler und eine junge englische Dame. Wir schritten also durch die Trümmerreste des Schlosses, als Abu Ramla einen faulen Witz riß und zum jungen Kopten sagte, ich, sein Bruder, sei ein großer Hakim und mir zu Ehren würde der Afrit aus der Zisterne heraussteigen, um mich zu begrüßen. Das Gesicht des Kopten wurde grau, er schlug ein Kreuz. Als wir schließlich nach Kairo zurückfuhren, wurde es Nacht. Abu Ramla schaltete die Scheinwerfer ein, doch die Lichtmaschine fiel aus. Da huschte ein Schatten an uns vorbei, der Kopte heulte wie ein Schakal, sich dessen sicher, der

Afrit hole uns zurück. Ich murmelte halb ärgerlich, halb lachend einen ungarischen Fluch, der Abu Ramla galt, und die junge Dame schrillte, *Oh, Teddy! Wie scheußlich!*"

Almásy neigt seinen Kopf, ein Unschuldsengel, zwinkert Hana zu. Er war nie einer Frau nahe. Der Schalk ist als Mann kaum begehrenswert, und er begehrt keine Frau. Ist ein Verlorener, der mit seinen Abenteuern amüsiert.

Auf der Fahrt zum El-Salamlek-Palast spinnt Almásy seine Legenden; eitel freilich wirkt er dabei nicht. Die Erstbefahrung der *Straße der vierzig Tage*, einer alten Sklavenhändler-Route. Die vier Tage, die er allein am Mesaha-Brunnen lagerte. Sein Teufelsritt nach Kufra, die Entdeckungen im Gilf Kebir. Das Tal der Bilder, die Höhlen im Uwenat-Massiv, die vorzeitlichen Malereien. Zarzura, die Oase der kleinen Vögel, sein großer Triumph. Die schwierigste Reise, eine Vermessungsfahrt durch die Große Sandsee. Seine verbliebene Sehnsucht, das verschollene Heer des Kambyses zu finden, seine Ahnung, unter welchem Dünenzug es liegt. Seine Stimme klingt heiter, und je leerer die Landschaft, umso kühner werden seine Schilderungen, die er um das Dasein zwischen Sonne und Sand rankt. Jedesmal bricht er mit seinen Dienern auf, in der Wüste dem Tod ins Antlitz zu blicken, kehrt geläutert zurück, bis es ihn abermals hinaustreibt. Es gilt, die jungfräuliche Persephone dem Hades zu entreißen, die Göttin erwacht wie das Korn auf dem Feld und die Rose im Garten.

Nur wenn Almásy auf den *vorzüglichsten Archäologen Deutschlands* zu sprechen kommt, mischt sich Bitterkeit in seine Stimme: Frobenius, der Professor, den Almásy zu den Höhlenmalereien führte, hat sich in der Weltpresse selbst als Entdecker der Bilder gerühmt, dieser akademische Lügner.

Die Tore des El-Salamlek-Palastes bleiben versperrt. Nur ein Blick in die Bucht mit dem Leuchtturm ist ihnen gegönnt, auf die Wälder um das weiße Schloß mit den fassadenhohen Glasfenstern, auf die Terrassen und Gärten.

Unverhofft hält sich König Faruk im Schloß auf. Von zwanzig

Kindern weiß der Offizier am Tor zu berichten, zehn Mädchen, zehn Buben, jeweils fünf weiße, fünf schwarze, dünne und dicke, die der König in sein Gemach bestellte. So etwas zieht sich meistens tagelang hin.

Am Strand schleudert ein MG hin und her, schwenkt auf eine Art Schanze zu, rast über die Erhebung hinaus und fliegt im weiten Boden ins Meer. Fanfaren ertönen, Boote der Küstenwache bergen Piloten und Fahrzeug, ziehen den Sportwagen an Land.

„Der König frönt seinem technischen Vergnügen", sagt Almásy.

„Der Verrückte, der sich ins Meer stürzte?" fragt Hana.

Er lächelt.

„Sind Sie dem König schon einmal begegnet?"

„Einmal zeigte er mir stolz seine Mannlicher-Elefantenbüchse, dann verschwand er wortlos. So lebt ein König."

Almásy beschließt, ohne Rast nach Kairo zu fahren.

Almásys Erzählungen lassen Hana die Strapazen der nächtlichen Fahrt nach Kairo vergessen. Dazwischen kommentiert János, was draußen vor sich geht.

Auf zweihundert Kilometer begegnet man keiner Seele, über einem der Himmel, ringsum Sand, Felsen und Klippen, mitten im Reich des Todes. Der Asphalt verläuft durch ein tiefes Wadi, erklärt János, und da, ein graugrünes Zelt, daneben liegen drei weiße Kamele. Ihre Reiter sehen gefährlich aus, lanzendünne Gestalten mit dunklen Gesichtern, in grüner Uniform, einen cremefarbenen Turban auf dem Kopf, den Karabiner an der Hüfte. Eine Patrouille, auf der Suche nach Rauschgiftschmugglern, die die niedrige Polizeinummer des Autos sofort erkennen, ein Privileg für Mitglieder der königlichen Familie. Sie salutieren, und das Auto stürmt dem Niltal entgegen, dem silbernen Band des Flusses entlang, durch die Palmenhaine, Mangoplantagen, eine Orgie von Grün in Grün, bis nach Kairo, in die paradiesische Stadt.

Als Hana am Morgen das *schwarze* Kairo erblickt, die Stadt auf dem anthrazitfarbenen Nilschlamm, kommt es ihr vor, als wachse das Grün der Vegetation, als erhebe sich das Weiß der Gebäude nicht aus dem Boden, sondern aus den Tiefen der Erde selbst. Als pflanzten sich am Rand der Wüste die Pyramiden wie Wächter vor dem fruchtbaren Land auf, gleich hinter dem Nil, der eine Trennlinie zwischen dem feuchten Boden und dem Sand zieht. Und als besänftigten die Segelboote, die auf den Kanälen zwischen Giza und Kairo treiben, das Drama von Fruchtbarkeit und Ödnis.

Sie rollen am *Mena House Hotel* vorbei, einem Terrassenbau mit Kuppeln und Veranden. Das Gebäude im Sand ist von niederen Tamariskenbüschen umgeben, Kamele zupfen an den Blättern. Ein Touristenstrom bewegt sich zwischen Hotel und Pyramiden, Frauen in Seidenbluse und schwarzem Jackett, Wollrock und Schaftstiefeln, mit Handschuhen, unzähligen Taschen. Die Beduinen in ihren blauen knielangen Hemden, mit der kleinen Mütze, treiben die Esel, während die Frauen in den Kutschen ihre Sonnenschirme aufspannen. Keine zweihundert Meter entfernt legen Fischkutter an, die Ufer säumt sattes Grün.

„Was meinst du, János?" lacht Almásy, „Fräulein Hana gebe doch eine enorme Pilotin ab!" Und zu ihr: „Sie würden eine gute Figur im Königlichen Fliegerclub machen. Wir kreisen mit dem *Turul* über den Pyramiden."

„Mit dem Turul? Herodot schreibt von diesem mythischen Vogel." Hana hat das Geräusch vom Umblättern des Buches noch im Ohr, aus dem sie dem verbrannten Patienten vorlas.

„Kompliment!" ruft Almásy. „Mein Freund Taher Pascha, der den Segler erwarb, taufte ihn auf den sagenhaften Rock. Auch wir Ungarn kennen ihn, häufig als Adler dargestellt… Ich habe mich dafür verwendet, daß der Vogel zu Taher Pascha transferiert wird. Eine M 22, von Studenten des Technischen College in Budapest gebaut. Eine superbe Maschine, Flügel wie eine Möwe, eine grazile Stromlinie, und außergewöhnlich, wie geschmeidig sie in der Hand liegt."

Als sie den Kanal entlang durch die Felder von Giza fahren, hat Almásy seine Einladung vergessen. Seine Lockungen gelten nun dem Adonis. Vor der Villa des englischen Offiziers, wo er Hana absetzt, ist von Wiedersehen keine Rede. Vielleicht glänzt Almásy in seinen Gedanken bereits im Palast des Taher Pascha. Und János küßt Hana die Hand, wie er sie an diesem Nachmittag noch vielen Mädchen küssen wird. Dann sind die Almásy-Brüder in Richtung Kairo verschwunden. Hinein in die Silhouette im Dunst.

Hana steht vor dem schmiedeeisernen Zaun. Dahinter bilden mannshohe Oleanderbüsche eine Hecke. Sosehr Hana ihm zürnt, halten Almásys Legenden sie doch noch gefangen, *so werde ich nun die Nacht allein in meinem einsamen Lager auf der schweigenden Sandebene zubringen, als freiwilliger Gefangener der Wüste, der ich bisher stets nur als Angreifer gegenübergestanden habe. Mein Teewasser kocht, in meiner Bratpfanne schmoren die Bully-Beef-Stücke, ich gebe eine Messerspitze dänischer Butter dazu, eine Prise Salz. Stelle den Kocher ab, sein pfeifendes Zischen verstummt, und aufs neue empfinde ich – fast wie eine Lähmung meiner Gehörnerven – die Totenstille, die mich umgibt. Und doch, die Auffindung jener sagenhaften Stätte im Herzen der Libyschen Wüste ist das Ziel, das mir vorschwebt, Zarzura …*

Eine dicke dunkelhäutige Frau öffnet das Portal, dahinter ein Schwarzer in grüner Livree. Er nimmt der neuen Hauslehrerin den Koffer ab. Hana folgt, als werde sie in ein Pensionat gesteckt.

Hana hat im Lazarett die Soldaten mit ihren Bombenneurosen beobachtet. Sie fühlt sich in den Zustand zurückgeworfen, da alles erkaltet und sinnlos wird, auch Schwestern bekamen von all den Sterbenden eine Bombenneurose. Die Villa in Giza mit der Offiziersfamilie soll ihr neuer Taubenschlag sein, sie selbst die Patientin? Ihre englischen Dienstgeber bleiben für Hana der *Hausherr*, die *Hausherrin*, die *Kinder*. Ihr Totstellreflex. Sie erweist sich als eine stille Empfehlsempfängerin, paukt mit den Söhnen Grammatik, dafür respektiert man sie.

Hana sieht direkt auf die Pyramiden, während Almásy die gewaltigen Bauwerke von seinem Fenster in Kairo aus nur spielzeuggroß ausmachen mag. Sie sitzt in Giza fest. Diese *Seele von einem Gebrauchtwagenhändler* spinnt irgendwo dort drüben in einem Palast seine süßen und bitteren Erzählungen weiter.

Wenn Hana nachts in den Sternenhimmel blickt, schweifen

ihre Gedanken zu den Orten, die sie nur aus seinen Erzählungen kennt. *Auch jetzt navigierte ich erfolgreich, denn ich fuhr genau in jenes Tal hinein, welches die Kabire „Wadi Anag", das „Tal der Urmenschen" genannt hatten. Es ist ein fast kreisförmiger felsiger Kessel von etwa zwei Kilometern Durchmesser, etwas Vegetation steht im Tal, aber nicht die typischen Sträucher der Regenoasen – Talh, Sajal und Tundub –, sondern der Teerbaum und das Halfsgras der echten Grundwasseroasen. Am tiefsten Punkt des Beckens fanden wir die Stelle, wo die Engländer damals einen Brunnen schlugen, dieser war jedoch wieder mit Sand bedeckt. Nicht weit von dort, auf einer Felswand, gab es eine Menge gravierter Menschen- und Tierbilder.*

Um die Villa liegen die Gärten von Giza, die Haine mit Mangobäumen. In den Reisfeldern stapfen die Wasserbüffel, kreischen die Vögel. Die Bauern leben zusammengepfercht in Lehmhütten und plagen sich mit Insekten. Hana sieht den verschreckten Kreaturen das Fieber an, ihre Augen sind rotunterlaufen. Kleine Jungen arbeiten im schattigen Garten der Villa, vom Verwalter, einem Korporal des sudanesischen Korps, alle paar Tage ausgewechselt.

Obwohl Winter, ist es frühlingshaft warm. Unschwer kann sich Hana vorstellen, was für ein Luxus der Schatten der Bäume rund um das Haus im Sommer sein muß. Der Schatten, den die vorgebauten Veranden und dicken Holzläden vor den Fenstern spenden. Die nächtliche Kühle, die die Dachterrassen als Schlafplätze so begehrlich macht. Weil die Villa nahe am Kanal liegt, ist der Boden sumpfig. Was für ein Gefühl muß es sein, an einem sommerlichen Morgen den Bauern mit dem Wasserbüffelyoghurt vor dem Haus zu entdecken und den Burschen mit dem Handkarren, der die Eisbox voll riesiger Würfel aus Gefrorenem in die Küche schleppt. Jetzt im Winter schätzt man die Teppiche auf den Böden, im Sommer aber muß der Marmor angenehm kühlen.

Beim Abendessen ist es ein häufiges Thema, daß die Kinder ihre Hauslehrerinnen im Winter weniger verschleißen. Im letzten Sommer, gibt der Hausherr zu, gingen eine französische, eine griechische und eine italienische Gouvernante entnervt davon. Die Hitze des Sommers ist für Europäer wie die Höllenglut selbst. Es gilt, sagt er, in die Zivilisation zurückzukehren, nach Maadi, in eine der Gartenvorstädte von Kairo, keine acht Kilometer von Giza entfernt. Er hat bereits eine Villa gegenüber der Synagoge entdeckt, die anglikanische Kirche ist nicht weit entfernt, auch der Sportclub nicht, mit Swimmingpool, Golfplatz, Tennis- und Squashplätzen, und ebenso nicht die englische Schule.

Wenn eine Migräne die Hausherrin ins Bett zwingt und der Hausherr mit den Kindern zum Gesira Sporting Club unterwegs ist, schleicht sich Hana in die Küche. Sie gesellt sich zur Köchin, die sie bei ihrer Ankunft am Tor empfing. Die Ägypterin hat sich daran gewöhnt, daß eine *Europäerin* mit ihr spricht. Hana übt ihr Arabisch, horcht auf die weitschweifige Rhetorik der Analphabetin, die ihre Gedanken pittoresk auszumalen versteht. Das Mästen der Töchter gilt ihr als vorrangige Aufgabe. Beleibte und wie aus einem Stück geformte Frauen sind das Maß aller Schönheit, verschwenderische Korpulenz. So backt sie Blätterteig mit Honig und Mandeln, grillt am christlichen Sonntag einen Hammel, von ihrem Mann gemästet und verwöhnt und dann im Beisein ihrer Kinder geschlachtet, nicht ohne Tränen der Trauer inmitten großer Freude, indes die englischen Herrschaften bleiben trotz der Köstlichkeiten bitter und dürr.

„Und die verschleierten Frauen?“ fragt Hana.

Zufrieden schnauft die Köchin, kaut eine Dattel. Während der Schleier in Ägypten die Frauen außer Haus vor begehrlichen Blicken schützt, weist der seidene Hutschleier eine Europäerin als Dame der Gesellschaft und damit als unberührbar aus. *Allah* wacht über alle gläubigen Frauen, bei den Gottlosen aber nur über die reichen.

Hana läßt sie reden, wie sie die Sterbenskranken reden ließ. Nach dem Dinner setzt sie sich vor den Flügel, spielt für die Familie Klavier. Die Hausherrin hat ihr ein Stück Garten überlassen. Hana jätet und setzt Blumen, fettblättrige und großblütige und stachelige, von denen sie jeder einen märchenhaften Namen gibt. Täglich bündelt sie ein Sträußchen, mit dem sie sich selbst beschenkt. Warum nur ist sie hierhergekommen, nicht nach Toronto zurückgekehrt? Sie riecht ihre Haut, deren Vertrautheit. *Jemand, der nicht blutsverwandt ist,* sagte der Freund ihres Vaters, *kann stärker in Gefühle eindringen als einer der eigenen Familie.* Und: *Wenn man sich in die Arme eines Fremden fallen läßt, entdeckt man den selbstgewählten Spiegel.*

Mitten im März 1946 hört Hana die näselnde Stimme des Mannes wieder, der am Telefon mit einem einzigen Wort grüßt: *Almásy.* Er brachte seine Zeit als Fluglehrer zu, konnte zuletzt den Auftrag, einen Lord zur Jagdsafari in den Sudan zu führen, nicht abschlagen. Sein Bruder János ist seit Jänner in Europa, ein Geschäft mit geschliffenen Edelsteinen, kehrt heute abend nach Kairo zurück. Almásy wird Hana abholen, János wünscht, die Kanadierin wiederzusehen.

„Morgen geht es nicht. Keinesfalls!" sagt sie.

„Und am Freitag?"

Er bedrängt sie so unverschämt, Hana fühlt sich konfus. Am muslimischen Feiertag will er sie abholen, an dem den Söhnen des Hauses die Studierzeit erlassen wird. Er läßt nicht locker. „Haben Sie Kairo schon von der Elektrischen aus genossen?"

Daß sie aus Giza noch nicht hinauskam, verschweigt Hana.

„Am Freitag wollte ich ohnehin in die Stadt fahren", sagt sie trotzig, „ich warte an der Station Türkische Botschaft."

In kurzer Hose, im Hemd und mit dem Tuch eines Pfadfinders um den Hals steigt Almásy am Freitag aus der ersten Klasse der Tramway. Hinter ihm trotten zwei junge Ägypter die Pyramidenstraße herauf, die Hana auf dem Trittbrett des Waggons stehen sah. Ihre Galabiya ist feingewebt, ihre Haut gesalbt, sie machen den Eindruck von Palastdienern. Vom Kleineren geht etwas Irritierendes aus. Als würde sie zum ersten Mal das eigene Gesicht sehen, will es ihr scheinen, da der Mann sie mustert, schüchtern zwar, unterwürfig. Goma Assem, so heißt er, hat nichts vom Stolz an sich, den der Größere ausstrahlt: Abdul el Manzur.

Almásy interessiert sich für Hanas Turnschuhe. Erst als sie wiederholt danach fragt und auch da nur beiläufig, erwähnt er die Stellung seiner Begleiter. „Abdul“, sagt er, „hat vor dem Krieg in Wien studiert, Bodenkultur, ein hoffnungsvoller Bursche, wird einmal ein Scheich sein, ein mächtiger Mann. Er ist mir dabei behilflich, Expeditionen vorzubereiten.“

Almásy schaut Hana nie in die Augen.

„Wenn mir das Studium Zeit läßt, arbeite ich fallweise für den Grafen“, erklärt Abdul nun seinerseits.

„Und Goma?“ fragt Hana und spürt, daß sie errötet.

Der schaut über die Schulter seines Herrn zu ihr herüber, verschämt und doch auch kokett. Das ärmellose Kleid. Sie verschränkt die Arme, als könne sie ihre nackte Haut damit bedecken. Ihre schmalen, und doch auch kräftigen Hände, ein Schauer durchfährt sie. Sie besitzt keine Begriffe dafür, was in ihr vorgeht, ist beschämt von der erregenden Aufmerksamkeit, die sie dem eigenen Körper schenkt.

„Mein treuer Goma ist immer bei mir. Als erster Ägypter sah er Zarzura und die Höhle der Schwimmer.“ Goma, der Ziegenhüter aus Giza. Prinz Kemal el Dine entdeckte den Jungen Ende der zwanziger Jahre in Giza und nahm ihn in den Palast an der Qasr-an-Nil-Brücke mit. Dort traf ihn Almásy, fand Gefallen an ihm und achtete darauf, daß er mit den Geheimnissen des Automobils vertraut wurde, gleichzeitig erteilte er dem begabten Vierzehnjährigen Unterricht in Geschichte, Sprachen und Philosophie. Nach dem Tod Kemal el Dines nahm er ihn in seine Dienste.

Hana lächelt. Almásy ist, wenn auch gewandt, kein urbaner Mensch, eine gewisse Deplaziertheit macht ihn mit ihr wesensverwandt. Er würde das leugnen. Würde sich dem Boulevard mit den Palais verpflichtet erklären, den neumaurischen Villen der Prinzessinnen, den wüsten Partys und den Einkaufstouren nach Paris oder London.

Er schickt jetzt Goma zum Orangenhain neben der Pyramidenstraße und deutet zu einem Backsteinpalais: „Die Villa Ilhamieh. Prinzessin Hourieh ist eine Tochter des letzten Khedifen. Eine gefürchtete Dame. Ihre Intoleranz hängt mit der Physis ihrer Stieftochter zusammen, die ärmste Mounira ist klein, flach und buckelig. Man sagt, Prinzessin Hourieh stürmte einmal eine Party in der Nachbarsvilla und schoß auf einen Gast. Zu dessen Glück ist Hourieh eine miserable Schützin. Zu ihrem Pech befand sich der Ärmste nicht nur in Begleitung von Madame Hoda Sha'arawi, der führenden Feministin Ägyptens, einer sehr distinguierten Person, sondern war selbst niemand Geringerer als der Präsident des Königlichen Automobil Clubs, dessen Patron König Faruk ist. Und Faruk mag nur schöne Frauen. Prinzessin Hourieh war von da an am Hof verpönt. Die Flintenprinzessin soll während des Weltkriegs sehr wachsam gewesen sein. Man konnte sie auf dem Balkon stehen sehen, mit dem Gewehr in der Hand, in Erwartung des Feinds, der freilich nie kam."

Da Goma eine Handvoll Früchte bringt, zieht Almásy das Jagdmesser aus dem Gürtel, reicht Abdul die Orange, heißt ihn sie schälen. Hana folgt den mädchenhaften Bewegungen Gomas. Da beginnt Abdul, der bisher auf Distanz bedacht geblieben war, Goma zu verhöhnen. Spricht über die Konservierung der Ziegenmilch, ein Badeextrakt, das im Harem beliebt ist, über Gomas Bestimmung, ein Ziegenhirt zu sein.

Mit einer Handbewegung bringt Almásy ihn zum Schweigen.

Hana steigt nicht in den Damenwaggon. In der ersten Klasse fährt sie mit Almásy nach Kairo. Über jedes Palais kennt er eine Geschichte, über die Minarette oder den Orangenbaum im Hof eines Brunnenhauses. Über das Menschengewühl auf den Straßen, die Eselskarren, die Straßenverkäufer, Soldaten. Über die Europäer mit Zylinderhüten, die Beys mit dem Tabusch, die Scheichs mit dem Turban. Über die jungen Ägypterinnen, die in kurzärmeligen Blusen und engen Röcken bis knapp unters Knie von einem Jazzclub zum nächsten promenieren, über die Hofdamen, britisch erzogen.

„Übrigens wohnte in den zwanziger Jahren der gute Patrick Clayton in Giza, unweit von hier. Ich erinnere mich an Mrs. Clayton, seine Frau, als wir sie noch Ellie riefen, Ethel Williamson

Wyatt. Ellie war Kunstlehrerin und eine geschickte Goldschmiedin, sprach Französisch und Arabisch, und machte mit ihrer jüngeren Schwester die Nachtclubs unsicher. Sie tanzte gut, spielte Piano und war wahrscheinlich das begabteste Ding von ganz Kairo. Europäer wie Ägypter machten ihr große Augen. Der gute Patrick verlor seine sprichwörtliche Ruhe, als er Ellie begegnete, wenig später wurde sie seine Frau."

Nur kurz hält er inne, und als er fortfährt, klingt seine Stimme gereizt: „Die Claytons wohnten später in Maadi, wie die meisten britischen Wüstenforscher. Ich vermute, Patrick wird Ihnen kaum gestanden haben, daß er mich damals im Gilf Kebir, auf der Suche nach Zarzura, gehörig in die Irre führte. Allerdings halte ich ihm zugute, daß er sich, was die *Zarzura-Essen* betrifft, fair benahm."

Zarzura-Essen?

Sie fahren über die Nilbrücke auf die Insel Rhoda, das Stahlgerüst läßt Almásy wieder einmal den von ihm bewunderten, aber leider abgedankten Khedifen ins Spiel bringen. Er war es nämlich, der diese Brücke ebenso wie jene, die Rhoda mit Altkairo verbindet, und auch die Tram nach Zamalek eröffnet hatte. Während seiner Regentschaft ließen französische Diplomaten, britische Beamte, syrische Händler – im übrigen Christen – und jüdische Bankiers die Palais auf Rhoda und in Garden City errichten. Unter den Bauherren in Garden City war eine beträchtliche Anzahl von geflüchteten Juden aus Ungarn. Almásy selbst will kein Antisemit sein. Während der Jagdgesellschaften auf Bernstein, erzählt er, gab man jüdische Witze zum besten, nicht anders als die Juden selbst. János war während der Schulzeit mit jüdischen Kommilitonen befreundet, und er, László, rettete in Budapest zwei jüdische Nachbarn vor der Deportation. „Mein Begleiter und Mitentdecker von Zarzura, Dr. Richard Bermann, war ein Jude par excellence, der Ärmste starb 1939 in der amerikanischen Emigration, vor Erschöpfung."

Ein wehleidiger Ton hat sich in Almásys Stimme gemischt.

„Was hat es mit diesen *Zarzura-Essen* auf sich?" fragt Hana.

„Es war 1931, im Café Royal in London, am 31. August, da fand das erste *Zarzura-Essen* statt, ein Treffen all der englischen Wüstennarren, die es sich zur Aufgabe stellten, die vergessene Messingstadt zu finden. Ralph Bagnold war dabei, John Ball, Holland und Prendergast, und auch Patrick. Wir sprachen über Hassanein Bey, der damals noch nicht den Titel eines Paschas trug, und Prinz Kemal el Dine, die draußen in den Tiefen der Libyschen Wüste gewesen waren, um nach der märchenhaften Oase zu suchen, erfolglos. Über unserem Tisch hing ein Gemälde: im Hintergrund eine Oase, Berge, und im Vordergrund ein einzelnes Auto, das sich in die Dünen aufmacht."

Sie waren eine Gemeinschaft von Träumern, und dann kam der Krieg. Die Umstände änderten sich. „Patrick war der einzige, der nie verschwiegen hat, daß ich auch dabei war."

Am *Casino Badia*, einem Cabaret, spricht er gar von einem Staatsdrama. Madame Badia soll in jungen Jahren ein Verhältnis mit dem abgedankten Khedifen gehabt haben. Im Krieg, als die alternde Diva längst einen phänomenalen Ruf für ihre Tänzerinnen und Tänzer genoß – bei Madame Badia verkehrten Agenten aller Couleurs –, beging Hitlers Propagandamaschine einen legendären Fehler. Man warf ihr in aller Öffentlichkeit vor, eine britische Verschwörung zu decken. Dies brachte Hassanein Pascha, den Wüstenforscher und Berater König Faruks, noch mehr gegen die Deutschen auf. Immerhin war allgemein bekannt, daß nicht nur Churchills Sohn und der Fürst von Gloucester, sondern sämtliche Prinzen aus der königlichen Familie bei Madame Badia ein und aus gingen.

Unweit des Shepheards steigen sie aus. Almásy will etwas besorgen. Hana bleibt mit den beiden Ägyptern an der Nilpromenade zurück. Am Ufer liegen die Hausboote, schwimmende Villen mit Vorgärten an der Böschung. Abdul hält sich ein wenig abseits, lehnt sich über das Geländer, neigt sich nach einer blühenden Distel. „Dieser ehrgeizige Nationalist", flüstert Goma mit einem Seitenblick, „ist davon besessen, eines Tages wie ein Pascha in Ziegenmilch baden zu können."

Mit Goma geht eine erstaunliche Verwandlung vor sich. Er

nimmt Almásys Körperhaltung an, imitiert seine Gesten, geht mit Hana die Promenade auf und ab, er einen Schritt voraus.

„Goma, Sie waren bei der Zarzura-Expedition dabei?"

„Ich begleitete den Grafen."

„Und Abdul?"

„Nein, Abdul nicht."

Der taucht plötzlich hinter Hana auf. „Wie ein Waschweib hat sich Goma benommen", sagt er, „er weigerte sich, mit dem Grafen die Höhle der Schwimmer zu betreten. Für Goma waren die Malereien an den Felsen der Spuk böser Dschinns."

„Abdul war nicht dabei, er stieß erst später zu uns", kontert Goma, „erst als der Graf mit dem Deutschen Hansjoachim von der Esch zurückkam und uns in die Große Sandsee führte."

Kaum biegt Almásy die Promenade herauf, duckt sich Goma. Seine Schultern ziehen sich wieder zusammen, sein Gesicht nimmt einen kränkelnden Ausdruck an, er verwandelt sich in den Diener zurück. Hana verfolgt Gomas Verfall wie das Resultat ihrer eigenen Versuchung. Ihr Vaterkomplex rückt sie dem jungen Ägypter in eine, wenn nicht zärtliche, dann doch fürsorgende Nähe.

Ein Leuchten steht in Almásys Augen. Im Gezira Sporting Club warten sein Bruder János und Taher Pascha, auch Patrick Clayton und Ralph Bagnold, der Erforscher der Dünen, der in der Wüste und in Windkanälen die Physik der Sandverwehungen ergründet und im Krieg die *Long Range Desert Group* aufgebaut hatte. Laut Almásy eine originelle, kühne und brillant organisierte Privatarmee aus Forschern und Abenteurern. Mit ihrer Partisanentaktik war sie Rommels Armee stets einen Schritt voraus, ein Meisterwerk der Kriegskunst.

Almásys Wüstensehnsucht! Das Drama, das er mit dem Leben zu spielen versucht, lenkt ihn ab. Hana spürt die innere Kälte, sein Klamauk ist *sein* Zarzura, ein verödeter Landstrich, über dem eine Fata Morgana schwebt.

Im Taxi fahren sie nach Zamalek.

Vor der Qasr-an-Nil-Brücke zeigt Almásy auf den Palast Kemal el Dines. Er erhebt sich hinter dem Semiramis-Hotel aus einem prächtigen Garten, dahinter ist eine Moschee auszumachen.

„Fräulein Grüner residiert in diesem Märchenschloß?"

„Die Unselige, ja, bei Allah!"

Goma entkommt ein Lachen, Almásy hebt drohend die Hand. „Ich wohnte meistens bei meinem Freund Taher Pascha. Lange Jahre. Der Tahra-Palast draußen in Koubeh war meine zweite Heimat. Ein italienischer Palazzo, inmitten von Feldern und Palmenhainen. Marmorstiegen und Alabasterdecken, und ein Springbrunnen, der jeden Besucher nach Rom versetzte, phantastisch."

„Existiert der Palast nicht mehr?"

„Vor dem Krieg kaufte König Faruk den Palast für seine Frau Farida. Taher Pascha wohnt heute in Zamalek, in einer ansehnlichen Villa. Unweit davon habe ich eine Wohnung gemietet."

Wenige Minuten später zieht er in den Gezira Sporting Club ein, als sei er selbst ein britischer Offizier. Erwacht Hana aus einem Traum, als sie sich im Grün einer englischen Landschaft wiederfindet, inmitten der Rasenflächen des Clubs? Polo und Golf, Kricket, die Mädchen vor der Squashhalle, die Herren auf der Terrasse vor dem Clubhaus, das Dominospiel. Von der Veranda des Teehauses hört Hana das Geräusch von Billardkugeln, und nur die Sprinkelanlagen erinnern sie daran, nicht in der Nähe Torontos, sondern im winterlichen Ägypten auf einen Tisch im Freien zuzusteuern, um den alte Männer in Pullundern und bequemen Hosen sitzen.

Alle sind höflich, zurückhaltend, in ihrer Gegenwart benimmt sich auch János Almásy unspektakulär. Als Patrick Clayton erfreut Hana die Hand entgegenstreckt, bemerkt sie ein Zucken in Abduls Gesicht. Zuletzt erhebt sich Ralph Bagnold aus seinem Stuhl. Der Kriegsheld mit dem kurzgeschnittenen Bart und den hellen Augen macht auf Hana einen vertrauenswürdigen Eindruck. Während Bagnold jovial nach einem Stuhl für Hana sucht, bleibt János sitzen, hält seinen Tennisschläger wie einen Gehstock in der Hand, klopft rhythmisch mit dem Stiel auf den Boden und schlürft Tee.

Abdul und Goma postieren sich hinter Almásy, sein Bruder

János, der Zaungast im Kreis des *Zarzura Clubs*, versucht, das Gespräch auf das Heer des Kambyses zu lenken. Clayton und Bagnold interessieren sich aber für Hanas italienischen Kriegseinsatz, laut Bagnold waren die römischen Lazarette sehr begehrt, man flog die Verletzten aus der Oase Siwa nach Italien aus. Oft ohne Erkennungsmarke, die bei den Beduinen als Talisman galt, nur selten kamen die Piloten, die über der Wüste abstürzten, mit einer Erkennungsmarke zurück.

„Wir hörten von einem britischen Protektorat in Nordafrika", sagt Hana jetzt, „eine Schutzmaßnahme, um die Ägypter vor sich selbst und vor den Deutschen zu schützen. Die Ägypter scheinen es anders zu sehen."

Sie erntet ratlose Blicke.

„Ronnie Valderano erzählte mir von Teddys Plan", lenkt Bagnold jetzt selbst das Gespräch auf Kambyses, „wir sind sehr neugierig auf seine Idee."

Kambyses, der Name, der wie ein Windzug stickige Luft ausräumt. Ein Teppich aus Worten wird gewoben, der all diese Männer in die Wüste hinausträgt. Patrick Clayton weiß zu berichten, daß Hassanein Pascha schwer erkrankt ist. Wer, wenn nicht Hassanein, sei der Erforscher der Libyschen Wüste schlechthin!

„Zweifelsfrei Prinz Kemal el Dine!" meint Almásy.

Gewiß, fährt Patrick Clayton unbeirrt fort, die Antwort auf das Rätsel der Dünen mag gelöst sein, die Wüste vermessen, ihre Karte gezeichnet, Zarzura gefunden, der Ursprung der Pharaonenkultur geklärt. Und doch harrt draußen ein weiteres Mysterium seiner Entdeckung.

„Das Geheimnis um das Heer des Kambyses", unterbricht ihn Almásy.

Sie werden alle dabeisein, wenn es aufzubrechen gilt, um Herodots Rätsel zu lösen, Almásy, Bagnold und Patrick Clayton, der Hana aufmunternd zuzwinkert. Glaubt auch er daran, daß das verschollene Heer gefunden werden kann?

„Was Teddy über den Sandsturm sagt, klingt plausibel", nickt er.

Patrick Clayton zieht ein schmales Büchlein hervor. „Ahmed

Hassanein Pascha schrieb die wunderbarsten Sätze über die Winde: *Es ist, als wäre die Oberfläche mit Dampfröhren unterlegt, mit Tausenden von Düsen, durch die winzige Strahlen Dampf hinausgeblasen werden. Der Sand hüpft in kleinen Rucks und Wirbeln. Zentimeter um Zentimeter hebt sich die Unruhe, so wie der Wind an Stärke gewinnt. Es scheint, als höbe sich die ganze Oberfläche der Wüste in Übereinstimmung mit einer unterirdischen, nach oben stoßenden Kraft. Größere Kieselsteine schlagen gegen Schienbein, Knie, Oberschenkel. Die Sandkörnchen klettern am Körper hoch, bis der Sand ins Gesicht schlägt und über den Kopf hinaus geht. Der Himmel hat sich entzogen, alles außer den nächsten Gegenständen entschwindet der Sicht, das Universum füllt sich.*"

Almásy beschwört den Quibli, den gefürchteten Sandsturm, den ärgsten Feind der Beduinen, den auch sein Mentor Kemal el Dine fürchten gelernt hatte. Der Quibli läßt die Kamele ermatten, bringt die Wasserschläuche zum Bersten. Selbst in der Nacht gewährt der pfeifende Südwind kaum Abkühlung, lähmt die Glieder und verklebt die Augen. Ein wahres Wunder ist es, daß Almásy einen solchen Sturm fünf Tage überlebte, mit Baron Hansjoachim von der Esch. Ein Quibli muß vor 2500 Jahren dem Heer des Kambyses zum Verhängnis geworden sein, da der Perser Siwa, die Orakelstadt des Jupiter Amon, hatte erobern wollen. Laut Herodot erreichte er die Oase Charga, zweifellos zog er über Dachla und von dort gegen Norden, entlang der Dünen der Großen Sandsee. Almásys Kompaßtraverse zeigt die Route, die er 2500 Jahre später während des Sturms nahm, gewiß kämpfte er sich an einer Stelle über das Sandgrab der Perserarmee hinweg.

„Du hast eine konkrete Vermutung!" sagt Bagnold.

Almásy faltet die Hände, zuckt die Achseln.

Vom Tennisplatz dringen Frauenstimmen herüber. Die Comtessen, die Quälgeister vom Schiff, rücken heran. Hinter ihnen stolziert der Adonis, ahmt ihren Hüftschwung nach, malt mit den Händen ihre Rundungen in die Luft.

„Onkel László!"

Das Gekreische peinigt die Männer der Wüste. Gedankenverloren greift Patrick Clayton nach Hanas Hand, sie spürt seine trockenen Finger. Mit Blicken lassen sich die Comtessen nicht verscheuchen, János steht auf, winkt Goma und Abdul und eilt mit den beiden den Kurzröckigen entgegen. Ein erleichtertes Aufatmen geht um den Tisch.

„Erlauben Sie mir", sagt Ralph Bagnold zu Hana, „bei Gelegenheit möchte ich Ihnen die britische Sicht der Lage im Orient vortragen."

Seine besonnene Art beeindruckt sie.

Drüben auf der Wiese schlagen die jungen Leute ein Picknick auf. Mit ihren Stirnbändern erwecken die Comtessen einen sportlichen Eindruck. Sie sind angriffslustig, schmiegen sich an János, umkreisen dann Goma, stoßen ihn zwischen sich hin und her, ein Schauspiel, das Hana abstoßend findet. „Ich muß dem Ärmsten dort drüben helfen."

Noch ehe Hana eingreifen kann, spürt sie eine Hand an ihrer Schulter. „Wenn ein Mann zur Frau wird, straft ihn Allah", hört sie Abdul sagen. Wütend wendet sie sich um.

Abdul scheint entsetzt, daß er es wagte, sie zurückzuhalten. Die anerzogene Scham. Er verachtet Goma und begehrt Hana. Das wird ihr nun bewußt, sie will *Nein!* schreien und begibt sich doch immer tiefer in eine Welt hinein, deren Lockrufe sie zugleich von sich weist und erwidert.

Wie um ihn zu trösten, greift sie nach Abduls Hand, der entzieht sie erschrocken. Hana läuft weg, zur Reitbahn hinüber. Abdul, der Hana folgt, hat sich in den Schatten zurückverwandelt, den Diener, der er nicht sein will. Hana stellt sich dem Ägypter in den Weg. „Abdul, warum brachte Sie die Begegnung mit Patrick Clayton so aus der Fassung?"

Er senkt seinen Kopf.

„Abdul, ich werde Sie nicht verraten."

„Mr. Clayton ist nach Kairo zurückgekehrt, um die Verlegung der britischen Truppen zum Suezkanal zu organisieren", antwortet er schließlich, „Mr. Clayton kommt aus Jerusalem, wo er über geheime Dinge verhandelt hat. Er arbeitet noch immer für den Secret

Service und hat die Aufgabe, den Rückzug der britischen Truppen aus Palästina vorzubereiten. Es wird Krieg geben."

Wie kann Abdul all das wissen?

Abdul erwähnt einen Bischof Mikes von Szombathely in Ungarn, einen besonderen Gönner Almásys. Dieser Mann mit vielen Beziehungen fädelte 1936 eine Audienz Almásys bei König Fuad ein, dem Almásy die Gründung eines königlichen Wüsteninstituts vorschlug, als Gegenpol zum bestehenden in Giza, das in der Hand der Engländer war. Fein säuberlich ausgearbeitete Pläne legte er dem König vor, und doch lehnte Fuad ab. Hassanein Pascha und die englische Botschaft hatten ihn davon überzeugt, Almásy arbeite für die Nazis und das Museum sei nur ein Vorwand für deutsche Spionagepläne.

Und Goma?

Ohne es zu wissen, verriet er Almásy. 1942, während der Schlacht um El Alamein, diesem Gemetzel zwischen dem deutschen Afrika-Korps und der englischen 8. Armee, nächtigte Almásy als *aide-de-camp* im Zelt Rommels. Auf dessen Geheiß wagte sich Almásy nach Kairo, stets mit Goma als Begleiter. Er sollte Informationen über Nachschubbewegungen weiterleiten. Goma übermittelte an Hassanein Pascha, welche Route Almásy wählte, weil er glaubte, damit seinen Herrn vor einem Kriegsgericht zu schützen. Die Briten folgten ihm und entwendeten Almásys Aktentasche mit wichtigen Dokumenten, darunter eine Liste der Männer und Frauen, die Rommel nach der Okkupation verhaften und deportieren wollte. Almásy selbst hatte die Liste verfaßt, auf ihr stand jeder, von dem er sich beleidigt fühlte. Wegen dieser Aktentasche haben die Engländer ihn in der Hand, darum muß er jetzt seine Botengänge für die Briten erledigen.

„Ich will von Schauermärchen nichts mehr hören!"

Die Gaslaternen blitzen auf, es dämmert. Die Palais, die den Gesira Club begrenzen, tauchen in ein orangefarbenes Rot. Auf der Terrasse, wo die Herren immer noch tagträumen, spielt eine Kapelle, das Dinner wird serviert.

„König Faruk", sagt Abdul, „ging kurz vor dem Krieg auf den

neuerlichen Vorschlag Almásys ein und gründete das Wüsteninstitut. Formell ist es noch nicht eröffnet, aber der Graf arbeitet an der Planung. Wenn Allah die Dinge begünstigt und Hassanein Pascha stirbt, möchte der König Almásy zum Direktor machen."

Hana nennt Abdul ihren Beduinenfürsten. Vom *Englischen Haus* hat Goma erzählt, einem Außenposten der Briten in Bahariya, einem bloß symbolischen Stützpunkt gegen den deutschen Vormarsch, Rommel mied die Oase den ganzen Krieg über. Die Ruine ist heute eine Pilgerstätte für Nationalisten, die sich an den Protest gegen den britischen Kolonialismus erinnern. Bei der Zerstörung des *Englischen Hauses* war Abdul dabei, er leerte auch Zucker in die britischen Tanks.

Bahariya, die Oase, aus der Abduls Vorfahren stammen, überschaubar und einfach, und doch kompliziert. Die Fellachen sympathisierten aus Haß gegen die Engländer mit den Deutschen, von ihnen verhofften sie sich ein unabhängiges Ägypten. In der Oase lebten als Flüchtlinge aber auch viele Angehörige des Senussen-Ordens, die von den Engländern die Wiederherstellung ihrer Herrschaft in den libyschen Oasen versprochen bekamen. Als Mussolini 1931 die Cyrenaika besetzt hatte, waren die Senussen von den Italienern als Rebellen aus Kufra vertrieben worden. Tausende flüchteten Hals über Kopf in die Wüste, aus italienischen Flugzeugen mit Bomben und Maschinengewehrsalven beschossen. Damals stieß Patrick Clayton in der Nähe des Uwenat-Massivs auf eine Kolonne von halbverdursteten Kreaturen, brach seine Expedition ab und rettete die Flüchtlinge vor dem Verdursten. Abdul schätzt ihn dafür, und haßt ihn doch aus anderen Gründen.

Und Goma, der die Engländer lobt, beklagt wiederum die Grausamkeit der Senussenkrieger, ihren fanatischen Christenhaß, der manchem Wüstenforscher zum Verhängnis wurde. Gerhard Rohlfs kam 1879 als erster Europäer nach Kufra und wurde beraubt. 1921 betrat Hassanein Pascha die Senussen-Oase, und seine Begleiterin Rosita Forbes, eine englische Schriftstellerin, mußte sich als Beduinenfrau verkleiden, um nicht mißhandelt zu werden.

Die Grenze zwischen den Engelsgesichtern und den Fratzen verschwimmt. Das Nebeneinander, ein abgerissenes Leben.

Abdul, der kleine Soldat in der nationalen Widerstandsbewegung. Militärs, die sich *Freie Offiziere* nennen, aufstrebende Männer, Gamal Abd el Nasser und Anwar es Sadat, ihm erstattet Abdul Bericht.

In Ägypten weiß man nicht so genau, was morgen sein wird.

Die englischen Märsche, die Lampionketten zwischen den Bäumen. Die Ruhe am Tisch, der Falke, der über ihren Köpfen schwingt. Sogar Ralph Bagnold hat eine Jacke übergezogen, es wird frisch. Die Steaks sind englisch gebraten, auch die Comtessen benehmen sich artig. Mit Blick auf die beiden Ägypter, die hinter Almásy stehen, fragt Bagnold, ob Hana ihn zum Clubhaus begleiten will.

Sie nickt, folgt ihm über die Freitreppe zur Veranda, von dort zu einem Turm, der einen kleinen Salon birgt. Die Stühle und Diwans sind mit grünem Leder bespannt, die Wände grün tapeziert, und die Ölgemälde zeigen Jagdszenen in englischen Landschaften. Bagnold weist den Diener an, heiße Limonade zu bringen, Hana möchte lieber ein Glas Rotwein.

„Sie zweifeln daran, daß das einfache Volk von den britischen Bemühungen Nutzen zieht", sagt er, „Sie haben Mitleid mit Almásys Dienern, das ehrt Sie."

„Ich kann nicht essen, während andere hungern."

„Die Dinge liegen komplizierter", sagt Bagnold, „wir tragen eine große Veranwortung. Bis heute erfüllen die britischen Truppen ihre Aufgaben vorbildlich."

Hana sieht ihm trotzig in die Augen, er dreht sein Glas zwischen den Fingern, ein wenig arrogant.

„Lassen Sie mich ausholen, mein Fräulein. Ägypten war seit dem Mittelalter ein Teil des Osmanischen Reichs, von einem Khedifen als Statthalter der Türken regiert. Der Sultan von Konstantinopel galt als der Schutzherr aller Muslime, das Empire akzeptierte dies immer. Es waren die Franzosen, die in Ägypten einmarschierten, und nachdem Napoleon wieder abzog, rief sich ein albanischer Bandit namens Mohammed Ali eigenmächtig zum Khedifen aus, begründete eine Dynastie, die bis zum Ersten Weltkrieg das Land terrorisierte. Es waren die englischen Banken, die nach dem Bau des Suezkanals das Land vor dem Bankrott retteten, und es waren englische Truppen, die mit der skandalösen Korruption im Sudan Schluß machten, die Sufi-Rebellen in die Schranken wiesen und ein Protektorat über Ägypten ausriefen. Wir taten dies stets im Namen der Zivilisation."

„Daran zweifle ich", warf Hana ein.

„Mein Fräulein, England mußte zur Befriedung der Region einen Krieg führen, wir verloren viele tapfere Söhne. Das Land war nicht fähig, seine Geschicke selbst zu lenken. Dem letzten dieser osmanischen Despoten legten wir schließlich 1914 das Handwerk, er dankte als Khedife ab und lief später zu den Nazis über. Nach dem Ersten Weltkrieg ebnete England den Weg zu einem unabhängigen Königreich. Wir unterstützten König Fuad genauso wie seinen Sohn Faruk. Dann kamen Mussolini und Hitler. Wir verachten die Ägypter nicht."

Seine Selbstgewißheit erschreckt Hana. Dabei mag sie Bagnolds Nonchalance, die sie auch an ihrem Vater liebte. Der indes hatte etwas Unbestimmtes, Unsicheres an sich. Und sie selbst tat nichts, als ihrem Vater zu folgen, als sie in den Krieg nach Europa ging, ohne ein Gefühl von Gerechtigkeit. Es war ihr egal, als der Freund ihres Vaters ihr erklärte, der englische Patient sei in Wahrheit ein deutscher Spion. Sie haßte die Deutschen nicht. Sie wollte bisher auch, was Almásy betraf, an eine persönliche Geschichte glauben, an eine unglückliche Liebe, ein Familiendrama, ganz so, wie ihr der verbrannte Patient sein Schicksal geschildert hatte. Sie begehrt ein weiteres Mal auf. „Sprechen Sie arabisch, Mister Bagnold?"

Bagnold winkt ab. „Wir Wüstennarren sind eine besondere Spezies Mensch. Ich selbst kam 1926 mit einem Truppenschiff nach Ägypten, gemeinsam mit meinem Morris-Zweisitzer und einem ein Jahr alten Schäferhund, der Cubby hieß. In Friedenszeiten macht sich unter Soldaten eine Menge Langeweile breit. Vor allem die unverheirateten Offiziere verbrachten schon in den zwanziger Jahren ihre Freizeit gern im Gesira Club, aber nur wenige gingen über die

Stadtgrenzen hinaus, zuerst zu den gigantischen Grabanlagen bis nach Sakkara. Dann den Nil stromaufwärts bis nach Luxor, immer stärker im Bann dieses Landes, seiner Bewohner und seiner Vergangenheit. Noch ehe ich wie Teddy und Pat und all die anderen in die Wüste hinausging, stand ich unterhalb der Sphinx. Ich sah, wie sie langsam aus dem Sand freigeschaufelt wurde, ein mysteriöses Relikt aus einer vergangenen Zeit. Ein Porträt des Pharao Khafre, wie man heute glaubt. Und zur Zeit des Pharao Zoser, des Erbauers der ersten Pyramide, lebte ein Mann namens Imhotep, der legendäre Vater der Schrift, Medizin und Philosophie, den Griechen als Hermes Trismegistos bekannt. Wir kletterten auf alle vierzig Pyramiden und hatten die Bücher über Hermes gelesen. Herodot ist unsere Bibel. Zugleich sah ich, in welchem Mysterium die Bauern in ihren schlammigen Dörfern unter den Dattelpalmen leben. Seit Jahrtausenden existieren sie unverändert. Ihr Bewässerungssystem aus Kanälen ist tatsächlich ein Wunder. Die tiefer gelegenen Drainagen und die aus Holz gebauten Maschinerien pumpen je nach Stand des Nils das Wasser auf die Felder. Trotz 1300 Jahre Islam hat in Ägypten eine Zeremonie aus der Pharaonenzeit überlebt, aus den Tagen des Amenemhat III., der die Kanäle graben ließ, eine jährliche Prozession zwischen den verschiedenen Tempeln, die Zeremonie der Nilüberflutung. Ich war fasziniert! War gefesselt von der Vergangenheit, die hier überlebte, ging ans andere Stadtende, kletterte auf die Mokattam-Berge und schaute in die Wüste hinaus. Was würde sich draußen im Reich des Todes verbergen? Mein kleiner Morris konnte solche Wege nicht fahren, so beschaffte ich mir einen Model-T Ford. Zuerst ging es fünfzig Meilen bis zum Suezkanal, da trafen wir auf die Ruinen einer Karawanserei. So begann alles. Wir bastelten an unseren Maschinen, bis wir weitere Fahrten wagen konnten. Teddy erging es nicht anders. Deswegen halten die Bande des *Zarzura-Essens* fester als die Ideen der Politik."

Die Männer versuchen, mit ihren Geschichten aus dem Krieg herauszukommen. Die abgetrennten Arme, die Hana im Lazarett den Flur entlangtrug, das Blut, das nie versiegte. Es ist nicht mehr Zarzura, die Messingstadt, die sie suchen, sondern das Heer des

Kambyses, mit vergoldeten Rüstungen bekleidete Skelette. Die Tragödie, in die sie selbst verwickelt waren und der sie eine Patina verleihen wollen. In Italien war es für Hana seltsam, in Basiliken oder Klöstern zu schlafen, wo die verwundeten Soldaten meist einquartiert waren. Die Pflegezeit war kurz. Der Auftrag ging nur bis zum Tod. Und währenddessen war ihr Gesicht härter geworden, magerer, asketisch, hauptsächlich vor Müdigkeit.

„Mr. Bagnold, sprechen Sie mit Almásy über den Krieg?"

„Unser Zarzura Club ist ein Lazarett geworden. Wir pflegen unsere seelische Wunden, erzählen uns dies und jenes. Teddy ist ein Junge geblieben, davon überzeugt, daß wir eines Tages hinausziehen, wieder Forscher sein werden. Ich weiß nicht. Wir sind alt und müde."

Abends, wenn Hana im Dunkeln auf ihrem Bett liegt, erscheint Goma vor ihren Augen, nimmt sie an der Hand, um mit ihr in eine bessere Welt zu gehen. Nichts ist ausgesprochen, alles ist diffus.

Wenn sich Almásy von Hana verabschiedet, stellt sich eine kleine Gewohnheit ein. Hana nickt, Goma nickt, beide kaum merkbar, Almásy schmunzelt. Dabei bleibt es. Hana kehrt allein in ihre Kammer zurück, zählt das Geld für die Passage nach Kanada, will weder fahren noch bleiben. Goma entschwindet mit Almásy in die Kairoer Nacht. Ihr Wunsch nach dem besseren Leben spinnt das Band der Vertraulichkeit. Nichts darf fremd am anderen sein, der seine intimen Geheimnisse mit einem Dritten teilt. Sie ist in Almásys Spiel zur Nonne, er zum Liebdiener verdammt.

Kein Abgrund scheint Almásy fremd, mit geradezu selbstmörderischer Furchtlosigkeit begibt er sich in jeden hinein, der sich vor ihm auftut. Hana ist nicht prüde, nicht religiös, nicht fanatisch. Almásy jedoch verzehrt alles hemmungslos, Nahrung, Vergnügen, Gedanken, Gefühle, Überzeugungen, das Vieh, das Gesinde, möchte man meinen, alles, was die Natur je hervorbrachte. In einem Exzeß von Beziehungen, Verwirrungen und Intrigen verschleißt er die Welt, verhöhnt Leben, Liebe und Tod und ist in seiner geschlossenen Welt doch strengen Standesregeln unterworfen. Und dennoch fühlt Hana hinter der orgiastischen Vernichtung von Seelen etwas durchschimmern, was sie seine Don Quichoterie nennt. Almásy versucht festzuhalten, was längst verloren ist.

Almásy fördert Hanas Unruhe, gibt ihr nicht die Hand und bindet sie doch an sich, genießt seinen Besitz umso mehr, als er ihn ihr versagt. Dabei ist es nicht Begehren, das Hana für Goma empfindet, und auch Almásy teilt mit ihr mehr als den Eifer. Er kann sie nicht berühren, erstarrt schon beim Gedanken daran. Goma kennt seine Hast. Die Kompliziertheit der Gefühle beruhigt ihn. Goma kennt die romantischen Briefe Almásys an Erich Arnold, den jungen deutschen Offizier, kennt Almásys Schwärmereien, die augenblicklich in Kälte umschlagen können. An jedem, der ihm ähnelt, droht er zu verbrennen. Eine Frau zu berühren, bedeutet Inzest für ihn, er kann sich nur einem Untertanen hingeben. Seinen Samen nur entladen, wenn er unfruchtbar bleibt. Diesen Ekel vor den Folgen der Ehe teilte er mit Dr. Bermann. Ehe sie zur Zarzura-Expedition aufbrachen, besuchten die beiden die Etablissements am Kairoer Fischmarkt, waren entzückt vom japanischen Bordell, dessen ältestes Mädchen zwölf Jahre alt war, und waren laut Bermann berauscht, als auf der Bühne eine *ungeheure Negerin* mit einem Eselshengst den Geschlechtsakt vollzog.

Wird Hana zu Almásys Persephone, der Göttin, die keine Kinder gebiert und so zur Gespielin von Männern wird, die geradezu hysterisch ihre Vaterschaft verweigern? Hana kennt die Dunkelheit in ihr, das Fehlen eines Kindes und eines Glaubens.

Almásy stellt ihr seinen Junggesellen-Prinz Taher Pascha vor, im Königlichen Automobil Club. Der Pascha tut geradeso, als sei er Hana noch nie begegnet. Sie begreift, daß Almásys Art, sich zu verzehren, an ihren eigenen Abgründen rührt. Und es wird klar, daß der narzißtische Abgrund für Almásy einer Löwenjagd ähnelt, einem Rekordversuch im Langstreckenfliegen oder sonst einem gefährlichen Abenteuer. Obwohl sie über seine Unverfrorenheit immer wieder entsetzt ist, interessiert sie sich doch für seine Fühllosigkeit, von der sie nicht weiß, ob sie jene ähnliche Erregung nicht selbst verspürt. Eine Hysterie, der kindlichen ähnlich, der man stets aufs neue bereit ist, jede Grausamkeit zu verzeihen.

Während der Fahrt zum Automobil Club ereifert sich Almásy über die Vorzüge des Ford-Kleinwagens, den er liebevoll *Baby* nennt. Nebenbei erwähnt er fast ungehalten, daß der Khedife kürzlich verstarb. Der Tod stört Almásy, er will ihm keine Aufmerksamkeit schenken und beschwört umso mehr die Rallyes und Flüge, die Fahrten in die Wüste.

Vor dem Portal des Pariser Palais mit den grauen Fensterläden und sandsteinernen Balkonen warten Goma und Abdul. Almásy und Hana steigen wie ein Paar mit zwei Dienern im Gefolge über den roten Teppich in den ersten Stock hinauf, dabei strahlt Almásy eine Ergriffenheit aus, als kehre er in sein österreichisches Schloß zurück, zum goldenen Stuck seiner Kindheit. Die weitläufigen Räume mit den Parkettböden, die Wandfresken, vergoldeten Stühle, die Spiegel und Vasen, ein kaiserliches Szenario, wie Hana sich Europa stets vorstellte. Die Ruhe feudaler Menschen strahlt von den Wänden ab, Männer, die Scotchgläser in der Hand halten, ihr ironisches Lächeln. Nur die Sudanesen in ihren Kostümen erinnern an Afrika.

Frauen finden sich selten unter den Clubgästen, bloß am Freitag. Jovial begrüßt Almásy seine Bekannten, bleibt seinem Gefolge stets einen Schritt voraus. Sein sicherer Gang, die Art und Weise, wie er Aufmerksamkeit auf sich zieht, seine Späßchen verstreut, schafft Nähe zugleich und Entfernung. Er inszeniert eine Gegenwart, die ihn mit allem, was er tut, verwachsen erscheinen läßt.

Im grünen Saal schwatzt Almásys Freund Taher Pascha gerade mit einem Mann in englischer Uniform. Der Engländer stellt sich selbst als Boyd Cooper vor, Colonel der britischen Polizei. Sein rötliches Haar verleiht seinem alten Gesicht eine spitzbübische Note. Er kam aus Indien nach Ägypten, ist den Truppen des Kommandanten von Kairo unterstellt.

Taher Pascha verbirgt sein Mißtrauen gegenüber dem weiblichen Geschlecht nicht. Dabei ist er durchaus höflich, plaudert schließlich sogar mit Hana. „Mein Freund László baute mit meiner bescheidenen Unterstützung die Flugschule in Heliopolis auf. Es begann alles mit einem Club für Segelflieger, sehr bescheiden, unser Flugplatz bestand aus einer Start- und Landebahn im Sand und einer Bretterbude. Doch immerhin hatten wir ein Telefon, und es nimmt nicht wunder, daß László, unser Lehrmeister, ständig mit Anrufen konfrontiert war. Die dauernden *Almásy*-Rufe wurden so legendär, daß der Flugplatz schließlich *Al Maza* getauft wurde. Das Fräulein erfährt die Fürsprache eines großen Mannes."

„Sie kennt deinen Turul", lächelt Almásy.

„Das Fräulein möchte sich nach Kairo verändern?"

Als dann ein Fremder zwischen sie tritt, ein Wilhelm Kapp, deutscher Handelsreisender im Orient, macht sich Nervosität breit, sogar Gomas Gesicht bekommt einen merkwürdig nachdenklichen Ausdruck. Man will sich ein einziges Mal bei einem Empfang gesehen haben, eine flüchtige Bekanntschaft, spricht Belangloses. Der Handelsreisende hält die Hände vor den Bauch, umklammert mit der Linken das rechte Handgelenk, seine freundlichen Augen passen nicht recht zu den angespannten Backen.

Wilhelm Kapp hat noch kein einziges Wort mit Hana gewechselt, da entschuldigt sich Almásy, will mit den Männern Geschäftliches besprechen. Im Weggehen erwähnt er einen Nabil Abbas Halim, einen königlichen Prinzen, der in Kürze den Club mit seiner Anwesenheit beehren wird, ein schillernder Fürst.

Wie Buben verziehen sie sich in eine Loge, in ihre Baumhütte, um die aufgelesenen Zigarettenstummel zu rauchen. Hana bleibt mit Goma und Abdul in der Fensternische zurück. Wann Abdul an diesem Vormittag Kontakt mit Wilhelm Kapp aufnimmt, kann sie nicht sagen. Sie achtet auf Goma, der ihr die ungestüme Welt des Nabil Abbas Halim erklärt, des Königs des Automobil Clubs.

Abbas Halim, der schillernde Prinz, war es, der Almásy dem Feldmarschall Rommel empfohlen hatte. Abbas Halim war in Deutschland erzogen worden, hatte im Ersten Weltkrieg als kaiserlicher Kavallerieoffizier und wie sein Freund Almásy bei der Luftwaffe gedient. Ein Junker, unwiderstehlich für Frauen, lange Zeit Günstling König Fuads. Schließlich fiel er in Ungnade, verlor den Rang eines Prinzen und durfte sich nur mehr Nabil nennen, dem britischen Lord ähnlich. Aus Trotz schloß er sich der Arbeiterbewegung an, gründete in den zwanziger Jahren die Ägyptische Gewerkschaft, die er mit deutscher Zucht und Ordnung zu organisieren gedachte. Legendär sind die Treffen in seinem Palast in Garden City. Seine Sekretäre in graublauen Uniformen bereiteten die Proletarier, Busfahrer, Gärtner auf die Revolution vor, unterrichteten sie im Gebrauch von Büchsen und im Anzünden von Tramways. Abbas Halim, den man nun den *Prinz ohne Titel* nannte, saß im oberen Stockwerk, in feinen Gewändern, mit einem Glas Scotch in der Hand, der Mannlicher-Blitz-Elefanten-Büchse auf dem Schoß, genoß seine Trophäensammlung, in der weder Elefantenstoßzähne noch ausgestopfte Löwenschädel fehlten.

Wenn er sich zeigte, dann stets in der Uniform des Preußischen Ulanen-Offiziers. Im Frühjahr 1932 wurde der König der sozialistischen Umtriebe seines Cousins überdrüssig. Als man nach tagelanger Belagerung des Palastes zwei Leibwachen des aufrührerischen Prinzen tötete, ergab der sich und wurde ins Gefängnis geworfen. Daraufhin schlug seine unerschrockene Frau ihre Zelte vor seinem Zellenfenster auf, eigentlich im Café gegenüber. Sie baute ein großes *His Master's Voice*-Grammophon auf und spielte Musik von Cole Porter, Irving Berlin und Ivor Novello. Sympathisanten versammelten sich, die Party drohte zum Aufruhr zu führen, und König Fuad ließ den Nabil Abbas Halim wieder frei.

Der gab sein Engagement für die Gewerkschaft auf und reiste nach Deutschland. Mit Pomp nahm der Prinz 1936 an der Eröffnung der Olympischen Spiele in Berlin teil und fuhr mit seinem Luftwaffenkumpel Göring die Nürnberger Rallye. Er stand mit dem Berliner Büro des exilierten Großmufti Al Husseini von Jerusalem in ständigem Kontakt, diskutierte mit dem exilierten Muslimführer die arabische Einigung. Jener Husseini hatte in den zwanziger Jahren die Al-Aqsa-Moschee renovieren und den Felsendom mit Plattgold einkleiden lassen. 1936 hatte er aus Jerusalem wegmüssen, weil man ihn für die blutigen Aufstände gegen die jüdische Besiedlung Palästinas verantwortlich machte. Aus Haß gegen die Briten und Juden war der Großmufti zum Hitlerfreund geworden, verfügte über ein gewaltiges Nachrichtennetz im ganzen Orient, das er den Deutschen zur Verfügung stellte.

Ein Leben aus Partys, Spielen und dunklen Geschäften. Die Gefahr eines Zweiten Weltkriegs bescherte Kairo einen ungeheuren Aufschwung. Die Briten stationierten ihre Truppen gegen die afrikanischen Gelüste Mussolinis in Kairo, Soldaten aus aller Welt. Ein Bauboom brach aus und zog Spekulanten, Kredithaie gleichwie Kosmopoliten an. Die maßlose Vergnügungssucht mehrte den Haß des Volkes gegen die britischen Besatzer. Und die Hochzeit von Prinzessin Fawzia, der Schwester des 1937 inthronisierten Königs Faruk, mit dem Perserschah Reza Pahlevi war ein so endloses und luxuriöses Treiben, daß auch Hassanein Pascha, der Wüstenheld und Berater des Königs, in den Geruch der Verschwendungssucht kam.

Der junge Offizier Anwar es Sadat in der weißen Uniform des königlichen Offiziers verhandelte mit den Deutschen. Er konnte sich auf die jubelnden Demonstranten berufen, auf das Tabusch-Meer in den Straßen Kairos. Auf die Transparente, die Rommel Pascha und Mohammed Hitler als Befreier willkommen hießen.

Zu Kriegsbeginn gewann Taher Pascha, der Junggeselle und Sportsmann, die Gunst des wankelmütigen Königs Faruk, der sich damals von den Deutschen die Vertreibung der Briten versprach. Er beauftragte seinen Onkel Taher Pascha damit, nach dem Vorbild der Waffen-SS eine Spezialpolizei aufzubauen. Ägyptische Schwarzjacken, motorisierte Einheiten, auch Totenkopf-Husaren, deren offizielle Aufgabe die Niederschlagung der Straßenunruhen war.

Eine solche Idee gefiel auch den Briten. Sie stellten Colonel Boyd ab, dem Taher Pascha zu helfen. Für Boyd versammelte die Spezialpolizei *good fellows, very Brith in their attitudes*, er ahnte nicht, was Taher Pascha mit den Truppen wirklich vorhatte, nämlich die Vertreibung der Engländer.

Das alles geschah nach dem Willen des ehemaligen Sozialisten Nabil Abbas Halim. Wie sein Cousin Taher Pascha betrieb er vehement Politik für die Deutschen. Im Frühjahr 1939 landete eine Focke-Wulf in Al Maza, sie kam aus Rhodos, an Bord war Reichsminister Joseph Goebbels. Die Direktoren der Dresdner Bank und von Siemens empfingen ihn am Flughafen. Besonders der Bankier, ein Baron, drängte auf deutschen Einfluß in der Suezkanal-Gesellschaft. Goebbels dozierte in Kairo über antisemitische Propaganda, auch über die bizarren Feiern bei den Pyramiden, die kurz darauf regelmäßig von der Kairoer NSDAP veranstaltet werden sollten. Riesige Feuer, Sonnenanbetungen, Männer, die in der Glut tanzten und heil aus der Asche stiegen. Von den Engländern war dem Reichsminister untersagt worden, Interviews zu geben, er durfte weder Mitglieder der Regierung noch der Opposition treffen. Die Zeitung *Al Ahram* berichtete nur von seinem Besuch bei den Pyramiden, im Ägyptischen Museum, im Manial-Palast und im Khan-al-Khalili-Basar. Selbst die Deutschfreundlichsten wie Taher Pascha wagten es nicht, sich in seiner Gegenwart zu zeigen. Einzig der Nabil Abbas Halim ließ es sich nicht nehmen, mit Goebbels im Mena House Hotel zu dinieren und den fünfzigsten Geburtstag des Führers zu feiern.

Als die Engländer den wahren Zweck der paramilitärischen Schwarzjacken erfuhren, stellten sie beide unter Hausarrest.

„Abbas Halim", sagt Goma, „ist fanatisch geblieben. Gewerkschaftsgründer, roter Revolutionär, großarabischer Agitator im Bannkreis der Nazis, Muslimbruder. Jetzt setzt er seine Hoffnung in den Neffen des Großmufti, er heißt Yassir Arafat. In diesem jungen furchtlosen Burschen sieht der Nabil eine kommende arabische Lichtfigur."

Das Monokel in der Augenhöhle und seine ausgreifende Art, den Salon zu betreten, lassen Abbas Halim sofort als Fürsten erkennen. Der Kahlkopf macht ihn bullig, sein kurzer Hals verschwindet im Stehkragen. Und doch strahlt er Eleganz aus, der graue Schnurrbart verleiht ihm Würde. Abbas Halim schreitet die Tische im Salon des Automobil Clubs ab, die Männer stehen auf, verneigen sich tief, die Frauen machen einen Hofknicks. Almásy hingegen, der gerade am anderen Ende hereinkommt, ruft ihm von der Tür aus einen Pilotengruß zu.

„Ladislaus, mein Freund“, grüßt der Prinz mit Berliner Akzent zurück, „im Tarot-Saal traf ich deinen Bruder, er ist mit Frau von Spann in astrologische Gespräche vertieft.“

Beide schlagen die Hacken zusammen, dann klopfen sie sich auf die Schulter. Der Prinz verschwindet, wie er aufgetaucht ist. Hana folgt Almásy zu seinem Bruder. Im Vorbeigehen wird er da und dort aufgefordert, doch wieder eine *Rallye de Oase* zu organisieren. Er geht nicht darauf ein, ist seltsam teilnahmslos, auch in dem rotsamtenen Zimmer, wo János und Frau von Spann an einem Tarot-Tisch sitzen, in ihre astrologische Konversation vertieft.

„Meine verehrte Nachbarin“, sagt János unverblümt ironisch, „ist auch meine verehrte Gegnerin im geistigen Widerstreit und hat mich liebenswürdigerweise zum Dinner in ihr Anwesen nach Neustift bei Wien eingeladen. Nach unserer Rückkehr werde ich auf einen langen Plausch zu ihr kommen.“

„Ich werde meinen Bruder leider nicht dorthin chauffieren können“, sagt Almásy beinahe verstört.

„Das wird sich finden“, lacht der, „irgendwer wird mein Körperwrack nach Neustift verfrachten. Ich bliebe auch gern über Nacht, wenn mich Frau von Spann beherbergen wollte.“

„Ich lasse Ihnen ein Zimmer vorbereiten!“

„Dann muß ich Ihnen verraten, welche zwei Gerichte Sie mir nicht vorsetzen dürfen: keine südamerikanischen Mangos, sondern entweder ägyptische oder indische, und keinen roten Uralkaviar. An südamerikanischen Mangos stirbt man grundsätzlich, wenn man danach Milch oder Alkohol trinkt, und die Körner des Uralkaviars sind zwar groß, aber ich finde die Haut etwas dick, sie haben daher einen leichten Trangeschmack.“

Frau von Spann lächelt großzügig. „Sind Sie, mein lieber László, auch dermaßen heikel wie Ihr Bruder?“

„Der Herrgott hat vergessen, László einen feinen Gaumen zu verpassen“, sagt János, „Abu Ramla fragt nicht einmal nach einer Speisekarte, er löffelt in sich hinein, was man ihm vorsetzt.“

Eben erst drängte er Hana, seinen Bruder aufzusuchen, und nun will Almásy gleich wieder zurück in den grünen Salon. Im Foyer hat er es nicht mehr eilig, läßt sich durch die Menge am Buffet treiben, raucht, fährt sich mit dem Taschentuch über die Stirn. Als Hana ins Treppenhaus hinausgeht, folgt er ihr bereitwillig.

Ihr verzweifelnder Heiliger. *Christi Hüftknochen*, dachte sie oft am Bett des verbrannten Patienten. Längst vertraut mit seinem Körper, dem wie ein Seepferdchen schlafenden Penis, den mageren Hüften. *Christi Hüftknochen.* Sie liebte die Mulde unterhalb der letzten Rippe, diese Klippe aus Haut. Seine Disziplin war erstaunlich. Manchmal sprach er, der Kranke, in der ersten, manchmal in der dritten Person. Und obwohl der Freund ihres Vaters ihn drängte, gab er nie wirklich zu, Almásy zu sein.

„Tod bedeutet, du bist in der dritten Person."

Es handelte sich nicht um einen einfachen Schwindel, den er ihr auftischte. In gewissem Sinn war er Almásy, ein Teil einer aus allen Bahnen geworfenen Gegenwart. Eines Durcheinanders, das Hana nun fragen läßt, wer denn dieser wirkliche Almásy ist. Der sich gerade über die Brüstung lehnt und ins Treppenhaus schaut, als ob dort unten die Leere eines Dünenkorridors wäre.

Er spricht jetzt mit leiser, gepreßter Stimme. „Ich verabsäumte es in all den Jahren nicht an einem einzigen Tag, Herodot zu lesen. Zu einem bestimmten Zeitpunkt war Europa unsere Wüste. Auch die Grausamkeit der heldischen Konquistadoren, die nach Eldorado suchten, galt nur scheinbar dem dummen Gold, war aber im Grunde eine sehnsuchtsvolle Fahrt ins Land ohne Tod. Der Trieb nach dem Glück, der Jugend und der Unsterblichkeit kennt seine üblen Perversionen. Er ist ein Trieb wie jeder andere menschliche."

Er verfällt in Wiener Akzent. Und die Wörter sind nicht die seinen, ist sich Hana gewiß. Er redet mit der Zunge Dr. Bermanns, ganz so wie Goma es ihr schilderte. Der jüdische Schriftsteller mahnt sein anderes Gesicht ein, er ringt mit jenem anderen Freund, dem Nabil Abbas Halim. Mit Dr. Bermann redete Almásy das Leben herbei, an den langen Abenden im Gilf Kebir, müde und ausgetrocknet.

Über Almásys Stimme legt sich jetzt auch die seines Bruders, mit gespaltener Zunge spricht er vom verlorenen Europa. Er überhäuft Hana mit Rechtfertigungen. Spinnt seine privaten Mythen.

Dr. Bermann, János, Abu Ramla.

Was die Fragen des Nahen Orients und seiner Vergangenheit betrifft, hebt er an, ist das Mitteleuropäertum seit den Tagen der Templer verkommen. Unbelehrbare, sagt er, behaupten noch heute, den Juden sei Eucharistie und Seelenwanderung unbekannt, und sprechen über den grausamen, rachedurstigen Jahwe, man könnte geradezu meinen, Streicher und Goebbels blöken zu hören.

Abu-Ramla-Teddy-Buz-arabo-anglo-ungarischer-Nazi-Sportsmann-privatmythologischer-Prügelknabe. So hat ihn János einmal genannt. Indes, fährt er wie ein Prediger fort, tragen die Semiten den Wortstamm *Ruhm* in sich, und die Geheimnisse der Pyramiden flossen in die jüdische Kabbala ebenso ein wie in die Evangelien. Die Tempelritter kamen voll dieses Wissens von den Kreuzzügen zurück, sagt er, sie waren die letzten Europäer, die die Wahrheit des Orients zu Ohren bekamen. Das unverfälschte Leben bewahrte sich aber nicht nur in den Heiligen Büchern, sondern auch in den Fellachen, den einfachen Bauern Ägyptens, in denen sich das Ursprüngliche weitervererbte. Oft begegnete er in der Wüste einer Gruppe Bischarins. Er haßt diese schwarzen Teufel wie die Pest, sie sind Hamiten, wie die Berber. Nur deswegen schwarz, weil sie über Jahrhunderte die Ausschußware der Sklavenkarawanen kauften, die über die Darb el Arbein, die Straße der vierzig Tage, bis Assuan zogen. Die Sklavinnen kamen in den Harem, und die Bischarins wurden schwarz. Doch es verhält sich genauso, wie das Oberhaupt der Senussen sagte, mit dem er im Auftrag der Engländer ein Interview führte. Das schwarze Blut zog über Jahrtausende vom Süden zum Nil, und vom Norden zog das babylonische, persische, griechische, römische, arabische, türkische Blut durch das Tal. *Trotzdem bleibt Ägypten Mutter-Ägypten. Die Fellachenweiber trällern vor den Kasernentoren wie zur Zeit der großen Pharaonen. Die Sakkiah, das ägyptische Schöpfrad, ächzt und knarrt wie zur Zeit des Königs Zoser, und der kleine Fellachenjunge singt seine Ghazelen, während er den Wasserbüffel im Kreis herumführt. Ob er heute arabisch singt und Allah anruft, oder ob er damals ägyptisch sang und Ra anflehte, was tut es? Derselbe heilige Strom wälzt seine hellgrünen Wellen dem Mittelmeer zu, dieselbe Sonne versinkt hinter den kupferfarbenen Felsen der Libyschen Wüste, und der Vater des Schreckens lächelt dasselbe geheimnisvolle Lächeln ins grüne Tal hinunter, wo die schlanken Dattelpalmen stehen.* Es ist alles schon einmal gedacht worden, man kann nur versuchen, es noch einmal zu denken. Wie viele Heere auch Ägypten besetzten, es bleibt immer dasselbe Boot. Der Wille Allahs ist es, daß etwas fortdauert, unverändert.

Über Almásys Augen liegt ein Schatten. Nicht Müdigkeit ist es, was Hana an ihm entdeckt, nicht Resignation, sondern ein Gruß an den Tod. Almásy ist freilich keiner, der aufgibt, bis zum Ende wird er dem Leben alles abtrotzen, was es bietet.

Er verwandelt sich zurück in den selbstgefälligen Herrn. Im grünen Salon wird klar, daß er Wilhelm Kapp, den deutschen Handelsreisenden, fürchtet, der brachte ihn vorhin schon aus dem Gleichgewicht. Als er ihn jetzt neben Goma und Abdul in der Fensternische entdeckt, beginnen seine Finger zu zittern.

Goma sah den Deutschen schon einmal, etliche Jahre vor dem Krieg, als Almásy ihm ein Foto zeigte, eine Grußkarte von János, mit Unity Mitford. Die ellenlange Britin posierte neben Julius Streicher, dem Herausgeber des *Stürmer,* sie die Hände in der Tasche, wie nur englische Ladies es können. Zwei junge Männer flankierten die beiden auf dem Foto. Der Kleinere, Blonde, war Erich Arnold, der Truppenarzt, der Almásy regelmäßig leidenschaftliche Briefe schrieb, und der Dunkelhaarige zweifelsohne Wilhelm Kapp, der *Handelsreisende*, wie er sich nennt.

„Was hat das alles zu bedeuten?" fragt Hana.

An bestimmten Tagen müssen Frauen, Kinder und Gesinde den Abdin-Palast räumen. Die geheimnisvollen Männer, die König Faruk empfängt, darf niemand zu Gesicht bekommen. Indes haben die Wände Ohren und die Türen Augen. Sie sehen und hören die deutschen Offiziere, die nach Kairo eingeschleust werden. Eben sind sie erst dem Nürnberger Gericht der Alliierten entkommen, und nun sollen sie das ägyptische Heer für den Krieg in Palästina vorbereiten.

Eines Tages, in der Großen Sandsee, werden sich Hana und Goma an jede Einzelheit dieses Vormittags im Automobil Club zu erinnern versuchen.

Gleitet Hana mit dem Flugzeug über die Pyramiden von Giza, wird sie zur Göttin. Das Gefühl, über die Elemente zu triumphieren, läßt die eigene Kälte faszinierend erscheinen. Von Almásy, der den Schulgleiter lenkt, sieht sie nur die Schultern und den Lederhelm. Er setzt zum Looping an, läßt das Flugzeug fallen, um es im letzten Moment wieder hochzuziehen. Hana spürt dieselbe Erregung, die sie damals im Krieg empfand, als sie den Soldaten umarmte, vor Schmerz und Lust aufschrie.

In den Mittagsstunden ist die Wüste flach, eine graugelbe Weite. Ein Blatt Papier, das der Nil auseinanderschneidet, um das fruchtbare Land zutage zu fördern. Am späten Nachmittag, im Tiefflug, werden die Pyramiden zu Bergen. Dann erscheint der dreieckige Schatten, den die Cheopspyramide über die Tempelanlagen wirft, als der einer gigantischen Materie, mit der Hana auf die Erde zusteuert, als der Schatten einer Göttin.

Wenn János in Kairo weilt, läßt sich Hana von Goma mit dem Auto abholen und ins *Shepheards* bringen, wo er residiert. Während der Fahrt spricht Hana über die Almásy-Brüder, über Träume, Vergeblichkeiten. Wie müßte sie sich Herodots Ägypten vorstellen, hätte er wie sie aus dem Flugzeug auf die Pyramiden geschaut?

Geradezu schroff unterbricht Goma. Herodot, der Grieche, sprach kein einziges Mal mit einem gewöhnlichen Ägypter, war doch das pharaonische Ägypten Fremden gegenüber verschlossen. Nicht einen Ägypter beobachtete Herodot beim Essen, schüttelte keinem die Hand, küßte keine Ägypterin, waren doch die Reinheitsgebote streng wie bei den Hebräern. Einzig die Ansichten der Tempelpriester verwendete der Grieche als Quelle seiner Schriften.

Als Hana sich vor dem *Shepheards* verabschieden will, trifft sie ein Blick der Auflehnung. Sie muß an Ladislaus denken, an dessen saloppe Handbewegung, mit der er alles Unerwartete abtut. Übereilt steigt sie aus dem Auto, läuft, ohne zu grüßen, zum Portal des Hotels, in ihren Gedanken schutzlos und ausgeliefert.

Von seinem Fensterplatz aus winkt János, empfängt Hana mit der Genese seiner körperlichen Gebrechen. Er nimmt ihre Hand, läßt sie nicht los, auch nicht, als beide schon auf ihren Stühlen sitzen. „Im Ersten Weltkrieg hat ein Schuß in die Wirbelsäule den Hauptnervenstrang zum rechten Bein lädiert und als Folge davon die rechte Extremität atrophiert. 1930 passierte mir ein verhängnisvoller Biß in die Zunge, während ich eine leicht angeschimmelte Schinkensemmel verzehrte. Der blöde Arzt schnitt mir die Zunge auf und jagte die Streptos in die Blutbahn. Die Tierchen setzten sich in der großen Zehe fest, die Ärzte erkannten jedoch den Zusammenhang von Schuß, Spreizfuß und Infektion nicht. Mit tausenderlei Pillen verdarben sie mir den Magen, während die Streptos den Zehen annagten. Nach zwanzig Operationen ging ich zwei volle Jahre auf Krücken und komme nun kaum noch in einen meiner vier orthopädischen Schuhe. Die Russen stahlen mir überdies zu Kriegsende drei Paar."

Vor dem *Shepheards* stehen die Taxis Schlange, die Treiber mit ihren Eseln betteln im aufgewirbelten Staub um Bakschisch. Still ziehen die Segelboote auf dem Nil in Richtung Delta, und auch im Café herrscht Ruhe, beinahe Andacht. Auf einer Wandtafel verspricht die Hotelleitung, englischen Komfort mit französischer Eleganz und deutscher Gemütlichkeit zu verbinden. Ein Heer von Bediensteten lungert herum, europäische Kellner, die auf die ägyptischen Diener herabsehen.

„Da ich Sie schon langatmig über mein Krüppeltum vollschwatze", fährt János fort, „muß ich noch eine nette Geschichte erzählen. Monatelang hinkte ich in Budapest mit meinem Klumpschuh herum, und als es mir besser ging, trug ich auf dem lädierten Fuß einen gelben gestickten Pantoffel mit langer Zunge, der Form nach wie die Bundschuhe der Landsknechte. Die Pantoffeln hat mir einst mein Bruder aus Kufra mitgebracht. Sie sind aus Ziegenleder gemacht, womöglich haben die Tiere einige Sommer hindurch in den Regenoasen des Gilf Kebir, ja in Zarzura gegrast. Kurzum, ich saß eines Tages in der Bar des Hotel Ritz in Budapest, trank meinen Cocktail und hatte den Fuß mit dem schönen Pantoffel auf einen Stuhl ruhen. Ich hatte gerade die Zeitung weggelegt, in der berichtet wurde, daß die Engländer Kufra erobert und den von den Italienern vertriebenen Großsenussen in seine alte Residenz zurückgebracht hätten, und zwar als Emir und im Rang eines englischen Brigade-Generals. Der Großsenusse hatte gegen Ende des Ersten Weltkriegs auf seiten der Österreicher gekämpft, weil er ein glühender Italienerhasser war, seitdem die ihre Hände nach der Cyrenaika ausstreckten. Er hatte auch so manche englische Truppe ausgelöscht mit seinen schnellen Kamelreitern und Waffen, die ihm ein k.u.k. österreichisches Unterseeboot als Geschenk des Kaisers Karl überbracht hatte. Der Großsenusse höchstpersönlich erzählte meinem Bruder davon, aber das ist eine andere Geschichte. Als nun 1931 Mussolini in Kufra einmarschierte und der Großsenusse fliehen mußte, nahmen ihn die Engländer auf, er bekam eine reizende Villa in Kairo und wurde mit allen Ehren behandelt, die einem Emir gebühren. Das ist eben englische Politik auf weite Sicht! So saß ich nun im Hotel Ritz bei einem Glas Martini und mußte an das Interview denken, das mein Bruder, der Tausendsassa, mit dem Großsenussen geführt hatte. *Allah fügt am Ende alles wieder richtig zusammen,* das waren die Worte des Großsenussen gewesen. Da betrat eine Schar Bekannter die Bar im Hotel Ritz. *Woher haben Sie diesen Prachtpantoffel?* wollte einer wissen. Aus Kufra, antwortete ich lakonisch. Er wurde blutrot und drehte sich wortlos weg, die anderen brachen in Gelächter aus. Der Mann war ein italienischer Diplomat!“

János amüsiert sich über seine eigenen Bosheiten, nennt Frau von Spann eine Unverbesserliche, die man nicht in die Wiener astrologischen Zirkel aufnimmt, solange sie an der antisemitischen Krankheit darbt. Bezeichnet sich selbst als einen Eingeweihten in die Geheimnisse des Pentateuch, der Kabbala und des Tarot. Gott und die Welt nimmt in ihm Platz.

Abu Ramla und Rommel. Nach der verlorenen Schlacht von El

Alamein rief der Generalfeldmarschall Almásy zu sich und riet ihm, nach Hause zu gehen. Es ist nicht sein Krieg, den die Deutschen gerade verlieren.

„Verstehen Sie, Fräulein Hana?"

János, der Astrologe und Neuromantiker in der Tradition Wallensteins. Die englischen Aristokraten, die seit 1931 regelmäßig nach Bernstein kamen, um Deutsch zu lernen, zeigten sich fasziniert von János' Theorien über Persephone, ihr Leben zwischen zwei Welten. Er hieß den ersten Gast seinen Sohn, und als der dann einen Freund auf die Burg brachte, jenen seinen Enkel und den nächsten seinen Urenkel. Ein guter Nebenverdienst für János übrigens; Lászlós Eskapaden wegen waren schon die halben Wälder verkauft.

Baronesse Stoerck, die Schwester der Almásys, war keine vierzehn, als Unity Mitford zum ersten Mal auf Schloß Bernstein war. Noch lange erinnerte sie sich an den Skandal um die Erste-Mai-Feier 1937, als im Dorf unten neben dem heimlich aufgestellten Maibaum der Sozialisten ein zweiter stand und János mit Unity Mitford das Horst-Wessel-Lied sang.

Da sitzt er nun, etwas pausbäckig, nascht am Erdbeertörtchen, der Finstere, wie ihn Goma nennt. Ein überall gern geladener Zaungast. Gomas Einflüsterungen, von wegen einer Baroness Bentick, die die unglaublichsten Gerüchte über János verbreitet. Demnach erschien János nach der deutschen Invasion in Polen in Freimaurerrobe und verkündete Hitlers Horoskop, ja weissagte die bevorstehenden Katastrophen, den verlorenen Krieg und den Selbstmord des Führers. Was, wenn nicht ein Afrit, steckt in János. Er war es, der mit Unity Mitford vertraulich wurde, der die *Schreckliche*, wie man sie wegen ihrer ziemlich bösen Jugendstreiche nannte, in den österreichischen Adel einführte, mit ihr den Frühling 1939 auf den Schlössern seiner Freunde verbrachte, deren Namen sich wie ein Handbuch des Hochadels der alten Donaumonarchie lesen. Von Bernstein aus trat Miss Mitford ihre Schlössertour bis nach Budapest an, um mit den Grafen und Gräfinnen Auersperg, Esterházy, Erdödy, Zichy, Szapáry, Csekonicz und Strachwitz unbeschwerte Monate zu genießen.

Genüßlich schleckt János die Schlagsahne aus den Mundwinkeln. Er entdeckt am Eingang ein deutsches Fräulein, grüßt mit Handkuß und tiefen Verneigungen.

Hana wird Schloß Bernstein nie zu Gesicht bekommen. Wird die hügelige Landschaft, zusammengerückt, ehe die ungarische Ebene beginnt, stets nur vom Hörensagen kennen. Das Dorf mit dem Hotel Post, den Edelsteinschleifereien, und über allem die Burg, an die man seit dem Mittelalter wenig Hand anlegte, ein düsterer und zugleich idyllischer Ort. Und János' Frau, Marie Esterházy, sitzt sie auch jetzt in ihrem Rollstuhl? Ihren religiösen Erscheinungen hingegeben, während János in Kairo mit Hana sein Erdbeertörtchen schlemmt.

Die bröckelnden Mauern von Bernstein, das dunkle Dekor, der Rittersaal mit dem großen Kamin, über dem *Dracula* steht, ein Witz, wie János ihn liebt. Sein griechisches Lebensmotto, das er an die Wand malen ließ: *Im Leben gibt es keinen Zufall, nur Harmonie und Ordnung.* Die Weiße Frau, sagt man, spukt in diesen Gemäuern seit Wallensteins Zeiten, sie erscheint aber nur dem, der nicht reinen Herzens ist. Das erklärt János jedem Gast, ehe er ihn mit flackernder Kerze in das obere Stockwerk schickt. Heilige starren von den Wänden, auf den Türen stehen mit Ölfarbe die Namen der Stammgäste.

Die unbeschwerten Jahre vor dem Krieg. Tagsüber spazieren János und Unity im Rosengarten, besuchen Freunde, baden im Swimmingpool, spielen Tischtennis und verkleiden sich. Am Abend sitzen sie in der Bibliothek, plaudern über den Nationalsozialismus, rauchen ägyptische Haschischpfeifen. Eine Comtesse findet Hitler scheußlich, und Unity springt zornig auf, läuft allein in den Wald. Mehrmals wöchentlich feiert man Partys, besucht die Nachbarn, die Auersperg, Erdödy und Draskovich.

In Nürnberg lauschen János und Unity den Vorträgen der Nazi-Größen, treffen in Bayreuth nach den *Meistersingern* Hitler im Grand Hotel. Tom Mitford begleitet sie, oft, auch als sie während einer Party Rallye zufällig auf Hitlers Troß stoßen. Der Führer empfängt Unity in seinem Hotelzimmer in Linz, ihr Bruder Tom und János warten in einem Restaurant, eine delikate Geschichte. Stößt der Führer Unity vor den Kopf, tröstet János die Britin. Für ihn gleicht der Zauber Hitlers dem Zauber eines afrikanischen Schamanen.

Im Sommer kommt László zwei Monate lang nach Europa, kuriert eine Krankheit aus. Goma bleibt in Ägypten, doch in gewissen Stunden plaudert Almásy jede Vertraulichkeit aus. Kaum entläßt man Almásy aus dem Spital von Szombathely, begleitet er Unity, János und den Troß nach Budapest, quartiert die Britin in der Wohnung in Pest ein und arrangiert für die Gesellschaft eine Flugstunde. Er ist noch schwach auf den Beinen, das hält ihn aber nicht davon ab, sich mit den anderen in den Bars herumzutreiben, in den Palais zu feiern, im *Kis Royale* zu speisen, wo eine Zigeunerband spielt. Nach jedem Essen halten Unity und Tom ein Schläfchen. Prinz Karl Auersperg fehlt nicht, auch nicht Taher Pascha, dem sie listig erklären, das Schweinefleisch, das man ihm vorsetzt, sei vom Schaf. Nach der Flugstunde entspannen sich alle bei einer Cocktailparty der Gräfin Szapáry, und den nächsten Tag verbringt man mit Shopping und Sightseeing.

Die Prozession der Karossen zieht zurück nach Bernstein, hält in Szombathely oder in Kohfidisch bei Baby Erdödy, und nach eintönigen Tagen bricht die Party Rallye zu einer Expedition nach Schloß Hainfeld auf, wo Freiherr von Hammer-Purgstall orientalische Kunst sammelt.

Auch die Comtesse Mikes schwatzt gern vor sich hin. Sie ist die Nichte des Bischofs von Szombathely. 1938 begleitete sie die Almásy-Brüder nach Kairo. Die Ägypter aus dem Bernstein-Kreis jubelten über den Anschluß Österreichs, das *ancien régime* stand vor der Wiedergeburt. Als János zwei Monate später nach Bernstein zurückkehrte, betrat er den Boden des Deutschen Reichs. Als Ungar konnte er nur Ehrenmitglied der NSDAP werden, und was das Leben betraf, war das eigentlich Aufregende in diesem März doch das Nordlicht. Es machte die Nacht zum Tag, man stand auf den Terrassen der Schlösser und bewunderte das Naturschauspiel.

Kommt die Rede auf Unity, spricht Comtesse Mikes nur von der *englischen Kuh*. Ihre Schwester, Prinzessin von Auersperg, empfing die englische Kuh oft in Stein. Einfach und nett war sie, solange niemand Hitler in den Mund nahm, dann jedoch wurde sie hysterisch, nur der Botaniker, der für János den Garten pflegte, stand ihr im Fanatismus nicht nach. Nach dem Krieg traf die Comtesse ihn beim Empfang im Palast eines ägyptischen Prinzen, der Botaniker arbeitete jetzt in Kairo.

Hana fällt der junge Offizier auf, der steif an der Drehtür des Cafés steht, in seinem Rücken eine großgewachsene Frau im dunklen Kostüm. Sie warten wohl auf einen freien Tisch, János streckt sein rechtes Bein von sich und entschuldigt sich gestenreich. Der Ägypter nickt finster, die Frau grinst verlegen. „Sie ist halb Wienerin, halb Orientalin", sagt János wie nebenbei, nimmt die *London Times* vom Tisch und verschwindet hinter der Papierfläche.

Ereifert sich Goma über János, dann äfft er die Comtessen nach, die sich den Mund über die Mitford zerreißen. Die englische Aristokratin war eine Plaudertasche, Hitler pflegte zu bemerken, wann immer er der Welt etwas mitteilen möchte, muß er es nur Fräulein Mitford gegenüber erwähnen. Für den Führer war Sport überaus wichtig, also lernte Unity mit dem Gewehr umgehen, reiten und schwimmen. Und daß sie sich mit Julius Streicher verbündete, hatte keinen anderen Zweck, als Hitler zu gefallen. Sie wollte Hitlers graue Eminenz werden und ihm beweisen, daß sie hinlänglich schrecklich ist. Für Streichers *Stürmer* verfaßte sie einen offenen Brief, forderte die Vernichtung aller Juden. Und ihrer Mutter schilderte sie, auf daß es in London bekannt werde, wie sie im schwarzen Mercedes Streichers durch die Nacht raste, alle Autos voller Männer in Uniform, alle offen und sie die einzige Frau, um auf dem Hesselberg auszusteigen und durch ein Spalier von fackeltragenden SA-Männern bis zum Rednerpult zu schreiten. *Meine verehrte Mutter, Sie müssen sich vorstellen, ich stehe mit Streicher im Schein der Fackeln, unter mir jubeln die Massen, Streicher liest meinen Brief vor, überreicht mir einen Blumenstrauß...* Sie träumte zu herrschen, wie einst die Comtesse May Torok von Szendro am Hof des Khedifen. In einer Sommernacht 1937 fühlte sie sich nahe am

Ziel: Eben wurde das deutsch-britische Flottenabkommen unterzeichnet.

Auch János verkehrte bei Streicher?

Goma fängt doch nur Gesprächsfetzen auf, böse Gerüchte! Streicher, der Sadist, der selbst die Männer von Frauen erpreßte, die einmal seine Geliebten gewesen waren, der Mann, der niemals ohne Peitsche in der Hand außer Haus ging. Sein *Stürmer* voll von finsteren Geschichten über jüdische Sexualverbrechen und Ritualmorde, Streicher bekannt für seine Sammlung pornographischer Bilder. Die soll er am Kaminherd durchgeblättert haben, die Fotos nackter Mädchen, die verhaftet und vor Gericht gestellt worden waren, wegen Verstoßes gegen das Nürnberger Rassengesetz.

Für Unity bedeutete Streicher Amüsement.

Die bösen Comtessen-Zungen!

Womit sonst sollte Unity sich ihre Zeit vertreiben?

Sie brüstete sich gern damit, auf Partys zu schocken, indem sie laut forderte, alle Juden zu verbrennen. Prahlte nach Röhms Ermordung, mit dem neuen SA-Führer ein Verhältnis zu haben. Erzählte, der Ärmste nehme stets, bevor er es ihr besorge, das Glasauge heraus. Und wie sie sich beim Lunch mit Hitler davor fürchtete, er könne in ihren Augen lesen, was sie in der Nacht zuvor mit dem SA-Führer trieb…

Einmal tobte in Bernstein ein heftiges Gewitter. Unity stand verträumt am Fenster, während draußen der Blitz einen Baum spaltete, ein furchterregender Anblick. *Oh ja,* sagte sie, *aber ich gehe mit dem Bild des Führers ins Bett, so fühle ich mich sicher.* Das erzählte Baron von Kottwitz, der Nazigegner.

Und János? Die Deutschen marschierten gerade gegen Polen, der Weltkrieg brach aus, da erschien ihm die Weiße Frau zum ersten und einzigen Mal. Daraufhin saß er mit Unity und Tom bis Mitternacht in der Bibliothek, die Engländerin besessen von Hitler, er von der Weißen Frau. Ihn erregen nur unverheiratete Frauen. Die Aufmärsche in Nürnberg faszinierten ihn eine Zeitlang, sowie man eine Zeitlang krank ist. Er bewunderte eine Bewegung, die solche Zeremonien zustande brachte, den alten Kaiserkrönungen ähnlich.

Verrückterweise mag János die Juden. Auf seinem Schreibtisch liegt die Jarmulke, die jüdische Kopfbedeckung, neben dem hebräischen Alphabet und den Büchern der Thora. In Debrecen ging er mit zwei Orthodoxen in die Schule, deren Vater ein Rabbi war und ihn in die Kabbala einweihte. János kann sich das Leiden anderer nicht vorstellen. In Bernstein lebten zwei jüdische Familien, mit den Mädchen und Buben hatten er und László als Kinder gespielt. Als ihre Kameraden nach Auschwitz deportiert wurden, rührte das János nicht, nach dem Krieg verschwand jede Erinnerung daran. Wie ein Wurm kann er sich teilen, jeder Teil lebt sein Leben. Ihm geht es nur darum, sich selbst in Szene zu setzen, einen ergebenen Kreis um sich zu scharen und Lob einzuheimsen. Er will seine Gäste beeindrucken.

Hana will all das nicht glauben, verscheucht Gomas Dschinn. Als sie János am Flughafen Al Maza wiedersieht, fragt sie ihn: „Sie versammeln in Bernstein einen astrologischen Kreis?"

Er deutet auf das Flugzeug, das sich eben in einem Looping dreht, die Maschine von László. „Abu Ramla erzählte von meinen Studien? Ich bin mit meinem Bruder geistig sehr verbunden. Meine Studien haben tiefgreifende Verbindungen zwischen Bernstein und Ägypten ans Tageslicht gefördert."

Mit ähnlichem Tonfall spricht László über seine Entdeckungen in der Wüste.

„Die Heraldik brachte mich auf die Spur", erklärt János, „mein Großvater stammte nicht aus der Gegend um Bernstein. Im Alter behagte ihm das Leben im ungarischen Flachland nicht mehr, so fuhr er die Berge ab und kaufte schließlich das österreichische Schloß als Alterssitz. Er ließ das Haus herrichten und brachte im großen Stiegenhaus die Wappen aller Besitzer des Schlosses an. Ich als sein Enkel mußte den Ariernachweis erbringen, das war bald besorgt, aber da ich Zeit hatte, begann ich den Stammbaum zu durchforsten, wie ein Affe auf einen *monkey puzzler* hinaufklettert."

Der *monkey puzzler* entlockt Hana ein herzliches Lachen. „Rudyard Kipling, eine reizende Geschichte, wirklich."

„Sie haben Kipling gelesen?"

„Er saß, allen behördlichen Anweisungen trotzend, rittlings auf der Kanone Zam-Zammah auf ihrem Ziegelsockel gegenüber dem alten Ajaib-Gher – dem Wunderhaus, wie die Eingeborenen das Museum von Lahore nannten."

„Sie haben genau im richtigen Tempo rezitiert, so langsam, wie man Kipling lesen muß!"

Hoch oben dreht sich Almásys Maschine, kommt im Sturzflug auf sie zu…

„Fräulein Hana, ist Ihnen nicht gut?" sagt János, „Sie sind so blaß!"

Mit Getöse schnellt das Flugzeug wieder in die Höhe.

János reicht Hana ein Glas, sie benetzt ihre Lippen mit Wasser.

„Erzählen Sie weiter", sagt Hana, „Sie waren den *monkey puzzler* hinaufgeklettert."

„Ich war also ziemlich oben angelangt und hatte den Popo voller Stacheln des *monkey puzzler*. Da fand ich, daß der erste Besitzer des Schlosses Bernstein ein Verwandter war, ein gewisser *Moczban de genere Akos*. Sein Wappen, das dem unseren gleicht, stammt aus dem Jahr 1199. Sie müssen wissen, das Bernsteiner Antimon-Bergwerk reicht bis auf die Bronzezeit zurück, und meine ersten Vorfahren auf Bernstein waren Templer, die auf eben diesem Bergwerk saßen und das kostbare Metall in den Orient exportierten. Bernstein eine Templerburg."

Sein Urahn ein Magister der Geheimkunst, und er, János, arbeitet auch am Tarot. Dem Templer war bekannt gewesen, was auch János neulich herausfand: Das Wissen über den kosmischen Urgrund aller Dinge ist in die Pyramide hineingebaut, in den hebräischen *Sepher Beraeshit* hineingeschrieben und im Tarotpack in 79 losen Blättern enthalten. *Sepher Beraeshit*. Auch Ralph Bagnold erwähnte die gnostische Schrift, den mythischen Autor, den die Griechen Hermes Trismegistos nannten, den Ahnen aller Alchimisten.

„Die Pyramide steht in Ägypten, die beiden anderen Quellen

waren auf Ur in Chaldäa. *Voilà tout!* Die Kosmogonie ist die Mutter aller Religionen."

János fragt vor sich hin, ob er der einzige heute lebende Mensch ist, der den Schlüssel zum kosmischen Urgrund aller Dinge besitzt. So wie sich sein Bruder in die Wüste wagt, um dem Sand und dem Wind die Geheimnisse des Ursprungs zu entreißen, wagt er sich an die gelehrten Rätsel. Wer stimmte nicht mit ihm überein, daß Shakespeare ein großer Zauberer war, doch auch ein beträchtlicher Schalk. Im *Sturm* treten lauter Personen mit italienischen Namen auf, die beiden übernatürlichen Wesen hingegen entstammen einem anderen Milieu: Prospero, der Magier, und Caliban, das Monster.

„Ich habe die Lösung gefunden."

János versteht sie als Sohn der hebräisch-afrikanischen Mystik. Shakespeare gab sich alle Mühe, seinen Caliban als Lehm-Mondmenschen zu charakterisieren, dessen Herr und Meister Prospero ihn aus Zauberbüchern die Sprache, das Feuermachen und Fischefangen lehrt. Caliban vergilt die Guttaten seines Herrn, indem er dessen Tochter vergewaltigen will und seinem Meister nach dem Leben trachtet. Shakespeare schrieb den *Sturm* im Jahre 1611, kurz vor seinem Tod, und 1609 war in Prag der hohe Rabbi Löw gestorben, ein großer Astrologe, Mystiker und Kabbalist, Schüler Tycho Brahes und Vertrauensmann Kaiser Rudolfs.

„Sie ahnen es, Templer, Alchimisten, die auf der Suche nach dem Stein der Weisen waren!"

Als in den letzten Dezennien des 16. Jahrhunderts in Prag eine Judenverfolgung einsetzte, stellte Rabbi Löw auf Geheiß von oben eine menschliche Figur aus Lehm her. Der Kabbalist kannte die Zahlengeheimnisse des Buches *Sepher Beraeshit*, so legte er dem Monster einen Pergamentstreifen in den Mund und erweckte es zum Leben: der Golem. Der Rabbi verwendete das Wesen dazu, die geheimen Pläne der Judengegner auszukundschaften, und tatsächlich wurde durch die Hilfe des Golem die Gefahr von der Judengemeinde abgewendet. Indes brachen die Hausleute das Gebot, den Golem nie zu privaten Zwecken zu verwenden, das Monster geriet außer Kontrolle, und Rabbi Löw mußte sein Geschöpf wieder enthauchen.

„Ganz zweifellos“, endet János, „ist Shakespeare die Golemsage vorgeschwebt, als er den *Sturm* schrieb. Und ich bin seit Shakespeare der erste, der den Schlüssel zum Rätsel des Caliban fand…“

Beim Fliegen ist man allein, denkt Hana. Allein auch in den Verwirrungen der Buchstaben, eine aristokratische Einsamkeit liegt in den Abenteuern des Lesens und Spekulierens. Lebt nicht János Almásy diesen anderen Wahn? Er teilt ihn mit seinem Bruder László, der von sich selbst besessen ist, wenn er im Cockpit die Gesetze der Schwerkraft herausfordert. Auch János scheint diese Selbstsucht zu nähren, da er geometrische Konstellationen, Wortstämme, Silbenwendungen in alten Büchern beschwört.

Hanas Gedanken schweifen zu Goma, dabei riecht sie an der Haut ihres Unterarms. Im Teenageralter wollte sie sich so im Küssen üben. In der Villa Girolamo atmete sie in ihre hohlen Hände, damit der Atem zu ihrer Nase zurückflutete. Und schlief unter der Statue im toskanischen Park, dem trauernden Engel, halb Mann, halb Frau, wunderschön…

Draußen auf der Terrasse sitzen Herrschaften unter gestreiften Markisen, in Korbsesseln…

„Ich bin müde. Ich möchte zurück nach Giza.“

Hana muß den britischen Klauen entrissen werden, das steht für Fräulein Grüner fest. Die Gouvernante tadelt sie, weil sie sich nicht bei ihr gemeldet hat. Hana erwähnt ihre Nervosität, die englischen Herrschaften machen mit ihrem Umzug nach Maadi ernst.

Noch am selben Abend läutet das Telefon ein zweites Mal, Fräulein Grüner bietet Hana die Stelle einer Gärtnerin im Palast des Kemal el Dine an. Die Witwe des Prinzen, Nimet-Allah Tewfik, zahlt das doppelte Gehalt, und Hana darf alle *englischen Freiheiten* genießen.

Der Reiz eines orientalischen Gartens im Stadtzentrum, auch die Nähe zu Goma kommt ihr in den Sinn. Allerdings will sie so lange bei den Engländern bleiben, bis die Kinder die britische Schule besuchen. „Überstürzen wir nichts“, sagt Fräulein Grüner überraschend unkonventionell, „kommen Sie erst einmal am Donnerstag als mein Gast. Es ist so trist im Haus geworden. Ich habe eine Party angesetzt. Taher Pascha und sein österreichischer Anhang werden ebenfalls dasein."

Hana wird im Land der Könige leben. Als ihr Taxi über die Qasr-an-Nil-Brücke fährt, fallen ihr die gewaltigen Pfeiler mit den Löwenfiguren auf. Die Straße führt weiter zum Midan al-Ismailia, von wo Hana an jedem Freitag die paar Schritte zum Ägyptischen Museum zu Fuß geht. Hier bei den Schlössern am Nil sieht man deutlicher als anderswo, wie sich die Europäer in Kairo breitmachen. Wo einst der Palast der Khedifentochter stand, von Lagunen umgeben, beherrschen jetzt die Kasernen das Bild der Uferpromenade, kammartige Gebäude, deren Höfe zum Nil hin offen sind und vor denen die britischen Truppen ihre täglichen Paraden abhalten. Dahinter sind Pferdestallungen, und an der südlichen Brückenseite erhebt sich das Semiramis-Hotel dreißig Meter in die Höhe, das *Hotel der Könige*. Der durchlaufende Balkon und die schlichte Fassade machen es zu einem Monument der technischen Zeit.

Am Boulevard Ismailia schließlich steht der Palast des Prinzen Kemal el Dine. Der italienische Architekt errichtete ihn für dessen Frau Nimet-Allah, die Schwester des abgedankten Khedifen. Ehe sie Kemal el Dine heiratete, war sie einem anderen Cousin zur Frau gegeben, sie blieb indes auch in der zweiten Ehe kinderlos.

Am Gartentor steht Fräulein Grüner Wache, empfängt jeden Ankömmling mit seltsamen Verwünschungen. „Eine Babyparty, wie geschmacklos! Wenn der Prinz noch lebte, wäre eine solche sittliche Verrohung nicht möglich."

Zum Amüsement ihrer Gäste wiederholt sie sich ständig, nennt Prinz Kemal den menschlich bedeutendsten Abkömmling der Mohammed-Ali-Dynastie, der sein Geld nicht in Bars und Nachtclubs der Riviera vergeudete und nicht in Paris, wie das etliche seiner Sippe mit Vorliebe tun.

Spielt das Fräulein eine einstudierte Rolle? Die Gäste sind als Babys verkleidet, und sie mimt mit gespenstischer Übertreibung, was sie doch zweifellos wirklich ist: die strenge Gouvernante. In ihrem grauen Kleid mit den roten Streifen wirkt sie noch hagerer.

Eine Babyparty, typisch, wie die Engländer ihre Zeit totschlagen. Handelt es sich um einen Streich der adeligen Nichten und Neffen, um eine britische Marotte? Hat am Ende gar Fräulein Grüner selbst Spaß an der Sache?

Die Ankömmlinge sitzen im Kinderwagen oder auf einem Esel, werden von unwilligen Kindermädchen begleitet. Aus den Fläschchen, die die sudanesischen Diener verteilen, fließt Champagner, und im Park tummelt man sich in Strampelhosen. Man trägt Häubchen und riesige Stoffwindeln um die Hüfte, hüpft und gibt quakende, lallende Laute von sich. Hinter den Büschen springen alte Männer hervor, eine Rute in der Hand, legen ein Baby-Mädchen übers Knie und verhauen es, die Damen fischen sich einen Burschen und drücken ihn an ihre Brust.

Prinzessin Nimet-Allah sitzt allein in einem Gartenpavillon. Ihr ernstes Gesicht hat etwas Einschüchterndes an sich, ihre Frisur läßt an eine Pariser Dame denken. Sie grüßt kurz und uninteressiert.

Als Hana auf László Almásy trifft, grinst der sardonisch. Abdul kann seine Aufgebrachtheit über die Party kaum verbergen, und Goma staunt, daß Hana hier in diesem Palast arbeiten soll, wo er dem Prinz so viele Jahre diente. Sie alle sind unkostümiert, auch János. Der hinkt den Kieselweg herauf, ein Häschenkinderpaar keuzt seinen Weg. Hinter der Babymaske erkennt Hana den jungen Offizier aus dem *Shepheards*.

„Herr Masary, ein Offizier der königlichen Armee", sagt Goma, und das großgewachsene Mädchen neben ihm sei Fräulein Grüners Tochter. Im Palast genoß sie von Kindheit an die Erziehung einer Prinzessin, verboten ist ihr nur, die Gouvernante als ihre Mutter anzusprechen. Sie kommt aus dem Nichts, eine Renegatin, die erst eine Familie erhält, wenn sie Rachman Masary heiratet. Der Offizier stammt zwar aus einfachen Verhältnissen, sein Vater indes genoß das Wohlwollen des Prinzen und studierte in Wien, so spricht der junge Mann deutsch. Prinzessin Nimet-Allah sorgte dafür, daß die Offiziersschule ihn aufnahm.

„Herr Masary und János Almásy mögen sich nicht?“ fragt Hana.

Goma nickt. „Bestimmt harmlos, aber für Rachman Masary ist er ein rotes Tuch.“

Hana hoffte, Fräulein Grüner auf der Terrasse zu treffen, die verborgene Mutter, die mit jedem Mal eine andere Person zu werden scheint. Dort doziert allerdings János vor einigen Paschas, unter ihnen Taher, der Junggeselle, über die Wüste und das Heer des Kambyses.

Ein Foto von Prinz Kemal el Dine kreist in der Runde, eine Erscheinung aus *Tausendundeiner Nacht*. Der Mann auf dem Bild strahlt eine animalische Eleganz aus. Obwohl von kleiner und schmaler Gestalt, erweckt er in Hana die Vorstellung eines Fürsten der Wüste. Zum hochgeschlossenen Zweireiher trägt er einen Tabusch, sein mächtiger Schnurrbart gleicht einer Trophäe.

„János berichtete von einem *Alam*“, sagt Taher Pascha, „Abu Ramla fand ihn in der Großen Sandsee und rechnet ihn dem Heer des Kambyses zu.“

„Alam ist ein Wegzeichen“, erklärt János, „Steinhaufen, seit jeher von Beduinen in der Wüste aufgestellt. Bevor eine Karawane aufbricht, wird ein Alam aufgestellt und die Fatha gebetet. Und wenn die Karawane ankommt, wird wieder ein Alam aufgestellt und wieder gebetet. Es gibt Stellen in der Wüste, wo immer wieder Menschen dem Tod entronnen sind, Tore des Todes, dort stehen Tausende von Alamaten. Man nennt sie *El Alamein*.“

Taher Pascha nickt mit traurigem Ausdruck.

„Bei El Alamein“, lächelt János, „brach sich der Ansturm der teutonischen Barbaren, als sie das heilige Misr überrennen wollten. Mein Tarot hat es übrigens die ganze Zeit über gewußt, daß El Alamein den Wendepunkt des afrikanischen Feldzuges und das Ende der Rommelhorde bedeuten müsse, obwohl ich kein General bin!“

Verärgert wendet sich Taher Pascha ab, und János genießt seinen Fauxpas. Hana macht sich davon.

Im roten Salon findet sie eine Menge junger Leute versammelt, aus einem Grammophon auf der Kommode tönt laute Opernmusik. Eben ruft aus dem Schalltrichter eine weibliche Stimme *Mohammed,* da stürzen die sudanesischen Diener zu Boden, und die Beys und Comtessen brechen in lautes Gelächter aus.

Die Diener in ihren weißen Gewändern, mit dem roten Gürtel und dem Tabusch, knien und zittern. Eine Baßstimme dröhnt jetzt, *mit mir, mit mir keine Nacht dir zu lang,* daraufhin pressen die Diener ihre Stirn auf den Boden und danken Allah. Almásy tritt hinter einem Paravant hervor, hebt den Tonarm von der Schallplatte, läßt die Frauenstimme noch einmal *Mohammed* rufen, die Diener verfallen erneut in religiösen Schrecken.

Amüsiert raucht Almásy seine Zigarette, das ausgelassene Kichern freut ihn.

„Kennen Sie den *Rosenkavalier*?" fragt er.

Hana bleibt stumm, mehr angewidert von der Szene als wütend.

„Im *Rosenkavalier* tritt der junge Geliebte der Feldmarschallin als Mädchen auf, das Bett steht für ihn und den lüsternen Baron bereit, doch sie werden ertappt, und die betrogene Feldmarschallin ruft ihren Diener, den Mohr, *Mohammed,* da stürzten sich die Sudanesen auf den Boden. Ich hatte ihnen nämlich erklärt, die Stimme des Propheten sei leibhaftig zu hören."

Hana läuft hinaus in den Garten. Noch ehe sie die Terrasse erreicht, holt er sie ein. „Eine Dummheit nur", sagt er. Almásy faßt sie am Arm, zieht seine Hand sofort wieder zurück, selbst mehr erschrocken als Hana.

Sie schaut erstaunt auf die Hand, die ihren Ärmel berührte, die befleckte. Almásy dreht sich um, verschwindet eiligen Schritts.

Drüben am Treppenaufgang steht Goma.

„Zeigen Sie mir den Palast?" bittet Hana.

„Ich muß hier warten, bis der Graf…"

„Allein verirre ich mich."

Hinter diesen weißen Mauern, den Erkern und holzvergitterten Fenstern diente Goma dem Prinzen Kemal el Dine. In der aus Mosaiken gezauberten Landschaft unter der Kuppel hörte er den

Springbrunnen wie eine Quelle im Gilf Kebir plätschern, und die kunstvollen Holzdecken waren sein Himmel über der Wüste. Die Holzfußböden waren seine Dünen, und die tausend kostbaren Gegenstände, die Schränke und kupferbeschlagenen Truhen seine Karawanen. Hier sah Goma die Scheichs der Oase, wenn sie auf den Bänken entlang der Wände saßen und Reiseberichten des Prinzen lauschten. Hier vernahm er das Flüstern der Frauen, die von ihren Haremslogen in der Galerie die Männer über zahllose Wandspiegel beobachteten.

Sie durchstreifen den Palast, die knarrenden Böden sind Winde, die sie begleiten. Das bleigefaßte Kirchenglas der Fenster ist ihre Safari, die prunkvollen Gemächer ihr Beduinenzelt. Sie betreten die Bibliothek, es ist still, als ob sie ins Leere fielen. Hana ist an die italienischen Bibliotheken erinnert, an die Bücher in den dunklen Regalen, die Atmosphäre von Vernunft und Bedachtsamkeit.

Ein gelbes Sofa sticht ihr ins Auge, der zerschlissene Samtbezug vergilbt. Die eleganten Seitenlehnen enden wie Kapitelle, man möchte meinen, man lasse sich in einem Blütenkelch nieder. Schon sitzt Hana auf dem Diwan, mit zauberhaftem Ausblick auf die Rabatten und Palmen. Sie lädt Goma ein, neben ihr Platz zu nehmen.

Zögernd nähert sich der Ägypter, weicht jedoch zurück, als sich Schritte nähern.

„Das Knarren muß uns nicht kümmern", sagt Hana.

Er gehorcht, doch gerade als er sich auf den Diwan setzt, geht die Tür auf, und Abdul erscheint. Goma springt auf.

Nur Sekunden dauert es, bis sich auch Hana aus dem gelben Diwan erhebt, und Abdul hervorpreßt, der Graf suche Goma. Nur Sekunden, über die Hana oftmals grübeln wird. Sie und Goma werden ihm durch den Palast bis zur Terrasse folgen, erschrocken von dem, was gerade in Abduls Gesicht vorging.

Erst viel später wird Hana das Gespenst benennen können, als sie Durrells *Mountolive* liest. Vielleicht wohnte Hana gerade dem Moment bei, da Abduls Verwandlung zum Scheich begann, aus tiefster Verletztheit, weil der Fellachensohn ihm die Frau raubt, die er selbst begehrt.

Ein Moslem ist ein Mann mit verschiedenen Anstrichen, und ein Pascha zeigt einem Europäer nur die oberste Farbschicht. Noch ist Abdul arm, aber eines Tages wird er in der Travestie eines pharaonischen Grabes wohnen, wie dieser Palast eine ist. Wird ein Mann mit kuriosem Geschmack sein, der Fassaden in ottomanisch-ägyptisch-gotischem Stil liebt. Skrupellos, weil ihn der Anblick Gomas neben Hana auf dem gelben Diwan getötet hat. Seine Gefühle werden sich wie Parfum von einem Zerstäuber versprühen lassen. Sein Herz eines mächtigen Mannes wird gefroren sein. Nicht nur wird er mit Salben den Körper frei von Haaren halten, ungerührt auf dem gelben Diwan Platz nehmen und mit dem Fliegenwedel Ungeziefer töten, sondern zur Peitsche greifen, sobald er verzagt ist, und sinnieren: *Oh Bedürfnis, dem so leicht abgeholfen werden kann durch einen, der sich dazu erzogen hat, Männer und Frauen als Fliegen zu betrachten.*

War es nicht Ralph Bagnold, der so über die orientalische Grausamkeit sprach? Um der feudalen Justiz des Kadi zu entgehen, hatten sich die Europäer vertraglich zusichern lassen, ihre Rechtsstreitigkeiten vor *Tribunaux Mixtes* abhandeln zu dürfen, europäischen Gerichtshöfen mit europäischen Richtern und Anwälten. Ein Richter des Sultan nämlich straft hart und häufig, ohne Fragen zu stellen, auf bloßes Hörensagen hin. Er läßt Leute stillschweigend verschwinden, zuweilen wieder auftauchen, verstümmelt, geblendet oder unwillig, über ihr Schicksal zu sprechen. *Wollen wir sehen, ob er singen kann?* lautet die Redensart, man sticht einem Kanarienvogel mit glühendem Draht die Augen aus, um dem Vogel süßere Töne zu entlocken.

Und doch wird Abdul einst als Scheich zur wöchentlichen Gebetszusammenkunft laden. Wird selbst bis drei Uhr morgens in Ergebenheit dem Rezitator zuhören, in das *Allah* einstimmen, mit dem die fromme Gesellschaft ihre Begeisterung über eine besonders schöne Passage der Schrift ausdrückt. Ob er so schrecklich ist wie sein Ruf, wird niemand je klären können. *Um einen solchen Menschen sammeln sich Legenden, denn er gehört mehr in die Legende denn ins Leben.* Wenn er von der Impotenz bedroht ist, steigt er hinab ins Gefängnis und befiehlt, zwei Mädchen vor seinen Augen zu Tode zu peitschen, währenddessen nötigt er ein drittes, mit den Lippen, der Zunge seine erlahmenden Kräfte zu stärken.

Jetzt geht er voraus, Hana und Goma folgen. Abdul ist wieder ganz der Student, Almásys Diener, seine langen Schritte erzeugen ein Geräusch, als schüttle jemand seine Galabiya.

Am Treppenaufgang bleibt Goma zurück, Hana und Abdul gehen zu den Wasserspielen weiter. Dort hält man Nachmittagsruhe, spielt Domino oder schlummert im Liegestuhl.

Aus dem Rosengarten erhebt sich eine blau gekachelte Terrasse, ein architektonisches Drama. An der Breitseite stehen triumphbogenförmige Pavillons, und in der Mitte führen Stufen in ein Becken, aus dem Fontänen sprühen. Zwischen den Korbmöbeln jonglieren die Diener Tabletts mit Kaffee und Erfrischungen, Baby-Kostümierte lassen die Füße ins Wasser baumeln, an den Tischen wedeln Schwarze mit Palmfächern Luft auf.

Unter den Badenden entdeckt Hana die Tochter von Fräulein Grüner. Almásy plaudert mit Taher Pascha, vom bösen Schalk ist ihm nichts mehr anzumerken, er lächelt Hana fromm zu, und Taher Pascha benimmt sich geradezu charmant.

„Mein Fräulein", sagt er, „vielleicht interessiert Sie unsere Originalausgabe von Napoleons *Description de l'Égypte*, sie ist im Besitz meines Cousins. Erst unlängst beehrte ihn John Knittel, der Schweizer Autor, der einige Jahre selbst eine Villa in Mataria bewohnte. Sein Roman *Abd-el-Kader* ist uns unvergessen, er brachte uns eine schöne Ausgabe mit, Büchergilde Gutenberg 1937, ein Juwel deutscher Buchbindekunst."

„Das Klima in Mataria ist für Europäer außerordentlich verträglich", sagt Almásy, „die trockene Wüstenluft."

Taher Pascha faltet die Hände, der Etikette entsprechend. „Meister Knittel interessiert sich für unser größtes Juwel, den Balsam. Er will ihn an eine Schweizer Apotheken-Kette verkaufen. Die Schriftstellerei verbindet die Höhen und Tiefen des Geistes mit einer gewissen Geschäftstüchtigkeit. Meister Knittel studierte die Reiseliteratur der letzten hundert Jahre und fand heraus, daß die meisten Ägypten-Reisenden wegen unseres Balsam-Gartens kamen, nicht weit vom Marienbaum in Mataria, ich führte ihn höchstpersönlich dorthin. Der Balsam ist das Geheimnis der Ägyptologie – sein Öl ein Heilmittel gegen sämtliche Krankheiten. Unter dem Balsamgarten liegt eine römische Siedlung begraben, ich habe die Reste selbst gesehen, und nicht weit davon finden sich pharaonische Reste, Obelisken … König Salomon soll den Balsam-Strauch nach Ägypten gebracht haben, aus der Wüste, Balsam ist ein arabisches Wort, das herausgefunden zu haben, darf ich als unseren bescheidenen Beitrag zur Wissenschaft der Ägyptologie bezeichnen."

Dann schickt er Hana und Almásy fort, er fühlt sich reif für ein Nickerchen.

Der Glanz eines Mentors läßt auch ein paar Strahlen auf den Geförderten fallen. Und so spricht Almásy von Kemal el Dine ehrfürchtig. Pathetisch erklärt er die Probleme der Libyschen Wüste als untrennbar mit zwei Namen verbunden: Gerhard Rohlfs und Kemal el Dine. Der eine, ein Deutscher, unternahm 1870 Expeditionen ins unerforschte Sandmeer, war stolz auf seinen Spiegelsextanten mit Glashorizont, sein Dollond-Fernglas, das Taschenchronometer von Kutter in Stuttgart, die Kisten aus Eisen für den Wasservorrat und die Karawane aus hundert Kamelen, die ihm der Khedife zur Verfügung gestellt hatte. Der andere, Prinz Kemal el Dine, ließ in den zwanziger Jahren die Citroën-Raupenschlepper von Kairo auslaufen, darunter einen Tankwagen mit 5000 Liter Wasser, einen Radiowagen, um die Zeitzeichen für die astronomischen Positionsbestimmungen zu empfangen, und einen Instrumentenwagen mit Astrolab, Zeiss-Theodolit und Kreiselkompaß.

Kemal el Dine, erzählt Almásy, der mit Hana in den hinteren Palastgarten spaziert, besaß ein ganzes Geschwader von Raupenschleppern. Seine Expeditionen waren Heereszüge. Ein Stab von gelehrten Geographen fuhr mit, ein Fußvolk von Chauffeuren und Dienern. Für jeden Bedarf war gesorgt, beinahe für Luxus, der Prinz persönlich saß am Volant des vordersten Autos.

Im Banne des Prinzen. Die hohe Stirn, die große scharfgekrümmte Nase, das energische Kinn, die funkelnden Augen, das Antlitz mit den tiefen Furchen, Zeichen eines Heiligen, der er für Almásy ist.

Der Heilige dieses Heiligen wiederum war Gerhard Rohlfs, der Abu Ballas entdeckt hatte, den antiken Felshügel aus irdenen Krügen. Im *Regenfeld* hatte der Deutsche sein wunderlichstes Forschererlebnis.

Almásy Augen sind weit offen, er spricht in den Garten hinaus. Wie Falken, die sich in die Lüfte erheben, erscheinen Hana seine Worte. „Prinz Kemal el Dine war 1922 der logische Thronerbe. Man behauptet, die Briten hätten ihn zum Thronverzicht bewogen, weil er dem abgedankten Khedifen treu geblieben war. Die Wahrheit um den Thronverzicht ist indes eine andere: Der Prinz, der bis zu seinem Lebensende den Titel *Sultanische Hoheit* behielt, war eine Forscherseele, er sammelte lieber Artefakte, als sich mit Staatsaffären zu beschäftigen."

Draußen in der Wüste herrscht der Aberglaube. Die Tierschädel und Hörner über dem Türstock schützen vor den Dämonen, auch die umgestülpten Tonkrüge auf den Dächern und die Amulette an Mensch und Tier. Die Handabdrücke auf den Wänden halten den bösen Blick ab, und die Weiber wissen Krankheiten durch Handauflegen zu heilen. Der Qibli, der heiße Südwind, ist ein schlechtes Omen, seitdem Kambyses mit einem riesigen Heer in die Wüste zog, und von alters her verkünden die heiligen Männer, es wird ein gelber Wind kommen, der alle Menschen tötet. Aus Angst davor verbargen sich seit Jahrtausenden die Wüstenbewohner samt ihren Schätzen, mauerten sie ein. Doch der Wind kam nicht von außen, und die Menschen starben mitsamt ihrem Gold.

„All die Volksmythen haben einen wahren Kern, der Prinz erkannte dies und studierte auch die Zahlenmystik der Sufis." Jedes Dorf in der Wüste ist ein strenges Gebilde, so manifestiert sich die Zahl Drei an den Außenwandfenstern der Lehmhäuser. Oder die Sieben und die Vierzig, das sind die astronomischen Zahlen der Babylonier und Juden.

Durch die Wüste geläutert, verschrieb sich der Prinz dem Bektashi-Orden, einer Sufi-Bruderschaft, die seinem orientalischen wie seinem europäischen Wesen entsprach. Seit dem 15. Jahrhundert hatten nämlich die Bektashi-Derwische die Janitscharen-Garnisonen bei ihren Kriegen begleitet und die Soldaten der Osmanischen Feldzüge geistig betreut. In Albanien ist der Orden noch heute lebendig, pflegt die Kabbala, Zahlensymbolik, Volksdichtung, Legenden von Heiligen, die Wunder vollbringen. Die Bektashi sind bekannt für ihre Witze, die bösen Scherze und den freizügigen Lebenswandel. Als Ehrenbruder des Ordens verfügte Kemal el Dine, seinen Leichnam zu verbrennen und in einer Gruft in den Mokattam-Bergen beizusetzen, dort wo die Derwische hausen.

Hana sitzt auf dem Rasen, Almásy lehnt an einem Maulbeerbaum, während er den Prinzen auferstehen läßt. Es ist heiß wie an einem Sommernachmittag. Für Almásy sind Vergangenheit und Gegenwart eins, darin erweist er sich als ein Orientale.

1932, in diesem Palast hier, Kemal el Dine spricht französisch, *ah, les calculations de Rohlfs … à propos Regenfeld*, erhebt sich mühsam aus seinem Lehnstuhl und tastet nach den Krücken, wehrt Almásys Versuch ab, ihm zu helfen. Nach dem Wundbrand mußte sein linkes Bein amputiert werden, nur langsam bewegt er seine Prothese durch den Raum. Draußen flimmert die Nachmittagsglut, aber in der großen Empfangshalle ist es halbdunkel und kühl, das Wasser des Springbrunnens plätschert. Der Prinz klatscht in die Hände, ein weiß gekleideter Sudanese taucht auf, dreh mir die Lichter in den Glasschränken an. Der Prinz entnimmt der Vitrine ein blau liniertes Quartpapier, das Rohlfs-Dokument von Regenfeld, *Regenfeld, den 5. Februar 1874. Rohlfs, Zittel, Jordan!*

Kemal el Dine wechselt ins Deutsche. „Kommen Sie, Graf, setzen wir uns, ich werde Ihnen erzählen, wie ich das gefunden habe…“

In den zwanziger Jahren rüstete Kemal el Dine eine Expedition aus, um Abu Ballas und die Rohlfsschen Alam im Regenfeld zu finden, André Citroën gab ihm seinen Chefmonteur mit, der den umgebauten Raupenschlepper betreute. Nach vielen Irrungen stieß der Prinz auf die Steinpyramide, unter der Rohlfs die Flasche mit dem Papier hinterlegt hatte, ließ eine Abschrift des Dokuments anfertigen und nahm das Original nach Quasr an-Nil mit.

„Weiß die wissenschaftliche Welt davon, daß Seine Hoheit das Rohlfssche Dokument gefunden hat?" fragt Almásy.

„Ich glaube kaum. Warum wollen Sie, lieber Graf, nicht über meine Regenfeld-Expedition schreiben? Es stand geschrieben, daß ich selbst die Forschungsarbeit wegen dem da aufgeben muß." Der Prinz klopft auf seine Prothese. „Vielleicht hat der Allgütige deshalb Sie, lieber Graf, zu mir geschickt, weil meine Arbeit in der Wüste noch nicht vollendet ist. Ihre Flügel werden mir mein Bein ersetzen, mein Freund!"

Eine seltsame Scheu vor dem Publizieren beherrscht Kemal el Dine. Seine wenigen und dünnen Broschüren erscheinen fast im verborgenen, werden wie Orden verliehen.

Dann, 1933, stirbt der Prinz plötzlich, Almásy kann ihn nicht über das unendliche Sandmeer tragen.

„Das Schicksal ist unerbittlich wie die Wüste selbst", sagt Almásy zu Hana in pathetischem Tonfall, „warum muß es gerade die Besten treffen?"

Weit draußen, am Rand des Dünenmeers, steht eine Steinpyramide, die eine Flasche birgt, *Allah allein weiß, wer einst meine Schriftzüge in der Hand halten wird…*

Hana schüttelt den Kopf. Ein Windhauch macht die Blätter rascheln, und drüben bei den Wasserspielen wird das Treiben lauter.

Almásys Gedanken bleiben in der Libyschen Wüste, im Jahr 1933, *seinem* Jahr, den *good old days*, als er während der Zarzura-Expedition seinen Chronisten Dr. Bermann zu einem Abstecher nach Regenfeld überredete.

Je näher sie dem Ort kommen, umso eigenartiger wird das Licht. Die Rundungen der Sandwellen, *ich sehe es noch immer deutlich*, sind vom Dünenboden aus kaum zu erkennen, die Formen verschwimmen fahl ineinander. Er schiebt die Sonnenbrille hoch. Der

Himmel ist grau, verhangen, wie ihn die Wüste kaum kennt, zu beiden Seiten die gelbe Wand der Sanddüne. Dann endlich härterer Boden, schließlich kaum verwehte Radspuren ... Prinz Kemal el Dine, als habe die Hand des großen Toten in Almásys Lenkrad gegriffen. Rasch ein Foto der Raupenschlepper-Abdrücke des Prinzen aus dem Jahr 1924. *Seltsam, gegen Osten liegen keine weiteren Dünenzüge mehr, nur eine graubraune Ebene, Felsbrocken, Steinhalden, und dort ein Alam ..., die Steinpyramide von Regenfeld. Das weiße Flaschenetikett, ein rotes Siegel mit dem prinzlichen Wappen ..., stumm gräbt Goma unter den Steinen, reicht Almásy die Flasche, sinkt mit der Stirn zu Boden, das Totengebet ..., noch vor einem Jahr stand Goma im Dienst des Prinzen, den er überaus liebte.* Almásy nimmt die Flasche an sich, wird sie ungeöffnet König Fuad überreichen, hinterlegt eine neue Abschrift von Rohlfs' Dokument, eine Gedenkschrift für den Prinzen und einen Bericht über seine eigene Fahrt. Inmitten der Einsamkeit das Zeichen des Gedenkens an einen Einsamen. Es ist etwas merkwürdig Unheimliches um diesen Ort. Ein leises rauschendes Rieseln setzt ein, Regentropfen fallen aus dem grauen Himmel. *Regenfeld* nannte Rohlfs diesen Ort, an dem er in einer Regennacht des Jahres 1874 den Entschluß zur Aufgabe seines Vormarsches nach Westen gefaßt hatte. Jetzt, nach neunundfünfzig Jahren, wiederholt sich die gleiche Naturerscheinung, wie noch an keiner Stelle der Libyschen Wüste. Almásy wird weiterziehen, die Höhle der Schwimmer entdecken, das Rätsel um Zarzura lösen, die Oase der kleinen Vögel ...

Zarzura, jenes Hirngespinst, es gleicht einem Brunnenboden, wo sich das Wasser sammelt.

„Almásy lebt immer noch damals", sagt Hana.

Auf die Idee, im Gilf Kebir nach der Oase Zarzura zu suchen, kam niemand anderer als er. Prinz Kemal el Dine hatte dem fernen Gebirge inmitten der Wüste den Namen gegeben. Und nun schrieben sie das Jahr 1930. Wie viele Sehnsuchtskranke kam Almásy in Richard Bermanns Zimmer in Wien, fragte ihn, ob er mit ihm Zarzura finden wolle. Er hatte Bermanns Buch über die Suche nach dem Dorado gelesen, nach verschollenen, phantastischen Tempelstädten. Träume galten Almásy, dem Freudianer, alles, wogen schwerer als Herkunft und Überzeugung, und so ging er zu Bermann, dem Juden und Sozialisten, der wie er selbst den Mythen um das Verlorene hinterherjagte. Kurz vor Almásys Besuch war Bermann im Sudan gewesen, hatte eine romantische Abenteuergeschichte über einen duldenden Helden geschrieben, der inzwischen sein Freund war und von dem er zu schwärmen wußte: Sir Rudolf Freiherr von Slatin Pascha, ein Österreicher, der im Sudan eine ägyptische Armee gegen die Sufi-Bruderschaft der Mahdisten befehligt hatte. Der von halbnackten Derwischen gefangengenommen worden und zwölf Jahre Sklave des Mahdi gewesen war, des Führers der abergläubischen Mystiker. Der quer durch die Wüste entkommen war und 1882 mit Lord Kitcheners Heer in den Sudan zurückgekehrt, daraufhin dort über Jahrzehnte Generalkommissar gewesen war. Ein verdienstvoller Mann für die Angelegenheit der Eingeborenen. Im Ersten Weltkrieg weigerte er sich, im Orient ein deutsches Heer gegen die Engländer zu führen, und ging nach Österreich zurück.

„Finden wir Zarzura!" sagte also Almásy zu Bermann, „auch wenn es wahrscheinlich nichts als ein brackiger Brunnen zwischen etwas Gestrüpp ist. Was läge daran?"

Im Winter 1931 wurde nichts aus der Suche, dann erklärten die Wiener Freunde Almásy für wahnsinnig, weil er mit der lächerlich kleinen *Motte* im Hochsommer über Land nach Ägypten flog und mit seinem Freund Graf Ferdinand Zichy über Syrien abstürzte.

Zu jener Zeit hielt sich Bermann als Sonderkorrespondent des *Berliner Tageblattes* am Amazonas auf. Und Almásy brach mit Patrick Clayton, Penderel und dem Ehepaar Clayton East zur ersten Zarzura-Expedition auf.

Als Bermann zu Ostern 1932 vom Amazonas nach Wien zurückkehrte, fand er eine Ansichtskarte Almásys aus Kairo vor, die eine Sanddüne und ein Kamel zeigte. Eine Depesche in der *Times* berichtete, daß die Almásy-Clayton-Expedition aus der Luft eine unbekannte Oase gesichtet hatte.

Nach dem Tod seiner beiden Mentoren Kemal el Dine und Sir Robert Clayton East hatte Almásy große Schwierigkeiten, eine zweite Zarzura-Expedition zu finanzieren. Er wollte mit dem Auto in die unentdeckten Täler des Gilf Kebir, ihm fehlte aber das Geld für die Ausrüstung. Patrick Clayton, sein ewiger Kollege und Kontrahent, erklärte dem Direktor des Kartographischen Instituts, Almásy hätte den Plan aufgegeben, das Werk von Prinz Kemal el Dine zu vollenden. Und Lady Dorothy Clayton East sprach bei Hassanein Pascha vor, der als Wüstenpionier ein gewichtiges Wort zu sagen hatte. Schließlich erteilte die Kommission Patrick Clayton den Auftrag, das Gilf Kebir zu vermessen.

Später sollte Dorothy Clayton East vor der Geographischen Gesellschaft in London aussagen, Hassanein Pascha sei es gewesen, der sie aufgefordert habe, die Arbeit ihres verstorbenen Mannes fortzuführen, er habe ihr Patrick Clayton als Kartographen empfohlen. Sie hatte Patrick Claytons Behauptung vertraut, Almásy kehre nicht mehr nach Ägypten zurück.

Tatsächlich hielt sich der im Jänner 1933 in Wien auf, um Sponsoren für seine Expedition zu finden. Richard Bermann war gerade aus politischen Gründen vom *Berliner Tageblatt* entlassen worden und nach Wien geflüchtet. Noch in Berlin hatte er die Unterstützung eines Bankiers erreicht, der einen kleinen Beitrag zur Verfügung stellte, und eine Filmgesellschaft zahlte einen Vorschuß für einen Expeditionsfilm, den Hans Casparius drehen sollte. Casparius war von jüdischer Herkunft wie Bermann, der die Expedition als Chronist begleitete. Casparius sollte von Zarzura nicht mehr nach Berlin zurückkehren und nicht wie Bermann nach Wien übersiedeln, sondern in die englische Emigration flüchten.

Da kam ich, so Bermann, *im Frühjahr 1933 in Kairo an und besah im Hotel den kühnen Entdeckungsreisenden im Spiegel, fand die Rolle merkwürdig besetzt. Demnächst fünfzig Jahre alt, körperlich von jeher in zweifelhafter Verfassung, in diesem Jahr gar nicht in Form und mit allerlei Beschwerden, die ich vor mir geheimhielt. Die Nerven seit den letzten Ereignissen in Deutschland beim Teufel; meine alte Elastizität davon, von Optimismus keine Spur. Was suche ich also in den unentdeckten Teilen der Libyschen Wüste? Ich habe eine Antwort darauf: den Kopf in den Sand stecken. Ich trete diese wildeste, abenteuerlichste, gefährlichste meiner vielen Reisen an und weiß, daß es eine Flucht vor den unerträglich gewordenen politischen Verhältnissen in Mitteleuropa ist, vor den Nachrichten, vor den Ereignissen, vor der beruflichen Situation eines jüdischen Schriftstellers, hinter dem die deutsche geistige Welt zusammenkracht wie ein morsches Gebäude.*

Almásy war jedermanns Freund, und er verriet jeden. Er entschloß sich, ohne Auftrag des Kartographischen Instituts in die Wüste zu gehen. Litt darunter, daß die *Fürsten der Katheder* ihn als Dilettanten mißachteten. Er war besessen von sich selbst und doch pflegte er das Gastrecht der Wüste. Hitler ergriff eben die Macht. Für Bermann endete die Welt, in der er gelebt hatte. *Ich gehe in die Wüste und werde, freiwillig, ungeheure Ereignisse nicht miterleben, ich fühle, hier könnte ich bleiben, warum jemals wieder in das Weltgetümmel zurück?*

Die englische Armee kannte Almásys Fähigkeiten und stellte ihm Wing Commander Hubert S. Penderel ab, einen exzellenten Flieger. Als Vermesser begleitete der junge ungarische Geograph Dr. László Kádár die Expedition. Als Lady Clayton East in Kairo Almásy begegnete, behandelte sie ihn kalt. Vor seiner Abfahrt besuchte er daher Professor Caporiacco, einen italienischen Zoologen, erzählte ihm von Patrick Claytons Gegnerschaft zu Mussolini, dessen Truppen die Oase Kufra besetzt hielten.

Die beiden Expeditionen brachen im Wettstreit auf.

Bermanns Gebrechen hielten den kränkelnden Schriftsteller nicht von den beschwerlichen Abenteuern im Gilf Kebir ab. Und wenn er auch auf dem notdürftigen Krankenbett lag, von Ruhr und Herzschwäche geplagt, wußte sein kritischer Geist Almásys Euphorie geschickt zu steuern. Für Casparius posierte er in der Wüste, sein kugeliger Körper auf zwei dünnen Beinen, seine runden Backen und die vorstehenden Zähne. Ein alternder Mann, der wie ein Lausbub grinst. Der Tropenhelm, die dunkle Lederjacke, die knielange Hose, der Spazierstock. Einmal steht er im Schritt, als wäre ihm etwas in die Hose gegangen, sein kauziger Schatten weist in die unendliche Sandebene hinaus. Auf einem anderen liegt er ausgestreckt am Fuß einer Düne, der Helm neben ihm. Ein Oliver Hardy der Sahara. Casparius und er trieben einen Aufwand wie in einem amerikanischen Studio.

Erst in der Wüste erinnerte sich Dorothy Clayton East ihres Mannes, der warmherzige Gefühle für Almásy gehegt hatte. Sie hinterließ an einem Wasserdepot eine Flaschenpost, in der sie sich entschuldigte. Im Grunde tat es ihr vor allem leid, mit Patrick Clayton gegangen zu sein, ihr war bald klar geworden, sie hatte auf das falsche Pferd gesetzt. Die Italiener versagten nämlich Patrick Clayton die Zufahrt nach Kufra, er hätte riskiert, inhaftiert zu werden, und mußte seine Expedition abbrechen. Almásy pflegte ein herzliches Verhältnis zu den italienischen Offizieren und tankte in Kufra Wasser und Benzin.

Richard Bermann beherrschte die Kunst der Anekdote und genoß dafür Almásys Bewunderung. Er zelebrierte kauzige Formulierungen, ironische Liebeserklärungen. *Den Kameraden vom Gongoi-Club gewidmet,* schrieb er, Gongoi, der Wegelagerer, der räuberische Beduine. Den Piraten der Wüste. Den Sehnsuchtskranken, Wanderlustigen, Reisenden, die nach den verborgenen Märchen der Wüste jagen. Sie besaßen nur mehr diese *eine* Leidenschaft, diesen *einen* Lebenszweck. Draußen in der Wüste wurde es unerheblich für sie, ob man als sozialistischer Schriftsteller und Jude von den Nazis verfolgt wird oder ein Nazi, aber Sportsmann ist. Allah war nicht verpflichtet, bei den Dingen, die er auf dieser Welt vor sich gehen ließ, gerecht zu sein.

Das unerhörte Heldentum aus Müdigkeit und Schwäche. Man brach gemeinsam auf, zitierte fieberhaft die Verse der arabischen Chronisten, *geh in die Stadt, die wie eine weiße Taube ist, öffne das Tor, du wirst viel Reichtum finden, und im Palast schlafen der König und die Königin den Schlaf der Verzauberten, geh nicht in ihre Nähe, sondern nimm nur den Schatz!*

Ihr Fernweh.

Almásy kränkte die geringste Mißachtung. Jeder Idee gab er sich fanatisch hin. War damals aus dem Ersten Weltkrieg gekommen, der waghalsige Schütze und Flieger, seinem Kaiser Karl ergeben. Der Familie war schon 1848 der Adelstitel aberkannt worden, aber er fühlte sich als seiner k. u. k. Majestät Gefolgsmann, hatte 1921 das Auto des abgedankten Kaisers Karl bei seinem Versuch chauffiert, in Ungarn wieder an die Regierung zu kommen. Es hatte nur ein beiläufiges *Herr Graf* gebraucht, das Karl zum jungen Mann am Steuer sagte, und von da an war für Almásy festgestanden, daß er sich Graf nennen konnte, daß er ein Graf ist.

Abends, nach dem Essen am Lagerfeuer, hielt Almásy Vorträge über den Krieg. Forderte die Ausrottung der Menschheit, nur die Bauern sollten seiner Ansicht nach überleben, und nach dem Inferno wollte er als Robinson in den Trümmern sitzen und Höhlenzeichnungen von Autos und Flugzeugen anfertigen. Bermann dachte an Selbstmord, Almásy bedauerte das klägliche wissenschaftliche Weltbild des Abendlandes, das nur Bazillen, die unter dem Mikroskop sichtbar werden, die Anerkennung schenkt. Hat man nur einmal 24 Stunden in der Wüste verbracht, gehen einem die Augen auf, sagte er, und man weiß, daß hinter jedem Felsblock ein Afrit sitzt.

Der Fotograf Casparius schüttelte unverständig den Kopf. Almásy haßte Casparius längst, weil der mit Bermann turtelte. Von nun an waren Casparius' große gelbe Pantoffeln das Ziel seiner Angriffe, auch die Fotos, von denen sich Casparius auch in der Wüste nicht hatte trennen können, Aufnahmen aus Kanada, Alaska, Marokko, Westafrika.

Nach der Expedition strich Almásy den Fotografen aus seinem Gedächtnis. Er erwähnte den Nebenbuhler in seinem Buch nicht ein einziges Mal. Verlor kein Wort, daß Casparius die Fotos gemacht hatte.

Ich bin ja selbst eine Vergangenheitskranke, sagt sich Hana nachts im Bett, warum sonst wäre ich meinem Vater in die Alte Welt gefolgt? Und warum sonst bin ich, statt zurückzukehren, in eine noch ältere gegangen.

Eines nicht fernen Tages, wenn es auf der Suche nach dem Kambyses-Heer hinausgeht in die Große Sandsee, wird Hana helfen, das Flugzeug zu manövrieren. Almásy wird dreißig Meter über der Ebene fliegen, und Hana zur Orientierung auf die Autospuren im Sand starren. Sie wird bei der Landung in der Wildnis eine Rauchbombe, den Tropenhelm und die Fliegerhaube abwerfen, um die Flughöhe abzuschätzen. Oder sich auf dem notdürftig abgesteckten Rollfeld des Basislagers mit den anderen in einer Reihe aufstellen, um für Almásy ein mobiles Maß darzustellen. Wird in den Co-Pilotensitz klettern, sich festschnallen, über das Telefon das *Alles in Ordnung?* wechseln. Das Aufheulen des Motors hören, bange hoffen, daß die Räder nicht in der dünnen Oberflächenkruste des Sandes einbrechen. Wird schließlich das Dünenband unter sich ausnehmen, die steilen Kuppen, deren schwarze Schlagschatten das leuchtende Orangerot der Hänge unterbrechen. Ein Panorama von einer gleichmäßigen Schönheit ausmachen, die durch die Rückstrahlung des Lichts schon nach kurzer Zeit die Augen schmerzt und – trotz der Brillen – Tränen fließen läßt.

Sie wird es tun und eine von denen werden, die in der Wüste die verlorene Zeit zurückholen.

Bis zum Winter freilich ist eine Expedition in die Sandsee undenkbar. Bis dahin arbeitet Almásy unentlohnt an der Kartensammlung des Wüsteninstituts, hofft, seine deutsche Vergangenheit vergessen zu machen. Das Angebot, eine Flug- und Auto-Rallye zu organisieren, kam ihm gerade recht.

Hanas Gepäck steht für den Umzug nach Quasr an-Nil bereit. Seit Tagen fährt sie mit der Tramway bis zum Mena House Hotel, nimmt von dort eine Pferdekutsche, der Beduine macht ihr täglich einen besseren Preis. Ehe die Paschas mit ihren Familien in die Residenz am Meer übersiedeln, wollen sie sich mit einem Spektakel von Kairo verabschieden. Unweit der Pyramiden errichtet Almásy das Flugfeld für die Rallye, steckt mit Kanistern eine Landebahn ab, ganz so, wie er es draußen in der Wüste zu tun pflegt. Unter einer gewaltigen Plane stellt man eine Tribüne auf, dahinter kleinere Zelte.

Almásy und Goma liegen unter einer Karosse, in verschmierten Monturen. Sie sind unansprechbar, bauen einen Motor aus, wechseln eine Getriebewelle, reparieren eine defekte Ölpumpe. Am Fuß der Sphinx lagern junge Leute bei einem Picknick, und auf den umliegenden Sandkuppen graben vermummte Gestalten nach antiken Schätzen.

Sobald Hana in der sackförmigen Montur verschwindet und die Kappe tief in die Stirn zieht, wird Almásy gesprächig. Er überhäuft sie mit Abhandlungen über Propeller, Wellen, Kugellager und Bremszüge. Da ihre Hände ölverschmiert und rauh werden, scheut er keine Berührung.

Hana lackiert das Flugzeug, mit dem er einst nach Zarzura aufbrach, Almásys *Gipsy Moth*. Ein Auto kommt die Anhöhe herauf, das Hupen wird lauter. Noch ehe der Lenker aussteigt, hört Hana die italienischen Grüße, Sätze überschwenglicher Freude. Im Automobil Club gab man dem Fremden Auskunft, wo Almasy zu finden ist. Wie leid es ihm tut, den Freund nicht umarmen zu können, die ölverschmierte Montur, sein heller Anzug.

„Graf Ludovico di Caporiacco."

Sein Haar ist noch voll, ein dichter Schopf, nur die Schläfen sind ergraut. Die Komplimente an den großen Ungarn brechen nicht ab. Caporiacco wirkt nicht devot und nicht arrogant. Er nimmt seinen Hut nicht ab, als er Hana die Hand küßt, kratzt seinen blonden Kinnbart und strahlt eine sympathische Selbstsicherheit aus.

Wenn nicht kühl, dann doch zurückhaltend stellt Almásy den Grafen Caporiacco als den Zoologen vor, der in eben jenem Jahr 1933 eine Expedition im Uwenat-Gebirge leitete, gerade während der Zarzura Club vom Gilf Kebir aus in den Süden fuhr und dort auf Caporiaccos Vermessungstrupp stieß.

„In dieser Steinwüste tranken wir miteinander Rotwein", lächelt Caporiacco, „es war unerträglich heiß, aber gemütlich."

„Ich liebte den Wein in meinem toskanischen Bergstädtchen", sagt Hana.

„Sie leben in Italien?"

Da Hana von den alliierten Truppen spricht, zieht Caporiacco die Brauen hoch, ein Ausdruck von Widerwillen tritt in sein Gesicht. „Wir haben unserem Vaterland gedient", sagt er.

„Die Italiener", meint Almásy beflissen, „behandelten die aufständischen Senussi-Rebellen nicht nur gerecht, sondern verwirklichten in der Cyrenaika einen vorbildhaft neuen Kolonialismus mit Maß und menschlichem Antlitz."

„Im Uwenat-Gebirge", unterbricht Hana, „fanden Sie doch die prächtigen Höhlenbilder?"

„Wie aufmerksam", nimmt Almásy den Faden auf, „nach meinem Fund der Wandmalereien ließ Professor Caporiacco seine italienischen Soldaten in die umliegenden Höhlen ausschweifen. Auch Bermann wußte zu schätzen, daß der Professor im ritterlichen Impuls die Botschaft an Mussolini schickte, mir und nicht ihm stehe der Ruhm zu, die urzeitlichen Kunstwerke entdeckt zu haben."

Caporiacco räuspert sich, eine peinliche Stille macht sich breit.

Die beiden Männer ziehen sich ins Zelt zurück. Durch die dünne Baumwollwand kann Hana ihren Disput deutlich verstehen, die Atmosphäre ist geladen. Das Gespräch dreht sich um Kufra, die Oase, die Almásy auf der ersten Zarzura-Expedition besuchte. Während der Nacht kopierte damals der italienische Kommandant Almásys Unterlagen und schickte sie an die militärische Abwehr. Man hielt den Ungarn für einen englischen Spion, der einen Weg für schweres Militärgerät durch den Gilf Kebir auskundschaftet. Erneut kommt die Rede auf gewisse Namen in den kopierten Unterlagen von Kufra.

Hierauf dringt nur noch Flüstern aus dem Zelt, bis Almásy und Caporiacco wieder ins Freie kommen, beide übertrieben korrekt, als hätten sie ein Tête-à-tête zu verbergen.

„Ich war lange Jahre nicht in der Wüste", sagt Caporiacco, „László versprach mir, mich in die Große Sandsee mitzunehmen ..." Er hat eine Flasche Whiskey und Gläser in den Händen.

„Kambyses?" fragt Hana.

„Das letzte Rätsel ... Draußen in der Ödnis stellt sich unweigerlich die Ahnung vom Anbeginn der Menschheit ein."

Die Luft flimmert schon, sie nehmen im Schatten der Flügelfläche Platz. In Almásys Gesicht ist eine Müdigkeit, die er seit ihrer Begegnung in Rom vor Hana zu verbergen verstand. Caporiacco hingegen ist heiter, läßt verspielt Sand aus dem Handteller rieseln, läßt kleine Anzüglichkeiten über Goma fallen.

In wenigen Tagen wird die Rallye starten. Von Sakkara werden die Automobilisten bis hierher über den Sand rasen. Wo die Autos einlangen, werden Spaliere von prächtig geschmückten Pferden und Kamelen warten. Die Piloten in ihren Ledermänteln und Ohrkappen werden in ein Flugzeug wechseln, ein Looping über der Pyramide wagen, einen Tiefflug über der Muhammed-Ali-Moschee. Und die Vergnügungen der Nacht werden nicht enden wollen.

Die flirrende Luft im Juli, das Kreischen der Tramway, die heißen Winde, die den Sand aufwirbeln. Zwischen den Minaretten flattern die Taubenschwärme auf, sonst scheint alles Leben gewichen. Weiße Tücher verhängen die Hausboote auf dem Nil, die Jalousien sind geschlossen, die Straßen leer.

Fräulein Grüner überdauert den Sommer am Meer. Almásy ist in Salzburg, das zur britisch besetzten Zone des wiedergegründeten Österreich gehört. Die Russen, in deren Besatzungszone Bernstein liegt, fürchtet er mehr als jede Krankheit.

Hana und Goma bleiben in Kairo.

Vom islamischen Viertel kennt Hana nur den Khan-el-Khalili-Bazar. Fräulein Grüner gibt sich dort gern dem Feilschen hin, ein erregendes Vergnügen, das sie jeden Donnerstag pflegt. Hana möchte zu den Lehmbauten, Moscheen und Badehäusern der Fatimidenstadt, wo die Angst vor der Wüste wohnt. Sie will die Welt der Heiligen und Dschinns sehen, will der Demut und Kälte gegenüber dem Leib begegnen.

Von Zamalek fährt die Tramway bis zum Aquädukt, das die Fatimidenstadt vom modernen Kairo trennt. Die frankophilen Kopten, erklärt Goma, vermeiden es strikt, arabisch zu sprechen. An der Rue Rossi kaufte Kemal el Dines Schwester das Haus des Moise de Cattaui Pascha. Sie war eine Dichterin und verehrte Edmond

Jabes, der dann in den dreißiger Jahren in dieser Villa die Enkeltochter des jüdischen Bankiers heiratete.

„Die Cattauis kommen aus Ungarn."

Gebildete Leute. Verheirateten ihre Söhne mit Rabbi-Töchtern aus Jerusalem, um sich im orientalischen Judentum zu verwurzeln. Ein Cattaui gründete die Nationalbank Ägyptens, und seit den Tagen des Khedifen dienten die Cattauis als Senatoren, hatten als Minister unter König Fuad großen Anteil an der Verwestlichung Kairos. Ihrem Habsburgerkaiser blieben sie treu, solange der ein Reich besaß, betrieben bis zum Ersten Weltkrieg die Stärkung des österreichischen Einflusses in Ägypten. Ein Cattaui gab das Grundstück für die Errichtung des Kronprinz-Rudolf-Hospitals, das 1888 zu Franz Josephs vierzigstem Thronjubiläum eröffnet wurde. Und endlich, dreiundzwanzig Jahre später, erhielt Moise Cattaui Pascha, Präsident der österreichisch-ungarischen Kolonie, den lang ersehnten Adelsbrief, durfte sich von nun an Moise von Cattaui nennen. Nach dem Ersten Weltkrieg entwickelten sie eine britische Neigung, gründeten eine Bank in London und eine in Paris.

Vom Aquädukt sieht man bis zu den steilen Wänden der Mokattam-Berge, fernab des Nils liegt die arabische Stadt mit den hohen Palmen und Minaretten. Als betrete sie einen Bienenstock, kommt es Hana vor, da sie in die engen Straßen einbiegen, die verwinkelten Sackgassen, bewegt sie sich im Kreis? Ausgebleichte Wände, geduckte Lehmhäuser, Schild gegen Sonne und Wind. Veranden und Erker. Hinter den Holzgittern mögen Frauen das Treiben auf der Straße beobachten. Die schreienden Händler, Straßensprenger, Schreiber, Klageweiber und die Bedauernswerten, die an den Gliedern und im Gesicht entstellt sind. Die Kamele, Ziegen, Katzen, eine Arche Noah im Staub, eine Welt der unverschämten Farben, von betörender Schönheit und bestürzender Armut. Das Schwarz der verschleierten Frauen, das Weiß der Turbane, das Rot der Mäntel, die gestreiften Markisen der Kaufläden, die bunten Obststände, die Körbe mit den gefleckten Hühnern, die verrauchten Gewölbe der Kupferschmiede, die blauen Jadekugeln gegen den bösen Blick.

Von Goma ist jede künstliche Gespreiztheit abgefallen. Am Brunnen neben der Sultan-Hassan-Moschee schlürft Hana Wasser, obwohl sie weiß, daß es kaum trinkbar ist. Die Hitze macht demütig, und die Demut der Schicksalsgläubigen ist wie eine ansteckende Krankheit.

Schließlich treffen sie in einer der Gassen auf einen Verwandten Gomas. Der Bader ladet sie in sein Haus ein, beschreibt wortreich die Kunst der Beschneidung. Spricht von den Kräften, die es braucht, um die Knaben auf dem Zahnarztstuhl festzuhalten. Die Diener tanzen, um die Tobenden abzulenken, treten in den pittoresken Masken auf, die an der Wand hängen. Der Schnitt mit dem Rasiermesser will gekonnt sein, das Messer ist unsauber, die Pasta zur Desinfizierung aus Schießpulver und Zitronensaft. In der Schüssel kleben die Blutegel, die die Blutung stillen.

„Es geht nicht um die Jungen", platzt es aus Hana heraus, „es geht um die Mädchen. Der Gedanke ist mir unerträglich, daß Mädchen verstümmelt werden."

„Denke nach und weine", sagt Goma.

„Du verschließt die Augen!"

„Ich hoffe auf die Europäer und bleibe Ägypter."

Sie hat ihn geduzt. Hana weiß, er wird ihr nie etwas abverlangen, was ihre Ansicht von Moral verletzt.

Manchmal ekelt ihr vor dem Schmutz und dem Elend, dann wiederum meint sie ihr Blut langsamer fließen zu spüren. Verfällt sie der Magie, dem Rhythmus der Sonne, der Herrscherin über den Orient, die Geduld, Genügsamkeit, List und Humor fordert?

Sie durchqueren die südliche Totenstadt, die Gassen zwischen den Grabhäusern und Moscheen am Fuß der Mokattam-Berge. An den Todestagen besuchen die Familien ihre Verstorbenen, essen an deren Grab, singen und tanzen. In manchen Kuppelgräbern leben Eremiten und Derwische, beten und kasteien sich. Der Friedhof ist eine Stadt ohne Lärm, ein Ort der Ruhe und Meditation.

In einem Hinterhof entdeckt Goma ein Maquam, einen schlichten Schrein auf der rötlichen Erde, der an den Tod eines heiligen Mannes erinnert. Ein prächtiges grünes Tuch bedeckt den Sarkophag im Inneren des kleinen Gewölbes, auf dem Boden liegen Grabbeigaben, Speisereste, Blumen und Geschirr. Hier erbitten die Gläubigen Heilung von Krankheiten und Unfruchtbarkeit.

Der heilige Mann war ein Sufi wie Prinz Kemal el Dine. Für die Vornehmen von Zamalek sind Sufis Abtrünnige, ein schändlicher Auswuchs des Volkes. Sufis gehen von der Existenz Gottes im menschlichen Leben aus, nehmen das Göttliche in allen Lebewesen an. Für einen Prinzen geziemt es sich nicht, Gott in einem Hund zu vermuten, und doch sah Kemal el Dine in der Oase Farafra einen Sufi-Meister, der gerade eine Blutrache-Fehde schlichtete, und ward fortan bekehrt.

Man spricht von den Ausschweifungen der Sufis, von Orgien, Männerliebe, Vielweiberei. Und doch ist der Sufi-Rat als sittenstreng gefürchtet?

„Die Quelle ist dieselbe, die Namen sind verschieden."

Seit den Tagen des Propheten gibt es viele Erklärungen. Bereits im elften Jahrhundert rätselte Ali ibn Uthman Hujwiri, *einige behaupten, daß der Sufi so genannt wird, weil er ein wollenes Gewand, jama-i suf, trägt; weil er in der ersten Reihe, saff-i awwal, steht; andere wieder sagen, es ist so, weil die Sufis behaupten, zu den ashab-i suffa zu gehören, den Leuten der Veranda, die sich in Medina um den Propheten scharten. Und wieder andere erklären, daß der Name von safa, Reinheit, abgeleitet ist.*

„Wenn man die Seele füttert, ruht der Körper."

Ausschweifung, Askese. Der Liebende darf eine Sprache gebrauchen, die dem Volk nicht zusteht. Zwischen den Liebenden ist die Etikette aufgehoben, es sind verrückte und verzückte Menschen, die sich dem Göttlichen hingeben und Gott mit obszönen Worten herausfordern. Die Liebe wohnt als Macht allem inne, sie wirkt durch alles und lenkt alle Dinge zur Einheit.

Goma muß Kemal el Dine, seinen früheren Meister, sehr geliebt haben. Hana meint, die Wörter riechen zu können. Und Almásy, hat der jemals geliebt?

Goma schüttelt den Kopf, er versteht nicht. Ein Herr ist ein Herr. An ihm leidet, wer ihm dient. An ihm verzehrt sich, wer ihm Leib und Seele schenkt. Vier Weiber darf der Muslim zur Frau nehmen, sofern er imstande ist, ihre sexuelle Lust zu befriedigen.

Wie ein Orientale genießt Almásy die Eifersucht. Nicht nur liebte er in Europa Hans Arnold, den jungen Arzt. Er las dessen Briefe vor, ihm, Goma, *du László, ich würde gern am Flughafen Al Maza dem Seil hinterherlaufen, wie ich es in Szombathely tat, das wäre schön, dir zu helfen, aber es geht ja auch ohne mich. Geh nur deiner Wege, du kommst ja doch wieder zurück.*

Ein Herr kann nicht lieben, er verschwendet sich. In der Dschahiliya, der Zeit vor der Ankunft des Propheten, sollen die Frauen von ungewöhnlicher Schönheit gewesen sein. Ausgestattet mit diabolischer Macht, intelligent, listenreich, rachsüchtig, zynisch und grausam. Gleich einem Mann verlangten sie nach Lust wie nach der Nahrung. Erst der Prophet unterwarf sie, warnte indes, eine unbefriedigte Frau sei gefährlicher als der Satan. Ihr Schicksal ist es, eine Gefangene zu sein, die Ehe das vorweggenommene Paradies. Bevölkert von Huris, schwarzäugigen Jungfrauen, die von Tag zu Tag schöner werden. Ihr Appetit wächst täglich, ein Höhepunkt währt achtzig Jahre lang, die Erektion ewig. Jedesmal, wenn der Paradiesgänger mit einer Huri schläft, findet er sie danach wieder als Jungfrau vor.

Einst schrieb Hans Arnold an Almásy, *deine Unternehmungen dienen doch alle der Flucht, weil du nicht mit dem Menschen zusammenleben kannst, für den du lebst.*

Goma spricht nicht weiter.

Kinder kommen aus der Koranschule gelaufen, in der Bügelstube daneben streiten zwei Männer um ein Hemd. Andere hocken vor dem Teehaus, in ihr Dominospiel vertieft. Der Boden des kleinen Vorplatzes ist mit Keramikfliesen gekachelt, rundum stehen Diwane, mit Kissen belegt. Ein Springbrunnen läßt Wasser auf Töpfe mit Nelken fließen, und die Lampe an der Wand brennt, obwohl es Mittag ist.

„Das Grab von Kemal el Dine in den Mokattam-Bergen“, bricht Goma nach längerem sein Schweigen, „von dort oben kann man den Blick über die Spuren der Geschichte und die Wunder der Gegenwart schweifen lassen."

„Almásy, wen liebt er wirklich?"

Niemand weiß es. Almásy ist waghalsig, geradezu selbstmörderisch, er gehört nirgends dazu.

Ein Schritt und ein zweiter, Hana ist ihm jetzt nahe genug, um Gomas Atem zu spüren. Wie angewurzelt bleibt er stehen, wartet willenlos auf das, was sie tun wird, zu einem Baum verwandelt, der im Wald zum Fällen gekennzeichnet ist. Seine breiten Lippen weichen der Berührung nicht aus. Aus seinen Augen spricht Panik, sein Mund aber öffnet sich, läßt ihre Zunge eindringen. Sie tut es bedachtsam, ruhig, wie um zu *kuscheln*, ein Wort, das sie liebt, ein so langsames Wort, man kann es nicht drängeln.

Dann blickt sie ihn an, spöttisch, wartet auf seine Reaktion.

Er bringt keine Silbe über die Lippen.

„Weißt du", sagt Hana herausfordernd, „daß dein verehrter Hassanein Pascha kein so großer Held war?"

Fräulein Grüner erzählte davon, spöttisch, wie sie sein kann, ließ kein gutes Haar am eben verstorbenen Hofmeister des Königs, dem ein fürstliches Begräbnis zuteil wurde. Anfang der zwanziger Jahre hatte die Geographische Gesellschaft in London Hassanein zum Wüstenpionier geadelt und nur beiläufig Rosita Forbes als seine Begleiterin erwähnt. Indes war es nicht seine, sondern ihre Idee gewesen, nach Kufra vorzudringen. Und es hatte nicht die Reiseschriftstellerin den Forscher begleitet, vielmehr schloß sich der unerfahrene Hitzkopf der weitgereisten Abenteuerin an. Rosita Forbes war energisch, geradezu starrköpfig, wenn es darum ging, ihre Träume zu verwirklichen. In der englischen Gesellschaft Kairos gefürchtet, weil sie sich nicht an die Etikette hielt, nützte sie Hassaneins Eitelkeit aus und verwendete ihn als Tarnkappe. Sie organisierte die Reise, sie trieb die nötigen Karten auf, sie finanzierte Mannschaft und Ausrüstung, sie befehligte als Sitt Khadiija die Expedition und schrieb später ein Buch darüber, *Das Geheimnis der Sahara: Kufra.*

Niemand wird Hana je mästen, willenlos machen und verstümmeln, bloß aus Ergebenheit und Kälte erfahren im Fleisch. Niemand. Goma nickt ergeben, beinahe erschrocken.

Hana küßt ihn ein zweites Mal.

Im Winter brechen sie in die Libysche Wüste auf. Der Schatz des Kambyses!

Almásy hat sich körperlich wieder gut erfangen, die Ärzte in Salzburg hatten eine Amöbenruhr diagnostiziert. Ralph Bagnold drängt zur Eile, er kann nur noch kurze Zeit über die Fahrzeuge der *Long Range Desert Group* verfügen. Wie Patrick Clayton räumt er seine Wohnung in Maadi, die britischen Truppen ziehen sich zum Suezkanal zurück.

Neun Wagen stehen in der Allee vor dem Wüsteninstitut in Giza, darunter auch die Zarzura-Autos. Almásy und Clayton überprüfen die Radiosender, Chronometer, Theodoliten und Kompasse. Währenddessen wacht Goma darüber, daß die Diener die Ladeflächen in der richtigen Reihenfolge bepacken, auf die blechernen Shell-Würfel mit Wasser und Benzin die Zelte, Feldbetten, das Werkzeug und die Kisten mit Lebensmitteln. Hana hilft Abdul beim Sortieren der Karten, und Bagnold sieht sich noch einmal die Genehmigung an, das militärische Sperrgebiet passieren zu dürfen, die Minenfelder in der Großen Sandsee.

Es herrscht die Nervosität einer Prozession, die endlich losziehen will, zur Kirche, zum Friedhof, zum heiligen Ort. Kein einziges Mal fällt ein Wort über die Männer, derentwegen eine ganze Karawane beladen wird. Als in der Morgendämmerung des 2. Dezember 1947 der *Kambyses-Club* auftaucht, ist es, als ob sich die Tür zu einem verbotenen Zimmer öffne.

Graf Ludovico di Caporiacco fährt mit dem Taxi vor, er zieht höflich den Federhut. Wilhelm Kapp, der deutsche Handelsreisende, grüßt leise, und zuletzt erscheinen in der Dämmerung die beiden ägyptischen Prinzen aus dem Automobil Club: Abbas Halim, der Prinz ohne Titel, und Taher Pascha, der Junggeselle. Die beiden haben schwere Jagdbüchsen geschultert, es folgen Leibwächter und Diener.

Von den Engländern nehmen die Prinzen kaum Notiz. Taher Pascha will mit Almásy im Yemkin fahren, im *Vielleicht*, wie Almásy das Auto nennt. Das Lessa, *Noch Nicht*, hält sein Cousin Abbas Halim besetzt. In das Inshalla, *So Gott Will*, oder gar in die britischen Fahrzeuge steigt Taher Pascha nicht.

Almásy weist Hana den Sitz neben sich zu, so bleibt dem Pascha nur der Platz am Fenster. Von Hana wendet der sich ab.

Vorbei an den Pyramiden zieht die Karawane in die Wüste. Hana fühlt sich, als tauche sie aus dem trüben Wasser eines tiefen Sees auf, schüttle die Feuchtigkeit ab und atme nach langer Not klare Luft ein. Der Himmel scheint näher, der Horizont in die Ferne zu rücken. Sie verliert die Orientierung, ihr Gespür für Distanz.

Sobald die Sonne auf das Autodach heizt, ist die Morgenluft in der engen Kabine willkommen. Die Wüste dringt ins Auge, die kahlen und felsigen Berghänge des Tals, durch das sie sich westwärts bewegen. Almásy hält das Auto auf fester Piste, rast über den Sand, der bei hoher Geschwindigkeit weniger nachgibt.

Geraten die Räder auf Geröll, braucht Hana all ihre Kraft, um sich auf der Sitzbank festzuhalten. Die Ohren fallen ihr zu, den Körper rüttelt es wie auf dem Rücken eines Pferds. Das Gepäck, das sich auf der Ladefläche auftürmt, der Kamelhocker unter der Zeltplane, die breiten Reifen, über denen die Kotflügel fehlen, ein mythisches Tier. Wenn sie bergab fahren, verschwindet die Fronthaube aus Hanas Gesichtsfeld, dann wieder bäumt sich das eiserne Pferd auf, der Motor heult, die Räder drehen durch, und sie jagen erneut über ebenen Sand.

Die Wüste blendet trotz der Schutzbrillen. Die Farben der Landschaft wechseln, der Sand ist einmal gelb und weiß, einmal rot, dann schwarz. Hana meint, am Verschwinden zu sein. Jeder Hügel in der Ödnis wirkt mächtiger als ein bewachsener Berg, jedes Flußbett gewaltiger als ein reißender Strom, jede Düne bedrohlicher als die größte Sturmwelle, jede Ebene endloser als die weiteste Steppe. Hanas Kanada, die Seen, Gebirge, Täler und Wälder, das alles existiert hier als Spuk, ein Skelett ihrer kindlichen Bilderwelt. Ihr Vater ist eine jener verwitterten Salzsäulen, wird am Ende Sand und Staub sein, vom Wind zu kleinen und langsam anwachsenden Dünen aufgehäuft.

Gegen Mittag hält Almásy zur ersten Rast. Während Goma den Reifendruck prüft, steigt Abdul mit Wilhelm Kapp eine Anhöhe hinauf. Dem Deutschen, so schmächtig er wirkt, scheint die Hitze nichts anzuhaben, er klettert mit kurzer Hose, ohne Hut.

Caporiacco läßt sich neben Hana im Sand nieder, neckt sie wegen ihres kurzen Haars. Die Prinzen legen Jagdgamaschen und Stiefel an, für sie wird abseits ein Zelt aufgeschlagen. Zum Kaffee gibt es Beef aus der Dose, für die Prinzen indes werden von deren Dienern Hühner gebraten.

„Wie schön es in Afrika ist!" ruft Wilhelm Kapp, er winkt von der Anhöhe. „Afrika, ach du wilde Schönheit!"

Da schnellt Abbas Halim, der Prinz ohne Titel, von seinem Sitzpolster hoch, nimmt das Gewehr in Anschlag und brüllt: „Sie Saupreuße! Was erlauben Sie sich!"

Taher Pascha schlägt wütend auf seinen sudanesischen Diener ein. „Ägypten ist nicht Afrika!" ruft er empört. „Sie Barbar!"

Abbas Halim, mit dem Schmiß im Gesicht, fordert Kapp zum Duell heraus, seine Ehre müsse wieder hergestellt werden.

Überstürzt eilt der deutsche Handelsreisende ins Lager zurück, entschuldigt sich mit untertänigen Gesten. Ralph Bagnold gibt Rum aus, und Almásy bringt ein Prost auf den Kambyses-Club an. Man leert ein zweites Glas Rum. Nun lächelt Abbas Halim schon ein wenig nachsichtig, nach dem dritten Glas schwärmt er von deutscher Soldatentugend.

Im Auto läßt Almásy die Bemerkung fallen, niemand anderer als Bagnold habe Kapp das Wort *Afrika* in den Mund gelegt. Der Brite streue Zank, er wolle den Schatz des Kambyses nicht teilen.

Taher Pascha murrt vor sich hin.

Gegen Abend rollen die grünen Fahrzeuge in die Oase Bahariya ein. Die geduckten Lehmhäuser, ein Kokon aus Höhlen im Sand. Von überall stürzen Kinder auf die Straße, Almásy steuert zum Brunnenplatz. Kaum steigt Hana aus dem Auto, umringt sie eine

Schar bettelnder Kinder, die Schwärme von Fliegen nach sich ziehen, ihre Augen sind rotunterlaufen.

„Bakschisch, Bakschisch!" rufen sie, werfen Steine.

Als Abbas Halim die Peitsche durch die Luft sirren läßt, weichen sie ein paar Schritte zurück. Er beordert den Oasenältesten her. Die königlichen Hoheiten werden in dessen Villa abseits des Fellachendorfes nächtigen, wo es Strom und sauber gefegte Straßen gibt. Für die anderen tut es eine Herberge.

Ein Geruch von Verwesung liegt in der Luft. Die Fliegen in den Augen der alten Frauen, die unverschleiert am Brunnen sitzen. Und die blinden Männer, die im Schatten der Bäume lagern, während verschleierte Frauen Wasserkrüge auf dem Kopf in die Häuser balancieren. Der rotbetuchte Derwisch, der seinen langen schwarzen Bart in den Brunnentrog steckt. Die Männer, die vor dem Teehaus Domino spielen. Es gibt nichts Trostloseres als diese mageren Hände der Kinder, ihre kranken Augen, den Schmutz und Gestank. Die Fremden, an die sie sich heften, sind Wesen vom Mars oder vom Mond.

Almásy spricht mit einem Senussen-Scheich. Der erzählt von Hassanein Pascha. Der Wüstenforscher war einmal sein Gast, vor zwanzig Jahren in Kufra, in dessen Gesellschaft ein zartes Bürschchen. Rosita Forbes, die Reiseschriftstellerin, lacht Almásy. Er hofiert dem Scheich, der ihn alsbald in sein Haus einlädt. Wie einstmals den Hassanein, sagt Almásy stolz. Auch Bagnold und Clayton sind willkommen, sind sie doch Engländer. Und Hana, in Hose und mit kurzem Haar, hält der Senusse ohnehin für einen Jungen. In Claytons zweiter Jacke, unter einer britischen Schirmkappe, geht sie als Offiziersbursche durch. Almásy legt seine Pfadfinderuniform an.

Zwei weiß gekleidete Diener holen die Gäste vor Sonnenuntergang von der Herberge ab. Sklaven, sagt Almásy, die trotz des Dekrets von 1932, das die Sklaverei abschuf, bei ihrem Herrn blieben. Für sie geziemt es sich nicht zu sprechen.

Der Scheich erhebt sich von der Steinbank vor dem schmucklosen Haus, eine hohe Mauer ohne Öffnungen, nur über dem Tor sind kleine vergitterte Fenster. Er stellt sich unter den niederen Steinbogen. „Ich trete bei euch ein“, grüßt er auf der Schwelle, übergibt seinen Gästen Haus und Gesinde.

Im Hof hinter der Tür sitzen Kinder im Sand, zwischen Ziegen und Hühnern. Diener bringen Schüsseln und Tücher, und nach der Waschung von Händen und Füßen geleiten sie die Gäste über eine höhere Schwelle in einen zweiten Hof.

„Ein Mensch, der sich bücken und zugleich die Füße heben muß, kann nicht angreifen“, erklärt Patrick Clayton, „diese uralte Bauart des Eingangs entspricht der arabischen Verteidigung.“

Ein prächtiger Lebach-Baum beschattet die Büsche und Blumen. Vom überwölbten Gang aus führen Türen in verschiedene Zimmer, am Ende öffnet sich der Gang ein weiteres Mal, in ein Labyrinth aus offenen und geschlossenen Räumen.

Die hölzerne Decke des Empfangsraums ruht auf steinernen Säulen, auf dem Sandboden liegen grellfarbige Teppiche. Eine Lehmbank zieht sich an der fensterlosen Wand hin, von goldbestickten Pölstern bedeckt. Der Scheich setzt sich zuerst, weist seinen Gästen einen Platz zu. Minutenlang tauscht er mit Almásy Begrüßungsformeln aus, beide blicken unbewegt vor sich hin, murmeln *Wie ist dein Wohlstand, Gott soll dir Frieden bescheren, Geht es Euch gut,* führen die Hand immer wieder an die Brust. Bagnold und Clayton vermeiden es, sich umzusehen, die Zeit zählt nicht, und Neugierde verrät schlechte Absicht.

Ein Diener serviert Tassen, der Scheich bröckelt Teeblätter in die Kanne, gießt Wasser auf und spricht über Brunnen, die faul wurden. Während er die zweite Tasse mit Zucker bereitet, verrät er Almásy einen Weg hinter dem *Regenfeld*, auf dem man auf gutes Wasser stößt, Inshalla. In die dritte Tasse kommt Pfefferminze und Rosenöl, sie beendet die Einladung.

Auf dem Heimweg prahlt Almásy. Der Scheich habe ihn nach einem Mann gefragt, der oft durch die große Wüste zieht und Abu Ramla genannt wird. Die beiden Prinzen nächtigen im Haus des Oasen-Ältesten. Seine Freunde, wie er betont, Männer von königlichem Blut, einst voll Einfluß und Tatkraft. Indes heute nur mehr ein Schatten ihrer selbst, sagt Almásy abschätzig und fügt hinzu: „Niemand anderer als Abbas Halim bestand darauf, diesen Deutschen mit in die Wüste zu nehmen, wer weiß, aus welch zwielichtigem Grund."

Bagnold lacht zu Hanas Erstaunen, im Fackellicht bekommt sein Gesicht etwas Fratzenhaftes. Sie muß an den Bagnold des verbrannten Patienten denken. Der hatte Almásy beim Safranhändler gesehen und den Zwischenfall gegenüber Robert Clifton erwähnt, die beiden Liebenden verraten. All diese Männerlügen … *Ich, Herodot, lege meine Geschichtsforschungen dar, damit die Geschicke und Taten der Menschen mit der Zeit nicht in Vergessenheit geraten sollen, ihre großen, erstaunlichen Werke …, des weiteren auch die Ursachen nicht, weshalb sie gegeneinander Kriege führen.*

All diese Männerlügen. Wir Frauen sind die Rationalisten, denkt Hana, deswegen haben wir gern wortgewaltige Männer um uns.

Am nächsten Morgen bringt Abbas Halim Schafe, die der Dorfälteste für ihn schlachten ließ. Der Prinz posiert für ein Photo, mit Flinte und Jagdhut, als habe er eben ein wildes Tier erlegt. Almásy scherzt über den kapitalen Bock, ein schmächtiges Muttertier, und Graf Caporiacco mißt mit einem Band das in die Luft gezeichnete Horn. Dann ruft er ein Kind herbei und vergleicht es mit dessen Kopfumfang. Die beiden Engländer feixen, Kapp grinst, die Oasenbewohner kichern, die Kinder kugeln sich. Die Prinzen lächeln. Nur Goma und Abdul bleiben ernst.

Die meiste Zeit fahren sie über halbfesten Boden, der mit weichen Steinplättchen übersät ist. Im Sand finden sie Abdrücke, an denen Almásy sich orientiert, Reifenspuren, die jede Expedition für viele Jahre konservieren, ihr Eindringen in die Wüste.

In Farafra, der westlichsten Oase, machen sie den nächsten Halt. Der Kambyses-Club zieht es diesmal vor, einige Kilometer außerhalb der Siedlung an einer heißen Quelle zu lagern. Nur Hana und Goma begleiten Almásy ins Dorf.

Im aufkommenden Sturm wirken die Häuser wie Boote, die auf umbrauster See treiben. Die trübe Luft und der heitere Himmel.

Hana bindet sich den Schal um den Kopf, sie steht allein vor der Moschee. Der Wind stimmt in die Rufe des Muezzins ein, der inbrünstig die 99 Namen Allahs beschwört, in Entzückung gerät. Die tiefen Töne in seiner Stimme schwinden, er schreit, wird immer höher, bricht ab, um atemlos fortzufahren, drohender. Wer sich nicht dem Koran unterwirft, ist verurteilt. Der Scheich tobt in seinem Schlachtruf für Gott.

So unangekündigt, wie er begann, legt sich der Sturm.

Im Lager ist Streit ausgebrochen. Die beiden Prinzen beschuldigen Bagnold und Clayton des Verrats. Und kennt Almásy den Standort des Kambyses-Heeres überhaupt? Lohnt es die Mühe?

Almásy steigt aus dem Auto. Seelenruhig sagt er: „Ich habe einen Plan gezeichnet, an einem sicheren Ort in Kairo deponiert."

„Einen Plan?" sagt Taher Pascha entsetzt.

„Eine kleine Sicherheit."

Wie damals im Gesira Sporting Club, greift Patrick Clayton geistesabwesend nach Hanas Hand. Der Landvermesser, Meister des Kompasses und Theodolits. Und Bagnold, der Erforscher des Sandes, der in den Dünen geheimnisvolle Kräfte am Werk sieht und alles erklärt wissen will. Diese Männer sind, sobald in der Wüste, immer am Ziel.

Den Streit beachtet Hana in diesem Augenblick nicht weiter.

„Ein schönes Möbel", lächelt Patrick Clayton, „ein Diwan vielleicht als Versteck, dafür hegt Teddy eine gewisse Leidenschaft."

Im Morgengrauen kann Hana die Konturen der Oasenfelder erkennen. So wie die Fellachen abends mit gesenktem Kopf in die Hütten zurückkehren, reiten sie nun in der Dämmerung hinaus, summen unter ihren Strohhüten eine Sure. Gebückt sitzen sie auf den Eseln, demütig vor dem Schauspiel der Sonne.

Die Mondsichel verschwindet im Lichtherd, der im Osten entsteht. Im Westen ist es noch dunkel, bis der Herd wächst, die Hütten und Felder und Berge in fahles Licht taucht, als schwenke jemand eine gewaltige Laterne. Die weißen Vögel mit den langen Schwanzfedern fliegen auf, sie schweben zu den Plantagen, wo sie die Insektenlarven aus dem Boden picken, Kuraia, *die Vögel, die den Fellachen Gutes tun.*

Was dann geschieht, hat die Pharaonen-Priester zu heftigen Phantasien veranlaßt: die Prozession der Sonne über das Firmament, ein Sternendrama, das die Götter und ihre Boten schuf. Am Horizont taucht eine orange Scheibe auf, rollt über den Rand nach oben, leuchtet in allen Rotschattierungen auf, während weniger Minuten nur. Man möchte meinen, sie lege ihr Tagkleid an, und die sie dabei beobachten, seien ihr Spiegel. Sie wird im Halbkreis über den Himmel wandern, ehe sie am Abend über den Horizont kippt.

Als die Sonnenbarke in die Unterwelt fällt, erreicht der Kambyses-Club den Wüstenberg Abu Ballas. Zwei rostbraune Felstürme ragen aus der Ebene, hier gibt es keinen Baum, keinen Grashalm, nur Sand und Steine, gewaltige Geröllhalden am Fuß der Felsen.

Almásy läßt das Lager im Tal aufschlagen, das die Felstürme von einer niederen Düne trennt. Auf dem Hang liegen zerbrochene Krüge, hunderte, dicht nebeneinander. Prinz Kemal el Dine gab dem Hügel den Namen: Abu Ballas, *Vater der Krüge*. Indes, schon Herodot erwähnte ihn. *Die Methode, den Weg in die Wüste passierbar zu machen, indem man dort Wasserkrüge stapelt, haben die Perser begonnen, sobald sie sich Ägyptens bemächtigten.*

Kambyses, der Traum dieser Männer am Lagerfeuer. Vor ihren Augen steigt das Heer in das sandige Tal hinein, bärtige Perser mit seltsam geformten Tiaren auf ihren Köpfen, Meder in leinenen Hosen und Schuppenpanzern, lange Bogen in den Händen, Skythen, deren Mützen spitz in die Höhe laufen, Inder in Baumwollgewändern und Parther mit kurzen Speeren. Sie marschieren schon lange durch die Wüste, gefolgt von Lastochsen und den ersten Kamelen, die Ägypten zu Gesicht bekommt. Das Wasser in den ledernen Schläuchen auf dem Rücken der Tiere geht zu Ende, doch ihre Führer versprechen, bald werden sie einen Berg mit Krügen voll Wasser finden.

Als erster Europäer stieß Gerhard Rohlfs um 1870 in das sechshundert Kilometer lange Dünengebiet. Er berichtete, es sehe wie erstarrte Meereswellen aus, daraufhin nannte man es die *Große Sandsee*. Am östlichen Rand liegen die Dünenzüge noch weit auseinander, drei, vier Kilometer breites Felsgelände trennt sie. Gegen Westen werden diese Korridore immer schmäler, bis die Dünen sich schließlich berühren und der felsige Untergrund unter dem weichen Sand verschwindet. Noch kann man die einzelnen Dünenketten voneinander unterscheiden, dann tauchen auch die letzten Kämme in den Sandmassen unter. Am westlichen Rand erblickt man nur noch ein sanft gewelltes Meer von flüchtigem Treibsand.

Der Sand wandert von Westen nach Osten, daher sind die östlichen Dünenböschungen steil und enden in einer scharfen Kante, die gegen Westen sanft abfällt. Die Beduinen nennen den Kamm das *Schwert*, und die Wüstennarren die breite Wölbung nach Westen den *Walfischrücken*. Obwohl abschüssig, sind die Ostseiten leichter zu überwinden, da der Sand hartgepreßt ist, die gerundeten Westseiten bestehen nur aus Treibsand.

Die Physik des verwehten Sandes und der Sanddünen, das Buch, das von Bagnolds Leidenschaft für diese Landschaft zeugt. Der Gentleman staunt sosehr über die Vielfalt der Wüstenmuster, daß er ihnen mehr Zuwendung schenkt als sonst irgend etwas. Seit den dreißiger Jahren befaßt er sich mit den kleinsten Teilen, den Sandkörnern, zimmerte in seinem Haus in England einen Windkanal, um mit Experimenten zu zeigen, welches Leben der verwehte Sand führt. *Statt in den Dünen Chaos und Unordnung vorzufinden, kommt der Beobachter nicht aus dem Wundern über die Einfachheit der Form, der Exaktheit der Wiederholung und einer geometrischen Ordnung heraus. An manchen Stellen setzen sich riesige Anhäufungen von Sand, die Millionen Tonnen wiegen, in regelmäßiger Anordnung über die Erdoberfläche in Bewegung, wachsen an, behalten aber ihre Form. Sie vermehren sich sogar auf eine Art und Weise, die durch die groteske Nachahmung des Lebens auf den mit Phantasie begabten Menschen leicht beunruhigend wirkt.*

Almásy bereitet die Überwindung einer Düne wie einen Sturmangriff vor. Mit dem Fernglas sucht er den geeigneten Punkt, *um die feindliche Stellung zu nehmen*, rast auf den siebzig Meter hohen Steilhang zu.

Der Wagen wird an der Wand zerschellen, schießt es Hana durch den Kopf, da wirft es sie wie in einem hochgerissenen Flugzeug in ihren Sitz zurück. Über ihr ist der tiefblaue Himmel und die Kammlinie, die sich beängstigend schnell nach unten senkt. Almásy reißt das Lenkrad nach rechts, und das Auto kommt auf dem Dünenrücken zum Stehen.

Im Treibsand manövriert er den Wagen über Trittleitern, Zentimeter für Zentimeter, bis der nächste Korridor erreicht ist. Hier am östlichen Rand der Großen Sandsee ließ Feldmarschall Rommel auf der Jagd nach Bagnolds *Long Range Desert Group* die Dünendurchgänge verminen. Daher steigt Taher Pascha in einen hinteren Wagen um. Bevor sie ein Lager aufschlagen, tastet Caporiacco den Platz mit einem Minensuchgerät ab. Und ehe die Prinzen das Auto verlassen, müssen ihre Diener das Gelände abschreiten. Der Pascha verbringt die meiste Zeit in seinem Zelt. Einstweilen thront Abbas Halim auf seinem Klappsessel im Freien, den Arm auf die Flinte gestützt, trinkt Whiskey und schwelgt in guten alten Zeiten.

Die anderen schlafen schon, da sieht Hana zwei Männer den Zeltplatz verlassen. Sie schleicht hinterher, bis die beiden am Fuß einer Düne Platz nehmen. Sie haben ihre Wolldecken über den Kopf gezogen, im Mondlicht gleichen sie kopflosen Statuen.

Wenn Zigarettenglut aufglimmt, erkennt Hana Almásys Gesicht. Sie rückt näher an die beiden heran, bleibt im Schutz eines Felsvorsprungs. Da schlägt der andere die Decke zurück, reibt sich mit den Handflächen den Nacken, sanft, so wie es der Freund ihres Vaters zu tun pflegte. Der ertappte Hana einmal in der Küche der toskanischen Villa, sie sitzt weinend über den Tisch gebeugt, ist nackt bis auf einen Rock. Sie hört nicht auf zu zucken und stöhnt. Er wagt nicht, ihren bloßen Rücken zu berühren. Als er sie fragt, warum sie den verbrannten Patienten bewundert, sagt sie, *ich liebe ihn*. Sie fesselt sich aus irgendeinem Grund an einen Leichnam. Er ist ein Heiliger, glaubt sie. Eine Zwanzigjährige, die sich aus dem

Leben verbannt, um einen Geist zu lieben. *Du mußt dich vor Traurigkeit schützen.*

Nun spricht der Mann neben Almásy, an seiner Stimme erkennt Hana den Grafen Caporiacco.

„László“, sagt er, „muß ich dich wieder an die Akte von Kufra erinnern?“

Es ist, als sage er zu ihr, Hana, *muß ich dich daran erinnern, daß dein verbrannter Patient nicht Almásy war?* Caporiacco, nicht anders als damals der Freund ihres Vaters in der Villa San Girolamo, entzaubert ihre Phantasiegestalt, die Hana in Almásy hineinliest.

Muß ich dich an die Akte von Kufra erinnern? Daran, daß Almásy im Königlichen Automobil Club den Handel von Autos, Segelflugzeugen, Waffen und Kriegsgerät vermittelte. Die Akte von Kufra, die Listen seiner Abnehmer, der halbe ägyptische Hofstaat.

Der hagere, hochgeschossene Mann dort drüben, der Ungar, der um alles in der Welt ein Graf sein möchte, ein Schatten im Hades. Graf Caporiacco bedroht diese Seele von einem Gebrauchtwagenhändler. Geschickt windet sich Almásy, umgarnt den Erpresser.

Noch einen Augenblick, und Hana wird vorschnellen, ihn zur Rede stellen. Sie kam aus Kanada, um die Sterbenden zu pflegen, und Almásy schreckte selbst vor dem Geschäft mit Waffen nicht zurück.

Man sagt, die Wüste macht wie der Tod alle gleich.

In diesem Moment spürt Hana eine Hand auf der Schulter. Ein Finger legt sich auf ihren Mund, sie nimmt einen wohlbekannten Geruch wahr: Goma. Er folgte ihr, um sie vor allzuviel Mut zu schützen.

„Er verkauft das letzte Hemd seiner Freunde“, flüstert Hana bitter.

Sie kehrt um, weg von der Düne, läuft hinaus ins felsige Gelände zu den Minen, den Phantomen des Krieges. Als Goma sie einholt, sagt er nur *Hana*, und sie fällt ihm weinend um den Hals.

Almásy, dieser Irrfahrer, der nie aus dem Reich des Todes zurückkehrt.

„Er kann so bitter sein, wie ein Clown“, sagt Goma.

Und wie fanatisch er hoffte, einmal in der Walhalla der Wissenschaft zu thronen!

Kaum gelangte er in jenem Jahr 33 mit Bermann nach Kairo zurück, erbot er sich, dem Vorstand des deutschen Afrikainstituts die Höhlenbilder im Uwenat zu zeigen.

Professor Frobenius indes nannte ihn einen Wüstenchauffeur und Teufelskerl. Doch wer, wenn nicht er, Abu Ramla, hat die Felsmalereien gefunden? Nicht Caporiacco, der sich später wie Frobenius mit falschem Lorbeer schmückte, und schon gar nicht der Deutsche. Meister Frobenius, Ziegenbart, Berkette, weiße Weste, Künstlerkrawatte, Flausch, schwarze Hosen, spricht, sprudelt, spuckt wie ein Wasserfall, ein ganz gemeiner Schwindler, ein Scharlatan. Steigt im Zarzura-Jahr im *Shepheards* ab, streicht seinen Ziegenbart, trägt einen Tropenhelm mit Nackenschleier, ein dickes braunes Flanellhemd. An der Kordel baumelt die Signalpfeife, auch Buschmesser und Revolver fehlen nicht. Über den Halbschuhen die SS-Wickelgamaschen, gegen Schlangenbisse, auf *Shepheards* Terrasse, von den Damen bestaunt, *Schlangen indeed.* Im Gepäck tausend Gastgeschenke, Kisten und Ballen.

Bermann war vor den Nazis geflüchtet, und Almásy sollte für die Horde nur ein nützlicher Narr sein? Im Boden war er versunken, weil er mit dieser Frobenius-Touristenschar zum Uwenat aufbrechen mußte. Und als der Winter ins Land ging, veranstaltete jener Professor Vorträge über die Expedition in die Libysche Wüste, pries sich selbst als Entdecker der Höhlenmalereien. Und wer, wenn nicht Dr. Bermann, der später in die Neue Welt Vertriebene, sprach vor der Geographischen Gesellschaft in London über Almásys Verdienste? Von da an nannten die Engländer Meister Frobenius nur noch *that dirty nazi crocodile.*

Abbas Halim, der Prinz ohne Titel, hat Abdul zum Unteroffizier der Lagerverwaltung ernannt. Der geht Hana aus dem Weg, spricht auch mit Goma kaum noch ein Wort, aus seinen Augen spricht bittere Eifersucht. Hana sieht ihn oft mit Wilhelm Kapp, Bagnold lacht dann über deren *vertrauliche Konsultationen.*

An jedem Freitag legt Abbas Halim die Uniform des Totenkopfhusaren an, den täglichen Tee wünscht er in Zweireiher und Tabusch zu sich zu nehmen. Auch wenn ihn nur Wasser und Dosenbeef erwarten, steigt er in Gedanken die Treppe des Abdin-Palastes hinauf. Er bewegt sich zu seinem Feldtischchen, als schreite er die königliche Leibgarde ab, begutachte deren schwarze Stiefel und die weißen engen Lederhosen, die hellblauen Waffenröcke und scharlachroten Brustlatze, die goldenen Knöpfe, die langen Lanzen mit den blauroten Fähnchen. Man möchte meinen, der Hofmeister geleite ihn zum Buffet. Seine Augen spiegeln die überwältigende Pracht, den Marmor, die Teppiche, Blumen und Goldbronze. Besteck, Teller, Schalen aus getriebenem schweren Gold. Hunderte von schwarzen Dienern mit ihren drei Narben im Gesicht, die dem König jedes Stück melden, das unter einem europäischen Rock verschwindet. Der König, der großmütig lächelt und neues Besteck heranschaffen läßt, das wieder unter den Fracks und Abendroben und dem Tabusch der Rechtgläubigen landet. Gebeugt wanken die Gäste die Treppe hinunter, nicht wenigen träufelt die Mayonnaise ins Genick.

Almásy läßt noch immer keine Andeutung fallen, wo er das Heer des Kambyses vermutet. Taher Pascha ist zänkisch und mißtrauisch geworden, weil er sich keiner ausgiebigen Körperpflege hingeben kann. Eines Morgens greift er nach seiner Flinte, schießt wild um sich, wie um die Ödnis vor seinem Groll zu warnen. Beim Frühstück nennt er den hübschen Jungen, der seine Schuhe poliert, seinen Zögling, einen armen Waisen, den er aufnahm, um ihm eine Erziehung angedeihen zu lassen. Nur die tägliche Morgengymnastik lenkt ihn vom Kummer ab.

An der Quelle, die der Senussenscheich Almásy verriet, füllen sie die Wasserkanister auf. Nicht mehr als fünf Palmen wachsen in der kleinen Senke, etwas Gebüsch. Hinter dem Hügel, der die Mulde vor Verwehungen schützt, beginnen die geschlossenen Dünenketten.

Die Wüste nimmt Caporiaccos Körper die Angespanntheit. Seine Gesten wirken jetzt ausladender, der übergenaue Haarscheitel ist einem Wirrwarr von Strähnen gewichen. Er ist charmant, lädt Hana zu einem Glas Rotwein. Bald sind beide ein wenig betrunken und lachen. Hana singt ein arabisches Lied, in dem ihre heimlichen Gefühle für Goma widertönen. Der aber sieht sich in den seinen verletzt und stürzt in die Dunkelheit. Erst hinter dem Hügel holt Hana ihn ein. Sein Aufschrei macht sie nüchtern. Und doch fühlt sie sich in einem wilderen Sinn berauscht.

Goma sitzt im Sand, seine Hände zittern, verkrampft und hart. Ihr Mund ist an seiner Stirn. Dann liegt sie mit ihm auf dem Boden, Hand in Hand. Als er seinen Arm um ihre Schulter legt, richtet sie sich auf, schlüpft aus dem Hemd. Ihre Hände liegen auf seiner Brust, sie bewegt sich langsam. Sein Atem wird mit dem ihren tiefer. Ihre Zunge schmeckt seinen Hals, er liegt noch immer wie ein Statue unter ihr. Und doch, sie spürt eine Zärtlichkeit für die Geliebte, die kommt, wenn man die Vergänglichkeit entdeckt.

Da vermeint sie Almásys Blicke zu spüren, ihn hinter dem Felsen zu wissen. Als sie aufstöhnt, reißt Goma die Augen auf, ihr Kommen ist etwas, möchte sie rufen, das mehr mit den dunklen Kräften der Natur zu tun hat, mit der Anziehung des Mondes.

Almásy trägt seine gestrickte Mütze, das Zeichen, daß er sich heimelig fühlt. Mit Abdul geht er das Lager ab, prüft die Ballen und Kisten, die zu einer Mauer gestapelt sind. Zählt die Benzinkanister, schreitet durch die Zeltgasse und lädt schließlich in das *Freiluftkasino*, wie er den Eßplatz nennt.

Die Kistenwand begrenzt drei Seiten eines Quadrats, im Inneren stehen Tische und Stühle. Auf der steinernen Plattform über dem Zeltdorf hat Almásy seine *Akropolis* errichtet, seinen *Höhenkurort* und seine *Warte*. In Erinnerung an Richard Bermann und die Zarzura-Expedition nennt er das Lager *Grand Sand Hotel*, zur Erbswurstsuppe serviert er sein berühmtes Bernsteiner Wüstenrisotto.

Spät abends sitzen nur noch die Engländer mit ihm am Feuer. Der Wind bläst Sand über den Boden, sonst regt sich nichts. Ralph Bagnold erzählt von Dörfern, die unter Treibsand begraben liegen. Von den Gebäuden sind nur die Dächer zu sehen, in wenigen Häusern leben noch Menschen.

„Die Beduinen können den Kampf gegen den Sand nicht gewinnen, also bitten sie ihn herein. Sie fegen ihn jeden Tag ins Haus, bedecken den Fußboden mit einer dicken Schicht und breiten ihre Teppiche darüber. Sandiges Brot zu kauen ist eine gute Übung, um Geduld zu lernen. Wenn die Dünen ein Dorf überrennen, schlagen die Leute die Fenster ein, hängen die Türen aus und hauen Löcher in die Dächer. So erreicht der Sand sein Ziel schneller, das Haus ist bald voll, und die Mauern bleiben stehen. Nach hundert Jahren, wenn der Wind es will, werden die Dünen weiterwandern und das Gebäude den Urenkeln freigeben. Dafür werden sie Allah und den Propheten preisen."

Bagnold und Clayton wissen längst, daß Almásy die Goldsucher im Kreis führt. Wie er sind sie in die Wüste zurückgekehrt, um sich Derwischen ähnlich zu drehen und zu drehen und zu drehen. Das Feuer, das flackert, die Männer im Türkensitz auf dem Boden. Auf der Flucht vor der mütterlichen Geborgenheit, ziellos. Und Hana, sie trägt noch immer den Brief an die Stiefmutter bei sich, der den Tod des Vaters im französischen Taubenschlag zu erklären versucht und ihre Verwandlung in einen anderen Menschen.

Unten im Zeltlager stimmen die Prinzen ein Lied an, *es rasseln die Ketten, es dröhnt der Motor, Panzer rollen in Afrika vor.*

Der Wind verschluckt die Gesänge, es summt nur noch.

Almásy fühlt sich an Rilkes Kornett erinnert, reiten, reiten, reiten, durch den Tag, durch die Nacht, durch den Tag. Auf dem Rücken des Pferdes, am Lenkrad des Autos, kreuz und quer durch das Reich des Todes, dort wo nichts anderes ist als Sand und Felsen, Himmel und Sonne und Wind. Die Nomaden der Kriegsmaschine.

„Ich will vom Krieg nichts mehr hören", sagt Bagnold.

„Ihr Briten seid kein Soldatenvolk. Eine Kolonialarmee kennt kein nationales Gefühl."

„Laß gut sein, Teddy", sagt Patrick Clayton, „wir alle haben *Lili Marlen* gesungen. Wenn wir es auf deutsch hörten, mußten wir raten, ob wir auf Deutsche oder Italiener stoßen, die Deutschen wiederum sangen es oft auf italienisch."

Almásy lacht. „Nur ihr Tommies seid so schrecklich sprachunbegabt, daß wir immer wußten, wer *Lili Marlen* auf englisch singt."

Vielleicht gründet Almásys Einbildung, ein pünktlicher Mensch zu sein, auf seiner pedantischen Morgenrasur, die er auch in der Wüste zelebriert. Die anderen schlafen noch in ihren Daunensäcken, er aber schärft längst die Klinge, schäumt die Seife, summt Verdi-Arien. Nach der Rasur läßt er die Fingerkuppen über die glatte Haut streichen, betrachtet sein Gesicht im Spiegel, zupft an den Brauen. Eines Morgens entdeckt er einen Skorpion auf dem Waschtischchen, ruft seelenruhig nach Goma, er will ein Foto von sich und dem Tier. Dann richtet er das Rasiermesser, mit einem blitzschnellen Schlag spaltet er den Panzer des Skorpions. Er tötet ohne jede Regung, ohne Leidenschaft oder Zorn.

Auf das heftiger werdende Drängen seiner Mitreisenden antwortet er in Sprichwörtern, *abwarten und Tee trinken*, ein andermal *der liebe Gott hält es mit den Wagemutigen*, auch: *mit dem Teufel müssen wir allein fertig werden*. Wilhelm Kapp wirft ihm Fahnenflucht vor, da sinniert er *meckern ist der Stuhlgang der Seele, und Stuhlgang muß sein.*

Nachts singt der Sand. In der Kälte verkleinern sich die Körner, die Dünenoberfläche gerät in Bewegung, und ein Geräusch wie von einer schwingenden Säge entsteht. Für die Ägypter gehen die Geister um.

Hana entdeckt dieselbe Wachsamkeit in Claytons Augen wie damals in Florenz. Der pensionierte Soldat hat die kurze Uniformjacke mit den großen Brusttaschen angelegt, um erneut auf Patrouille zu gehen, dazu den langen Wollpullover, die Pistole im Beinhalfter, und die Pfeife, die in der Mütze steckt.

„Beauftragte Sie damals der *Secret Service*, Almásy in die Wüste zu begleiten?" fragt Hana. Sie sitzen vor seinem Zelt, es ist früher Morgen.

„Auch die Nazis bedienten sich der Karten, die Teddy von der Libyschen Wüste gezeichnet hat", antwortet Clayton, ausweichend.

Almásy ging 1939 nach Europa, kehrte aber bald wieder nach Afrika zurück, diesmal nach Tripolis. Er zeichnete die Karten, die Rommel für seinen Blitzkrieg benötigte. Das Sonderkommando, dem er zuerst angehörte, wurde auf Hermann Görings persönlichen Befehl ausgerüstet. Der war ein Freund des Nabil Abbas Halim. Almásy zeichnete also die Karten, war den Geographen und Geodäten, Mineralogen, Geologen, Metereologen, die in den deutschen Universitäten rekrutiert worden waren, weit überlegen. Seine Präzision war ein Segen für Rommel, und Almásy beriet den Feldherrn auch bei der Ausrüstung der Flugzeuge und Truppen. Er schlug Rommel vor, ein deutsches Bataillon nach Oberägypten zu führen, die Sympathien König Faruks für den Faschismus zu nützen und einen Kleinkrieg gegen die Engländer zu beginnen.

„Teddy, der Bote", sagt Clayton.

„Waffen, Mr. Clayton?"

„Er schließt jeden Teufelspakt."

Entsinnt sich Hana einer gewissen Unity Mitford? 1939, da Hitlers perfides Englandspiel offenkundig wurde, mußte die nazifreundliche britische Oberklasse über Nacht auf Churchills Linie einschwenken. Unity jagte sich im Englischen Garten von München eine Kugel in den Kopf. Ihre Eltern erfuhren vier Monate lang nichts vom schlecht gezielten Schuß ihrer Tochter, Hitler hatte aus dem Fall eine geheime Reichssache gemacht. Er übernahm persönlich die Klinikkosten, ließ ihre Wohnung versiegeln und beauftragte János Almásy, den Zwischenfall zu entpolitisieren. Von Budapest schickte László Depeschen nach London, die ihre Familie auf die Tragödie vorbereiteten. Und János selbst begleitete die Invalide mit dem Zug von München nach Zürich, von wo sie nach London ausgeflogen und auf eine abgelegene schottische Insel verfrachtet wurde.

„Was hat Unity Mitford mit Waffengeschäften zu tun, Mr. Clayton?"

„Ihr ging es wie den Brüdern Almásy um einen Pakt Deutschlands mit England. Am Ende hätten die englischen Peers, die österreichischen Grafen und die ägyptischen Paschas über die ganze Welt geherrscht."

„Das klingt doch alles reichlich phantastisch, Mr. Clayton."

„Oh gewiß. Aber immerhin hatte sich János Almásy sehr kompromittiert. In den Zeitungen war die Rede von einem ungarischen Grafen, bei dem Miss Mitford sich aufgehalten hatte. Nicht gerade angenehm. Die Almásys rechneten mit einem Lohn für ihre Opfer. Im deutschen Generalstab beschäftigte man sich längst mit Plänen für einen afrikanischen Feldzug. Die ägyptische Untergrundbewegung brauchte Waffen. Und wer, wenn nicht Teddy, hatte vorzügliche Verbindungen nach Kairo? – Aber sehen Sie, unser titelloser Prinz bequemt sich aufzuwachen, vor seinem Zelt wird es lebhaft."

Hana sieht am Ende der Zeltstraße die sudanesischen Diener Teppiche ausrollen. Einer spannt den Sonnenschirm über dem Waschtisch auf, der Koch gibt aufgeregte Befehle, wie der Tee aufzukochen, das Dosenfleisch zu braten ist. Als Abbas Halim unter seiner Plane hervorkriecht, geleiten ihn Abdul und ein Schwarzer zum Klappsessel, wo er rasiert und frisiert wird.

„Übrigens glauben wir", sagt Patrick Clayton, „unser reizender Reisebegleiter Abbas Halim war es, der den Großmufti von Jerusalem zur Errichtung einer *Arabischen Legion* in Berlin bewegte."

„Mr. Clayton, man erzählt, ägyptische Frauen nähten damals Hakenkreuzfahnen, und auf den Hauswänden Kairos stand *Sieg! Sieg!* zu lesen."

Nervös fährt sich Clayton über die Stirn. „Für die Nazis war es wichtig, die Araber als Partner im Kampf gegen die Juden zu gewinnen. Ihre Propaganda stellte Rommel als den Befreier der Araber von den Zionisten dar, die Palästina besetzt hielten. Hitler empfing den Großmufti und erklärte ihm, der Islam stimme mit den Prinzipien der Nazis überein. Überdies würden die Deutschen alle Juden enteignen und deren Gut den Arabern übergeben. In Ägypten sollten Taher Paschas Schwarzjacken unter dem Banner des Großmufti von Jerusalem die Arbeit der SS übernehmen. Zwar hatte Hitler in *Mein Kampf* die Araber als minderwertige Rasse bezeichnet, die zu Recht unter dem Joch der englischen Herrenmenschen stünde. Diese Stellen strich man aus der arabischen Fassung. Unser Reisegefährte Abbas Halim spricht allerdings Deutsch, liest Deutsch und schreibt Deutsch."

An all diesen Lügen spann der Prinz mit?

Ein aus dem Olymp verstoßener Gott. Nicht anders als Almásy, der gerade seinen *Vielleicht* für die Morgenausfahrt bereitmacht. Schloßgeister, alternde Jünglinge, die in ihren Schwulenclubs Weltverschwörung spielen, um nicht erwachsen werden zu müssen. Von Müttern geboren, die nur der aristokratischen Ordnung wegen besamt wurden. Sie lassen sich das Spielzeug nicht nehmen, handeln wenn nötig mit allem, und wenn nötig mit jedem, auch mit jenen, die sie bekämpfen.

„Und doch, warum hassen Sie Almásy nicht!"

Er übergeht den Einwurf. „Abbas Halim", sagt er, „kontrollierte für die Nazis deren Waffenschübe an die ägyptische Widerstandsbewegung und bediente sich dabei ausgerechnet der *Stern-Gang*, einer jüdischen Schmugglerbande, die über Griechenland Waffen an Nasser lieferte. Da wir Abbas Halim und kurz darauf Taher Pascha mit Hausarrest bedachten, gerieten die Transporte ins Stocken. Die beiden Agenten, die Almásy durch die Libysche Wüste nach Kairo schleuste, sollten Abbas Halim befreien und nebenbei für Rommel eine Villa in der Pyramidenstraße von Giza suchen, in der er nach seinem erwarteten Triumph zu wohnen wünschte."

„Und Abdul, Mr. Clayton? Arbeitet er für die Widerstandsbewegung?"

„Sein Offizier Anwar es Sadat stammt aus dem einfachen Volk. Ein strenggläubiger Muslim, voll Haß gegen das zügellose Leben der Oberklasse, besessen von der Idee, die Juden trügen an der Dekadenz der Paschas schuld. Er fühlt sich von Juden verfolgt, denunziert, und hält sie alle für Agenten der Briten. Sadat war an SALAM beteiligt, er überprüfte die Funkgeräte auf dem Hausboot der beiden Agenten. Wir vermuten, daß er seine alten Naziverbindungen weiterhin nützt, um die revolutionären Teile der Armee aufzurüsten."

Patrick Clayton lenkt das Gespräch auf seine Pferde, auf *Nigger,* seinen Liebling, auch Almásy ist ein Pferdenarr, muß Hana wissen.

Sie sehnt sich zum Friedhof zurück, den sie in der Nähe der Oase Farafra besucht hat. Die Kuppelgräber gleichen den mediterranen Taubenschlägen, dem Turm für die Vögel, in dem ihr Vater starb. Warum ist sie nicht bei der Stiefmutter, an sicherem Ort. *Dies ist mein erster Brief in Jahren, Maman. Maman ist ein französisches Wort. und man denkt dabei an Kuscheln, ein persönliches Wort, das man sogar in der Öffentlichkeit rufen kann. Hat etwas Tröstliches und Zeitloses wie eine Barke. Warum endete der Vater in einem Taubenschlag, Maman?*

In der Wüste wird es einem gleichgültig, ob man lebt oder tot ist. Auch die trockenen Leichen wirken demütig, verwesen nicht theatralisch. Hier entstehen kluge Gedanken, aber man muß weite Wege gehen, damit sie jemand erfährt. Die Beduinen sagen, *wenn du steckenbleibst, mußt du ruhig bleiben, weil auch die Wüste ruhig ist.* Wenn du dich verirrst, sollst du dich hinsetzen und warten. Verdurstende hinterlassen oft Aufzeichnungen, durch das Schreiben leugnen sie ihre entsetzliche Isolation.

Der Brief an Maman. In Gedanken hat ihn Hana längst umgeschrieben. Ich möchte nicht mehr *zu Deiner Blockhütte,* nicht mehr *zu Deinem rosaroten Felsen,* ich würde *warten auf Deine Silhouette im Kanu,* aber wie sollte sie *mich retten kommen aus diesem Ort, an den wir alle gingen.* Was ich erlebte, läßt erst recht nicht zu, so wie Du in einer Blockhütte zu verharren.

Während die Prinzen müder und gleichgültiger werden, Graf Caporiacco die Zeit totschlägt, indem er Hana den Hof macht, bedrängt Wilhelm Kapp Almásy von Tag zu Tag heftiger. Aus dem zurückhaltenden Handelsreisenden wird ein herrischer Feldwebel. Pedanterie tritt hinter seinem korrekten Benehmen hervor. Er grüßt mürrisch, herrscht jeden an, der ihm im Weg steht. Manisch schüttelt er seine Haare aus der Stirn, ißt auch vom Brei, den die Sudanesen aus den Abfällen rühren. Er verhöhnt Almásy, der ihn vor der Amöbenruhr warnt. Sein germanisches Blut sei gegen

Bakterien resistent, seine Rasse allen Lebewesen überlegen. „Sie sind ein Weichling, Almásy, ich habe mich gründlich in Ihnen getäuscht."

„Das ist schon vielen passiert."

Almásy riecht an seinen Fingernägeln, schnüffelt den Geruch seiner Haut.

Hanas Vater, der sich vorbeugte und am Ballen einer Pfote roch, immer wenn er mit einem Hund allein im Haus war. Hana roch oft an der vernarbten Hand des verbrannten Patienten. Und die Hände des alten Vater-Freundes, die nutzlosen, seine Finger von Gestapoleuten verstümmelt. In Hanas Hand starben Soldaten, die Blutopfer monströser Machtphantasien.

Almásy? Seine mystische Nähe zu Maschinen. Und die Sache mit den Händen. Einer wie er fragt, in wessen Händen er einmal sterben wird, nicht wie er sich fortpflanzt. Hundepfoten riechen nicht nach dem Geschlecht. Das Märchen von Schneewittchen. Die Jungfrau, die Zwerge, die Stiefmutter. Sie lebt draußen an den Seen, steigt behender in ein Kanu als in ein Auto. Sie hat ihnen Briefe nach Europa nachgeschickt, um ihre Wut auszudrücken, als sie in den Krieg gingen, über das Meer. Was weiß sie schon von den Spiegeln, in die Hana geblickt hat. Ihre Wut lebt von den Lügen der Idylle.

Hana fühlt sich angeekelt, als Almásy das Märchen von der Gräfin Elisabeth erzählt, ein ungarisches. Die Gräfin läßt alle Jungfrauen aus dem Dorf holen, tötet sie und badet im Blut der Mißbrauchten. Aus seinen Schilderungen hört Hana einen tiefen Schauder heraus und ebenso tiefe Lust. Dem kleinen László ist es verboten, über die Mutter Phantasien zu entwickeln. Kaum stellt sich eine ein, wird ihm schwarz vor den Augen. Der Vater ist weit weg, ein Vogelkundler, der bis nach Asien reist, mit einem mongolischen Knaben im Gefolge zurückkehrt, mit exotischen Funden im Gepäck. Der Großvater verweist den Vater vom Schloß. László eifert ihm nach, in der Höhle der Schwimmer lebt eine urzeitliche Mutter, sie riecht nach Sand. Er scherzt über den biblischen Onan, der seinen Samen auf die Erde verspritzt, sich verschwendet. Hades, der Persephone in die Unterwelt holt. Um ein Kind gebären zu können, verweilt sie zu kurz auf der Erde, Persephone bleibt eine Jungfrau.

Das nächste Lager liegt auf einem Plateau, über einem ausgetrockneten See, Salzsäulen ragen aus dem Wüstenboden, pilzförmige Gebilde.

„Sag uns endlich, wo es ist!“ ruft Abbas Halim, mehr kraftlos als fordernd.

Almásy deutet auf das salzige Becken.

Die Prinzen stürzen hinunter, bleiben stehen, schicken ihre Diener voraus, der eine tritt auf eine Mine, der ungeheure Knall einer Detonation, die Schreie des Sudanesen, der auf den Boden starrt, dorthin, wo seine Beine sein müßten.

Ein Anschlag? Wer wollte die Expedition zum Scheitern bringen?

Ein Unfall?

Ein verfehltes Kalkül, wie damals bei El Alamein?

Goma sagt, Almásy hatte seinen Geliebten Hans Arnold von der Ostfront nach Afrika abberufen lassen, um ihn vor dem Rußland-Feldzug zu schützen. Eine Routinefahrt, nicht weit vom Stützpunkt, Arnold stieg aus dem Wagen und trat auf eine Mine, es riß ihn entzwei.

„Nicolas, atmen Sie tief durch, Nicolas!“

Der Sudanese, er blickt entsetzt auf das Blut, das in den Sand sickert.

Plötzlich liegt ein modriger Geruch in der Luft. Die Bilder der Wüste verschwinden, der Schrei hallt Nicolas noch im Ohr.

„Er kommt wieder zu sich.“

Eine Frauenstimme, aber nicht die von Hana, so nahe, nachhallend, wie in einem engen Raum.

„Sie kommen wieder zu sich.“

Als Nicolas die Augen aufschlug, beugte sich Rita über sein Gesicht, er sah auf den Ansatz ihrer Brüste im Ausschnitt des Kleides.

„Rita."

„Sie waren ohnmächtig."

Er lag in der Königskammer der Cheopspyramide. Der Tee im Mena House Hotel, fiel ihm ein, die beiden Alten mit ihren Geschichten von damals, die Kutsche, die ihn und Rita zur Pyramide brachte, der enge Einstieg, das Jammern der Touristen im Tunnel.

„Herr Lemden, nehmen Sie einen Schluck Wasser. Wir müssen ins Freie."

5

Die Jalousie

Drei Tage waren vergangen. Nicolas Lemden bestieg den Firmenwagen. Während er zur Cocktail-Party fuhr, die der Konzern im Palast des Scheichs gab, drehten sich seine Gedanken um die orientalische Ader, die er in sich entdeckt hatte. Da war der dramatische Charakter des Kairoer Lebens, der anarchische Widerspruchsgeist, der sich hinter jedem *Inshalla* verbarg, das täglich mit einer Geste unschuldiger Beteuerung ausgerufen wurde. Eine Welt des Stillstands, eine Trägheit, der man auch ein gesteigertes Lebensgefühl zuschreiben konnte.

An die Choreographie seines Auftritts dachte Nicolas nicht, und dem Chauffeur mochte aufgefallen sein, wie ungezwungen Nicolas gekleidet war. Er lächelte in den Rückspiegel und zwinkerte ihm zu.

Wohnsilos zogen im getönten Fenster vorbei. Durch offene Balkontüren sah er, flüchtig, Kristalluster und klassizistische Möbel, und unten, in den Schluchten des urbanen Lebens, wenn die Leitplanken der Stadtautobahn einen Blick erlaubten, das Menschengewimmel.

Da war Ritas Gesicht, das ihm in der Königskammer wie das eines Engels erschienen war. In jenem Augenblick des Erwachens hatte er sich eingebildet, neben Hana in der Wüste zu liegen, als diese ebenmäßigen Züge vor seinen Augen auftauchten, die gerade Linie der Nase, die Rundung ihrer Ohren, die Wölbung ihres Mundes. Erst nach und nach wurde ihm bewußt, daß sich nicht Hana, sondern Rita über ihn neigte. Er wollte sie anfassen, betasten und spürte seitdem eine Losgelöstheit in sich, sobald er an die Ägypterin dachte.

Von der Vorstellung eines Engelsgesichts war Rupert am Telefon überfordert. Den Wiener Freund interessierte das Heer des Kambyses. Ob Almásy es gefunden hat, was aus dem Schatz geworden ist? Das Konzern-Archiv hatte er besucht, sagte Rupert, der Name Almásy war in Handelsakten der vierziger Jahre nicht zu entdecken gewesen.

Nicolas lag ein Almásy-Sprichwort auf den Lippen, *nirgendwo wird so viel gelogen wie in der Ehe und im Krieg; warum sollen wir eine Ausnahme machen*, er verkniff sich jedoch die spitze Bemerkung. Rupert hörte nicht auf, Fragen über Kambyses zu stellen. Die Schatzsuche verknüpfte er mit der verrückten Idee, Vermögensberater zu werden. Sein Leben als kritischer Journalist wollte er ablegen, wie andere ein Kleidungsstück wechseln. Über *corporate politics* globaler Konzerne dozierte er, über alte Firmen-Hierarchien, denen das neue Netzdenken gegenüberstehe, über das System der Job-Rotation, das den alleinherrschenden Patriarchen ablöse. *Kambyses* hielt er für den Eintrittscode einer gewissen Überzeugung, das verschollene Heer für den Mythos der Ökonomie schlechthin.

„Sehr romantisch", sagte Rupert, „man ersetzt die Welt, die einem nicht paßt, durch ein Ideal, das man ihr aufzwingt. Cyberfürsten! Eigentlich Cybergrafen, verarmte Adelige. Alle Macht den Konzernen. Die sind, Garagenmythos hin oder her, bis heute feudale Gebilde. Damals wie heute bildet ein globaler Jet-set einen informellen Geheimstaat, der sich der alten aristokratischen Netzwerke bedient. Über GSA-Handy-Systeme fädeln adelige Konzerndiplomaten Geschäfte ein, tauschen Informationen aus, prüfen Mitarbeiter. Heiratspolitik ist ein effizientes Mittel geblieben. Datenbanken berechnen ideale Mann-Frau-Konstellationen, fortschrittliche Konzerne konstruieren auch Schwulenpaare. Über Partys werden die Dates angebahnt."

Im Fenster die Totenstadt, die Kuppeln der Mausoleen, die über die Friedhofsmauer ragten. Vielleicht war Rupert nur ziellos geworden, sagte sich Nicolas, seiner eigenen Ironie in die Falle getappt.

Alles wurde ruhig, trotz des Lärms auf der Straße. Daß die

Cocktail-Party dem erfolgreichen ALMASY galt, ließ ihn unberührt. Das neue Wüstenauto verkaufte sich gut, Nicolas aber verspürte keine Hysterie. Dankbar dachte er an Akim, sein Studio, und den Radiospot, der schließlich das Publikum zum Matchpoint gelockt hatte. Und an Rita, die vom Messegelände direkt nach Heliopolis kommen wird, an Hana und Goma.

Ihn rührte ja schon der Gedanke an einen x-beliebigen Mann in einer Galabiya, der im Teehaus seine Wasserpfeife rauchte und den Tag einen guten Tag sein ließ. Neulich im Hotel hatte sich Nicolas im Kopf eines Piccolos wiedergefunden. Mit Rita in der Lounch hatte er Tee bestellt. Dieser Piccolo kam mehrmals vorbei, lächelte und machte keine Anstalten, den Tee zu servieren. Er vergaß den Europäer auf dem Diwan. Die Verachtung des jungen Ägypters war souverän.

Beim Telefongespräch mit seiner Mutter hatte Nicolas seine Ohnmacht in der Pyramide nicht erwähnt. Sie rief ihm etwas zu, aber sie erreichte ihn kaum. Er lag auf dem Bett, der Fernseher lief, und ihre Stimme kam vom anderen Ende eines Tunnels.

„Gott sei Dank bist du bald wieder zu Hause", hört er sie schwach, vernimmt ihr Hüsteln. Sie schluchzt. Seine Schwester Susanne liegt im Sanatorium, Ford Prefect leidet an einer Magenkolik, die Studentin muß den Hund ins Tierspital bringen.

Er will nur wissen, was der Vater vom Krieg in Afrika erzählt hat. Sie verfällt in einen Monolog. Es könnte aus Almásys Mund kommen, wie sie von Rommel schwärmt, vom idealen Staat, den Mussolini in der Cyrenaika verwirklichte. Ganz ähnlich klang, was Nicolas bei Almásy gelesen hatte: *Meine Wege durch die Sahara werden jetzt im Gefolge Rommels nicht von der unsagbaren Stille und Unbeweglichkeit begleitet, und ich bin nicht von reiner Unberührtheit umgeben. Trotzdem finde ich Schöneres und Größeres in der Wüste als in der Forschungsarbeit der fruchtbarsten Jahre. In diesem Reich des Todes schenkt uns nämlich die Kameradschaft den Glauben, den Willen und eine unvorstellbare Sicherheit. Sie ist der Lohn des Krieges.*

Die Mutter hat sich in den Vater verwandelt, nennt die Australier im Dienst der Tommies die schlimmsten Vandalen, die auf den

Tischen und in den Badewannen schliefen, in den Betten aßen und die Stühle verbrannten. Die Italiener hätten schöne Häuser gebaut, sogar die Araber- und Judenviertel in Ordnung gebracht, ja ein wahres Weltwunder bewirkt. Die Böden gerodet, bewässert und saubere Landhäuser errichtet, schneeweiße Gebäude.

„Als die Engländer den Krieg erklärt haben, sind die Deutschen den Italienern zu Hilfe gekommen, die keine guten Soldaten sind. Die Deutschen haben wenig gegessen, noch weniger getrunken, nur kurz geschlafen, sich kaum gewaschen, und Rommel hat nichts gegessen, nichts getrunken und nie geschlafen. Sie haben nicht verstanden, warum er immer so sauber und gut rasiert war. Ein gerader und muskulöser Mann. Sprach ruhig, ohne Leidenschaft, nur selten ein Lächeln."

Sie redet und redet, bis sich die Wüste vor Nicolas' Augen zurückzieht. Mußte Almásy – von der Stimme seiner Mutter verfolgt – von Mal zu Mal noch größere Wegstrecken in die Wüste hinaus flüchten? fragt er sich. Sich dem totalen Narzißmus hingeben, in den Armen eines anderen Mannes, dieser männliche Lesbe, aus dem Gefühl, von der eigenen Mutter verstoßen zu sein? Verstoßen? Almásys Umarmung mit Goma ein Pseudo-Inzest mit eben dieser Verstoßerin? Warum verstoßen? Und warum gerade jetzt dieser Gedanke, da er, Nicolas, mit seiner Mutter telefoniert, die gewiß keine Verstoßerin, sondern eine Nichtloslasserin ist? Weil die Verstoßerin und die Nichtloslasserin von gleicher Brutalität sind? Liegen sie alle auf dem Diwan, trunken von ihren trivialen Geständnissen, von der Aussicht Freudianischer Schmerzen?

„Eine Straßensperre, ein Minister fährt aus!"

Die tiefe Stimme des Chauffeurs holte Nicolas in den Kairoer Verkehrsstau zurück. Eben riegelten Soldaten die Stadtautobahn ab, der Sudanese machte eine entschuldigende Geste, als trage er an dem Chaos Schuld.

„Wollen Sie über das alte Heliopolis fahren, Herr Lemden?"

Nicolas nickte. Almásy hatte zeitweise in Heliopolis gewohnt, in der Stadt am Nordrand Kairos, dem Paris des Südens, ein europäischer Ort für europäische Einwanderer. Jetzt lebten neureiche Ägypter hier, meist Gastarbeiter, in den Golfstaaten zu Vermögen gekommen.

Die Boulevards waren wenig gepflegt und die Ornamente an den Häusern am Zerfallen. In den unteren Stockwerken jedoch reihte sich ein luxuriöses Geschäft an das andere, und von den Dächern prangten bunte Leuchtreklamen. Modisch bekleidete Fußgänger schlenderten an den Straßencafés vorbei, wo unverschleierte Mädchen Musik hörten, ihre Hunde an der Leine. In einer Seitengasse stießen ein paar Halbstarke einen Passanten zu Boden, eben als der Wagen vorbeirollte.

Beim Betreten der Palastanlage spürte Nicolas, wie sich die Härchen auf seinem Handrücken sträubten, obwohl sie depiliert waren. Dieses Tor hier existierte zweifellos und war zugleich ein Phantom: der Zugang zum Palast von Prinz Kemal el Dine in Qasr an-Nil. Einst hatte Almásy es durchschritten, als ihm sein Mentor das Dokument vom Regenfeld zeigte. Fräulein Grüner, Ritas Großmutter, hatte in diesen Mauern gewaltet, und Hana ihren Goma auf den gelben Diwan gebeten, ehe Abdul in der Bibliothek erschien, und… *Abdul*, der Name hallte in Nicolas' Kopf nach, *Abdul*, der Kontrahent Gomas in den vierziger Jahren, der sich heute Scheich Abdul el Manzur nannte und der Besitzer des vom Nil hierher verpflanzten Palastes war.

Die Vorstellung, die junge Hana schreite gerade durch den Garten – so wie er jetzt –, wühlte Nicolas auf. Er würde hier den Generaldirektor treffen, fieberte aber einer Begegnung mit Almásy entgegen, malte sich das Publikum in Babykostümen aus.

Im Gedränge von orientalischen Trachten und westlichen Abendroben konnte er Rita nicht finden. Daß in diesem Palast ihre Mutter großgezogen worden war, steigerte den Reiz auf mythische Weise. Ritas Haut erschien ihm noch glatter, ihr Duft noch schwerer, ihr Schritt noch einladender.

Vor der Springbrunnenanlage, der *Andalusia*, hielt Nicolas lange Ausschau. Unter den Fontänen trieben die arabischen Scheichs

Konversation mit ihren europäischen Geschäftspartnern, bewunderten die Pret-à-porter ihrer Begleiterinnen, die Diamanten, Schulterroben oder einfach ihr eingefrorenes Lächeln. Henry O'Toole, der Amerikaner, trank an der Freiluftbar einen Cocktail und winkte, als er Nicolas wahrnahm, grinsend herüber.

Nicolas lächelte und ging weiter. Ihn irritierte auch nicht, daß er wenig später den Amerikaner vertraulich mit Nagib Manzur, dem Sohn des Scheichs, flüstern sah. Der stürmte sofort auf Nicolas zu und gratulierte wegen des ALMASY-Konzepts, er freue sich, daß sich der Wagen so erfolgreich verkaufe. Er wirkte noch steifer als vor Wochen im Gesira Sporting Club. Im Vorbeigehen nahm er ein Glas Orangensaft vom Tablett eines Piccolos, leerte es in einem Zug und sagte: „Ich möchte Ihnen ein Gemälde zeigen, es stammt aus den zwanziger Jahren, ein sehr aufschlußreiches Stück. Gehen wir ins Haus."

Sogleich drängte er Nicolas zur hinteren Terrasse. Dort wachten schwarzhäutige Diener darüber, daß kein Partygast in den Palast kam. Vor Nagib verbeugten sie sich und öffneten die Tür. Als Nicolas das kühle, dunkle Gebäude betrat, schien es ihm wieder, er tauche in vergangene Zeiten ein. Über den knarrenden Fußboden gelangten sie zur Treppe, die zur Galerie führte. Dort befanden sich Nagibs Räume, sämtliche Haremsgemächer, die er allein bewohnte. Durch die Holzgitter und über Spiegel sah Nicolas jeden Winkel unten im Saal ein.

Das Ölgemälde lehnte an der Wand eines Rokoko-Zimmers, es war sehr sachlich gemalt: Dienerinnen, wie osmanische Prinzessinnen gekleidet, mit Kopfschleier und Seidengewändern, posierten mit Fliegenbesen hinter einem Diwan, auf dem sich zwei nackte Frauen räkelten und Pfeife rauchten.

„Eine Kopie", erklärte Nagib, „das Original wurde in den zwanziger Jahren von Prinz Mohammed Ali gemalt, der wie seine Cousins regen Umgang mit Almásy pflegte. Der Prinz war mit achtzehn vom Pferd gestürzt und malte sein Leben lang vor allem das Pferd, das ihn entmannt hatte. Ich nehme an, dieses Gemälde hier zeigt türkische Frauen am Kairoer Hof, unter ihnen war das Rauchen üblich. Ähnlich beliebt wie die Homosexualität unter Prinzen, Paschas, Geschäftsleuten, Künstlern und Tänzerinnen. Unter den Homosexuellen herrschte ein ausgeprägt machiavellistisches Denken, ständig waren sie mit Plänen und Intrigen beschäftigt, fragten sich, was muß ich tun, um einen möglichen Gegner auszuschalten, wie demütige ich strategisch einen möglichen Feind, wie komme ich meinem Schächer zuvor. Sie waren in viele Staatsgeschäfte verwickelt, ihre Sprunghaftigkeit ist legendär."

Warum erzählte Nagib von schwulen Salons im Kairo der dreißiger Jahre? Empörte Almásys Liebesleben den gläubigen Muslim?

„Wir denken in diesen Dingen liberal", sagte Nicolas.

„Der Orient zerfällt, mein Freund, darüber bin ich entsetzt." Den Scheichsohn erschreckte der Realismus, den er für den Triumphzug des Westens verantwortlich machte. Dieser Lebensstil, der einzig auf das Praktische aus war, überrollte nicht nur das Heute, sondern auch das Gestern seiner Welt. Daran litt er umso mehr, als er selbst ein eifriger Möchtegern-Europäer war.

Ein heller Balken quer über den Fußboden irritierte Nicolas; er bildete eine Art Korridor und endete im Erker am anderen Ende des Zimmers.

„Manchmal", kam Nagib der Frage zuvor, „möchte ich ein paar Schritte tun, von denen mein Vater nichts weiß."

Balancierte man über den Balken, knarrte der Fußboden nicht. So gelangten sie lautlos bis zum Erker und setzten sich auf die Lederhocker. Nagib genoß die sinnlose Freiheit. Die Fensterläden waren geschlossen. Hier verbrachte er wohl Stunden, ohne irgend etwas zu tun.

Als Nagib zurückbalancierte, um etwas zum Trinken zu besorgen, fiel Nicolas die Falltür im Boden des Erkers auf, das Schloß war nicht richtig eingeschnappt. Er hob die Tür an und blickte in einen schmalen Schacht. Der mochte irgendwo versteckt zwischen Bücherregalen enden, denn was Nicolas zu sehen bekam, sah er in einem Spiegel: zwei Gestalten in der Bibliothek, das Kleid der Frau auf dem gelben Diwan, die nackte Rita, ihre bronzefarbene glatte

Haut, ihre großen Brüste mit den kleinen dunklen Höfen, ihre Beine schlank wie die eines Jungen, die schmale Hüfte weich und weiblich, die langen Zehen, das jetzt rötlich schimmernde Haar und die Äderchen in der Kniehöhle. Vor ihr der Scheich im langen Baumwollhemd, der einen Krug über ihre Schulter leerte. Das Weiße rann über ihren Körper, Ziegenmilch, die er von ihr leckte, sich hinabbeugte, bis er vor ihr kniete und sich seine Zunge zwischen ihre Beine grub und sie den Kopf in den Nacken warf, sich ihre Lippen öffneten. Leidenschaftlich und zugleich unbeteiligt, zügellos, im schmutzigen Geheimnis mit dem religösen Eiferer verbunden, sie hätte ein Pferd sein können, er der päderastische Teufel. Ihre Erregtheit war kalt, wie die der orientalischen Frau Durrells, es ist nichts Gefühlseliges in ihrem Wesen, ihre wahre Leidenschaft gehört der Macht, der Politik und dem Besitz. Der Sexus tickt zwar in ihr, aber seinen Antrieb erfährt er erst durch die kinetische Brutalität des Geldes.

Die Stille war noch in Nicolas' Ohr, als er im Garten erneut in den Lärm der Party eingetaucht war. Er verfluchte nicht nur Rita, er verfluchte den Palast. Den virtuellen Wahn, den Fürsten des neunzehnten Jahrhunderts abgeschaut, die Obelisken und Sphinxe in ihre europäischen Gärten und kleine Mohren in ihre Kammern schaffen ließen, um sich einen Funken Unsterblichkeit einzuverleiben. Es schrie in ihm.

In Augenblicken wie diesen, mahnte er sich, mußte er sich der Psychotechniken eines Produktmanagers bedienen. Er hob die Schultern, atmete tief durch. Eben, da er das Programm starten wollte, rückte Hana in sein Gesichtsfeld, ihr strenges Lächeln, ihr Gehstock. Sie suchte den Scheich. Nicolas spürte wieder jenes Drehen im Kopf.

Was dann geschah, bekam er nicht mit.

Stützte Hana ihn?

Brachte sie ihn hinaus zur Straße?

Als er sich auf dem Rücksitz des Firmenwagens wiederfand, saß Hana neben ihm, die Beine übereinandergekreuzt. Verjüngte sich ihr Gesicht, nahm es die unverbrauchten Zügen der Zwanzigjährigen an, die den Patienten seit Monaten pflegt?

Es drängte ihn, und er erzählte von Rita, dem Scheich, von seiner Verletztheit. Hana aber, anstatt ihn zu trösten, sprach von einem Dorf bei den Pyramiden, von den späten vierziger Jahren. Dort lebt Gomas Onkel, ein Muslimbruder und Prediger. Es ist kalt, auf den Lehmböden liegen nur Strohmatten, die armen Leute scharen sich um den Backofen. Verletzt sich ein Wasserbüffel, wird er geschlachtet, und der Dorfrat kauft das Fleisch, um dem Besitzer des Büffels zu helfen. Die Armen arbeiten für die Reichen und schicken ihre Kinder in die Koranschule. Zu den Festen entrichten die Reichen ihre Almosensteuer, sie beschenken die Armen jeden Freitag. Die Männer sitzen vor ihren Häusern und sprechen noch immer über den Krieg, über Churchill und Hitler. Über die USA, über Stalin, über die Gründung der Vereinten Nationen. Die Kinder lesen im Teehaus die Zeitungsberichte laut vor. Über Hiroshima, das in aller Munde ist, die Bedrohung durch die Bombe, die Welt eine Wüste, das kommende Inferno, das nicht einmal der ewige Nil überdauern wird können.

Was sollte Nicolas jetzt die seltsame Informiertheit von Fellachen nach dem Weltkrieg interessieren! Die quälenden Bilder im Kopf, das Kleid auf dem Diwan, Ritas offener Mund, der kniende Scheich, seine Zunge, die Milch.

Hana faßte nach seiner Hand und sprach unbeirrt weiter.

Schüttet eine Frau am Morgen ihr Badewasser vor die Tür, war die Nacht schön. Draußen in der Welt gibt es Gute und Böse, die Bauern trösten sich mit ihrem einfachen Leben. Hana horcht dem Onkel zu, den Goma über alles verehrt, den Muslimbruder, der einst seinen Neffen den Koran zu memorieren lehrte. Täglich einen Abschnitt, fünfzig Verse, die Goma mit Tinte auf die Metalltafel schrieb, danach trug er sie vor. Der Lehrer klemmte den Jungen zwischen die Beine, gab ihm für jeden Fehler einen Schlag auf den Kopf, bis jede Silbe, jeder Tonfall stimmte. Gomas Augen glänzen vor Ehrfurcht und Glück, wenn er sich an jene Tage erinnert, ehe Prinz Kemal el Dine ihn nach Kairo mitnahm, und der

Onkel sieht ihm wegen soviel Dankbarkeit nach, daß Goma eine Kanadierin, gar eine Engländerfreundin, mitbrachte. Und als der eifersüchtige Abdul im Dorf auftaucht und Hana droht, er werde Gomas eigene Engländerfreundlichkeit verraten, dem geliebten Onkel die Augen öffnen, macht sie, was Abdul verlangt: sich vor ihm entkleiden, seine Perversionen erdulden, ihn ihren Körper besitzen lassen. Sie tut es, weil sie fürchtet, der Onkel werde Goma verstoßen, denn für einen Muslimbruder kann nur ein Pascha oder Bey ein Freund der Engländer sein, ein Playboy und Nichtsnutz. Bald wird sie stumpf gegen den Ekel, den Geruch der Ziegenmilch, die ihre Schulter hinunterrinnt.

„Hören Sie auf!“ rief Nicolas, „wie konnte Goma das ertragen?“

Die alte Dame lächelte. „Er ahnte nichts davon.“

„Die ganze Zeit nicht?“

„Nein. Leider habe ich Rita davon erzählt. Ich fürchte, sie... Rita ist ein guter Mensch. Herr Lemden, Rita will Goma schützen, glauben Sie mir.“

„Sie will Goma schützen?“

„Abdul schreckt auch vor einem Mord nicht zurück..., er dreht die Zeit zurück...“

Hatte sich die Ägypterin in die Rolle des Opfers hineingeschwindelt, machte sie es sich darin heimelig? fragte sich Nicolas. Und er, Nicolas, sollte nicht die Lust in ihren Augen gesehen haben? Kein Stöhnen auf ihren Lippen, kein Zucken ihrer Beine? Sie soll wohl dagestanden haben, die Finger ineinander verkrampft, den Brechreiz hinunterwürgend, wie einst Hana, in gewichtigen Zeiten, als eine junge Frau sich mißbrauchen hatte lassen, um ihren Geliebten zu schützen. Rita, diese Möchtegern-Hana. Ein williges Opfer für einen, der das Altern nicht ertrug.

„Abdul ist in allen Fragen fanatisch.“

Wie ruhig Hana blieb, wie gelassen sie das Wort *Verrat* in den Mund nahm, den Fruchtbarkeitszauber jener Männer. Und sie, die junge Kanadierin – sagte sie jetzt, als rede sie nicht über sich selbst – habe mit Almásy empfinden können, der von Wilhelm Kapp wegen DORA erpreßt wurde.

„Wegen DORA?"

„Ein deutsches Sonderkommando im Krieg."

Hana verschließt in jenen Tagen des achtundvierziger Jahres Augen und Ohren vor den Tatsachen, die ihr nichts erklären, was sie nicht schon wüßte. Sie liebt einen Teil Almásys an Goma und bringt diesen Teil in Sicherheit, trägt ihn bei sich fort, hinaus in ihre Wüste, wo der tote Vater, der tote Kindsvater, das tote Kind ihre Ruhe finden. Die Wüste ihrer toten Vergangenheit. Sie fragt Almásy nach der Schuld, der lacht nur und antwortet, *das Malheur würzt das Leben und ich bin ein Sohn meiner Träume.* Obwohl in seinen Augen etwas wie Zerrüttung auftaucht, prahlt er weiterhin mit dem Nashorn, das einst die Seite seines Wagens eindrückte, mit dem Fluß, den er mit 39 Grad Fieber durchschwamm. Und mit dem Abenteuer bei den Nuern Ende der zwanziger Jahre, die er mit dem Zauber der Fruchtbarkeit beschenkte. Hieß die Nuer, Hand in Hand eine Kette zu bilden, drückte dem ersten das Zündkabel des Autos in die Hand und setzte den letzten auf den Kotflügel. Traktierte sie so lange mit Stromschlägen, bis ihre Finger zu verkrampft waren, um nach den Waffen zu greifen.

Was ist an all dem Notwehr, was ist Pose, was Posse? Das eine zugleich und das andere. Bitterer Ernst, Drohung, große Politik und Tragödie, und doch auch Schloß-Ränke, Almásy-Dracula-Spiel.

Die ganze Woche lang herrschte Patt. Die Sommerhitze machte apathisch und förderte doch cholerische Ausbrüche. Nicolas mied das Gespräch mit Rita, herrschte sie wegen Kleinigkeiten an. Sie überging solche Szenen, und nicht sie, sondern Nicolas wich jedem Blickkontakt aus. Bewegte sie sich nicht selbstsicherer, gar aufreizend? Wenn auch auf schmerzliche Weise hatte sie für ihn eine erotische Dimension hinzugewonnen. Nachts, auf dem Hotelbett, schwirrte ihre Nacktheit vor seinen Augen, und es wurde ihm warm, während er die ganze Zeit litt.

Vom Scheich hörte Nicolas nichts, auch nicht von O'Toole. Am Matchpoint machte sich träge Zufriedenheit breit, die Messe endete in wenigen Tagen. Nicolas fühlte sich von einer Krankheit infiziert. Ein Afrit hatte sich in ihm festgesetzt und ließ ihn seinen Rückflug nach Wien über das Ende der Messe hinaus verschieben. Verschwörungen paßten nicht zu Nicolas' Lebensstil. Und doch rief er Goma an, der ihn in seine Wohnung lud.

Nagib, der Scheichsohn, hatte Nicolas den Städteplan des kolonialen Kairo erklärt: hinter den Herrenbezirken Zamalek und Garden City die Viertel der Dienstboten, die in den Villen arbeiteten und nicht zum Hausrat gehörten. Die Wohnung der Assems lag dazwischen, Nicolas erreichte sie von seinem Hotel aus zu Fuß.

In einigen Gassen hatten die vierziger Jahre überdauert, französische und italienische Villen, Limousinen im Schatten der Bäume. Um die Ecke aber lärmte es im Chaos der Handwerkerläden, Gemüsekarren und Teehäuser. Ein Schwarm Vögel stürzte vor der Dämmerung auf den einzigen Baum einer alten Allee. Das Gekreische übertönte den Verkehrslärm, für einen Moment reckten die Passanten ihre Köpfe nach oben.

Vor der Wohnungstür hörte Nicolas, wie Goma die Schlösser entriegelte und dabei schrill fluchte. Als er sie endlich mit einem Ruck aufstieß, erschrak der alte Mann. Er tat so, als wolle er gerade ausgehen und erwarte keinen Gast. Seine spindeldünnen Beine steckten in einer karierten Hose, seine Füße in roten Schuhen, und seine Finger umklammerten ein Dokumententäschchen.

„Herr Lemden, Sie, wie unaufmerksam von mir", entschuldigte er sich übertrieben und bat Nicolas in ein Zimmer, wo auf dem Couchtisch Kaffee und Anisplätzchen vorbereitet waren. Zwei Tassen, zwei Teller, gestickte Deckchen, dazwischen eine Vase mit roten Rosen. Auf dem Stuhl lagen eine Aktentasche, eine Landkarte und das Almásy-Buch in der alten Ausgabe von 1939. Die dunklen Schränke glänzten, es roch nach Chlor. In der Glasvitrine lagen penibel geordnete Kleinode: Modellautos und -flugzeuge, Spielzeug aus Almásy-Zeiten. Unter den Blumenkästen am Fenster waren Plastikplanen ausgebreitet und über dem Diwan ein leinenes Tuch. Zwei Katzen kauerten in einem Korb, gekämmte Perser, die sich geziert abwandten, als Nicolas sie zu streicheln versuchte.

Der alte Mann rauchte. Er streckte dabei die Finger von sich, saß vornübergebeugt auf dem Stuhl, ein wenig unkonzentriert. Dann wiederum zupfte er Nicolas fürsorglich einen Fussel von der Schulter, legte ein weiteres Plätzchen auf seinen Teller.

Auf Nicolas' Frage, was 1948 nach der Explosion in der Großen Sandsee geschehen sei, faltete Goma dankbar die Hände und begann konzentriert seinen Vortrag.

„Der Diener von Prinz Abbas Halim verblutete", sagte er. „Nach dem bösen Unfall brach der Graf die Expedition ab, wir kehrten nach Kairo zurück. Bagnold und Clayton mußten nach Suez, die Arabische Liga rüstete für den Krieg gegen Palästina, und nur noch vier Jahre bis zur Revolution warteten auf uns."

Er sprach sehr gewählt, entnahm der Aktentasche die Fernbedienung eines Videogerätes und schaltete den Fernseher ein.

„Im Jahr 1939", begann er, ohne daß auf dem flimmernden Bildschirm etwas zu sehen war, „hatte in London die erste Konferenz zur Palästinafrage stattgefunden, während in den Straßen von Kairo der vermeintliche Befreier Hitler bejubelt wurde. Chaim Weizmann, der Führer der Zionisten, traf kurz danach in Kairo mit arabischen Prinzen zusammen. Nach elf Stunden brachen sie jedoch die Verhandlung ab, für die einen war Palästina biblisches Land, für die anderen der Ort, wo sie seit Jahrhunderten lebten."

„Goma, Sie waren ein Engländerfreund", unterbrach Nicolas.

„Ich habe den Graf nicht an Hassanein Pascha verraten, wie Abdul behauptet", empörte sich Goma, „im übrigen war Almásy in diesen Dingen immer sehr diskret. Freilich spielte er eine wichtigere Rolle im Krieg, als er zugeben wollte."

„Sein mißglückter Versuch, Nabil Abbas Halim aus Kairo zu schleusen, und die legendäre OPERATION SALAM?"

Goma seufzte. „Erst nach dem Krieg, als Wilhelm Kapp in Kairo auftauchte, erfuhr ich durch Abdul von DORA."

„Von DORA?"

„Einem Sonderkommando, dem der Graf angehört haben soll, nachdem ihn Rommel aus dem Afrikakorps entlassen hatte. Wilhelm Kapp will mit DORA zum ersten Mal nach Afrika gekommen sein, im Herbst 1942. Geheime Transportflüge in den Tschad, um militärisches Gerät nach Fort Lamy zu transportieren."

„Der Deutsche erpreßte Almásy damit!"

Der Alte zuckte die Achseln, lehnte sich zurück, um gleich wieder nach vor zu schnellen. Er kramte in der Aktentasche und sagte: „Im Gilf Kebir, in der unerträglichsten Hitze, knurrte der Graf einmal, *ich bin schon lange Offizier, mein Junge, ein Desertieren gibt es bei mir nicht, auch nicht in der Menschlichkeit.*"

„Womit erpreßte ihn Kapp?"

„Vielleicht ging es nur um den guten Namen. Für den Nahen Osten endete der Krieg keineswegs 1945, er wurde ja in Palästina weitergeführt. Schließlich stellten die Engländer all die Juden, die aus Europa vertrieben worden waren, unter ihr Protektorat. Für die Araber waren sie die Besatzer Palästinas. Wilhelm Kapp machte seine Geschäfte mit Panzern und Gewehren und bildete in Al Maza ägyptische Soldaten aus. Er tat es im Auftrag König Faruks, vermute ich. Und Nabil Abbas Halim fädelte das alles ein."

„Doch nicht für den ersten Palästinakrieg?"

„Oh gewiß. 1948. Der Kambyses-Club war ein halbes Jahr vor Kriegsbeginn in die Wüste aufgebrochen. Abdul mußte für Anwar es Sadat ein Auge auf die Engländer wie auf den Nabil Abbas Halim werfen. Der stand nämlich seit einigen Jahren den Muslimbrüdern vor, galt aber bei den *Freien Offizieren* als unverläßlicher Verbündeter."

Nun entnahm Goma der Aktentasche ein Videoband, steckte es in den Recorder. Es zeigte jüdische Siedler, die sich gegen anrückende arabische Truppen wehren, die im Hinterland palästinensische Dörfer räumen und Fellachen vertreiben. Ägyptische Panzer fahren im Sand fest, königliche Reiter flüchten Hals über Kopf.

„Wilhelm Kapp, dieser fanatische Nazi", sagte er, „verlor die Contenance, als er von der Niederlage der Ägypter erfuhr. Mit bloßen Händen und Jagdgewehren hatten die jüdischen Siedler die arabischen Heere geschlagen."

Abdul hatte Goma berichtet, wie Wilhelm Kapp in Al Maza vor Wut aufschrie und den *deutschen Schmucksoldaten* nachweinte, die er – nach dem erhofften Triumph über Israel – als Gauleiter von Ägypten befehligt hätte. In seinem Wahn hatte er die Orden schon auf seiner gelben Uniform gesehen, seine Villa in Giza, die Terrassen und Pavillons, wo er die Gauleiter von Europa und Asien empfangen hätte. Für Neger wollte er eine Freizeitgestaltung einrichten, Eierlaufen und Sackhüpfen, die Deutschen meinten es nämlich gut mit den Negern.

Wen sollte Abdul mehr hassen – die Engländer, die Juden, die reichen *fils à papa* mit ihren Autos und Motorbooten, den schönen Mädchen und dem Cognac im Kaffee? Oder doch einen Lügner wie Kapp? So mischte er sich unter die Offiziere, Großgrundbesitzer und Playboys in der Kit-Kat-Bar auf Zamalek, um etwas über den Deutschen zu erfahren. Wie einer dieser *fils à papa* saß dieser vor seinem eisgekühlten Getränk unter Palmen, lauschte dem Foxtrott, dem Tango, folgte dem Auftritt der schlanken Bauchtänzerin. Im Licht der bunten Lampions vergnügte sich jenes Volk der Dunkelheit, Schieber und Schwarzhändler, Ölagenten und Spione. Über Kapp wußte man wenig, von einem Schwarzhändler, einem ungarischen Diplomaten, erfuhr Abdul indes, daß der Deutsche den Grafen Almásy erpreßt und daß dieser ihm den Kambyses-Plan ausgehändigt hätte.

„Almásy hatte tatsächlich einen Plan gezeichnet?"

Goma winkte ab, sein junger Gast müsse sich gedulden. „Der Graf erkrankte gleich nach der Rückkehr aus der Wüste ein weiteres Mal und mußte im Frühjahr 1948 zur Behandlung nach Europa. Damals ließ er sich zum ersten Mal in einem Sanatorium in Salzburg behandeln."

Geschickt goß der alte Mann im hohen Bogen Kaffee nach.

„Sie begleiteten Almásy?" stieß Nicolas nach.

„Er wollte allein nach Europa, war sehr nervös. Während seiner Abwesenheit zeigte ich Hana das Dorf meines Onkels. Zu meiner Überraschung war uns Abdul gefolgt, so kam die Geschichte ans Licht."

„Ihre Geschichte mit Hana?"

„Mit Hana? Was reden Sie, mein Junge. Abdul ist geschlechtslos, er liebt nur die Macht. Almásys Reise nach Europa meine ich. Abdul war davon überzeugt, der Graf habe sich abgesetzt, wie kurz darauf Wilhelm Kapp. Der schiffte sich angeblich nach Südamerika ein. Also hielt sich Abdul an mich, von der fixen Idee besessen, Almásy hätte mir ebenfalls den Kambyses-Plan gezeigt."

„Der Plan existiert?"

„*Immer sachte mit den jungen Pferden*, wie der Graf zu sagen pflegte", lachte Goma, „ich sagte zu Abdul, ich wisse nichts von dem Plan. Die Sache geriet in Vergessenheit, wir erlebten turbulente Zeiten. 1952 die Revolution, Nasser kam an die Macht. Die Paschas flüchteten nach Europa, das Volk jubelte dem Befreier zu, kleine Leute wie ich holten die Schule nach, besuchten die Universität. Ich studierte Rechtswissenschaft. Aber die Revolution frißt bekanntlich ihre eigenen Kinder. Als Nasser die Azhar, die islamische Universität in Kairo, zu kontrollieren begann, priesen deren Gelehrte den Sozialismus. Und Abbas Halim, der ehemalige Sozialist, forderte den Anteil der Muslimbrüder ein, die den Putsch unterstützt hatten. Daraufhin ließ Präsident Nasser seine Verbündeten verfolgen, ihre Führer hinrichten, ihre Pfadfinder einsperren. Die Muslimbrüder, die den Islam als Staatsreligion forderten, mußten abermals in den Untergrund gehen, um sich nun gegen die neuen Machthaber zu schützen."

„Abdul war doch ein Gefolgsmann Nassers?"

„Ursprünglich ja, doch schloß er sich später, von Nasser enttäuscht, den Muslimbrüdern an."

Gomas Tonfall war nachsichtiger geworden, er hatte Almásys Pose abgelegt. In seinem Leben mochte Schwäche Platz haben, eine selbstironische Heiterkeit, die dann und wann aufblitzte. „Mein Junge", kicherte er, „vor drei Monaten stand der große Scheich Abdul el Manzur plötzlich vor meiner Tür, erwähnte den nach Almásy getauften Geländewagen und fragte mich nach fünfzig Jahren erneut nach dem Kambyses-Heer. Ich wehrte ab, der Afrit ließ jedoch auch mich nicht in Ruhe. Ich sichtete einige Zeitungsarchive. Zu meiner Überraschung hatte Abdul dasselbe getan und Zeitungen aus dem Jahr 1937 entlehnt, unter anderem ein Exemplar des *Stürmer*. Ich nahm zuerst an, er mache sich Sorgen wegen des ALMASY-Images. Über einen Internetdienst besorgte ich mir eine Kopie jener Zeitung."

Nun zog er feierlich ein Stück Papier aus der Aktentasche, die Fotokopie eines Porträts, das Nicolas sofort wiedererkannte. „Ich sah diese Zeitung in der Bibliothek des Scheichs."

Goma nickte. „Julius Streicher, der Gauleiter von Franken, der rücksichtslos seine Konkurrenten liquidiert und seinen Freunden Geschäfte mit beschlagnahmtem jüdischen Besitz ermöglicht hatte. Streicher war immer schamloser geworden, bis ihn 1939 ein Parteigericht wegen Veruntreuung verurteilte und er vom Amt des Gauleiters für fünf Jahre enthoben wurde. 1946 wurde er in Nürnberg hingerichtet."

„Was hat Almásy damit zu tun?"

„Ich fragte mich, was *Abdul* daran so beschäftigt."

„Sie spionierten dem Scheich hinterher?"

„Nicht klug genug. Ein Amerikaner, ein gewisser O'Toole, paßt gut auf ihn auf."

„Seitdem bedroht der Scheich Sie?"

„Mein Junge", ließ sich Goma nicht beirren, „ich fand heraus, Wilhelm Kapp war der Decknamen eines Adjutanten von Streicher. Hatte sich dieser Kapp tatsächlich nach Südamerika abgesetzt? Oder lebte er noch in Kairo, war er irgendwann mit Almásys Karte hinaus in die Wüste gezogen? Hortete er den Schatz des Kambyses? Oder hatte ihm der Graf eine falsche Karte gegeben? Besaß ich, der arme kleine Goma, die richtige?"

Jagte der Scheich besessen von Geldsucht dem Schatz des Kambyses hinterher? Hütete tatsächlich Goma das Geheimnis Almásys, ausgerechnet Goma, der Jugendrivale, der Abdul einst das Mädchen weggeschnappt hatte? Wollte der Scheich Herr über Vergangenheit und Zukunft werden?

Noch ehe Nicolas zu weiteren Fragen anheben konnte, entzog sich Goma mit einem Lächeln. Er widmete sich seinen beiden Katzen und führte sie auf den Balkon.

6

PROPHEZEIUNGEN

Scheich Abdul el Manzur habe nach ihm fragen lassen, stand auf dem Kärtchen. Der Troß eines kuweitischen Ölprinzen fiel über die Hotel-Lobby herein, der Rezeptionist jedoch wandte sich dem jungen Europäer zu, der einen so bedeutenden Anruf erhalten hatte. Er wählte eine Nummer, sprach wichtig in den Hörer und gab ihn mit großen Gesten weiter.

Von der Mittagshitze geschwächt, fühlte sich Nicolas vom schmeichelnden Tonfall des Scheichs gerührt. Der bedauerte, seinen jungen Mitarbeiter gestern während der Party nicht gesprochen zu haben. Vor seiner Abreise wolle er ihn noch einmal sehen, er habe Karten für die Oper reserviert. Eine Vertonung von Goethes *Faust*. Nagib begleite ihn, Nicolas möge doch seine Assistentin, Frau Masary, mitnehmen.

Benommen stand er zwischen den Wüstenprinzen und ihren Türmen aus Koffern und Vuitton-Taschen, die nach und nach in den Aufzug geschafft wurden. Im einen Augenblick war er wütend, im anderen wieder zufrieden: Der Scheich führt seine Macht vor, und Herr Lemden reagiert mit Sachverstand. Der ALMASY adelte ihn zu einem erfolgreichen Mann. Wie ein Sportsmann britischer Prägung nahm er sich vor, neben Rita und dem Scheich in einer Loge zu sitzen, stoisch und souverän und gereift.

Als er am folgenden Abend mit Rita zur Oper fuhr, war es trotz der Dunkelheit drückend heiß. Nicolas gab sich heiter und nachsichtig, Rita war dankbar für jedes freundliche Wort. Beim Aussteigen verlor er kurz das Gleichgewicht; daran sei nur die schwüle Luft schuld, beschwichtigte er sich.

Der moderne Bau stand, den gelben Lehmhäusern der Wüste nachempfunden, hell erleuchtet in einem abgesperrten Terrain. Vor den Zufahrten wachten Soldaten. Vom äußeren Portal gelangte man in einen Innenhof, einen prächtigen Garten mit Palmen und Lauben. Dort warteten der Scheich und sein Sohn. Der alte Mann im Gird schien von der Hitze unbeeindruckt, bewegte sich langsam und heiter. Neben ihm tänzelte Nagib hin und her, fächelte mit der Krawatte Luft ins Gesicht und wischte mit einem Taschentuch den Schweiß vom Hemdkragen.

An den Garten schloß ein Atrium an, das an einer Glasfront endete und den Blick in das Foyer freigab. An dieser Trennlinie zwischen orientalischer und europäischer Architektur versperrten Uniformierte mit Maschinengewehren den Weg. Man mußte einen Metalldetektor durchschreiten und sich einer Leibesvisitation unterziehen.

Unter all den Abendroben wirkte der Scheich verloren. Einem Touristen wurde der Eintritt verwehrt, er trug keine Krawatte. Nagib zog eine aus der Rocktasche und drückte sie ihm in die Hand. Der beschwerte sich nun umso lauter, wie provinziell Kairo sei.

„Ich habe immer eine zweite Krawatte bei mir", flüsterte Nagib, „Europäer genügen der Etikette, wenn sie eine in der Hand halten."

Neugierig blickte sich Nicolas in dem riesigen Saal um. Der Bühnenvorhang aus rotem Samt, das helle gediegene Holz der Bestuhlung, die Ferngläser, die von Loge zu Loge schwenkten, das Geflüster, das Rascheln der Programmhefte, ein bildungsbürgerlicher Ort, nicht anders als irgendwo in Europa.

In der Loge überraschte ihn der Scheich mit gekonntem *small talk*. Er ließ seine Wiener Studentenzeit in den dreißiger Jahren wieder aufleben, den begehrten Stehplatz in der Oper, später die Besuche in Kairo, mit Almásy, der Graf ein begeisterter Verdi-Hörer, die alte Oper am Midan al-Opera im Mailänder Stil, in den siebziger Jahren ein Opfer der Flammen. Der Midan al-Opera, ein Schauplatz der Verwestlichung Kairos, mit seinen Casinos und Handelsagenturen, und doch auch ein Ort, wo Tradition und Moderne verschmolzen waren, die Fassade im europäischen Stil, im Inneren die vergitterten Haremslogen.

Der Scheich erzählte nicht ohne Humor. Rita hörte höflich zu, und Nagib war in der Gegenwart seines Vaters stumm. Nicolas fühlte sich an den dekadenten Reiz alter Grammophonaufnahmen erinnert, an die tränentreibenden Arien, die eunuchenhaften Männerstimmen, das tuntige Ambiente. Was wäre, wenn er, Nicolas – zwischen Rita und dem Scheich –, so wie einst…

Die Luster dunkelten ab, der Vorhang hob sich, und auf der Bühne erschien der Eingang zu einem pharaonischen Tempel.

Tänzerinnen – weiße Priesterinnen in hautengen Bodies – huschten die Tempeltreppe herunter, Mephisto entstieg einer Rauchwolke, ein kahlgeschorener Schwarzer. Der Scheich ließ die Musik aus den Lautsprechern über sich ergehen, einen Sample durch zweihundert Jahre europäischer Musikgeschichte, vermischt mit afrikanischen Rhythmen. Die obszönen Gesten Mephistos brachten die Priesterinnen zum Kreischen, während Faust zusammengekrümmt in einem Winkel kauerte.

Szenen wie Videoclips. Kurzweilig wenigstens, sagte sich Nicolas, als er zur Pause die Loge verließ. Der Scheich blieb sitzen, um sich im Gebet zu ergehen, und Nagib war schon nach draußen geeilt. An der Tür streifte Nicolas Rita, sie griff nach seiner Hand, ihre Augen blitzten auf. Sogleich gab sie sich wieder ungerührt und entfernte sich zur Toilette. Nagib faßte Nicolas an der Schulter. Verärgert wandte sich der zur Treppe hin.

„Meinen Vater bedrückt etwas", sagte Nagib, „sein Jugendfreund Goma Assem…"

Nicolas machte kehrt.

„Mein Vater besuchte seinen Jugendfreund… Herr Assem scheint sehr unfreundlich gewesen zu sein."

Was hatte Goma verschwiegen, als er Nicolas die Begegnung mit dem Scheich schilderte?

„Sie sagen ja gar nichts, Herr Lemden", riß ihn Nagib aus seinen Gedanken.

„Die alte Rivalität", wehrte Nicolas ab, „Belangloses."

„Goma Assem ist ein Wirrkopf", sagte Nagib erleichtert, „und mein Vater so empfindsam. Das schändliche Komplott jüngstens nahm ihn sehr mit. Eine jüdische Aggression, er ist sehr besorgt."

„Wie ist das nun wieder zu verstehen?"

„Ein verhafteter Soldat gab das Codewort für den Putsch preis: THORA."

Sogar Nagib schien davon überzeugt, jüdische Verschwörer, die auf den Namen der Heiligen Schrift die Regierung eines benachbarten arabischen Staates stürzen! Unwillig schüttelte Nicolas den Kopf. Solchen Unsinn wollte er nicht länger anhören.

Da Rita gerade zurückkehrte, begann Nagib über die Inszenierung des Faust zu reden, ein interessanter Versuch zwischen den Kulturen, wie er meinte. Man habe von Faust kaum etwas gesehen, entgegnete Rita, dann läutete die Glocke.

Auf den Stufen zum Hotel, als sie nach dem Ende der Aufführung wieder unter sich waren, äußerte Rita den Wunsch, noch einen Drink zu nehmen. Nicolas war ihr dankbar, und doch antwortete er herablassend, er würde das allabendlich tun, sie könne ihn ja begleiten.

In der Lounge freilich mußte Rita ihn darauf aufmerksam machen, daß die Restaurants in einem anderen Hoteltrakt lagen. Sie korrigierte sich schnell: „Wie dumm von mir, Sie wissen gewiß einen kürzeren Weg."

Er wußte keinen und betrat die erste Bar, die er entdeckte, ein dunkles Etablissement. Auf den Pölstern der Diwans streckten sich Wüstenscheichs, umgeben von schönen Mädchen, die Zucker in den Tee mischten und Tabak in die Wasserpfeife stopften.

An der Theke bestellte Nicolas Vermouth mit Soda, für sich ein Glas Whiskey. Rita kauerte auf dem Barhocker neben ihm, nippte am Glas. Auch der Alkohol löste seine Zunge nicht. Er rückte hin und her, schielte auf ihr Knie. Ihre Hand umklammerte das Glas, und er glaubte eine Träne in ihrem Augenwinkel zu entdecken.

Wenn ihm nur ein freundliches Wort, etwas Liebes eingefallen wäre! „Vorhin im Foyer", sagte er statt dessen, „hat mich Nagib genervt. Er sprach wieder die Rivalität zwischen seinem Vater und Goma an, in warnendem Ton, allerdings ohne konkret zu werden."

„Der Scheich wird Goma in Ruhe lassen, ganz bestimmt! Ich weiß es besser als Nagib. Und Sie haben ohnehin nichts damit zu tun."

Er haßte den fürsorglichen Ton, der ihn an die Mutter erinnerte, an diese Ich-meine-es-gut-mit-dir-Sätze. Halb wütend, halb mutlos entzog er sich Ritas Blick und taxierte provozierend die jungen Ägypterinnen in den Separees. Ihre engen Jeans, das schwarze lose Haar mit den rot gefärbten Strähnen.

„Prostitution? Untersagt das nicht der Koran?"

„Solche Verbote", rang Rita nach Fassung, „gelten für den Mittelstand, nicht für die Reichen und nicht für die Armen. In den Sommermonaten besetzen die arabischen Ölscheichs die Hotels, ihnen macht die Hitze nichts aus. Sie schätzen die Schönheit der Ägypterinnen. Die Mädchen kommen oft aus der Totenstadt."

„Aus den Slums?"

„Akim, mein Freund im Tonstudio, erzählte kürzlich von einer Polizeirazzia in einem Hotel. Viele der Mädchen kamen aus den armen Vierteln, aber es waren auch Töchter von Richtern und sogar von Ministern darunter..."

Die Mädchen der Reichen, die aus Spaß ihren Körper verkauften, und Rita sprach so gelassen davon, als hätte er, Nicolas, nicht angedeutet, daß er *sie* damit meinte.

Schnell erhob er sich, beglich im Stehen die Rechnung und eilte hinaus auf den Korridor. Rita folgte ihm. Im Aufzug wollte er noch etwas sagen. *Psst,* machte Rita, gab ihm einen Kuß auf die Wange, *schlafen Sie gut, Nicolas, ich darf doch Nicolas zu Ihnen sagen,* und verschwand.

Sobald die Zimmertür hinter ihm zugefallen war, stieß er einen Schrei aus, beschämt, glücklich. *Psst, schlafen Sie gut,* flüsterte er, *schlaf gut.*

Am Morgen teilte der Rezeptionist ihm mit, Frau Masary sei schon außer Haus. Nicolas rief Akim an, eine Frauenstimme fragte in gebrochenem Englisch, wer ihn zu sprechen wünsche. Der Österreicher? ALMASY?

Nun erklärte sie freundlich, ihr Mann schlafe noch, doch sie werde ihn wecken.

Nach einer Weile meldete sich Akim und bedauerte in ausgesuchten Worten, Nicolas nicht helfen zu können, aber Nicolas möge ihn besuchen, seinen *ägyptischen Freund*, nach Giza sei ein Taxi ratsamer als ein Minibus.

„Vielleicht doch einen Minibus", sagte Nicolas scherzhaft.

„Nur Amerikaner kennen keine Furcht." Eine Lady, die während der Revolution von ihren Freunden zur Rückkehr nach Amerika aufgefordert worden war, habe einmal zur Antwort gegeben: *We are not afraid, we are American, nothing can happen to us.* So sei der Hochmut der Neuen Welt sprichwörtlich geworden.

Spielte Akim auf Hana an? Was wußte er davon?

Allerdings waren auch dem Chauffeur und dem Rezeptionisten ähnliche Bemerkungen über die Lippen gekommen, über Amerika, den Kontinent jener *Neu-Engländer*, die die Welt beherrschen und sich für unverwundbar halten.

Und nun gratulierte Akim ihm zur Entscheidung, die er doch noch gar nicht gefällt hatte, *der Minibus, gut.* Beeindruckte der Pioniergeist Akim also doch?

Er wußte, daß ihn die Panik schon packen würde, wenn er sich auf den Wagen zubewegte, und dennoch drückte Nicolas nach dem Frühstück dem Türsteher einen Pfundschein in die Hand, damit der einen Minibus anhalte.

Während er wenig später in den überfüllten Fond kletterte, hielt er den Atem an, kam auf dem Schoß eines kräftigen Mannes zu sitzen, der ihn weiter in Richtung Fenster schob. Dort kauerte ein Fellache mit einem Kleinkind, hinter ihm drängten sich verschleierte Frauen.

Nicht ein Wort fiel, die ernsten Gesichter schauten ins Leere. Hupend reihte sich das Fahrzeug in den Verkehr ein, in den Staub und die Hitze und den Lärm, die schon am frühen Vormittag unerträglich waren. Und doch atmete Nicolas jetzt, ohne nach Luft zu ringen, und schwitzte, ohne daß es am Kehlkopf juckte.

An der unteren Pyramidenstraße stiegen uniformierte Schülerinnen zu, blaue Kleider, blaue Socken und hochgebundenes Haar, als wären sie kleine Krankenschwestern. Ihr breites Lachen zeigte große weiße Zähne, kokett fragten sie, *what is your name,* und machten Nicolas schöne Augen.

Er legte seinen Teil auf das Pfundbündel, das zum Chauffeur weitergereicht wurde. Immer wieder rief er den Namen des Hotels, vor dem Akim auf ihn wartete, wurde bei jedem Halt ein Stück weiter zur Tür hingeschoben. Plötzlich zog ihn ein Mann in einer Galabiya auf die Straße hinaus. Erst die traurigen Augen ließen ihn Akim erkennen: Der umarmte seinen *europäischen Freund.*

Gleich hinter der Pyramidenstraße breitete sich Giza aus, ein Dorf zugleich und Slum. Fliegen schwirrten um den Dung im Sand, Katzen stöberten im Müll, alles Lebendige wirkte gequält. Der Bursche hinter dem Küchenkarren, an dem Akim haltmacht, faßte mit der Hand gekochte Bohnen aus dem Topf und schöpfte die rote Sauce in eine Plastiktüte. *Vitamine für die Kinder*, erklärte Akim, ließ in eine zweite Tüte Essiggemüse füllen.

Über faulige Pfützen, vorbei an Käfigen mit Hühnern, an zaghaft lachenden Kindern, die Petersilie und Hirse verkauften, gelangten sie zu Akims Gasse. Zwei Mädchen kamen auf sie zugerannt, reizende Geschöpfe, Akims Töchter. Nicolas hatte Schokolade für sie mitgebracht, die sie gleich hinunterschlangen.

Auf den alten Lehmhäusern lasteten drei und vier Stockwerke aus Beton. Da und dort ragten Balkone in die enge Gasse, meist ohne Geländer. Ein abgehaust winkelig-wackeliger Rohverbau, durch den er ging, mittendrin ein kleines Wandstück gekachelt, der Eingang zu einem Friseurladen, ein buntes Willkommen.

Vor dem Haus wartete Akims Mutter, lächelte und streichelte Nicolas über den Handrücken. In ihrem ebenerdigen Zimmer saßen Frauen auf dem Boden, schielten zu ihm herüber, warteten auf die Rückkehr der Hausherrin, die die beiden Männer in den Nebenraum geleitete.

Dort thronte der Onkel aus Assuan auf dem Teppich, mit ihm der Fellache, der ihn zum Kamelmarkt nach Kairo begleitet hatte. Der stämmige Mann trug einen Turban, er bot gleich seine Wasserpfeife an, schälte mit schmutzigen Fingern kleine Bananen und reichte sie dem Gast.

Bis auf eine kleine Wandnische mit gerahmten Koransuren war der Raum leer. Ob Nicolas etwas vom Onkel erfahren wolle, fragte Akim. Woher die Kamele kämen? Aus dem Sudan, auf den einstigen Sklavenrouten. Heute endeten die meisten Tiere im Schlachthof, nur noch wenige würden als Lasttiere gebraucht.

An den Wänden erkannte Nicolas die blauen Abdrücke von Kinderhänden, den Abwehrzauber gegen die Dschinns.

Die Augen der Männer wurden glasig, sie verschwanden in den Rauchschwaden. Als sich Nicolas verabschiedete und mit Akim die lichtlose Treppe in die oberen Stockwerke betrat, wollte er sich einreden, zu diesem Haus zu gehören, in dem die Zeit stillstand.

„Ich vermute, Rita besucht Hana Assem“, sagte er.

Akim antwortete nicht, stieg zum Flachdach hinauf und fütterte seine Ziegen, die er in kleinen Koppeln unter Kartondächern hielt. Zwischen dem Schutt lagerten Matratzen, Wäsche hing zum Trocknen. Rundum ragten Antennen und Satellitenschüsseln aus den Dächern, bizarre Gebilde, aus Holzstielen und Metallgabeln, Autoteilen und Kühlschranklamellen gefertigt. Dazwischen die Lautsprecher, die die Stimme des Muezzins in die ganze Stadt trugen.

„Kennen Sie Hana Assem?“

Akim überging die Frage abermals und bat seinen *europäischen Freund*, als Herr in diesem Haus seine Wohnung zu betreten. Sie stiegen die Treppe hinunter, Akim öffnete die Tür direkt unter dem Dach. Nicolas streifte die Schuhe ab und betrat einen Raum voll orientalischer wie europäischer Möbel. Die geschlossenen Fensterläden und die rotbraun lackierten Schränke machten ihn dunkel. Ein Eßtisch, ein Diwan, ein Fernseher, der flimmerte. Fiel der Ton aus, schlugen die Mädchen mit der Faust auf das Gerät.

Während sie es sich auf dem Diwan bequem machten, wollte Akim wissen, ob man in den USA tatsächlich alte Menschen in den Hospitälern töte. In einer Fernsehserie sei von Euthanasie die Rede gewesen, eine unmögliche Vorstellung für einen Ägypter, der die Alten ehre und liebe, stünden sie doch dem *lieben Allah* am nächsten.

Akim schaltete von einem Sender auf den anderen, rauchte seine Wasserpfeife und breitete seine Ansichten über das Weltgeschehen aus, zeigte sich informiert über die Entwicklungen der Finanzmärkte wie über Konzernkonzentrationen, lokale Kriege, den Bildersturm der Taliban und die Ergebnisse der Champions League.

Aus diesem Mann wurde Nicolas nicht klug. Einmal beklagte er die amerikanische Lebensweise, die die Alte Welt zugrunde richte, dann wiederum begeisterte er sich für das Handy des neuen Freundes, wußte über jedes technische Detail eines Communicators Bescheid.

Seine Frau servierte Malventee, vermied jeden Augenkontakt und zog sich sofort wieder zurück.

„Rita verehrt Hana", versuchte Nicolas wieder auf die Assems zu kommen, „ich selbst habe kürzlich Goma besucht."

Was Akim daraufhin hervorpreßte, war unverständlich, dann sagte er im Tonfall eines Predigers: „Wer, wenn nicht die Kolonialisten, haben den Geist des Orients verdorben? Und ritten nicht Napoleons Offiziere mit ihren Pferden durch die Moscheen, um die Muslime zu demütigen?"

Partout wollte er den Namen *Assem* nicht hören, klagte litaneihaft die Engländer an ..., die Amerikaner, gierig nach dem Reichtum des Öls ...

So mancher Imam, wußte Nicolas, nützte die Predigten in der Moschee für persönliche Kriegszüge. Behauptete Scheich Manzur, Goma sei ein Kollaborateur mit den Amerikanern, oder wie es in einem Atemzug heißen würde, mit den Juden, die in Palästina die arabischen Brüder unterjochen, ja ihre Hand auf Ägypten ausstrecken?

Erneut erschien Akims Frau in der mit Perlenschnüren verhangenen Tür, brachte frischen Tee. Statt des roten trug sie nun einen goldbestickten Schleier. Akim war so in seinen Redefluß vertieft, daß er sie gar nicht bemerkte. Ihr Schleier ließ den Haaransatz frei, ihre Augen waren groß und schön, die langen Wimpern, die sorgfältig geformten Brauen, der Aufschlag verführerisch.

Noch immer verdammte ihr Mann die Engländer und *Neuengländer*, wie er die Amerikaner bezeichnete, und erwies sich als Meister der verschlungenen Rede, wie all die Männer, denen Nicolas im Teehaus gelauscht hatte, ihren düsteren Ahnungen. Die britischen Kolonialisten hätten für Ägypter den Zugang zur Bildung erschwert, das Großwerden einer arabischen Elite verhindert. Hätten Bankfilialen gegründet, die Ägyptern keine Kredite gewährten. Die Industrie an ausländische Firmen vergeben, ihre Gefolgsmänner mit Reichtum belohnt, während das Volk verarmte. König Faruk ein Verdorbener, ein moderner Nero, ein Spielball der Engländer, reich und unpünktlich, Herrscher über sechzehn Millionen Analphabeten, seine Frau Farida eine Hure. Seine Regentschaft eine Fiktion, ein Mann, der viel gelten wollte, indes nur unter seinen Dienern etwas dargestellt habe. Selbst nachdem er mit den Engländern gebrochen hatte, sei er deren Marionette geblieben, er habe in seinem letzten Satz als König behauptet, *es ist nicht einfach, Ägypten zu regieren*. Ein Playboy und Spieler, in den Siebzigern sei er in Rom zwischen den Beinen einer Frau gestorben, ein typischer Pascha, der für nichts anderes Zeit gehabt habe, als auf Pferden und auf Frauen zu reiten.

„General Nasser“, begeisterte sich Akim, „war seit tausend Jahren der erste Ägypter, der über Ägypten regierte. Kein Türke, kein Mameluke, kein Albaner oder Engländer. Er liebte das Volk.“

Und schon empörte er sich wieder über die Amerikaner, die nach dem Zweiten Weltkrieg in die Rolle der Engländer geschlüpft seien und in ihrem Krieg um das Erdöl Israel als Speerspitze gegen die arabische Vereinigung benützten. Der buchstabentreue Muslim verlor sich in revolutionären Träumen und war doch kein Krieger, sprach von Politik wie von etwas, das der *liebe Allah* vergessen hatte zu ordnen. Und da Allah wußte, was er tat, hatte es wohl seine Ordnung, daß die Welt in Unordnung war.

„Sie haben bestimmt einen Dollarschein bei sich", sagte er wie damals im Studio, „lassen Sie uns noch einmal sehen, was Amerika uns mitteilt."

Verdutzt nahm Nicolas eine Dollarnote aus der Gürteltasche. Akim streifte das Papier glatt und tippte auf ein dreieckiges Symbol.

„Eine Pyramide, mein europäischer Freund, aus der eine Lichtquelle strahlt. Das Licht trennt den Sockel der Pyramide von der Spitze. Das heißt, es gibt eine Grenze auf der Welt. Die Auserwählten sind von den anderen Menschen getrennt."

„Und wer sind die Auserwählten?"

„Die Kapitalisten auf ihrem Kreuzzug."

Bei allem Fanatismus blieb Akim unberechenbar, ein Mann, der dies und jenes versucht, und wenn es sich nicht erfüllt, etwas anderes aufgreift. Er rauchte an seiner Wasserpfeife, und so wie er dasaß, von seinem eigenen Redeeifer erschöpft, meinte Nicolas seinen Ungehorsam zu begreifen. In Kairo sprachen alle durcheinander, in der Werkstatt ebenso wie auf dem Markt, und selbst am Matchpoint hatte Nicolas den Unwillen der Ägypter, in einer Gruppe zu arbeiten, beobachten können.

Die Tiraden, die moralischen Formeln, mit denen Akim um sich warf, waren Nicolas unangenehm. Seine eigene liberale Haltung ergab sich aus einem Lebensstil, der kühl und zugleich offen für alles mögliche war. Wie sollte er das Akim begreiflich machen, ohne daß der sich schon wieder beraubt fühlte? Akim sprach aus einem geschlossenen Leben heraus. Über Politik wollte Nicolas ohnehin nicht reden. Ein Fundamentalist wie Scheich Abdul war für ihn ein Doktrinär wie irgendein Politiker. Sie nützten das System und waren wie das System auf Selbsterhaltung ausgerichtet. Ein *Warlord* wie der Scheich gehörte zum System, es ging um Macht. So wie einst um Land gekämpft worden war, stritt man heute um Transaktionen. Die arme Seele Akim suchte nach Gründen für seine Armut, und da er ein Fatalist war, sprach er Israel, die Amerikaner oder einen außerplanetarischen Feind schuldig.

Von der Gasse drangen litaneienhafte Rufe und ein blechernes Klopfen. Der Wassermann zog vorbei, verkaufte neben Wasser aus dem Tank auch Obst. Akim lachte geschäftig, öffnete die Läden und ließ den Korb an der Schnur hinunter, die am Fensterrahmen befestigt war.

Als er Nicolas von den Pflaumen gab, sagte er versöhnlich: „Vielleicht weiß Goma Assem etwas über den Kambyses-Plan. Der Scheich, hört man in den Moscheen, fordert auf, Goma Assem zu meiden, aber er will nicht, daß ihm etwas zustößt."

„In den Moscheen wird darüber gesprochen?"

„Oh gewiß. Und in einigen Teehäusern von Giza sitzen Männer, an denen Sie nichts Verdächtiges entdecken werden", antwortete Akim, „es sind Grabräuber, die ihre Zwischenhändler treffen, eine große Organisation regelt den Verkauf der Antiquitäten nach Amerika. Die bringen auch Informationen unter die Leute."

„Eine Mafia?"

Mit unschuldiger Miene blähte Akim seine Backen auf. „Wenn jemand eigenhändig versucht, die Schätze zu verkaufen, läßt die Organisation es geschehen. Er ist sich seines Glücks sicher, wenn er aber am Flughafen die Ware weitergeben will, hebt ihn die Polizei aus."

Inzwischen hatte Akim telefoniert, streckte sich nun und legte das Handy auf seinen Bauch. „Ich kann Sie zu Rita führen", sagte er.

„Wo ist sie?"

„Ihre Tante Mona hat Rita in den Automobil Club mitgenommen. Ihr Onkel Sherif Masary ist dort seit ewig Mitglied. Sie essen zu Mittag."

„Ritas Tante! Ja freilich. Onkel Sherif schwärmte von vergangenen Zeiten."

„Dieser unverbesserliche Pascha", lachte Akim.

Ehe sie aufbrachen, zog sich Akim zum Gebet zurück. Dann legte seine Frau Hemd und Hose über die Stuhllehne, Akim sortierte sein Täschchen. Nach all den Bekleidungszeremonien verabschiedete er sich langwierig und aufgeregt von seiner Mutter, als habe er eine weite Reise vor sich.

Um die Ecke verstellte ein Holzgerüst den Weg, auf dem Männer rote und orange Stoffbahnen befestigten. Sie legten den Boden mit Teppichen aus, stellten entlang der Wände Diwane und Stühle auf. In diesem Haus, flüsterte Akim, sei gerade jemand gestorben, man bereite die Totenfeier vor.

Vom anderen Ende der Gasse her zogen in das Haus des Toten Frauen ein, die sich mit der Hand auf die Oberschenkel schlugen, kreischten und schrien.

In Garden City, vor dem sandsteinernen Gebäude des Automobil Clubs, kam Rita auf Nicolas zugeeilt und küßte ihn auf die Wange. Die Tante, Mona Masary, die trotz der Hitze ein graues Kostüm trug, scherzte über Sherif, ihren griesgrämigen Gatten, der den Club nicht mehr betrete, seitdem der voll von gewöhnlichen Ägyptern sei. „Seine *good old days*…"

Bald herrschte ein Durcheinander von Stimmen. Im Zeitraffer, ruckartig, steigerten sie sich in eine Redewut und verfielen in die Sprache, an die sie gewöhnt waren, Akim ins Arabische, Mona ins Englische der Kairoer Oberklasse und Rita halb ins Deutsche. Das Leben sei nur eine Spur der Ewigkeit, sagte Akim, beschwor seine Hoffnung, mit dem richtigen Islam verschwinde die Unterdrückung, der *liebe Allah* bringe das Paradies auf Erden. Tante Mona empörte sich über die Verstümmelung der Frauen, die Verlogenheit der Orientalen, die sich außer Haus an unbeschnittenen Hetären schadlos hielten. Wiederholt fiel das Wort *Müllbaron*.

„Er ist ein gefälliger Mann", sagte Tante Mona zu Nicolas, „und möchte Sie kennenlernen, Herr Lemden."

„Er zählt alle ihre Freunde zu seiner Familie und weiß etwas über die Kambyses-Geschichte. Auch Tante Mona ist schon vom Goldgräberfieber erfaßt", fügte Rita hinzu.

Die gute Rita, was dachte sie sich nun wieder aus? Daß ein Müllbaron den Streit zwischen zwei alten Narren schlichten würde?

Akim wollte von einem Besuch beim Müllbaron nichts hören, in die Totenstadt fahre er nicht mit.

„Du wirst doch nicht kneifen", schalt ihn Mona.

„Ich habe noch etwas zu erledigen", sagte er und wandte sich ab.

Er verschwand im dichten Verkehr, und Mona Masary – eine Zigarette rauchend – hielt ein Taxi an, das sie zur südlichen Totenstadt bringen sollte.

„Wie gut kennen Sie Akim?“ wandte sich Nicolas an Ritas Tante.

„Früher wohnte ich in seiner Gasse. Mein Vater war aus Palästina geflüchtet. Wir hatten Glück, mein Onkel besaß einen kleinen Laden in Kairo. Dann lernte ich Sherif, den Pascha, kennen. Er war Anfang der siebziger Jahre aus Europa zurückgekehrt und verdiente sich als Kellner im *Shepheards*. So wurde ich die Frau eines Pascha. Die Regierung gab ihm die Villa seines Vaters zurück.“

„Wer sich vor Geistern fürchtet, sollte nicht in der Totenstadt leben“, warf Rita ein.

„Und wie sich Akim vor Dschinns ängstigt!“ lachte die Tante.

Seit urdenklichen Zeiten leben Einsiedler und heilige Männer in der Totenstadt, erklärte Mona: In den zwanziger Jahren wurde sie richtiggehend besiedelt, der Zentralismus der Engländer hat mehr und mehr Fellachen nach Kairo gelockt; zuerst wohnten die Kalkbrenner und Steinbrucharbeiter auf dem Friedhof, Beisiedler, wie man sie nennt, anfangs illegal, schließlich geduldet. Schon damals hat die Stadtverwaltung eine Straßenbahnlinie bis zur südlichen Totenstadt gelegt, heute sind viele Grabhäuser für die Bewohner umgerüstet, es gibt Wasser und Strom, aber längst nicht für alle. Der Muallim, der Friedhofmeister, erteilt den Neuankömmlingen die Genehmigung, ein Haus zu beziehen, er allein weiß, welches Grab leer steht. Wenn es noch Grabeigentümer gibt, schaltet er sich ein, vermittelt die Grabmiete; bei den verlassenen Gräbern kassiert er selbst eine monatliche Taxe.

„Unter diesen Leuten herrscht ein ausgeprägter Nihilismus“, sagte sie, „neulich erzählte mir der Müllbaron von einer Frau, die vier Männer hat, sie erklärt, so stehe es im Koran geschrieben. Diese Leute sind nur oberflächlich religiös. Daß Allah über sie wacht, gibt ihnen die innere Ruhe, nicht mehr. Selbst die junge Ärztin, die ich kennenlernte, ist nicht anders.“

„Eine Frau aus der Totenstadt?“ fragte Nicolas.

„Es gibt dort Reiche und Arme, auch einen Mittelstand. Sie alle werden den Geruch der Totenstadt nicht los, er klebt nicht an ihrer Haut, sondern an ihrer Seele. Sie sind hinterhältig und brutal, verraten den besten Freund, sind selbst sehr leicht zu beleidigen. Der Müllbaron weiß es." Sie begann laut zu kichern. „Nein, der Müllbaron kommt nicht aus der Totenstadt, er ist ein König, ein Kopte obendrein, er wuchs in Altkairo auf."

Ihr Lachen wollte nicht abbrechen, und vor Nicolas' Augen tauchten die Wellblechhütten der Zabalin auf, das Elend inmitten der qualmenden Müllberge. Der Gestank von Verwesung stieg ihm in die Nase, er hörte die spielenden Kinder, sah ihre Lumpen, die Schweine, die im Abfall wühlten, die Eselskarren, die immer mehr Müll herbeischafften…

„In der Totenstadt ist der Müllbaron sicher", lachte Mona Masary noch immer, „dorthin wagt sich kein Polizist."

„Auch Onkel Sherif treibt Geschäfte mit ihm…", sagte Rita, mitten im Satz brach ihre Stimme ab.

Das Tor zur Totenstadt glich einem Loch in der Mauer, aus dem Männer, Frauen und Kinder ins Freie flüchteten. Sie schleppten Taschen und Koffer, scharten sich um einen Eselskarren, der mit einem Schrank, Matratzen und Geschirr bepackt war. Steinernen Gesichts, nicht nach links und nicht nach rechts blickend, brachen sie nach irgendwohin auf.

Hinter dem Tor waren die Wege unasphaltiert und mit Schutt überhäuft, kaum passierbar. Wie in einer Stadt bildeten die Gräber eine Gasse, quadratische Häuser mit einer Tür und zwei Fenstern und einem Sims, der das Flachdach zur Gasse hin begrenzte. Hie und da überragte ein neues Stockwerk die niederen Gebäude. Nur die Kuppeln und Minarette der Moscheen stachen aus dem Ensemble heraus.

Bretterwände und Mauern aus losen Steinen schlossen die Lücken zwischen den Häusern. Ziegen, Hühner und Schafe liefen herum, streunende Katzen. Auch auf den Flachdächern lag Schutt, nirgends war ein Flecken Grün zu entdecken. Der Wagen rollte langsam dahin, und aus den Häusern kamen Kinder, in Jeans und T-Shirts, auch ältere Mädchen mit offenem Haar und rotgeschminkten Lippen. Die Friedhofs-Schönen lachten, klopften ans Fenster und riefen, *what is your name*, die Kleinen forderten Bakschisch.

Wenn Frauen auf die Gasse traten, zogen sie sich gleich wieder in ihre Häuser zurück, und selbst dort, wo sich Gruppen bildeten, blieben alle zum schnellen Verschwinden bereit. Die Männer hockten vor notdürftigen Teehäusern und beobachteten grimmig das Taxi mit seinen Eindringlingen.

An einem Bretterkiosk hieß die Tante den Wagen anhalten. Auf dem Kühlschrank lief ein Schwarzweiß-Fernseher, der alte Verkäufer lebte sein Schicksal, indem er die Nachrichten aus aller Welt an sich vorbeiziehen ließ. Während er die Zigarettenschachtel vom Staub reinigte, erzählte er, sein Vater habe früher in Mataria einen Kiosk besessen. Damals hätten die Reichen in Mataria gelebt, viele Ausländer, denen der Vater viele Getränke verkauft habe.

„In Mataria standen die prächtigsten Villen", stimmte Mona Masary zu.

Aus vielen Häusern hörte man das Geratter von Nähmaschinen. Da und dort lagen Reifenstapel vor einer improvisierten Autowerkstatt. Daß Nicolas durch eine jener wenig einladenden Haustüren in einen blühenden Garten gelangte, ein schattiges Atrium mit blumenüberwachsenen Säulen, verschlug ihm schließlich die Rede. Die Böden aus Marmor, die Wände mit bunten Ornamenten verfliest, ein Springbrunnen, Palmen. Hier wohnte, von smarten Männern bewacht, der Müllbaron. Eine orientalische Laube, im Inneren Mahagonimöbel, Teppiche, Diwans, Vitrinen, Luster und das Erstaunlichste: Mädchen in Shorts, die sich die Fingernägel manikürten und die MTV-Videos auf dem Breitwand-Bildschirm in der Mitte des Raums kommentierten.

Sie lächelten herüber, und langsam erwachte das Grabhaus aus seiner lasziven Langeweile. Wie aus dem Nichts erschienen Frauen und Kinder, um den Besuch zu begrüßen, man umarmte sich, musterte Nicolas. Sie trugen Designerklamotten, und selbst die Alten in ihren orientalischen Kleidern hatten wenigstens eine westliche Trophäe angelegt, ein Gilet, Turnschuhe oder auch nur ein Schweißband.

Der Müllbaron erschien, in seiner Begleitung die Söhne und Enkelsöhne, und schnell tat sich ein Korridor für ihn auf. Der kleine, sehr gepflegte Mann tippelte auf die Tante zu. Sie flüsterte ihm etwas ins Ohr; er klatschte in die Hände, ließ einen arabischen Spruch hören, und Rita errötete.

Seine korpulente Frau drückte Nicolas an die Brust, reichte ihn weiter, alle Tanten und Onkel betrachteten ihn, beurteilten und betatschten ihn. Immer mehr Verwandte und Nachbarn füllten den Raum. Bald waren die Tische voll mit Speisen, Fleisch und Gemüse und Obst. Ob hungrig oder satt, man mußte zugreifen. Anubis, der Müllbaron, teilte die Fleischstücke aus, schenkte Wein in die Gläser nach, Wasser in jene der Muslims.

Die Tischgesellschaft unterhielt sich in britischem Englisch. Ramses, der Sohn des Hausherrn, erzählte Nicolas von einem nahegelegenen Haus, wo junge Leute auf der Grabplatte Tischtennis spielten, Haschisch rauchten und Sex hatten.

„Wir haben Spaß", sagte Ramses.

Der Müllbaron vertiefte sich in Mutmaßungen über das Herr des Kambyses.

„Anubis, glaubst du an den Schatz?" fragte ihn die Tante, „sag es uns ohne Augenzwinkern!"

„In der Gegend, wo euer Graf das Heer vermutet, wurde vor einigen Jahren ein Helm gefunden, der eines Persers. Es gibt ein ungeschriebenes Gesetz der Wüste, es besagt, dem Finder gehört, was er findet. Ich weiß, was mir ein Scheich erzählte. Er entdeckte einstmals die Überreste einer Karawane, Tote, die mit ihren Mündern ohne Zunge zu ihm sprachen, mit leeren Augenhöhlen. Ihre Knochenhände, die sich in den Sand verkrallt hatten, überließen ihm die Schätze, die Sättel und das Zaumzeug, die großen Ballen mit den Stoßzähnen von Elefanten, die Schnitzereien aus Ebenholz, die Seidenstoffe, die Münzen aus Gold und Silber, die Diamanten."

„Du bist davon überzeugt?"

„Scheich Abdul Manzur ist es", betonte er verschmitzt.

„Wir Ägypter", sagte Mona Masary, „leben in der Vergangenheit oder in der Zukunft, deswegen sind wir so verloren."

„Im Palast des Prinzen Kemal el Dine in Quasr an-Nil stand ein gelber Diwan", berichtete der Müllbaron weiter und lächelte zur Betonung, daß er nun doch eine Information preisgebe, „Abdul hat das Möbel in seiner Bibliothek in Heliopolis stehen, aber es ist nicht der Diwan, in dem Almásy den Lageplan versteckt haben soll. Der Graf hatte aus Verehrung für den Prinzen einen ähnlichen Diwan besessen, in seiner Wohnung in Zamalek. Nach Almásys Tod kamen Bruder und Nichte, um sein Hab und Gut nach Europa zu bringen. Sie fanden eine leere Wohnung vor. Irgend jemand hatte sie vor ihnen geräumt."

Jene Neigung, sich einen Platz in einer kursierenden Geschichte zu sichern, ärgerte Nicolas. „Sie scheinen Scheich Manzur gut zu kennen?" sagte er herausfordernd.

„Er ist ein tüchtiger Geschäftsmann."

„Darf ich eine Bitte aussprechen?" meldete sich Rita zu Wort.

Der Müllbaron nickte wohlwollend.

„Ich habe große Angst um Goma Assem. In den Moscheen sollen böse Gerüchte kursieren, man bringt den Goma als Glaubensabtrünnigen und Feind des Islam in Verruf. Wenn sich Scheich Abdul mit ihm an einen Tisch sitzen würde… Goma würde verstehen, daß er nur gemeinsam mit Scheich Abdul das Kambyses-Heer…"

„So Goma Assem etwas weiß, wird er gewiß handelseinig mit dem Scheich", fiel der Müllbaron ihr ins Wort.

„Anubis", sagte die Tante, „meine Nichte will, daß du den Vermittler spielst und…"

Mit einer jähen Handbewegung unterbrach er sie. „Man sagt, es kommt ein Racheheer, gegen das sich kein Kluger stellen soll. Schon gar nicht ein Kopte." Unmißverständlich bedeutete der Müllbaron, er halte das Gespräch für beendet. Auf seinen Fingerzeig setzten orientalische Hifi-Klänge ein.

Schlüpfrige Andeutungen machten die Runde, Rita errötete.

„Es ist Zeit aufzubrechen“, sagte die Tante.

Ehe er sie gehen ließ, verlangte der Müllbaron, Nicolas solle die Braut küssen, und erntete damit einen begeisterten Applaus.

Die Frauen wie die Männer an diesem Tisch spielten unverschämt darauf an, daß bald eine Orientalin Nicolas beglücken werde, daß ihn eine Welt paradiesischer Erotik erwarte.

Was geschieht hinter den Schleiern des Islam? dachte Nicolas. Die Orientalen lieben es, sich zu verirren. Akim nannte es seine Sehnsucht, das Unendliche nachzuzeichnen. Und Rita, die ihm das Buch von Anais Nin über das endlose Labyrinth der *Medina* geschenkt hatte? In den Dreißigern war die amerikanische Schriftstellerin zu einer *inneren Reise* in eine arabisch-islamische Stadt aufgebrochen, in jenen Irrgarten von Sackgassen, von Häusern, verschachtelt zu verschleierten Körpern, um in dieser Leidenschaft für das Geheimnis, das Unbekannte, das Unendliche, das Gesetzlose aufzugehen.

Bedrängt von all den unzweideutigen Gesten, stand er vor Rita, ihrem schamroten Gesicht und den leicht offenen Lippen. *Ihre Augen groß und wie Edelsteine, ihre Nase gerade und vornehm, mit weiten Abständen zwischen den Augen, ihr Mund voll und wollüstig, ihre Haut makellos und ihre Haltung immer königlich. Ein Gesicht, das mehr Ähnlichkeit mit einer Statue als mit einem Gemälde hatte.* Hätte nicht Anais Nin, in einem Anflug lesbischen Begehrens, Rita so beschrieben?

Inmitten der Menge, der Blicke, die Braut zu küssen...

Zum Abschied sagte der Müllbaron: „Mona wird Sie in den Automobil Club zurückbringen, junger Freund.“

Nicolas war noch betört von jenem Augenblick, da er zum ersten Mal Ritas Lippen berührt hatte, die weichen. Wie betrunken vergaß er alles um sich herum, erst vor dem Automobil Club begriff er, daß er hier jemand treffen sollte, und daß die beiden Frauen keineswegs vorhatten, ihn zu begleiten.

„Bis morgen“, flüsterte Rita.

War in ihrer Stimme nicht jener Unterton der Mutter, Schwester, Cousine und Tante, die den kleinen Penis eines Babys bewundert, kitzelt und streichelt? Dieses wunderbare Instrument mit Liedern und Gesängen preist, die sexuelle Potenz eines Mannes verherrlicht?

Diese Frauen, beim Gurkenschälen den Penis besingend, waren um ihr Lustorgan Betrogene, Eingesperrte, rief sich Nicolas ins Gedächtnis. Ihre mit Henna bemalten Hände und Füße, die Düfte und Aphrodisiaka, der glattrasierte Schamhügel täuschten darüber hinweg.

Freilich nicht jene der Reichen, Gebildeten: Unbeschnittene, Teufelsbräute wie die persische Kaiserin Farah Diba, über die sich Akim ereifern würde wie über den Todfeind Amerika. Khomeini hatte Farah Diba bei seiner Machtergreifung mit Verdammnis und Tod bedroht, samt ihrem Schah und dessen satanischem Beschützer Amerika. Und Farahs Schwiegervater hatte einst die Schwester König Faruks geheiratet, auch eine jener schönen Frauen ohne Schleier. Diese Teufelsfrauen verkörperten niemand anderen als Aischa, jene Bösartige und Hinterlistige, die vor tausendvierhundert Jahren den Propheten betrogen hatte, die moderne Frau, frei und emanzipiert, ungehorsam gegenüber der islamischen Moral.

„Bis morgen", wiederholte Rita.

„Bis morgen", sagte er verwirrt.

Ein Diener in roter Livree empfing Nicolas am Portal und begleitete ihn ins obere Stockwerk. Während sie die barocke Treppe des Automobil Clubs hinaufstiegen, ordnete er seine Gedanken. Die monumentalen Gemälde im Treppenhaus, der Stuck, die goldenen Lorbeerkränze und Violinen, das alles zeugte von kolonialer Vergangenheit. Halb englisch, halb französisch, Kandelaber, Luster, Brokatvorhänge, für jedes Vergnügen ein Zimmer, die Bibliothek, der Speisesaal, der Barraum, der Rauchsalon, ein Ort der Männer, der Macht.

Es überraschte Nicolas wenig, im Bridgesaal Henry O'Toole zu entdecken, auf einem grünen Lederstuhl, wie er die Kartenspieler am Nebentisch beobachtete. Er schob sein Glas auf dem Tisch hin und her, entfernte Fusselchen vom grünen Filz, mit dem die Tischplatte bespannt war. Hinter ihm hing ein großes Schlachtengemälde, fürstliche Kavallerie, die über Leichenberge hinwegritt.

Daß die Inszenierung des Müllbarons darauf hinauslief, ihn zum Boten des Scheichs zu schicken, entsprach der Logik dieser Männer. O'Toole wirkte müde, zugleich aufgekratzt, beklagte sich über die Hitze. Der Amerikaner rauchte nicht mehr, er kaute Minzgummi.

„Wie lange leben Sie schon in Kairo?" fragte Nicolas.

„Zu lange schon, Mister Lemden, es korrumpiert mich."

„Sie wissen, ich war mit Scheich Manzur in der Oper."

O'Toole nickte nicht unfreundlich. „Eines jener vielen Sprichwörter in Kairo lautet, *alles hat seinen Preis*. Ein Taxifahrer beklagte kürzlich die neuen Steuern. Nun müsse er dem Polizisten zwanzig Pfund Bestechungsgeld zahlen, anstatt fünf wie bisher, der Polizist seinem Marschall hundert, anstatt früher dreißig, und der Marschall seinem General fünf Autos, anstatt früher eines. Der Drogenboß muß dem Polizisten noch mehr Haschisch zukommen lassen, und der Richter gibt sich dem Rechtsanwalt gegenüber nicht mehr mit Geld zufrieden, sondern will auch ein Mädchen zu seinem Vergnügen. *Alles hat seinen Preis* in diesem Land."

O'Toole sagte dies nicht zynisch, eher resigniert. Seine Klimaanlage sei beschädigt gewesen, er habe – um sie reparieren zu lassen – die Vertretung jener deutschen Firma angerufen, aber entdecken müssen, daß sich ein kleiner Laden des Konzernnamens bediene. Auf seine Beschwerde in der deutschen Zentrale hin, habe man dort beteuert, sich selbst zu wundern, wie viele Vertretungen in Ägypten bestehen. „Lesen Sie doch einmal die Verkehrstafeln, Mister Lemden. Sie werden solche folkloristischen Anweisungen finden wie *Hupen Sie nicht, Überfahren Sie keine Fußgänger, Hören Sie nicht laut Musik*. In diesem Land kann jeder schimpfen, nur handeln darf niemand."

„Worauf wollen Sie hinaus, Mister O'Toole?"

Den Ahnungslosen mimend, griff O'Toole nach seinem Glas, es war leer. Er spuckte erbost den Kaumgummi in seinen Handteller und klebte ihn an den Rand des Glases. „Seien Sie zufrieden“, sagte er gönnerhaft, „und lassen Sie die Finger von den Feinden des Islam!“

„Von Goma Assem, meinen Sie!“

„Mein junger Freund, nehmen Sie sich meinen Rat zu Herzen. Lassen Sie die Finger von den Feinden des Islam. Erinnern Sie sich an den Terroranschlag in Luxor vor einigen Jahren? Tote Touristen, eine Katastrophe für den Fremdenverkehr. Die Fundamentalisten rekrutieren ihre Gefolgsleute in Oberägypten, Fellachen, die mehr dahindarben als leben. Und dann, mein Freund, setzte der Präsident einen neuen Innenminister ein, und seitdem – von einem Tag auf den anderen – gibt es in Ägypten keinen einzigen Übergriff mehr.“

„Dieser Minister, ein Mann mit vielen Verbindungen, nehme ich an.“

„Ich vermute, auch ein Mann, der klug genug ist, gewisse Flüsse nicht aufhalten zu wollen.“

„Und ich, Mister O'Toole, welche Rolle spiele ich?“

Der rundliche Amerikaner hatte Nicolas' Frage als Zustimmung begriffen und erklärte freimütig: „Scheich Abdul el Manzur fand eines Tages heraus, daß ein gewisser Wilhelm Kapp, von dem er Informationen über eine weit zurückliegende Sache erhoffte, jemand anderer war. Sein wirklicher Name war Wilhelm Stöger, und dieser Wilhelm Stöger hatte im deutschen Afrikakorps gedient. Beim Durchsichten von Rommels Personallisten entdeckten wir einen Namen, den auch ein junger Manager des mit dem Scheich geschäftlich verbundenen Autokonzerns trug. Es konnte ein Zufall sein, freilich. Jedenfalls sollte dieser Lemden zur Messe nach Kairo kommen.“

Nicolas' Puls ging schneller, er fühlte seine Handflächen feucht werden. „Mein Vater hat Wilhelm Kapp gekannt?“ fragte er so ruhig wie möglich.

„Er diente in derselben Division.“

„Vielleicht hat er mir den Kambyses-Plan vererbt!“ versuchte Nicolas zu scherzen, sein Lachen klang aber eher gezwungen.

„Es hätte immerhin sein können, daß man Sie nicht zufällig für diesen Job in Ägypten vorschlug, Mister Lemden.“

„Daß mein Vater von der Kambyses-Geschichte gewußt hatte und ich an irgendeiner Verschwörung beteiligt war? Ist doch Blödsinn. Der Scheich hat mich gewissermaßen sogar selbst als Verbindungsmann ausgewählt, wie ich im Personalbüro erfahren konnte.“

„Man konnte sie besser durchleuchten und gegebenenfalls unschädlich machen, wenn man Sie in der Nähe hatte“, erwiderte der Amerikaner ungerührt. „Schon nach wenigen Tagen war uns aber klar, daß Sie mit der Sache nichts zu tun haben, Herr Lemden. Ihr Vater kannte Wilhelm Stöger alias Kapp nicht mehr als irgendeinen anderen Vorgesetzten, das wissen wir inzwischen mit Sicherheit.“

Nicolas rieb sich die Augen. Sein Vater und Geheimnisse ...

Er trank Whiskey, und Henry O'Toole kicherte über die armen Figuren in ihren Livrees, die steif neben den Vitrinen mit dem Teeservice standen. Die noch steiferen ägyptischen Herren, die beflissen Bridge spielten, englischer als die Engländer. Im Grunde, beruhigte sich Nicolas, löste sich alles in Luftspiegelungen auf – Almásy, der Schalk, macht bis heute allerlei Leute verrückt.

Daß er O'Toole auf Goma Assem ansprechen hätte sollen, bei dem es offensichtlich um mehr ging als nur um Luftspiegelungen, hatte Nicolas bei all der Aufregung vergessen ...

Gegen Mitternacht wankte Nicolas mit dem Amerikaner die Treppe hinunter. Er fühlte sich erleichtert. Beinahe alles kehrte in jenen Zustand zurück, in dem er Ladislaus Eduard Almásy kennengelernt hatte: in eine filmische Illusion.

7

In der Wüste

Beim ersten Erwachen – nach weniger als zwei Stunden Schlaf – wußte Nicolas, er würde zu Goma Assem gehen. Nicolas hatte von Unity Mitford geträumt. Noch immer stand ihm Unity vor Augen, ihr Gesicht, das seiner Mutter ähnelte. Er meinte, die Finger der *Schrecklichen* in seinem Nacken zu spüren.

Die Hände jener Walküre, die im Münchner Krankenhaus liegt, als England und Deutschland Krieg führen, sie ist nur mehr die *geheime Reichssache*, über die Goebbels eine Nachrichtensperre verhängt: Hitlers Verehrerin nach dem Selbstmordversuch. Ihre Tat muß privater Natur sein, Hitler will es so, und auch Churchill, ihr Vetter, will es so. Inoperabel steckt die Kugel im Kopf. Ihre großen Augen und die eingefallenen Wangen; das verfilzte Haar; die gelben Zähne, die ungepflegten, weil sie es nicht ertragen kann, wenn jemand ihren Kopf berührt.

Ihre Ankündigungen, sie würde sich umbringen, sofern England gegen Deutschland in den Krieg ziehe, hielt János für eine Marotte, immerhin hatte sie ihrem Dachshund die Nägel lackiert. Die langen Nächte und die verschlafenen Morgen in München, all das Glück eben noch, erinnert er sich. Die teuren Geschäfte, die er so liebt, *Küster* und *Perry* gegenüber der Franziskanerkirche, die Eleganz und Extravaganz. Am Karlsplatz besuchten sie die *Maskerade,* dann fuhr János nach Bernstein zurück. Ach Unity, allein in ihrer Wohnung, zwischen den *Deutsche-Werkstätte*-Möbeln, den Blumen, den bunten Teppichen. Hinter dem Bett die zwei Nazi-Fahnen, die ihren Polster berühren, das Foto des Führers auf dem Nachtkästchen, die Augen und Lippen handkoloriert. Und draußen im Wohnzimmer der versilberte Revolver. Sie bricht in den Englischen Garten auf, setzt sich auf eine Parkbank und drückt ab, die Kugel tritt durch die Schläfe in ihr Gehirn ein.

Auf Schloß Bernstein gibt es kein Telefon, János muß zum Postamt hinunter. Gestern schrieb er ins Tagebuch *nichts von Bedeutung*, aß in Kohfidisch mit Marie-Eugenie Zichy und Baby Erdödy, und nun bemüht er sich um einen sachlichen Ton, obgleich ihn die Panik packt: *über Unity informiert, Telefonat Münchner Krankenhaus.* Mit dem Konsul in Graz bespricht er die Lage, reist nach Budapest, Wien und nach München. Unity möchte in ihren wachen Momenten, soviel steht fest, nach England zurück. János verbrennt ihr Exemplar von *Mein Kampf* mit den handschriftlichen Notizen des Führers, und László versteckt ihre Aufzeichnungen in der Budapester Wohnung, *Jesusmaria,* in diesen Tagebüchern ist jeder gemeinsame Augenblick mit Hitler festgehalten.

Aus dem neutralen Ungarn kommen Briefe nach London, Teddy Almásy ist deren Absender, *Unity in Pflege in einem Münchner Krankenhaus,* dann *weitere Besserung,* schließlich *weitere Fortschritte.* Als János sie im Zug nach Bern begleitet, notiert er: *Plötzliche Abreise Unity.* Eine geheime Reichssache. Jagdflugzeuge der Royal Airforce und ein Hubschrauber begleiten das Fährschiff, das Churchills Cousine nach England zurückbringt. Sie trägt nicht wie sonst das Hakenkreuzabzeichen. Als der Krankenwagen in London ankommt und ein Schaulustiger *Heil Hitler* ruft, blickt sie verdutzt. Unity hat nicht nur den Gleichgewichtssinn, sondern auch das Gedächtnis verloren, und daß inzwischen Deutschland und England im Krieg liegen, weiß sie nicht mehr.

Nicolas hatte von der englischen Walküre geträumt, die bei Julius Streicher verkehrt und bei Harrods *The Yids, The Yids, we've got to get rid off the Yids* auf Schallplatte gesprochen hatte. Die gern ausgeplaudert hatte, mit den Adjutanten schlafen zu müssen, wenn sie eine Verabredung mit Hitler wolle. Die mit Magda Goebbels segeln, einkaufen, bummeln und in die Oper gegangen war. Und mit dem Führer ganze Nächte darüber verbracht haben soll, die Namen jener zu markieren, die nach der Besetzung Englands überlaufen würden, all die braunen Ladies und Lords.

Und nun, der Krieg tobt seit Jahren, ist die junge Frau ein Kind, quengelt, muß nachts gewindelt werden. Ihr Vater läßt sich scheiden, weil er den Anblick der nassen Tücher auf der Wäscheleine nicht ertragen kann. Ab und zu sieht man Unity auf Parties, desorientiert. Derweilen kämpft László mit Rommel in Afrika, fährt auf Heimaturlaub, in Bernstein ein deutsches Auto mit ägyptischem Kennzeichen. Stets trägt Unity Handschuhe und den Gürtel ihres Bruders Tom, der in Burma fiel. Nach dem Krieg fragt sie ihre Schwestern, *warum habt ihr mich nicht aufgehalten?* Wenn sie KZ-Filme sieht, besteht sie darauf, daß alles Propaganda ist. Um in der Kirche Böden zu schrubben, geht sie nach Whitechappel, verliebt sich in den Reverend der christlich-scientistischen Kirche, einen verheirateten Mann. Und László flüchtet über Rom nach Kairo. János seinerseits läßt die Vergangenheit im Schloßbrunnen verschwinden, die Russen haben Bernstein besetzt.

Arme alte Unity, sagt ihre Schwester, sie wünscht sich zehn Kinder, mit ihrem Abszeß im Gehirn, der Entzündung, *nun bin ich eine Scientistin, nicht weil ich ein Wort davon glaube, sondern weil sie mein Leben retteten, so fühle ich, ich bin es ihnen schuldig, eine zu sein.* Dann schwärmt sie wieder über Hitler, beim Friseur, auch im Bus. Und während der Krieg nun Palästina heimsucht, stirbt Unity, im Mai 1948: Die Kugel in ihrem Kopf hat sich bewegt.

Das Gold lockt sie alle, hatte Goma einmal lapidar festgestellt. Im Sommer 1948 geht in Kairo die Depression wegen des verlorenen Palästinakriegs um. Almásy fliegt nach Europa, man munkelt, er organisiere eine neue Expedition. Inzwischen haben sich tiefe Falten in seine Stirn gegraben, er hat an Gewicht zugelegt, oder ist sein Gesicht aufgedunsen, sind seine Augen kleiner geworden? Er hält sich einige Monate lang in Graz auf, steigt im Erzherzog Johann ab, dem ersten Hotel am Platz, ist der Galante geblieben, der am Abend ins Theater geht, um sich junge Komparsen anzulachen, der kein Hehl daraus macht, daß er die Homosexualität jedem anderen Lebensstil vorzieht.

Almásy kam nach Graz, um sich mit dem britischen Gesandten zu treffen. Er muß über Viktor Chornoky, den ungarischen Gesandten in Kairo, ein *Gottesurteil* fällen, dessen Memorandum über die Ungarnpolitik der Russen für die Briten beurteilen. Chornoky wünschte eine militärische Intervention, bat um Asyl für sich und Zoltan Tildy, den ungarischen Präsidenten, der inzwischen begriffen hatte, nur eine Marionette in den Händen der Sowjets zu sein.

Die Briten hatten eine Einladung an Tildy in Erwägung gezogen. Hierauf hatte der Polizeichef von Kairo Almásy gebeten, bei der Öffnung der Kisten anwesend zu sein, die Chornoky nach Ägypten vorausgeschickt hatte. Sie fanden nicht wie befürchtet sowjetische Flugblätter, sondern goldene Becher, Armspangen, Diamanten und Silberbesteck. Chornoky hatte die Schätze Fürst Esterházys im Auftrag von Zoltán Tildy nach Kairo geschmuggelt.

Nach Almásys Gespräch mit dem britischen Gesandten in Graz wird das Memorandum Chornokys an die Sowjets weitergeleitet. Einen Monat später wird Viktor Chornoky in Budapest von den Sowjets verhaftet und hingerichtet.

Die Chancen für eine neue Kambyses-Expedition stehen gut. Ronnie Valderano, der Fürst im *Secret Service*, der Almásy in Rom vor dem KGB rettete, will dabeisein, auch Taher Pascha und János.

Vom Morgenruf des Muezzins ließ sich Nicolas nicht zu jener Trägheit hinreißen, die alles um einen herum vergrößert, bis es unüberwindbar erscheint. Jene Trägheit macht die Orientalen so unterwürfig gegenüber dem Schicksal, sagte er sich, einen Mann wie Scheich Abdul so unwidersprochen mächtig. Die Afrits und Dschinns um ein antikes Heer tun das ihre, dabei muß man nur hingehen, die alten Rüstungen ausgraben, aber Taten zählen hier weniger als Gespenster.

Rita widersprach ihm nicht. Sie begleite ihn zu den Assems. Ihm fiel auf, wie das Unbestimmte der Dolmetscherin wich. Ihre Augen blitzten auf, die Züge um ihren Mund schienen weich. Sie wollte sich umkleiden, und als sie ins Foyer zurückkam, roch sie nach schwerem süßen Parfum, Augen und Lippen waren geschminkt.

Es fielen kaum Worte, der Gleichklang erregte ihn. Auf dem Weg zu den Alten paßte sich ihr Schritt an, jede Regung der Lippe, der Hand, jeder Atemzug, ein wenig tiefer als sonst, wurden zum Liebesvorspiel.

Hana öffnete die Tür, und Nicolas meinte in die Augen jenes Mädchens zu blicken, das dem Vater in den Krieg gefolgt war. In Hanas herbem Gesicht steckte noch immer der Schalk, hinter ihrer Förmlichkeit die bubenhafte List.

Während sie Kaffee aufsetzte, kam Goma in das dunkel möblierte Zimmer, im Schlafmantel, mit einer Gesichtsmaske. Er tat vergnügt und sagte triumphierend: „Sie sitzen auf dem Polster, nach dem alle verrückt sind."

Als drohe das Möbel auseinanderzuklaffen, sprang Rita vom Diwan auf. Goma zog den Überwurf von der Sitzfläche: Das gleiche Gelb hatte Nicolas in der Bibliothek des Scheichs gesehen.

„Ich räumte 1951 Almásys Wohnung, gleich nach seinem Tod", erklärte Goma, „der Graf hätte es nicht anders gewollt. Die Engländer ließen seine Ernennung zum Direktor des Wüsteninstituts nicht zu, man strich seinen Namen aus allen Annalen. Wir haben seine Möbel zu uns genommen, seine persönlichen Dinge."

Für einen Augenblick verwandelte sich der Raum in jenen von Zamalek, wo Almásy in den vierziger Jahren gelebt hatte. Die goldgerahmten Porträtfotos an den längsgestreiften Tapeten, der knarrende Parkettboden, die Stehlampen mit den Quasten, die ausladenden Luster, Glasschränke wie in einem Museum. Das aristokratische Ambiente, ein Verlies privater Mythen, das geschichtsträchtige Leben, ein pharaonisches Grab in Rokoko.

„Es hat diesen Plan nie gegeben", stellte Hana klar, die ins Zimmer trat und sich bei Goma einhängte.

„Sie selbst haben das Gerücht in die Welt gesetzt?" fragte Rita.

Wieder lächelte der Alte. Der Glanz in seinen Augen war nicht anders zu verstehen, als daß er noch einmal dort hinaus wollte, wo er Hana lieben gelernt hatte, in jene Almásy-Welt.

„Aber Sie kennen die Stelle, die Almásy im Sinn hatte", sagte Nicolas.

„Man braucht große Mittel, um etwas zu bergen, das dreißig Meter unter dem Sand liegt. Und das nur vielleicht."

„Eine Bewährungsprobe für unseren ALMASY-Geländewagen", lachte Nicolas.

„Jetzt im Sommer? Bei fünfzig Grad im Schatten?" sagte Hana.

Goma nickte heftig. „Gut so. Niemand wird uns in der Wüste vermuten."

„Also mehr Flucht als Schatzsuche", kommentierte Rita.

„Wie stellt ihr euch das vor: Ich borge mir so einfach unseren ALMASY aus, um ein wenig in der Gegend herumzukurven", spottete Nicolas, „das glaubt mir kein Mensch!"

„Wir fahren bis Dachla mit dem Bus, dort mieten wir einen Jeep", erwiderte Goma. Hatte nicht Almásy von einer Prophezeiung erzählt? *Stundenlang geht unser Weg durch die wildzerklüfteten Hauwaischen Berge, den gesegneten Schmugglerweg entlang. Die Beduinen hatten Hassanein Pascha einmal erklärt, der Name „Hauwaisch" bedeute soviel wie Afrit, Dschinn oder Geister; diese würden als Schlangen in jenen Hügeln leben. Als ich den Kameraden dies erzählte, kreuzten wir gerade die Spur einer riesigen Schlange, die noch größer war als jene im Gilf Kebir. Ich erinnerte mich an die Prophezeiung von den drei beschützenden Dschinns, und auch meine Kameraden riefen: Abu Ramla, nun werden wir sicher heimkehren!*

„Goma denkt wie Almásy", sagte Hana, „er lebt mit diesem Gespenst. Gehen Sie mit ihm hinaus, Nicolas, es wird sich nicht anders verhalten wie mit Zarzura: weißes ödes Land. Inzwischen versuchen Rita und ich noch einmal, Abdul zur Vernunft zu bringen."

Geradezu herrisch drängte Goma seine Frau, ihn zum Markt zu begleiten, er wolle ein Festmahl bereiten. Der Alte war glücklich am Ziel seiner Träume, der kleinen Intrigen, der Trugschlüsse, mit denen er die verlorene Zeit zurückholte.

„Wir sind bald wieder zurück."

Mit Rita allein, auf dem gelben Diwan, fielen Nicolas einige wenige Schuppen in ihrem glänzenden Haar auf. Alles zog ihn zu ihr hin. Die dünnen Arme, die bronzene Haut. Die schmale Handwurzel sehnig, die Falte, dort wo Backe und Hals zusammenliefen. Die leichte Wölbung ihrer Nase, der breite Mund. Die Finger, die jetzt seinen Handteller kraulten, elektrisch und zärtlich, ihre Augen entschlossen. Sie lächelte, öffnete die Lippen, ein wenig obszön, und schlüpfte aus ihrem Kleid.

Wie sie auf den Rücken glitt, schamlos und elegant. Sie lenkte seine Blicke zur Schulter, zum Grübchen am Schlüsselbein, den Höfen ihrer Brüste und den aufgerichteten Mamillen. Zu den langen Beinen, den spitzen Knien, der enthaarten Scham, ihren fleischigen Lippen. Als sie ihn über sich zog, flüsterte sie ihm ins Ohr, er solle rasch in sie eindringen, heftig zustoßen. Während sie aufschrie, streckte sie den Hals durch, beherrscht und athletisch, ihr Stöhnen war dunkel. Ihr Körper zitterte vor Lust, getrennt von ihrem Geist, der seine Gedanken in Besitz nahm. Sie beobachtete, wie er außer sich geriet.

Nach dem Liebesakt verhielt sie sich sachlich, verschwand im Badezimmer, er hörte das Wasser prasseln. Dezent geschminkt kam sie zurück, frisch parfümiert und distanziert. Rita war ihm fremder denn je.

Im Bus, zwei Tage später, stank es nach Krankheit und Not. Fellachen, die in ihre Oasen zurückkehrten, stapelten Taschen und Koffer auf dem Gang. Der Fahrtwind linderte kaum das Dröhnen im Kopf, der Schweiß verklebte den Sand auf der Haut. Aus den Lautsprechern tönten Koransuren, die sie an den Satellitensiedlungen vorbeigeleiteten, der *6.-Oktober-Stadt*, den Inseln des Wohlstands. Schließlich, da am Straßenrand kein Licht mehr leuchtete, war nur mehr das Sternenmeer, auf das sie sich zubewegten. Nicolas hatte das Gefühl, in das Universum hinauszufliegen, in die Weite der Galaxien.

„Der Himmel wird wie eine kleine Rose sein“, flüsterte Goma.

Jene Sure sagt das Ende der Welt voraus. Ein explodierender

Stern, dem man sich nirgends so nah fühlt wie hier. Der Bus, ein kleiner Punkt. *Was hat ein Punkt in der Unendlichkeit zu suchen?* wie Almásy es ausdrückt, *wie konnten Menschenkinder sich vermessen, in das Reich des Todes einzudringen und ihre scharfe Spur in die jungfräuliche Fläche zu zeichnen? Es ist gewiß kein Zufall, daß die großen Religionsstifter ihr Wirken in der Wüste begannen. Uns überwältigt das Funkeln der Sterne, wie sie nur in der Wüste funkeln können, und zu unseren Füßen liegt, von Mondlicht übergossen, das Felsmeer, und am Lagerfeuer werden noch einmal die uralten Sagen erzählt.*

Goma trug eine beige Hose, schwarze Schuhe, ein buntes Hemd. Ein Ägypter, wie sie sich tagtäglich ins Teehaus begeben. Nach einer Stunde Fahrt flimmerten die Monitore auf, ein antikolonialistisches Epos. Und gegen Mitternacht erreichten sie Bahariya, die erste Oase. Vor dem Teehaus in Bawiti, dem Hauptort, hockten Männer, nicht anders als in Kairo.

Dann wieder Stunden im Nichts. Da und dort stiegen Gestalten zu, verließen andere den Bus, inmitten der Leere, nicht auszumachen, woher sie kamen und wohin sie verschwanden. Gegen Morgen erreichten sie Dachla, an die achthundert Kilometer von Kairo entfernt, weit drinnen in der Libyschen Wüste. In einem Gebäude an der Straße brannte Licht, *Mebarez Hotel.* Ein Haus mit Fensterläden, eine Terrasse mit Tischen und Stühlen. An der Rezeption lief der Fernseher, ein wortkarger Mann übergab ihnen die Schlüssel. Im Badezimmerspiegel nahm Nicolas das Gesicht eines Müden wahr, der längst die Orientierung verloren hatte.

Er schlief wenige Stunden, sein Kopf fühlte sich dumpf an. Die Wand hinter dem Bett war heiß, nur das Geräusch der Klimaanlage klang tröstlich. Die Wüste, in der Dunkelheit nichts als eine Ahnung, erschien ihm jetzt bei Tag noch unwirklicher, als er sie gedacht hatte: ein schmaler Streifen Grünland, auf dem er sich befand, eine Straße, die aus dem Nichts kam und ins Nichts führte. Nur wenige hundert Meter entfernt die Dünen, dahinter die weißen Berge. Dort, wo die Dünen ins bewässerte Land drängten, die Sandwälle. In deren Windschatten die geduckten Lehmhütten, daneben die schattigen Unterstände, die Esel, die Ziegen. Ein sattes Grün zur anderen Seite hin, wie ein Teppich: die Dattelgärten, mit Zäunen aus Palmzweigen gegen den Flugsand geschützt. Es war windstill. Die Hitze brannte auf der Haut, in der Nase, im Hals, in der Lunge.

Auf dem Parkplatz vor dem Hotel fielen Nicolas die beiden weißen Toyota auf, *Zarzura Expedition – Travels in No-Man's-Land.* Das junge englische Paar, das die Wagen gemietet hatte, saß mit seinen beiden ägyptischen Führern bei Goma in der Empfangshalle. Hier, unter den Ventilatoren, war der am wenigsten lebensfeindliche Ort.

Goma flunkerte über Abu Ballas, die Jagd nach dem letzten Waddan. Almásy, der wild darauf ist, das Schaf zu erlegen, ehe das letzte Exemplar seiner Gattung ausstirbt. Zu seinem Entsetzen bringt ihm der Beduine den toten Widder, das weiß freilich niemand, hängt doch die Trophäe des letzten Waddan im Bernsteiner Jagdzimmer.

Während die Männer an Gomas Lippen hingen, unterbrach ihn die Engländerin immer wieder, schwärmte von Falaffel, frittierten Gemüsefladen, die sie für ihr Leben gern esse.

Die beiden Chauffeure kicherten, dabei wirkten ihre Augen schärfer, ihre Backen noch kantiger.

„Passen Sie auf, meine Liebe", rief Goma, „Falaffel ist ein Mann, gefährlich, Sie werden schwanger gehen! Ein Freund von mir mußte ein Jahr fort und seine Frau allein lassen. Sie aß Falaffel, und als er heimkehrte, war sie schwanger."

„Falaffel sind gefährlich", stimmte der Bärtige zu, er trug einen Turban, ein weißes Hemd und ein schwarzes Gilet, dazu Jeans und Turnschuhe.

„Sliman muß es wissen!" lachte Goma, „er hat eine Amerikanerin geheiratet, sie aß Falaffel, und, Inshalla, sie bekam Zwillinge!"

Goma hatte den Vater der beiden Brüder gekannt, einen Karawanenführer, der in Dachla seßhaft geworden war. Sliman und Ahmed trugen den Titel *Hagy*, Pilger nach Mekka, die im Ramadan den heiligen Schrein berührt hatten. Ahmed strahlte das Kalkül eines Geschäftsmannes aus, er war schweigsam, zugleich überaus bestimmt, und Sliman gebärdete sich einmal warmherzig, dann wieder herablassend, auch sah Nicolas zuweilen etwas Brutales in seinem Wesen aufblitzen. Sliman suchte Gomas Nähe, und wenn der nicht gerade über Almásy flunkerte, waren die beiden in ein Gespräch vertieft.

Die zwei sportlichen Weltreisenden erwiesen sich als gebildet und aufgeschlossen. Von Vorsicht wollten sie nichts wissen, sie hielten sich vor Mikroben ebenso gefeit wie vor rassistischen Vorurteilen. Diese Kinder reicher Leute gingen auf Entdeckungsreisen, begierig danach, ihren weißen Fleck zu finden: wenn nicht den auf der Landkarte – wie einst Almásy –, dann doch jenen im eigenen Kopf.

Sichtlich stolz übersetzte Ahmed, was der Fernseher gerade verkündet hatte: Zwei Kinder hatten eine Handtasche einer japanischen Touristin gefunden und der Polizei übergeben. Die Studentin bewahrte darin ihr Reisegeld auf, hundertfünfzigtausend amerikanische Dollar, ein erneuter Beweis für islamische Rechtschaffenheit.

Sliman schimpfte auf englisch in sein Handy, er werde nach Hause kommen, wenn es ihm passe. Seine Frau Sandy, so Goma, war als Touristin den Nächten unter freiem Sternenhimmel erlegen, der Erregtheit in der Hitze. Nun lebte sie neben Slimans muslimischer Frau und zog ihre Zwillinge groß.

„Eine Amerikanerin?“

„Oh, Sie finden im Nildelta heute noch blonde Frauen, deren Urahninnen als Huri mit dem Kreuzfahrer Ludwig in den Orient kamen. Freilich, die Touristinnen bezahlen für ihren Spaß. Heute sind es meistens ihre ägyptischen Liebhaber, die verwirrt zurückbleiben. Ein Mädchen wie Sandy aber, das sich dazu durchringt, in unserer geschlossenen Welt zu leben, hat es schwer.“

Und Hana? Und war nicht Goma selbst ein Zerrissener, der in den unbeobachteten Winkeln dieser Welt Unterschlupf suchte? Und Almásy, der seine aristokratische Einsamkeit eitel gehegt hatte?

1938 weilt Almásy mit Baron Hansjoachim von der Esch in

Wadi Halfa, dem Grenzort zwischen Ägypten und Sudan. Esch ist einer jener nicht ganz durchschaubaren Typen rund um Almásy, der im übrigen die deutsche Fassung seines Buchs lektorierte. Dem Deutschen fällt der häufige Name *El Magar* auf, die Bezeichnung einer Sippe, die auf einer Nilinsel südlich des Städtchens lebt. Die Männer behaupten von sich, keine Araber zu sein; sie seien vor langer Zeit aus *Nemsa*, was Österreich bedeutet, an den Nil gekommen. Esch erzählt von diesen Leuten, Almásy bereitet eine Großwildjagd für den Bruder des ungarischen Reichsverwesers Horthy vor, er hört Almásy nur mit halbem Ohr zu. Dann freilich sagt er in prophetischem Ton *Magarab, Nemsa, beim Haupt des Propheten, die Brüder sind Landsleute von mir – Magyaren, Ungarn.*

Esch ist von Almásys Idee fasziniert. *Ich kannte die kühnen Gedankensprünge dieses Mannes. Dem raschen Flug seiner plötzlichen Eingebungen zu folgen, gelang mir aber nur selten.* Die Magarab empfangen ihn. Unter den Beduinen sind ihr merkwürdiges Kauderwelsch und ihre fremden, hellhäutigen Gesichtszüge sprichwörtlich; sie behaupten von sich, Muslime zu sein, ignorieren jedoch die Gebetsstunden. Ein auffallender Turm überragt das Grab eines Scheichs, den sie verehren, der Form nach ein Tatarenzelt, wie die Spitzdächer an der Fischerbastei in Budapest. Und was der Dorfälteste ihm erzählt, wird Esch in der Bibliothek in Kairo bestätigt finden: *Sultan Selim I. brachte 1517 Ägypten mit bewaffneter Hand unter seine Herrschaft. Teile des Königreichs Ungarn gehörten damals zum Osmanenreich. Alle fünf Jahre wurde eine Razzia gehalten, um kräftige und begabte Knaben für die Kerntruppe zu gewinnen. Die bosnischen Söldner eroberten Ägypten, verübten dabei unvorstellbare Grausamkeiten, kein Wunder also, daß die Geschichtsschreibung im Niltal zu jener Zeit brachlag, obgleich die Araber sehr eifrige Chronisten sind. Viele der Söldner kehrten nie wieder nach Europa zurück.*

„Und diese Amerikanerin?“ sagte Nicolas, „sie wurde Muslimin?“

„Auch Hana ist keine Muslimin und doch meine Frau“, antwortete Goma, „der Mann darf eine andersgläubige Frau heiraten, doch die gemeinsamen Kinder müssen nach dem Koran erzogen werden. Hingegen darf eine Frau keinen andersgläubigen Mann ehelichen."

„Ein patriarchales Recht."

„Darauf ausgerichtet, den Islam über die ganze Welt zu verbreiten", nickte der Alte, „für einen Christen bedeutet sexuelle Lust eine Schuld, für einen Muslim das Paradies."

Das Neonlicht, die geschlossenen Fensterläden und Vorhänge, die Ventilatoren, der Bildschirm, eine künstliche Nacht, die nicht endete, ohne Schlaf zu bieten.

Zu Mittag kam der Maître und bat zum Essen. Es gab Bohnen, Reis und Huhn. Und wieder lümmelten sie in der Empfangshalle, tranken Tee und warteten, bis der Nachmittag vergehe.

Die Klimaanlage verschaffte immer weniger Erleichterung. Bei fünfzig Grad verstärkten die Lehmmauern der Fellachenhütten die Hitze, und auch der Staub in der Luft speicherte die Glut. Die Leute kauerten im Schatten ihrer Palmdächer oder unter einem Baum, flüchteten in die Dattelgärten, dort aßen und schliefen sie. Der Himmel war weiß, und man mochte sich einbilden, ein Blatt Papier bleibe in der Luft stehen. Eine gurrende Taube, ein schreiender Esel, eine Grille oder der Muezzin sagten jenem schmerzenden Bündel Fleisch, das man war, daß es lebe.

Vor der Abenddämmerung wollten die Engländer zu den weißen Bergen hinaus. Sie luden Goma und Nicolas ein, mit ihnen am Rand der Oase den Sonnenuntergang zu erleben.

Entlang der Laternenalleen standen halbfertige Betonhäuser, eine Dattelfabrik, die hallenförmigen Regierungsgebäude: ein Amt, eine Schule, ein Kino. Und so wie die Dünen von außen in die Palmgärten drängten, schob sich aus dem Inneren ein Müllberg über die alten Lehmhäuser hinweg.

Vielleicht hielt Sliman den Wagen an, um seinen Gästen ein Schauspiel zu bieten, vielleicht aus Mitleid mit der alten Frau, die am Straßenrand neben einer Ziege saß und heulte. Goma übersetzte zynisch grinsend, was sie durch das offene Fenster hereinrief:

„Eine Ziege hat eine Ziege gefressen!"

Die Alte hatte von zwei Ziegen die größere um ein Pfund verkauft, indes die verbliebene den Pfundschein erwischte und verschluckte.

Jene merkwürdig erhabene Stimmung: Kein Grün mehr, kein Halm, nur Stein und Sand. Die zerborstenen Mauern, die den Beginn der Wüste bezeichnen, die ersten Flugsanddünen, *wie Wasserzeichen der Luft*, grünlich und zitronengelb, übergehend in Grau, in einen einzigen dunklen Fleck, zitternd, *Nymphe mit klebrigen Flügeln,* so steht es bei Durrell.

Ein Ritt durch einen Schlund, einstmals ein Tälchen, durch das ein Bach geflossen war. Die Offenbarung, wie viele Farben das Leblose hat: die weißen Berge, auf die sie zusteuern, der Boden, mit schwarzen Steinen übersät, die roten und gelben Geröllfelder.

Vor einem bizarren Felsgebilde machen sie halt, die anderen fahren näher an den großen Bergrücken heran. Nicolas greift nach Fossilien im Sand, nach Meerestieren und Pflanzen. Der Fels, auf dessen Vorsprung die beiden Ägypter hocken, leuchtet golden. Eine zerklüftete Gestalt, vom Wind durchlöchert, ein Berg am Verschwinden. Irgendwann würde die Düne über ihn hinwegwandern und ihn unter die Oberfläche ziehen.

Die geruchlose Wüstenluft, *die trockene, nichts verratende Wüste im Sommer.* Wie das ausdrücken, was mit ihm vorgeht? Dieses saubere Element, rein, ohne Ungeziefer, das Bett der Persephone, in dem sie den Totengott empfängt? So wie Bermann, der Mann aus den Kaffeehäusern Wiens und Berlins? *Wir eilen nicht; es ist zu schön hier. Hinter jedem Vorsprung, in jedem der Täler, die aus dem Inneren kommen, kann ein Geheimnis stecken, etwas ungeahnt Neues. Der Wind und der stete Anprall des Sandes haben die steilen Wände zerschlissen; bizarre Figuren sind ausgeschnitten, kolossalische Menschenstatuen und Adler mit geöffneten Schwingen. Sonderbar, denke ich; die Wüste macht einen anderen Menschen aus mir.*

Oder sich davon befreien wie Major C. Jarvis, der Kommandant der Oase Dachla, der in den zwanziger Jahren Prinz Kemals Expeditionen in die Große Sandsee vorbereitet, die Wege absteckt und Wasserdepots anlegt? *Die Wüste, die mir nie etwas bedeutete, ist stumpf und deprimierend. Sie ist leblos, wir verbringen vierzehn Stunden am Tag damit, uns durch Sandhalden zu kämpfen. Der Prinz beehrte mich mit der Aufgabe, einer Dünenkette einen Namen zu geben, so taufe ich sie, Heartbrake Halt.*

Oder das Überwältigende vermessen wie Almásy? *Mit der Abendröte kommt auch jene erlösende Viertelstunde, in welcher sich die Sicht der Wüste für kurze Zeit fast bis ins Unbegrenzte steigert. Die flimmernde Luft ist zur Ruhe gekommen, die trügerischen Spiegelungen sind verschwunden, klar und deutlich zeichnen sich die Konturen auch der fernsten Gegenstände im Gelände ab. Der Horizont scheint sich zu heben, und weit entfernte Gebirgszüge werden sichtbar, um gleich darauf in Dunkelheit zu versinken – es ist der richtige Augenblick, nach Landmarken Ausschau zu halten … Ich sehe eine Linie über diese Fläche ziehen, schnurgerade wie der Strich entlang dem Winkelmesser auf der Karte, unbeirrbar und mathematisch, genau wie die Zahlen, die Kompaß und Entfernungsmesser diktieren … Wird diese Linie einmal zur Radspur werden und wird sie dann wirklich nach Zarzura führen?*

Mit hoher Geschwindigkeit querte Achmeds Jeep den Dünenrücken und wirbelte eine Sandwolke auf. Um vor Einbruch der Dunkelheit die planierten Wege zu erreichen, raste Sliman hinter ihm her, hinein in die steinigen Hohlwege, bis zum Rand der Oase, den Friedhöfen, den muslimischen Kuppelgräbern.

Goma war wieder der Gentleman. Mit einer Hand hielt er sich am Türgriff, mit der anderen an Nicolas' Arm fest. „Ich mußte mich um Sliman kümmern. Er will ein Sufit sein", erklärte er, „er leidet unter seiner Schwäche, die der Koran ihm verbietet. Er trinkt Alkohol, ja verkauft ihn, und vergnügt sich mit Europäerinnen."

Sie hatten mit den beiden Engländern ein gemeinsames Abendessen verabredet, nicht vor halb neun, um sich noch ausruhen zu können. Nicolas war auf sein Zimmer gegangen, Goma wartete im Foyer. Um neun hatten sich die Engländer noch immer nicht gemeldet. Gerade als Nicolas aufstehen und hinuntergehen wollte, erschütterte eine heftige Detonation das Gebäude, der Krach war ohrenbetäubend, und draußen loderte eine Stichflamme auf.

Durch das Fenster sah Nicolas, daß auf dem Hotelparkplatz ein Auto brannte. Aus den umliegenden Hütten und Häusern strömten Schaulustige herbei, er staunte, wie viele Leute plötzlich dawaren. Er rannte nach unten und bemerkte Goma, der die Hektik um ihn herum gar nicht wahrzunehmen schien. Der Alte stand an der Hoteltür und starrte durch das Glas auf die Flammen, den Rauch.

Ahmed und die beiden Engländer rollten einen der Toyota auf die andere Straßenseite. Es war Slimans Fahrzeug, das brannte, der Toyota-Geländewagen, der Goma und Nicolas vor wenigen Stunden aus der Wüste heimgebracht hatte.

„Nur Sprengstoff kann eine solche Explosion auslösen", sagte Sliman, der wie Goma fassungslos vor dem Brandherd stand.

Krausbärtige Männer mischten sich unter die Schaulustigen und machten aus ihrer Freude kein Hehl, das Auto der Ungläubigen vernichtet zu sehen.

Nicolas nahm Goma bei der Hand und suchte mit ihm das *Communications Center* im Dorf auf. Er bewegte den Alten dazu, Hana anzurufen, das tat Goma dann auch, verstummte aber mitten im Gespräch und sank in sich zusammen. Nicolas nahm ihm den Hörer ab und erfuhr von Rita, was am Morgen geschehen war: über Goma war die Fatwa verkündet worden, ein Rechtsgutachten, das ihn als Ketzer vogelfrei machte. „Wer ihn tötet, kann sich des Paradieses sicher fühlen."

„Scheich Abdul?"

„Gesprochen hat die Fatwa ein Mufti in Giza. Ob Scheich Abdul dahintersteckt, wissen wir nicht."

„Unfaßbar, so weit soll er gegangen sein?"

Eine Fatwa, wie damals im Krieg, murmelte Goma vor sich hin, als der Großmufti von Jerusalem über das irakische Radio mit einer Fatwa zur Intifada gegen die englischen Besatzer aufgerufen hat, zum heiligen Krieg gegen die kolonialistische Aggression.

Anstatt über sein eigenes Unglück zu reden, hörte Goma nicht auf, über das Unrecht bedeutender Männer zu klagen. Was ihm gerade zustieß, war für ihn eine Angelegenheit der ganzen Welt, in eine Chronik der Ereignisse eingebettet, die seit Menschengedenken das Schicksal bedeuteten. Seine Fatwa war ihm ohne die Tragödien der Vergangenheit nicht begreiflich. Hinter diesem Fatalismus verbarg sich freilich eine Ichbezogenheit, die einem arbeitseifrigen Europäer als größenwahnsinnig erscheinen mußte. Goma versank in Selbstmitleid und inszenierte den Edelmut eines Aristokraten. Man mochte meinen, nicht Abdul, sein Jugendfreund und Rivale, sondern ein Prinz, ein Großmufti oder ein Volksführer habe es für wert befunden, gegen Goma Politik zu betreiben.

„Der Anschlag auf den Wagen…, die Fatwa!" versuchte Nicolas den Alten wachzurütteln. „Ob Irrtum des Attentäters oder nur eine Drohung, wir müssen weg von hier. Weg aus Ägypten."

„Erinnern Sie sich an mein Gespräch mit Abdul über Wilhelm Kapp? Dabei fiel das Wort DORA. Ich begriff erst vor wenigen Tagen, warum mich Abdul wirklich fürchtet. Der Putschversuch vor wenigen Tagen, erinnern Sie sich. THORA, eine jüdische Aktion, wie lächerlich! Das Codewort für den Putsch hieß DORA. Wie die Operation der Deutschen damals im Krieg. Abdul fürchtete mich, seitdem ich hinter diesem Artikel im *Stürmer* her war. Er wußte, ich würde eines Tages begreifen, daß er noch immer auf seinem heiligen Feldzug von damals ist…"

„Ein Mann wie der Scheich, reich, angesehen…?

„Das Denken der Fundamentalisten steckt in der Vergangenheit fest. Sie beziehen alles, was sie tun, auf eine alte Verletzung."

Rita hatte Nicolas vorgeschlagen, er solle mit dem Alten nach Alexandria fahren und von dort nach Europa fliegen. Die beiden Frauen würden, um keinen Verdacht zu erwecken, später nachfolgen.

Goma würde aus Ägypten weggehen, mit Ritas und Nicolas' Hilfe würden Hana und er in Europa ein bescheidenes, aber sicheres Leben führen können. In drei Tagen wollte Nicolas in der Hafenmetropole sein.

Eine Fatwa, ein Wort von Moschee zu Moschee getragen, eines Tages von einem Nachbarn, einem Mann im Teehaus, einem Passanten auf dem Gehsteig zur blutigen Wahrheit erhoben. Irgendwann würde der Fluch jenes Mufti einen Handlanger finden. Man konnte einen Menschen verstehen, nicht aber seine Kultur.

Bekenntnisse? Sie blickten sich an, nachdenklich.

Goma ging also fort und blickte traurig auf das Leben, das er liebte und ebensowenig missen wollte wie die westliche Freiheit.

Bekümmert nahm er Abschied von seinem Ägypten. Die Melancholie verzauberte das alte Leben. In Farafra ereiferte er sich gar über die Zuwanderer aus Kairo, die die Welt der Oase zerstören. Der Muezzin verkündet das gesamte Gebet über Lautsprecher, weil in der sengenden Hitze keiner zur Moschee geht. Im Winter friert der Boden, und wie noch zu Almásys Zeiten lebt ein Fellache von einer Handvoll Hirse und Datteln. Eine Frucht, der Orange ähnlich, wird über dem Feuer erhitzt, um die Ferse damit einzureiben und den Mund zu kitzeln, und siehe, eine Wasserblase erscheint auf der Ferse, die Frucht wirkt entwässernd. *Wir schlachten eine Dattelpalme für einen Gast*, so lautet das Gesetz der Wüste. Es steht in den Gesichtern der Alten im Teehaus geschrieben, wenn sie müde und gelassen auf ein Jahrhundert zurückblicken. Ihre Galabiya kennzeichnet sie längst als Überbleibsel.

An der Asphaltstraße nach Dachla wachsen gekachelte Betonhäuser, Cafés, in denen die Zuwanderer aus Kairo fernschauen und Popmusik hören, junge Burschen in Jeans, mit einem Stück Wüste beschenkt. Sie pumpen das Wasser aus den unterirdischen Seen auf den Sand. Die Regierung will die Kairoer Slums trockenlegen und lockt zur Abwanderung. Das Wasser, sagt man, reicht für dreißig Jahre, dann werden das alte und das neue Farafra im Sand verschwinden.

In Bahariya, wo Goma und Nicolas im Hotel Peter übernachten, nobel und fein, feiern die Mädchen der deutschen Schule von Kairo, adrette Ägypterinnen in engen T-Shirts. Sie trinken Bier und singen Lieder, die aus dem Kassettenrecorder dröhnen, *set me free* und *it's my life*, dazu tanzen und kreischen sie. Hinter dem Zaun, der den prächtigen Hotelgarten schützt, beginnen die Slums der Oase.

Nicolas folgt dem Alten. „Mein Freund, der Graf", sagt der, „ging damals zurück nach Europa, um in seiner Heimat zu sterben."

„Haben Sie jemals wieder von den Almásys gehört?"

„Im Jahr 1967 kam János noch einmal nach Kairo. Er wohnte in Scheich Abduls Palast, der lud mich ein, gemeinsam über die alten Tage zu reden. János war nicht allein, seine Nichte, ein Engländer und Frau Gawidan begleiteten ihn."

Der Engländer ist einer jener Kriegsgefangenen, die 1942 auf Schloß Bernstein leben, als János für die Wehrmacht britische Soldaten interniert, die für das Arbeitskommando bei den Bauern der Umgebung Dienst leisten. Daß sie in der Nacht über die Schloßmauer klettern, um sich mit einheimischen Mädchen zu vergnügen, stört János nicht, er behandelt sie als Peers. „János und der Engländer waren Freunde geworden."

„Und Frau Gawidan?"

„Sie wollte die Stadt noch einmal sehen, in der sie einst Königin gewesen war."

„Sprechen Sie von Gawidan Hanem, der Frau bzw. Witwe des abgedankten Khedifen? Jene ungarische Comtesse?"

Goma bejaht. „Hana kannte sie übrigens auch. Hana hatte ja kurz nach dem Krieg dasselbe Schiff nach Ägypten genommen wie der abgedankte Khedife."

Ein adeliges Mädchen aus Ungarn, das als Greisin mit János erneut nach Ägypten kam und ihr Herz vor Hana ausschüttete, vielleicht nicht anders wie vor all den Journalisten, denen sie ihr halbes Leben lang intime Einblicke gewährt hatte.

Aus der Wüste gelangen Nicolas und Goma zurück nach Kairo, fahren weiter nach Alexandria, dem Meer entgegen, über das der Bedrohte nach Europa flüchten wird.

Alexandria, die Stadt Lawrence Durrells, die wiederum der Ire auf einen anderen Schriftsteller bezog, auf Konstantin Kavafis, den Griechen, der einst hier gelebt und Alexandrias melancholische Bezirke mit den schwarzen Trümmern seines Lebens angefüllt gesehen hatte: *Es gibt kein neues Land, mein Freund, kein neues Meer. Es wird die Stadt Dir folgen.*

Und als Nicolas und Goma so im Hafen umherschweifen, ziellos, den Piers entlang, die Meeresfeuchtigkeit im Haar, mag sie der Mann dort drüben, der an der Reling eines Mittelmeerkreuzers lehnt, an den Khedifen erinnern, der einst – wie der dort drüben – sehnsuchtsvoll auf die Stadt blickte, die er nicht betreten durfte.

Hören sie gar Almásy von den *good old days* schwärmen? So scheint es Nicolas, da Goma zur Brandung hinschaut und leise vor sich hin erzählt.

In den alten Zeiten war der Khedife Student im Wiener Theresianum, als er May Torok von Szendro kennenlernte, eine Ungarin und ein hübsches Ding. Ihr Bruder stellte May seinem königlichen Kommilitonen vor, der sehr schüchtern war. Zum dritten Mal und diesmal nicht ohne Folgen traf sie ihn im Grand Hotel in Paris. Damals war der Khedife bereits Vater, verheiratet mit einer Cousine mütterlicherseits. Die Comtesse besuchte gerade Mutter und Stiefvater in Paris, sein Gesicht war reifer, seine graublauen Augen aber leuchteten noch immer wie die ägyptische Sonne. Die Rosen fielen ihr aus der Hand, und seine ersten Worte waren: *In Ägypten sind die Rosen schöner.* Die Affäre dauerte zehn Jahre lang, als Mätresse begleitete sie ihn auf all seinen Reisen und bekleidete Regierungsämter, stets als Mann verkleidet. Sie wurde Königin, in der Uniform eines osmanischen Offiziers. Doch herrschte längst der britische Konsul über Ägypten. Und war nicht jener Artikel, der 1909 in einer ägyptischen Gazette die geheime Liebschaft des Khedifen anklagte, Teil des Komplotts gegen den Deutschenfreund? Die Zeitung, im Besitz einer amerikanischen Bank, stellte auf bigotte Weise die ungarische Comtesse an den Pranger. Als sie 1910 zum Islam konvertierte, heiratete der Khedife sie, sie nannte sich von da an Gawidan Hanem Abdallah. Als erster ägyptischer Regent wagte sich der Khedife weit in die Wüste vor, bis zur Oase Siwa. Abermals als Offizier verkleidet, leitete seine geliebte Gawidan

Hanem die Expedition. Eine wahre Lustreise, extravagant, allein die Leibgarde ritt sechzig Kamele, der Haupttroß hatte zweihundert, dazu zwanzig Pferde, das verliebte Pärchen saß in einer Kutsche. Gawidan Hanem ließ hundertzwanzig eiserne Wasserkanister aus Kairo mitschleppen, dazu eine Herde Schafe und Kälber, man speiste an Tischen mit weißem Linnen und Silberbesteck. Von ihren Regierungsgeschäften ließ sie nichts durchdringen. Aber daß sie den Abdin-Palast nach eigenen Plänen umbaute, Klavierabende gab, gelangte an die Journalisten, sogar der Zank mit dem Khedifen wegen ihrer Seancen, Gawidan sei nicht weniger als die Reinkarnation eines persischen Scheichs. In Paris ließ sich der Khedife 1913 abermals zu einem Verhältnis hinreißen, er betrog Gawidan mit einer Tänzerin. Da kehrte sie nach Europa zurück, ließ sich scheiden und behielt den muslimischen Namen, um ihre Rente nicht zu gefährden. Vor Ausbruch des Ersten Weltkriegs stürzten die Engländer den Khedifen, dessen Ärzte, Apotheker, Dentisten, Architekten, Stallmeister und Bäcker Österreicher waren. Gawidan verstand es, die Klatschgier der Presse für sich zu nutzen. Sie schrieb ein Buch über den Harem. Im Krieg eröffnete sie in Wien einen Salon für kosmetische Artikel, verkehrte mit Eugene d'Albert, Robert Musil und Gerhart Hauptmann. Die zwanziger Jahre verbrachte sie in Berlin, schrieb Kurzgeschichten für das Radio und inspirierte Robert Musil zur Alpha in der Komödie *Vinzenz und die Freundin bedeutender Männer*.

„Ja, ja, solche Geschichten schreibt das Leben", sagt Goma.

Alpha, doch eigentlich May Torok, die Frau wahrhaft bedeutender Männer, die ihnen den Verstand raubte. Eine Posse, Musils Drama, zur Dichtung geworden! Eine Komödie über den Zwiespalt vom Wunsch nach dem idealen Leben und der Tat, ein ironisches Porträt von Schwärmern. Den bedeutenden Männern steht es nicht dafür, wirklich zu leben, sie wollen bloß ein wenig Unordnung, um die Wirklichkeit zu verwirren. Sie bevölkern den Salon, beten Alpha an und ertragen ihre Seele doch nur im Verein. Der Verein der Alpha-Anbeter, erfolgreiche Männer, denen Alpha ihre Jämmerlichkeit ins Gesicht schleudert: *Sie sagt dem Gelehrten,*

Sie sind kein Geschäftsmann, dem Musiker, Sie sind kein Gelehrter, dem Geschäftsmann, Sie sind kein Musiker, kurz allen zusammen und jedem: Sie sind kein Mensch. Und jeder merkt plötzlich, daß sein Leben blöd ist. Und Vinzenz, Alphas Gastgeber, beschließt am Ende, Diener zu werden. Nach all den mißglückten Unternehmungen mit Alphas bedeutenden Männern, resümiert Vinzenz, man muß hinter einem fremden Leben hinterhergehen, so man sein eigenes nicht findet.

Nicht alles weiß Goma von Almásy, manches erzählte ihm erst Hana: Mays Geburt in Philadelphia, die Trennung der Eltern, die Mutter liebt einen Mitarbeiter Thomas Edisons, einen Ungarn namens Theodor Puskas, der 1878 das Telephon bei der Pariser Weltausstellung präsentierte, von seiner Geliebten und deren Tochter begleitet, May war gerade ein Jahr alt. Nach dem Zweiten Weltkrieg verarmte sie. Ihr Leben taugte nur noch als Erinnerung. In Paris, in London richteten sich die Kameras auf sie, doch auch die Erinnerung wurde schal. Gawidan Hanem zog nach Graz, das man *Pensionopolis* nannte, und begann zu malen, *Visionen des Nils.*

„Sie starb ein Jahr nach jenem Besuch in Kairo, vergessen, von einigen wenigen ägyptischen Studenten der Technischen Hochschule in Graz zu Grabe getragen. János folgte ihr wenig später."

„Und Ladislaus Almásy? Wann hatten Sie ihn zum letzten Mal gesehen?"

„In Kairo, im Jänner 1951, er war bereits todkrank."

Almásy bedrückt die Furcht vor der Atombombe, Hiroshima, das drohende Ende der Welt. Zugleich empört er sich über seinen Bernsteiner Liebhaber, den Verwalter der Serpentinschleiferei, der ihn mit einer Frau betrügt, ja mit jener ein Kind gezeugt hat. Ladislaus Eduard Almásy fühlt sich zur Schriftstellerei berufen. Lange hatte es gebraucht, jene Gewißheit in ihm zu formen, die er so leidenschaftlich vorträgt, daß man nicht weiß, wo man hinsehen soll. Seine Handschuhe liegen auf dem Knie, er lächelt freundlich. *Die Eingebung kam an einem blauen Tag,* ganz unvorhergesehen, sagt er, mit solcher *Leichtigkeit,* wie er es nie für möglich gehalten hätte. *Eine Bombe detoniert,* davon sollte sein Erstlings-Roman handeln, *sie tötet ausschließlich Menschen, nur jene nicht, die im verhängnisvollen Augenblick mit Starkstrom hantieren. All jene, die der Zufall am Leben ließ, fühlen sich als einzig Überlebende, irren verzweifelt umher, bis sie einander finden, sich vereinen und eine neue Welt aufbauen, eine Welt ohne Krieg.*

Eines Tages ertappt Almásy sich dabei, wie er mit zitternden Fingern jene ersten Worte niederschreibt. *Einst vor langer Zeit, in nicht ferner Zukunft,* jene ersten Worte, *mit denen jeder Geschichtenerzähler seit Anbeginn der Welt seine zarte Aufforderung an die Aufmerksamkeit seiner Mitmenschen begonnen hat,* oh Durrell!

Die Krankheit zwingt ihn ins Sanatorium Werle nach Salzburg, wo ihn der Leberkrebs im März 1951 tötet. In jenen Wochen eröffnet König Faruk das Wüsteninstitut in Kairo. Bagnold und Clayton plaudern während des Banketts über den Kambyses-Club, über *Teddy*. Ein letztes Mal feiert man im orientalischen Luxus.

Einst vor langer Zeit, in nicht ferner Zukunft. Almásy schreibt jene ersten Worte mit dem Gefühl nieder, *das Universum versetze ihm einen Rippenschlag…*

Nachbemerkung

Ich las den Roman *Der englische Patient* von Michael Ondaatje mit großer Bewunderung, ob seiner Modernität, seiner Konstruktion und Sprache. Gleichwohl schien er mir die Welt jener aristokratischen Wüstenfanatiker rund um Ladislaus E. Almásy allzu vereinfacht oder gar entstellt wiederzugeben. Sie läßt sich nicht auf eine noch so rührende Liebesgeschichte reduzieren!

Nachdem mich mein Verleger auf die „wahre" Geschichte des „englischen Patienten" aufmerksam gemacht hatte und ich Almásys Spuren nachzugehen begann, vertiefte sich dieser Eindruck. Eine Biographie dieser zerrissenen Persönlichkeit und seiner aus den Fugen geratenen Gesellschaftsschicht zu schreiben, interessierte mich weniger als all die skurrilen bis phantastischen Charaktere und Ereignisse als Momente der Geburt unserer Gegenwart zu fassen und die Form des Romans daraufhin zu befragen.

So wie nun Ondaatje seinen Roman auf historische Quellen stützt, geschichtliche Personen in den Fluß seiner Fiktion aufnimmt und nach ihrem möglichen Leben fragt, treten auch bei mir einige Personen auf, deren historisch dokumentierten Hintergrund ich eingehend erkundete und weitgehend unverändert beließ (zum Beispiel stützte ich mich auf Quellen wie den Briefwechsel zwischen János Almásy und Erika Spann, den ich in einem Grazer Universitätsarchiv fand; auf Interviews mit Zeitzeugen, Biographien, diverse Erinnerungen).

Ein Mann wie Ladislaus E. Almásy ist allerdings längst, nicht ohne sein eigenes Zutun, auch ein erfundener, so wie er zweifellos ein wirklicher war. Um die Zwitterhaftigkeit dieser Figuren für eine neue Deutung der Geschichte um Almásy zu nutzen, entschloß ich mich zu einem „zwischentextlichen" Spiel. Ich ließ nicht nur den „englischen

Patienten" in eine unbekannte Identität hineinsterben, sondern erfand auch eine neue Hana. Aus Respekt vor dem Erfinder der „ersten" Hana gab ich ihr deren Äußerlichkeiten und ließ sie von deren Vergangenheit phantasieren. Die Geschichte der Hana des „englischen Patienten", die ja nach Kanada zurückkehrt, um nach dem erlebten Grauen der Alten Welt zu Ruhe und innerem Frieden zu finden, bricht bei mir nach dem Tod ihres Pfleglings jäh ab. Ich ließ sie in eine neue Haut schlüpfen, in die einer jungen Frau, die nicht in die Neue Welt zurückgeht, sondern nach dem Durchmessen der Alten Welt in eine noch ältere eintaucht, in die des Orients.

Der intertextuelle Bezug zwischen meinem Roman und dem „Englischen Patienten" Ondaatjes ist am stärksten in den Passagen, die das Fortgehen von der italienischen Villa erzählen und reflektieren (Seiten 122 bis 125), dann in den aufklärenden Gesprächen Hanas mit Patrick Clayton und Almásy (127 bis 144). Die hier kursiv wiedergegebenen wörtlichen Zitate stammen, wie auch die später in Hanas widersprüchlichen Gedanken auftauchenden Sätze (164 und 247), aus der im Hanser-Verlag erschienenen deutschen Ausgabe von Ondaatjes Roman (Übersetzung: Adelheid Dormagen). Ich brauchte sie vor allem, um den Gegensatz zwischen Ondaatjes und meiner Hana herauszuarbeiten und damit wiederum die von mir erzählte „wahre" Geschichte Almásys von jener Almásy-Figur abzuheben, die weitgehend von Ondaatjes Buch und dem danach entstandenen Film geprägt ist.

Originale Almásy-Zitate sind der Neuauflage seines Buches *Unbekannte Sahara* von 1939 entnommen, die 1997 unter dem Titel *Schwimmer in der Wüste* im Haymon-Verlag erschienen ist. Ein Zitat stammt aus Almásys 1943 in Ungarn veröffentlichten Buch *Rommel seregénél Libyában (Mit Rommels Armee in Libyen)*, dessen Übersetzung mir Alexander Berger-Almásy zur Verfügung stellte. Es soll demnächst im Münchner Bellevue-Verlag erscheinen. Herrn Berger-Almásy wie seiner Familie sei für wohlwollende Unterstützung meiner Arbeit gedankt.

Bei meinen Recherchen hilfreich waren weiters:

Helmut Arntzen, Tarek Bary, Moritz Csàky, Gabor Cszeiner, Karl Draskovich, Mahmoud Hamed, Jean Howard, Pacetta Almàsy-Kuefstein, Mustafa Maher, Reinhard Müller, Ernst Pichler, Adel M. Sabit, Steven Tötösy de Zepetnek. Allen ein herzlicher Dank.

Als Quellen besonders erwähnen möchte ich die Bücher *A Szahara bűvöletében* von Janos Kubassek, *Desert Explorer* von Peter Clayton, *Die Mitford Sisters* von Karlheinz Schädlich, *Unity Mitford. A Request* von David Pryce-Jones, *The Other Egypt* von Wael T. Abed und *A King Betrayed* von Adel M.Sabit sowie den Film *Schwimmer in der Wüste* von Kurt Maier. Soweit es Werke aus den dreißiger und vierziger Jahren betrifft (so Richard Bermanns unter dem Pseudonym Arnold Höllriegel erschienenes *Zarzura*-Buch), sind deren Autoren im Roman genannt. Wichtige literarische Bezugspunkte waren Lawrence Durrells *Alexandria-Tetralogie* und Nagib Machfus' *Kairoer Trilogie*, zwei wunderbare Antipoden, die den Orient einmal mit Innenblick, einmal mit Außenblick zeichnen.

W. G.